W0270946

BERNHARD MOSHAMMER

DIE HOLZAPFEL SCHWESTERN

ROMAN

MILENA

Die Welt ist eine Räuberhöhle,
und es wird finster zur Nacht.

I

1. Mitten im Wald

HÄTTE DER WALD EINEN LAUTSTÄRKEREGLER und stünde der auf zehn, das Getöse wäre nicht zu ertragen, so jedoch spricht man von der friedlichen Waldstille. Seine Brutalität ist also nur verdrängt, ruhig gestellt. Es ist früh am Morgen, Vogelrufe hängen im Hall, Tau tropft von Blättern, Schnecken gleiten über Wurzeln, Harz glänzt golden, eine kleine Raupe klebt daran, sie zappelt und windet sich hilflos. Keiner hier, dem es einfallen würde, sie zu retten, sie wird sich wohl ihrem Schicksal fügen müssen. Oder wird doch noch ein Vogel sie befreien, um sie gleich im nächsten Augenblick zu fressen? Noch hält der Nebel die Umgebung gefangen, aber nicht mehr lange, da drüben im Osten gibt er sie schon frei. Ein schwerer Duft von feuchter Erde, Bärlauch und Pilzen hängt in der Luft. Mutter Natur, die alte Jungfer, streichelt sich selbst.

Was ist das? Ein Verschlag, eine Behausung? Eine Hütte zwischen nadellosen, von pelzigen Läusen befallenen Tannen und ein paar schäbigen, wurmstichigen Latten, die ein Zaun sein wollen. Aus dem Schornstein streckt sich ein dünner Rauchfaden nach den Baumkronen. Nach einer Nacht voller Regen, schlagender Fensterläden, unheimlicher Geräusche, dämonischer Besucher, Alkohol und wilder Träume knarzt es wieder unschuldig im Unterholz, Amseln singen archaische Schlager, ein Specht klopft mystische Morsezeichen, Ameisenstaatsapparate funktionieren korruptionsfrei. Die ersten Sonnenstrahlen drängeln durchs dichte Geäst des hochhaushohen Mischwaldes, das schmatzende Nass ist reinste Musik.

Die Natur, die hier herrscht, ist die immerwährende, wenngleich fast schon nachmenschliche; zumindest wird die nachmenschliche dieselbe sein. Der Kreislauf der Ewigkeit dreht die nächste Runde, bedeutungslos und schön. Hier ist niemand, der ihm Bedeutung schenken oder sein moosbewachsenes Fundament mit Sinn beschweren will. Das Paradies? Vielleicht, ja, es könnte das Paradies sein. Alles hier ist, wie es ist oder sein soll, wie der Zufall oder ein genialer kosmischer Dichter es sich ausgedacht haben könnte, weil all die Gasformationen und Staubplaneten auf Dauer doch freudlos waren oder der Irrsinn der Vergangenheit keinen Sinn mehr machte? Was wissen wir schon.

Jetzt ist Zukunft. Alles ist wieder im Fluss, wie es neuerdings heißt. Einer der neuen Führer hat das sicher so oder so ähnlich formuliert, aber das Schicksal der Mächtigen ist wie das der Raupen – für sie ist hier kein Platz, keine Zeit wird an sie verschwendet. Die Menschen kümmern sich um sich selbst. Das Dystopische oder Postapokalyptische ist vom Fiktionalen ins Reale gerutscht, vom Morgen ins Heute. Der Mensch hat das von ihm Gefürchtete gerufen, provoziert und sich ihm angepasst, wie er das immer tut – und selbstverständlich war der große Untergang keiner; der Kollaps, wie er zumeist genannt wird, war nur ein Kreislaufkollaps, hat sich schamlos, ungehindert und schnell wie eine Blüte im Zeitraffer entfaltet. Eine unsichtbare Regie flüsterte ihr »Cut« – vielleicht war es der Zufall, vielleicht ein unbedachtes Wort eines unbedachten Machthabers oder ein übermotivierter Flieger, der einen verbotenen Luftraum verletzt hat –, legte den Schalter um und öffnete dem Zusammenbruch Türen und Fenster. Der Mensch wurde in eine Art Urzustand versetzt, auf sich selbst und seine eigene Natur zurückgeworfen, was, so kann man getrost sagen, noch nie ein gutes Vorzeichen war.

Der kurzfristige Rückschritt ins Analoge stürzte die demokratischen Gesellschaften in einen Schockzustand, die Jungen in eine suizidale Pandemie. Die Machtverhältnisse waren unklar, die Zivilisation blieb nachhaltig beschädigt, Lebensstandard und Kultur der westlichen Industriestaaten wurden auf das Niveau einer Vergangenheit geworfen, aus der keiner gelernt hatte.

Für Mutter Natur war all das freilich nur ein beiläufiges Jucken, verharrt sie doch konsequent im ewigen Phlegma. Nichts kümmert sie. Wer oder was in ihr existiert, ist für sie nicht von Belang, das ewige Kommen und Gehen, Leben und Sterben kostet sie einen Furz (und wenn Mutter Natur furzt, blubbert der Waldboden kleine Tsunamis übers Moos) – kurz, es interessiert sie nicht. Wenn sie sich nicht gerade selbst betatscht, gähnt sie oder pfeift gelangweilt vor sich hin, womöglich bejammert sie ihren Alltag oder die ewige Geißel der Schlaflosigkeit. Ihr Jammern ist das Summen der Bienen, das Hamsterrad der Zeit, das Plätschern des Bachs – ach ja: Alles ist wieder im Fluss.

Mensch ist keiner hier, denn der Mensch war noch nie im Fluss. Der Mensch hat immer schön Brücken gebaut oder Schiffe oder Umleitungen oder Staudämme, war immer nur zum Zeitvertreib im Fluss, zur Abkühlung oder um Krieg zu führen. Oder um Schluss zu machen mit sich selbst. Oder aus Versehen, weil er ausgerutscht ist.

Aber halt, kein Mensch? Das kann nicht sein, immerhin wurde eine umzäunte Hütte mitten im Wald erwähnt. Vor allem aber lassen die Begriffe *Alkohol* und *wilde Träume* auf humanoide Wesen mit einschlägigen Vergangenheiten schließen.

Und da kommen sie schon, da vorne, ganz gemächlich bewegen sie sich auf die Hütte zu, machen Halt, um an Büschen zu schnuppern, reifende Beeren zu begutachten oder abrupt zur Seite oder in den Himmel zu starren, als reagierten sie auf etwas für uns nicht Wahrnehmbares. Zwei Schwestern sind's. Die eine, Maria Holzapfel, ein rundliches, gedrungenes Weib mit zusammengewachsenen, dichten Augenbrauen, ruhig und streng. Die andere, Regina Holzapfel, ein schmales, sehniges Weib mit nur einer Augenbraue, ruhig und streng.

Um die Schulter der Rundlichen hängt ein toter Fasan, und während die andere in die Hütte geht, lässt sie ihn zu Boden fallen, steigt mit beiden Beinen auf seine Schwingen und reißt mit einem kräftigen Ruck an seinen Beinen, legt die nackte Vogelbrust auf einen Holztisch und hackt die verbliebenen Federn sowie die Beine ab. Zwanzig, dreißig Sekunden, länger braucht sie dafür nicht, dabei geht sie mit kalter Routine zu Werke. Sie lässt das Fleisch liegen und folgt der anderen ins Haus.

Kein Mensch da draußen nennt die Schwestern seine Nachbarn oder Freunde, nicht einmal Artgenossen oder Mitbürger – im Gegenteil, niemand setzt einen Fuß auf dieses Stück Land, die Leute aus der Gegend machen den größten Bogen um den Wald und seine, wie es im Dorf heißt, wilden oder verrückten, jedenfalls asozialen Menschentiere. Zwei Frauen sind's, und hier ist ihre Geschichte. Wie immer begann alles in der Mutter – das heilige, gottverdammte Wunder des Lebens.

2. Evelina

Evelina Holzapfel war eine Frau, die stets tat, was zu tun war, ohne sich zu beklagen oder ihr Schicksal anzuzweifeln. Sie war so ruhig, dass ein zweifelhafter Arzt das Kind, das sie einst gewesen war, als stumm bezeichnet hatte. Es war aber keine Krankheit gewesen, die sie schweigen ließ, sie hatte einfach nichts zu sagen.

Mit vierzehn Jahren war sie von ihren Eltern, Bauersleuten, mehr oder weniger verkauft und formlos an ihren Cousin verheiratet worden. Seitdem bewohnte sie diese Hütte und sollte nie wieder ins Dorf zurückkehren. Was sie zum Leben brauchte, baute sie selbst an. Zwischen den Buchen, Eichen, Eschen, Birken und Tannen standen ein Apfelbaum, ein Birnbaum und jede Menge Sträucher – Dirndl, Ribisel, Brombeere, Holunder. Gemüse wucherte im Überfluss. Der Mann wilderte im Wald, manchmal brachte er ein Schwein oder ein Huhn mit, wahrscheinlich von den umliegenden Höfen; Evelina stellte keine Fragen, verarbeitete die Kadaver zu Fleisch, Speck, Würsten und Schmalz oder Fellen für den Winter.

Was sie aus dem Dorf brauchte, besorgte ihr ihre große Schwester, der sie jedoch nie mehr gegenübertreten durfte. Der Mann hatte es von Anfang an so angeordnet, also wurde eine Stelle am Waldrand vereinbart, von der aus gerade noch Blickkontakt zum Hof der Schwester bestand. Evelina musste stets warten, bis es dunkel war, mit einer Fackel Kontakt aufnehmen, die Schwester machte in ihrer Küche das Licht aus und wieder an, dreimal, dann stellte Evelina einen Korb mit Gemüse und Obst – Geld hatte sie keines – sowie einer mit jedem Jahr schwerer zu dechiffrierenden Einkaufsliste ab und kehrte wieder um. Vierundzwanzig Stunden später holte sie den mit der bestellten Ware gefüllten Korb wieder ab. Zu Beginn war es ihr schwergefallen, die Schwester nicht zu treffen, sie nicht zu küssen und zu umarmen, vielleicht etwas von draußen zu erfahren, aber sie war erzogen zur Pflichterfüllung, hatte sich bald an die neuen Lebensbedingungen gewöhnt – und so war da bald keine Schwester mehr, nur noch drei kleine Lichtzeichen am Horizont. Für Gefühlsduseleien war im Wald kein Platz.

Eigentlich wollte Evelina kein zweites Kind mehr. Schon zweimal hatte sie dafür gesorgt, dass aus ihren verdammten Schwangerschaften nichts wurde. Dann band sie Maria an ihren Stuhl, zwang sie so, aus dem Fenster zu schauen, legte sich hinter ihr rücklings auf den Boden und werkte mit Kochlöffel und Stricknadel umständlich zwischen ihren Beinen. Der Mann war ihr Cousin, es war nicht richtig, das Ganze war wider die Natur; dass Maria kein Krüppel geworden war, war wahrscheinlich nur ihrem reinen Herzen zu verdanken, so viel wusste sie, und sie wusste nicht viel. Das kleine Mädchen konnte die Spiegelung im Fenster nie genau deuten, nahm nur die schmerzerfüllten Laute der Mutter wahr, die diese nicht unterdrücken konnte, so sehr sie sich auch bemühte.

Marias Geburt war so gewaltig wie traumatisch gewesen. Niemand war Evelina zur Seite gestanden, ganz allein hatte sie das Fünfkilomädchen nach stundenlangem Kampf aus sich gepresst und gezogen, die Nabelschnur durchgebissen und das schreiende Kind in den Regen gelegt, damit dieser es reinige. Als sie Stunden später erwachte, lag das Kind von Sonnenstrahlen umspielt – wie Moses oder Jesus, so die Assoziationen der Mutter – auf nassem Laub und streckte alle viere ruckelnd von sich. Evelina, immer noch blutend, schleppte sich zu dem Baby und legte es unbeholfen an ihre Brust. Sie verfluchte das Kind, das sie sofort Maria nannte, versorgte es aber. Ihr Mutterverhalten war reiner Instinkt, lieblos, artgerecht, naturgemäß. Das sollte reichen. Und das tat es auch. Das Kind wirkte gesund und normal, sollte jedoch nie weinen, nicht ein einziges Mal, das war seine Besonderheit, und Evelina war es recht. Mit großen Augen in seinem runden Gesicht starrte das Mädchen gierig auf die Welt. Was sie sah, war schön, lebte sie doch im Paradies, am romantischsten Flecken der Welt, umgeben von allen Wundern der Natur.

Eines dieser Wunder hieß Joseph, und ohne ihn, ohne seinen kräftigen Samen wäre die Mutter keine Mutter, die Tochter keine Tochter, die Schwester keine Schwester und diese Geschichte keine Geschichte. Ohne ihn gäbe es nichts, was hier auch nur einen Buchstaben wert wäre.

3. Joseph

Joseph Holzapfel, im Dorf der Holzapfeljoseph genannt, war ein Freigeist. Er kam und ging, wie es ihm gefiel, nahm lieber, als er gab. Jeden Ehemann-des-Jahres-Contest, nicht dass es etwas derartiges noch geben würde, schon gar nicht in diesem gottverlassenen Teil des Landes, hätte er mit Leichtigkeit verloren, er war gewissermaßen baumgleich, ein Naturbursch. Er gehorchte ausschließlich seiner eigenen Natur. So frei war sein Geist, dass er es tagelang aushielt, ohne auch nur einen einzigen Gedanken zu fassen. Wäre ihm nicht der Schnaps ausgegangen, er hätte Jahre, vielleicht ein ganzes Leben so zugebracht. Er verlangte nicht viel, nur was ihm zustand und was er ohnehin hatte: Schnaps, Fleisch, Hütte, Frau. In exakt dieser Reihenfolge.

Seine Töchter sollten es nie auf diese Liste schaffen.

Er war mit Wichtigerem beschäftigt. Mit der Reise seines Rotzes durch die Nase, einmal nach unten, dann wieder nach oben und wieder nach unten, ein unerklärlicher, endloser Paternoster war sein Riechkolben; mit dem Stillen des ewigen Juckreizes an der Unterseite seines ungewaschenen Sacks durch unaufhörliches, wundmachendes Kratzen. Mit dem Zurechtrücken seines Glieds. Mit dem Festhalten seines Glieds. Mit dem Beobachten, Streicheln, Reiben und Bestaunen seines Glieds. Und so weiter, sein standfester und verlässlicher Charakter gab keine Rätsel auf.

Marias erste konkrete Erinnerung war also der Joseph, wie er eines Tages die Hütte betrat. Sie war eineinhalb und kannte nur ihre Mutter und Tiere. Ihren Vater hatte sie noch nie gesehen, keinen anderen Menschen als ihre Mutter hatte sie je zu Gesicht bekommen, nicht einmal das Wort *Vater* war an ihr Ohr gedrungen.

Was Joseph dabeihatte, war vordergründig sein Gestank. Wahrscheinlich hatte er auch einen Beutel mit Wurst und Schnaps oder eine erlegte Hirschkuh dabei, aber Marias Erinnerung kreiste um seinen Gestank. Warum das geniale menschliche Gehirn vorzugsweise Gerüche speichert, egal wie ekelhaft sie auch sein mögen, wer weiß das schon. Jedenfalls trat dieser Mensch im Gegenlicht der Sonne durch die Eingangstür wie eine mythische Gestalt aus einem Buch, das Maria nie lesen würde, grunzte laut und fasste, ohne ein Wort zu verlieren, grob nach Evelina, hievte sie auf den großen Holztisch, warf ihren Oberkörper nach hinten, riss ihr die Schürze nach oben, spreizte ihre Beine, rümpfte die Nase, zog ihre Unterhose zur Seite, holte eine zuckende Stange aus seiner Hose und drückte sich derb gegen ihren Leib. Maria starrte gebannt auf den unerklärlichen Vorgang. Unerklärliche Vorgänge gehörten zu ihrer täglichen Routine, wie ein Schwamm saugte sie alle Eindrücke, die sich ihr boten, auf.

Vor und zurück wackelte er, vor und zurück, immer schneller, immer wilder gestaltete sich das gewaltige Gerangel. Die Brüste der Mutter schaukelten unter ihrer Schürze auf und ab, manchmal wurden sie von der schaufelartigen, verdreckten Hand des Mannes gestoppt, der einmal die rechte, dann die linke drückte, beiläufig und fest, als wollte er etwas aus ihnen herauspressen. Sein Gestank, mittlerweile der Gestank der beiden, betörte das kleine Mädchen wie eine Droge. Evelina gab keinen Laut von sich, lag nur da mit geschlossenen Augen und geöffneter Scham und ließ sich von dem Mann durchschütteln. Josephs Grunzen und Keuchen wurde mit jeder Bewegung lauter und bedrohlicher, bis er schließlich wie ein Hirsch aufjaulte und sich von der Mutter löste. Dann packte er seine Stange, die plötzlich nur noch eine Wurst war, wieder ein und verschwand, wie er gekommen war, ins Licht.

Um diesem alle paar Wochen sich wiederholenden Vorgang ein kurzfristiges Ende zu bereiten – Maria war in der Zwischenzeit zur Expertin dieses Vorgangs geworden, hatte kapiert, dass es schwere Arbeit war, die Stange aus irgendeinem Grund in die Spalte musste und es erst nach vielen überaus anstrengenden Versuchen wieder herausschaffte –, beschloss Evelina zwei Jahre und zwei Schwangerschaftsabbrüche später, doch noch ein Kind auszutragen. Der Herrgott würde ihr schon keinen Krüppel andrehen. Ihr Bauch wuchs und wuchs also, ihr ganzer Körper schien platzen zu wollen. Maria beobachtete die Verwandlung der Mutter, die sie nicht verstand, mit wachen Augen.

Als es so weit war, setzte sich Evelina unter die große Eiche, rief ihre Tochter zu sich und sagte: »Du musst mir jetzt helfen! Hörst du, du musst mir helfen!«

Wenn eine, die nur selten spricht, etwas so eindringlich fordert, gibt es keinen Platz für Missverständnisse. Maria nickte aufgeregt, starrte auf die Mutter, die ihre Schürze hob und erst ihre blanken Schenkel mit vom Fruchtwasser klebrigen Haaren, dann den zum Bersten prallen Bauch freilegte, und wartete.

»Wasser!«, schrie Evelina. Maria ging zum Brunnen und holte Wasser.

»Decke!«, keuchte Evelina. Maria ging ins Haus und kehrte mit einer Decke zurück.

»Aaaaahhhh!«, brüllte Evelina. Maria blieb steif wie ein Baum stehen und starrte auf die Qual der Frau. Sie nahm die Dramatik der Szene unmittelbar wahr, konnte aber nichts damit anfangen, ihre Mutter hatte sie ja in nichts eingeweiht. Von der Vergänglichkeit der Dinge, vom Sterben und vom Tod wusste sie noch nichts, das Ende war ihr ebenso fremd wie der Anfang. Wenn wenigstens der Joseph seine schwere Stangenarbeit verrichtet hätte, all das Stöhnen und Keuchen wäre vertraut gewesen, aber der Joseph war nicht da.

Mama muss Kacka machen – der Gedanke machte schon eher Sinn, aber auch nur bedingt, immerhin presste sie nur ganz wenig Kacka, dafür etwas Großes, Fremdes, Gewaltiges aus sich heraus.

»Zieh!«, flehte Evelina. Maria fasste die blutige Kugel, die zwischen den Beinen der Mutter herausragte wie ein Maulwurf oder sonst ein

Viech aus einem haarigen Bau, und zog. Sie hatte immer noch keine Ahnung, was hier vor sich ging. Kurz dachte sie, der Mutter wachse ein drittes Bein. Mit ganzer Kraft zog Maria an dem glitschigen Fremdkörper. Als Evelina in einem lauten Kreischen endlich Erlösung fand und dieses Ding an der blauen Schnur plötzlich in ihren Händen zappelte und quengelige Laute von sich gab, erschrak Maria fürchterlich, hielt aber die Luft an und wagte nicht, darauf zu reagieren.

»Du musst das jetzt durchbeißen«, sagte die Mutter und hielt ihr die blaue Schnur hin. Maria biss kräftig zu und spuckte Blut.

»Jetzt leg es auf den Boden und schütt das Wasser darüber.« Maria tat, wie ihr geheißen. Das Kleine schrie und schluckte und zappelte. Maria hüllte es in eine Decke und hielt es vorsichtig fest.

»Gib sie mir«, sagte Evelina erleichtert nach einem ängstlichen Blick zwischen die Beine des Babys, während sie sich ihre eigene Suppe vom Körper wischte. Sie war immer noch außer Atem. Als das Kind zu nuckeln begann, kurz bevor die Mutter einschlief, sagte sie endlich: »Gott sei Dank. Ihr Name ist Regina.«

»Regina«, wiederholte Maria und lächelte erst, nachdem auch der Mutter ein kleines Lächeln entkommen war, dann schluckte sie und streichelte den winzigen, hilflosen, neugeborenen Körper.

In den kommenden Wochen beobachtete Evelina mit Staunen, wie liebevoll und fürsorglich sich die Vierjährige um ihre kleine Schwester kümmerte. Es gefiel ihr, aber sie dachte nicht weiter darüber nach. Die Hauptsache war, dass sie selbst dadurch entlastet wurde. Irgendetwas sagte ihr, dass das Bestätigen von Gefühlen diese nur verstärken und sie letztendlich zu einem schwächeren Menschen machen würde. Wenn sie von irgendetwas überzeugt war, dann von der Notwendigkeit, stark zu sein. Stark und unabhängig. Mit dem Fehlen von Gefühlen konnte man gut zurechtkommen, sagte sie sich, mit dem Fehlen von Futter nicht. Vor dem Leben kam das Überleben, und Gefühle waren nun einmal ein Luxus, den sie sich nicht leisten konnte und wollte.

»Wer träumt, jammert«, hatte Joseph sie gelehrt. Und Evelina musste ihm recht geben; ihre Schwester, die Klara, war immer eine Unzufriedene gewesen, rührselig und weich. Sie selbst wollte nicht unzufrieden sein, nicht rührselig oder weich, aber sie erkannte in Maria eine Mütterlichkeit, die ihr fehlte. Nun gut, sagte sie sich, das würde niemandem Schaden zufügen, im Gegenteil, es würde ihr zur Hilfe gereichen – und wenn es sich doch zu einem Problem auswachsen sollte, würde sie ihre Tochter eben in die Schranken weisen müssen.

Als sie mit dem Joseph in den Wald gegangen war, hatte er sie wieder und wieder zu folgendem Gespräch genötigt:

»Wie heißt deine Schwester?«

»Klara.«

»Wie heißt deine Schwester?«

»Sie heißt Klara.«

»Wie deine Schwester heißt, frag ich dich.«

»Klara. Was willst du von mir?«

»Wie heißt deine Schwester?«

»Meine Schwester?«

»Genau. Wie heißt also deine Schwester?«

»Schwester.«

»Und was habt ihr zusammen erlebt?«

»Wie meinst du das?«

»Woran erinnerst du dich?«

Langsam kapierte sie, worauf er hinauswollte.

»An nichts.«

Das Gespräch wurde immer kürzer:

»Wie heißt deine Schwester?«

»Schwester.«

»Woran erinnerst du dich?«

»An nichts.«

Und schließlich:

»Wie heißt deine Schwester?«

»Ich habe keine.«

»Woran erinnerst du dich?«

»An nichts.«

Irgendwann hörte er auf, so wie er sie irgendwann so gut wie gar nicht mehr ansprach, aber er hatte sie täglich an ihre Schwester erinnert, und natürlich hat Evelina ihren Namen nie vergessen und auch nicht, was sie beide einst des Nachts unter der Bettdecke gesprochen, von welcher Zukunft, von welchen alternativen Leben sie geträumt hatten, wie schön sie beide sein und welche Namen sie später ihren Kindern geben würden. »Maria und Regina«, hatte die Klara immer gesagt. »Wenn ich groß bin, krieg ich zwei Töchter, die eine wird Maria heißen, wie die heilige Jungfrau, die andere Regina, das heißt Königin, und auch das ist die Mutter Gottes.«

Joseph hat Evelina nie nach den Namen ihrer Töchter gefragt.

Als Regina fünf Monate alt war, passierte es. Evelina war dabei Fleischsuppe zuzubereiten, als Regina hungrig brüllte. Joseph war hinter dem Haus beschäftigt, wahrscheinlich mit dem Sammeln von Speichel in seiner Mundhöhle, einem Stück Holz oder seinem, nun ja. Evelina wusste, wenn sie dem Brüllen nicht sofort Einhalt gebot, hatte das Konsequenzen – welcher Art, konnte sie nie voraussagen. Möglich, dass er etwas kaputt schlug, wahrscheinlich, dass er sie mit etwas kaputt schlagen wollte, sie anbrüllte oder vergewaltigte oder etwas nach dem Kind warf. Also öffnete sie ihr Hemd und hob die Kleine hoch. Regina schnappte gierig nach ihrer Futterquelle, während Evelina sich weiter um die kochende Suppe kümmerte. Immer wieder verloren sie den Kontakt zueinander, die angeschwollene Brustwarze wackelte vor Reginas Augen, sie scheiterte aber wieder und wieder an ihr und fing wiederholt zu jammern an. Maria saß mit einem Becher Milch am Tisch und schaute gebannt zu. Sie wusste, sie konnte vorerst nichts tun, also tat sie vorerst nichts. Als nun in dem Moment, in welchem Evelina den brennheißen Deckel vom Kochtopf nahm, ein lautes, dumpfes Geräusch von draußen in die Stube drang, fiel ihr dieser aus der Hand und mitten auf Reginas Gesicht. Jetzt brüllte das Baby richtig los, Evelina setzte es auf den Boden – das war das Zeichen für Maria. Sie stürzte zu ihrer Schwester, hob sie hoch, steckte ihr ein Tuch, das sie zuvor in die Milch getunkt hatte, in den Mund und schaffte es so, sie für ein paar Minuten zu beruhigen. Regina saugte wild, schnappte kurzatmig nach Luft, schien das Tuch regelrecht fressen zu wollen. Über ihrem rechten Auge aber füllte sich eine etwa drei Zentimeter lange Brandblase, an deren Stelle kein Haar mehr wachsen sollte. Brauenlos blieb ihr Auge, mager ihre Figur.

4. Der Spiegel

Die beiden Mädchen waren elf und sieben, als sie an einem nasskalten Herbstnachmittag versteckt hinter dem Brombeerstrauch standen und auf die Hütte starrten. Vor der Eingangstür auf einem großen Holztisch lag ein wahrscheinlich lebloses Rehkitz mit weiß geflecktem, rotbraunem Fell und offenen, klaren Augen. Seine Hinterläufe wurden vom Joseph hochgehalten. Ein heller Fleck kam zum Vorschein. Der Mann starrte lange auf den blütenweißen Tierafter. Er wusste nicht, dass dieser Spiegel genannt wird. Vielleicht war er schockiert, vielleicht war das, was sich ihm hier eröffnete, tatsächlich eine Selbstreflexion – wahrscheinlich nicht. Wahrscheinlich hatte er nur Mühe, einen nächsten Gedanken zu fassen, wahrscheinlich hatte er einfach darauf vergessen und wartete nun auf ein Signal, einen Laut der Welt, der ihn ans Weiterleben erinnerte – das Auftreffen seiner Spucke auf dem Boden womöglich. Wie auch immer, irgendetwas fesselte ihn und zwang ihn zum Innehalten, ein moralisches Fragezeichen wird es nicht gewesen sein, wohl eher die Verheißungen des sich vor ihm auftuenden Lochs.

Die Mädchen wagten nicht zu atmen, Hand in Hand standen sie da und schauten auf den Vater, der plötzlich den Gürtel seiner ledernen Hose öffnete, dessen Schnalle beim Nach-unten-Fallen das kurze, metallene Geräusch machte, das sie stets zusammenzucken ließ, seine Stange freilegte, die Hinterläufe des Rehs spreizte und sein strammes Körperteil erst an den Spiegel heran, dann in ihn einführte. Der schlaffe Tierkörper schien, von einem röhrenden Ächzen begleitet, zu zucken.

»Das ist seine Aufgabe«, hatte Maria ihre Schwester schon Jahre zuvor gelehrt. »Das ist, was ein Vater tut. Die Stange ist das Werkzeug des Mannes.«

Dass auch Tiere in seinen Arbeitsbereich fielen, war neu, aber nicht erschütternd, immerhin blieb die aggressive Naturgewalt, die derselbe Akt mit Evelina vermittelte, hier aus. Behutsam tat der Mann, was er offensichtlich tun musste, das wehrlose Kitz lag still und passiv vor ihm. Vorsichtig glitt Josephs Hand seinen Hals entlang, drückte unmerklich zu, immer fester, die Bewegungen seiner Lenden waren langsam und bedächtig, der weiche Körper vor ihm folgte seinen Bewegungen, sodass er auf die Mädchen den friedvollsten Eindruck machte. Joseph keuchte intensiv, war konzentriert und zärtlich. Ja, zärtlich war er, sachte und hingebungsvoll, das Vieh rührte ihn anscheinend. Als er fertig war, schluchzte er laut auf. Für ein paar Minuten blieb er wie angewurzelt stehen, schien zu weinen.

Regina fiel es schwer, die Luft anzuhalten, Tränen kullerten über ihre Wange, die eine Hand drückte die der Schwester, so fest sie konnte, die andere umfasste den Brombeerstrauch, blutete unbemerkt. Maria blieb körperlich ruhig, ihr Geist jedoch war verstört und dachte tausend halbfertige Gedanken zwischen Hass und Liebe, Verständnislosigkeit und der sprachlosen Sehnsucht nach Zuneigung.

Ein paar weitere Minuten waren vergangen, als Joseph ein Beil nahm und das Tier in hundert Teile spaltete. Ein eigenartiger Geruch wehte den Mädchen um die Nasen, es war nicht nur das Blut, es waren nicht nur die schmierigen Säcke und Würste, die plump aus dem Tierkadaver rutschten, es war auch nicht die Körperausdünstung des Mannes – es war der Geruch des Todes, den die beiden nicht benennen konnten. Das Werkzeug des Mannes war gleichermaßen Lebenswerkzeug – auch das wussten die Kinder nicht – und Todeswerkzeug. So deutlich hatte der Tod sein *Grüß Gott* noch nie in ihrer Gegenwart gebrüllt. Er schlich sich durch das Werkzeug des Mannes in den Körper des Tieres. Der Mann selbst war also auch nur ein Werkzeug, das Werkzeug des Todes. So oder so ähnlich schlussfolgerten die Schwestern.

Die Weltenordnung offenbarte sich ihnen unaufhörlich in den kleinsten Dingen, den flüchtigsten Momenten, freilich erkannten sie sie nicht. Das Reh jedenfalls war tot, wenngleich seine Augen in dem abgetrennten, auf dem Boden liegenden Kopf immer noch in den Wald starrten, als wollten sie mit den Mädchen Kontakt aufnehmen.

Ein paar Tage verwehten im Gebüsch, und Evelina trocknete sein Fell, wusch seinen Darm und kochte sein Fleisch.

In Reginas Kopf machte das Sinn, denn auch die Mama wusch ihren Körper manisch, nachdem der Mann seine Aufgabe an ihr erfüllt hatte. Auch dieses Ritual war ein wortloses. Evelina ließ die Mädchen bei allem, was sie tat, zusehen. Es war nicht nötig, alles zu kommentieren. Sie würden schon verstehen.

5. Das Buch der Heiligen

Die Jahre, in denen Joseph nicht nach Hause kam, waren die angstfreien. Gemächlich verging ein Tag nach dem anderen mit Arbeit im Haus und im Garten. Die Mädchen wurden junge Frauen und lebten im Einklang mit der Natur. Sie lernten, Kleintieren aufzulauern, sie zu domestizieren oder zu erlegen, alle notwendigen Handwerksarbeiten zu verrichten, bald konnten sie kochen und nähen, Feuer machen, Wäsche waschen, die Pflanzen versorgen, säen, ernten, Schnaps brennen, das Dach reparieren. Evelina war zufrieden in diesem Dreigespann, bisweilen wurde sie für ein paar Minuten, die eine oder andere Stunde, ganz ruhig, aber dann beim geringsten unerklärlichen Geräusch aus dem Wald spannte sich ihr Körper wieder an und sie wurde hart, scharfsinnig und wachsam, gefasst auf alles – gefasst auf Joseph. Sie war immer vorbereitet, hatte genug Maische angesetzt, stets ein paar Flaschen aus dem Dorf sowie Speck gelagert, mehr brauchte es ja nicht. Nur der Schnaps vermochte ihn ruhig zu halten.

Sie nannte jeden Schnaps Dirndlschnaps, egal welche Frucht ihm seine Note verlieh, als wäre er für Mädchen oder aus Mädchen gemacht.

Manchmal stand sie am Waldrand und starrte auf den Hof ihrer Schwester. Sie konnte ihn nicht richtig erkennen, zu dunkel war es, zu weit weg war er, nur ein kleines Gebilde am Horizont, ein Spielzeughäuschen, aber sie hatte ihn ganz klar vor Augen. Dann verwandelten sich die drei Lichtzeichen wieder in das Bild von Klara, das sie in ihrer Erinnerung gespeichert hatte. Mitunter erwachte in ihr der Drang, einfach loszugehen, manchmal war er fast nicht zu unterdrücken. Aber sie schaffte es immer und kehrte um, zu groß war die Angst, zu mächtig die Vernunft. Dachte die Klara Ähnliches?

Hatte sie je mit dem Gedanken gespielt, in den Wald zu gehen, um die Schwester zu sehen? Wie sah sie jetzt aus?

Einmal hatte Evelina die Kinder dabei und war nah dran, sie anzustupsen und loszuschicken, die Klara würde sich bestimmt um sie kümmern. Dann wären sie in Sicherheit und sie könnte sich endlich der Sünde aller Sünden hingeben, ein Seil um den großen Ast ihrer Eiche winden und eins werden mit dem Baum. Aber nein. Natürlich kehrte sie um, der Drang beruhigte sich und schlief wieder ein.

Das Hamsterrad der Zeit, es lief langsam, aber stetig. Wie so oft in der Geschichte waren Dekadenz und Utopismus dem Zusammenbruch vorausgegangen, letztendlich hatten sie blind und gedankenlos der Religion zu neuer Macht verholfen.

Ja, sie waren gottesfürchtig. Evelina pflanzte den Gedanken, dass irgendjemand über allem herrschen musste, in ihre Töchter, wie ihre Mutter es bei ihr getan hatte. Über dem Wald existierte also die Dreifaltigkeit, die Muttergottes und viele Heilige, die schreckliche Qualen erleiden mussten, weil sie Gott geschaut oder seine Stimme gehört hatten. Wenn man jedoch ein gutes, pflichterfülltes und demütiges Leben führte, geriet man für gewöhnlich nicht in Gefahr, den allgegenwärtigen Gott zu schauen oder zu hören, oder gar, *Gegrüßetseistdumariavolldergnade*, in alle Ewigkeit in der Hölle zu brennen. Damit sie täglich daran erinnert wurden, hatte Evelina zwei kleine Äste zu einem Kreuz gebunden, das eindrucksvoll an der Stubenwand prangte. Gott, der alles erschaffen hatte, herrschte also über sein Werk mit strenger Hand und unvorstellbarer Macht – das war im Grunde Evelinas spirituelle Botschaft an ihre Kinder, und die machte zweifelsohne auch Sinn, denn »ohne Koch kann es keine Suppe geben«, wie ihr die eigene Mutter die Sache schon plausibel erklärt hatte, und sein Rezept erlaube nun einmal keine Experimente.

In Evelinas Küche standen drei Bücher. Ein Kochbuch, von ihrer Großmutter eigenhändig verfasst, eine Bibel mit Altem und

Neuem Testament – und *Das Buch der Heiligen*, ein enzyklopädisches Werk zu den wichtigsten katholischen Heiligen. Diese drei Bücher waren neben dem üblichen Hausrat ihre Mitgift gewesen.

Jetzt konnte Evelina selbst nur schlecht lesen und schreiben, ihren Töchtern brachte sie aber bemüht bei, was sie konnte. Das Lesen fiel ihnen nicht schwer, aber über planlose Kritzeleien führte das Studium nicht hinaus, nur Regina entwickelte einen Ehrgeiz darin. Ihre Natur war der ihrer Schwester entgegengesetzt, sie war quirlig und aufgeweckt, neugierig und rastlos, lief munter durch den Wald, redete unentwegt mit Fauna und Flora, erkannte aber bald, dass sie sich der Stille, die von ihrer Familie ausging, wohl oder übel würde anpassen müssen. Auch sie lernte ganz von selbst, alles in die Tiefe zu verlagern, ihre Gedanken, Träume und Sehnsüchte.

Das *Buch der Heiligen* war besonders, war es doch mit den schönsten und aufregendsten Illustrationen versehen. Zu jedem Heiligen gab es ein glorreiches, in Zucker getunktes Porträt oder eine Darstellung jener schicksalsträchtigen Szene, die den Menschen in einen Heiligen verwandelt hatte. Regina liebte dieses Buch.

In den Jahren, bevor sie in die Holzapfelruhe verfiel, quälte sie ihre Schwester, die stets ernst und stumm blieb, mit tausend Fragen, Ängsten und Vorstellungen dazu. Sie dachte, dass die Nachtgeräusche des Waldes mystischer Natur sein mussten. So wurde der Wind in den Baumkronen, der kleine Äste zu Boden warf, in ihrem Kopf zu Schritten der Heiligen, die über den Wald wachten. Tierrufe aus der Ferne waren ihre Stimmen, und mit der Zeit glaubte sie, die einzelnen Rufe ganz bestimmten Heiligen zuordnen zu können.

Wenn Eulen krächzten, sagte sie: »Die heilige Theresa ruft mich!« Dann holte sie schnell das Buch und deutete ihrer Schwester die goldene Illustration: »Sie hat einen leuchtenden Engel gesehen, der ihr Gottes Pfeil ins Herz stieß. Mehrere Male. Die Schmerzen waren nicht auszuhalten, aber auch so herrlich, dass Theresa sich wünschte, sie mögen nicht aufhören. Nie. Sie wollte, dass der Engel mit seinem Pfeil wieder und wieder auf sie einstach, so schön war das, verstehst du?« Dabei strahlte Regina, als ob der Pfeil in ihr selbst stecken, sie ach so süß quälen und mit Gottes Liebe erfüllen würde.

Wenn ein Rehbock bellte, kuschelte sie sich an die Schwester und sagte: »Das ist der heilige Clemens, der wurde an einen Anker gekettet und im Meer versenkt. Da unten auf dem Meeresboden ist sofort ein Tempel entstanden, da wohnt er jetzt – und manchmal will er, dass ich zu ihm komme. Dann teilt er das Meer und ruft nach mir. Aber seine Schreie sind schrecklich, entrisch und schauderhaft. Wir müssen laut beten, damit er wieder aufhört.« Sie beteten also laut, und irgendwann hörte der Rehbock auf.

Wenn Tauben gurrten, schrie Regina aufgeregt: »Horch, die heilige Devota! Sie wurde zu Tode gefoltert. Aber die bösen Menschen hatten Angst vor ihrer Leiche und wollten sie weit wegbringen. Da kam ein wilder Sturm auf – siehst du die schwarze Wolke da? Und hier: Aus ihrem Mund steigt eine weiße Taube in den Himmel. Aus ihrem Mund, schau!«

Als sie in der Bibel beim Apostel Paulus davon las, dass alle Menschen Sünder seien, weil sie von Natur aus gegen die Gesetze Gottes verstoßen, und Evelina darauf ansprach, sagte diese: »Ja, so ist das wohl, wenn's in der Bibel steht. Draußen musste ich jeden Sonntag zur Beichte und meine Sünden bekennen, aber hier im Wald ist es unmöglich, zu sündigen. Außerdem hab *ich* euch getauft.«

»*Du* hast uns getauft? Wie der heilige Johannes? Bist du eine Heilige?«

»Nein, man ist nie selber heilig. Und man darf das auch nicht sagen!«

»Wie hast du uns getauft?«

»Ich hab euch Wasser über den Kopf geleert und gebetet. So geht Taufen.«

»Und jetzt sind wir keine Sünder mehr?«

»Doch, aber wenn man getauft ist, ist es nicht so schlimm«, kam Maria ihrer Mutter zu Hilfe.

»Was muss ich tun, um zu sündigen?«

»Nichts.« Evelina verlor die Geduld, das Gespräch wurde ihr, wie alle Gespräche, zu mühsam. »Und jetzt sei ruhig.«

»Ja«, setzte Maria nach. »Jetzt sei ruhig.«

Wenn Regina in den darauffolgenden Tagen durch den Wald lief, hatte sie immer ein Kännchen Wasser dabei und taufte alles, was ihr begegnete: Käfer und Würmer, Schmetterlinge, Eichhörnchen, Pilze, Sträucher und Bäume: »Heilige Maria Mutter Gottes, bitte für uns Sünder, jetzt und in der Stunde unseres Todes. Amen.«

Sie wollte, dass es für alle nicht so schlimm war.

»Was ist die Stunde unseres Todes?«, fragte sie mehrere Male, erhielt aber keine Antwort.

Aufgeweckt und redselig war sie, aber niemand ging auf sie ein, die Mutter ermahnte sie immer öfter zur Stille, die Schwester schüttelte den Kopf oder drehte sich zur Seite, die Pflanzen und Tiere antworteten nicht. Der Wald war Gottes Ordnung, er gehorchte seinem eigenen Gesetz und zwang das Mädchen in die Defensive. Nach und nach folgte sie allen ins große Schweigen.

Einmal sah sie eine Schlange über die Wurzeln der großen Eiche schweben, eine kleine, flinke und wendige, wahrscheinlich eine Blindschleiche. Sie war ungefähr einen halben Meter lang, glatt und glänzend und war ihr sofort das Liebste und Schönste auf der Welt. Eigentlich sind Blindschleichen nur Echsen, aber für Regina war es eine Schlange – mehr noch: ein Wesen höherer Art, ein heiliges Ding.

Geschickt, fast beiläufig schnappte sie sich das Vieh, nahm es mit nach Hause und hielt es am Tisch sitzend unter ihrer Weste versteckt. Vorn und hinten hielt sie die Schlange fest, damit sie nicht entweichen konnte, da löste sich der Schwanz des Tieres vom Körper.

Verdutzt schreckte Regina hoch und riss die Augen auf, hielt den Schwanz in ihrer Rechten, den vorderen, wild zappelnden Teil in ihrer Linken. Evelina verlangte zu sehen, was sie versteckt hielt, also hievte Regina das Tier in einer schnellen Bewegung auf den Tisch. Keine Sekunde war vergangen, als Evelinas Küchenmesser die ohnehin schon verkürzte Echse noch einmal teilte. Dann noch einmal. »Die Schlange ist das Zepter des Höllenfürsten«, fauchte sie. Regina stieß einen langen, spitzen Schrei aus und lief aufgebracht davon.

Am nächsten Tag saß sie wieder unter der Eiche, ihrem Geburtsort. Sie war immer noch wütend und wollte allein sein, kratzte mit dem Fingernagel an der Wurzelrinde und summte eine diffuse Melodie vor sich hin, als eine weitere Blindschleiche neben ihr über die Wurzeln glitt. Beinahe vergaß sie zu atmen, wagte nicht, sie anzufassen. Regina war fest davon überzeugt, dass es sich um exakt dieselbe, gleichsam wiederauferstandene Schlange handelte. Sie hielt still, während das Tier an ihrem Bein entlang mit spielerischer Leichtigkeit, linksrechtslinksrechts, sanfte Kurven über den Boden zog. Kurz, am Außenrist ihres linken, nackten Fußes, kam es zu einer Berührung, die den größten Effekt auf das Mädchen hatte. Sie spürte einen Stich, wie wenn man die Hand über eine Flamme hält, gefolgt von einem dumpfen Rumoren in ihrem Bauch.

Nichts in ihrem Leben hatte sie je so froh gemacht wie das Wiedersehen mit dieser Schlange – mit *ihrer* Schlange, diesem unsterblichen, göttlichen Zauberwesen, das sie noch einmal besucht hatte, nur um sie von seiner Unbesiegbarkeit, seiner Macht über Leben und Tod zu überzeugen. Selbst der Mutter hatte es eins ausgewischt, das beeindruckte Regina, die den Zwischenfall für sich behielt.

Als sie später die Bibel las und im *Buch der Heiligen* das Bild der Jungfrau Maria, die eine Schlange mit ihrem nackten Fuß in Schach hielt, akribisch untersuchte und Evelinas »Zepter des Höllenfürsten« erst verstand, erschrak sie über die satanische Konnotation in so hohem Maße, dass sie fortan, wann immer eine Schlange oder Echse ihren Weg kreuzte, es umgehend ihrer Mutter gleichtat. Sie hatte Glück gehabt. Mein Gott, was für ein Glück! Der schwarze Engel hatte sich ihr aufgedrängt, kein Geringerer als der Teufel selbst hatte sie verführt, ihr den Kopf verdreht, sie schwach gemacht und mit ihr gespielt. Satanas war hier im Wald, um sie herauszufordern und ihren Glauben zu prüfen. Sie musste auf der Hut sein.

6. Weihnachten

Evelina war einunddreißig, ihre Töchter sechzehn und zwölf, als es in der eisigen Weihnacht im Hinterhof rumpelte.

»Ist das ein Wildschwein?«, fragte Regina – Wildschweine waren die einzigen Viecher, die ihr nicht geheuer waren –, aber Evelina wusste sofort: Der Mann war zurück. So lange war er nicht hier gewesen, dass Regina ihn fast vergessen hatte. Evelina schnellte hoch, räumte die Teller vom Tisch und zischte den Mädchen zu: »Legt euch ins Bett und verhaltet euch ruhig. Und nehmt die Geschenke mit!«

Die Mädchen gehorchten. Ihre Geschenke waren zwei puppenähnliche Figuren, gehüllt in selbst genähte Kleidchen. Jedes Jahr zu Weihnachten bastelte Evelina etwas derartiges, sie wusste nicht, was sie sonst machen sollte. Kreatives Denken war ihr so fremd wie liebevolle Akribie. Aber die Mädchen freuten sich immer darüber, also pflegte sie diese alljährliche Gewohnheit wie ein weiteres Alltagsritual, unsentimental und pflichtbewusst.

Eng aneinandergedrängt zogen die Mädchen die Decke bis zu ihren Nasen hoch und atmeten still.

Dann kam er. Wie ein Sturm krachte er zur Tür herein und stellte seinen Rucksack ab. Schüttelte den Mantel vom Körper, setzte sich. Evelina hob das schwere Leder hoch und hängte es zum Trocknen auf, zog ihm die Stiefel von den Füßen, holte Speck und Schnaps, reichte ihm ein Stück Brot, einen Teller Suppe, ein Glas Wasser, Schnaps. Er fasste nach ihrem Gesicht und sah sie an, prüfte ihre Augen, zog ihre Unterlippe nach unten, begutachtete ihre Zähne, knetete ihre Oberarme, hob ihre Brüste an und hielt ihr die Haare vom Kopf.

»Du bist alt«, sagte er. »Wie deine Schwester.«

Dann ließ er sie los, aß und trank, Wasser und Schnaps schien er nicht zu unterscheiden. Als er genug hatte, stand er auf, zerdepperte das Glas auf dem Boden und rülpste. Wieder verharrte er eine Zeit lang autistisch, starrte ins Nichts. Bevor er die Stube verließ, streifte sein Blick die zwei Mädchen. Kurz fixierte er Maria. Ihr war, als hätte er sie gerade erst entdeckt, zum ersten Mal direkt angesehen. Seine stechenden Augen verharrten auf ihrem Gesicht, er verzog den fettigen Mund zu einem Grinsen, das schiefe, faule Zähne zwischen großen Lücken zeigte, dann verließ er schmatzend den Raum.

Evelina wurde ungewöhnlich nervös. »Los, lauf!«, flüsterte sie eindringlich. »Beide! Lauft in den Wald. Versteckt euch!«

»Warum?«, wollte die Kleine wissen, die Angst der Mutter war auf sie übergegangen.

»Frag nicht. Tut, was ich euch sage!«

Maria krallte sich eine Decke, nahm ihre Schwester bei der Hand und stürzte zur Tür.

»Warte!«, hielt Evelina sie zurück und schaute aus dem Fenster. Nichts war zu sehen, nichts war zu hören. Er konnte überall sein, wahrscheinlich war er überall, aber sie durfte nicht warten. »Jetzt.«

Maria öffnete die Tür und setzte zum Laufen an – da stand er, wie ein Baum. Wortlos fasste er nach ihr und zerrte sie nach draußen. Evelina schrie so laut sie konnte, schlug auf ihn ein, flehte ihn an, er solle das Kind in Ruhe lassen, er solle *sie* nehmen, mit ihr könne er alles tun, was er wolle – nur nicht das Kind, um Gottes willen nicht das Kind!

In einer skrupellosen Drehung schlug Joseph ihr die Masse seiner Hand mitten ins Gesicht und brummte finster: »Wenn du ruhig bist, ist's schnell vorbei. Wenn du schreist, dauert's lang. Wenn du brüllst und schlägst, ist sie hin.«

Dann zeigte er auf eine Stelle zwei Meter hinter sich, dort sollte sie stehen bleiben. Regina krallte sich an die Mutter, die hielt ihr die Hände vors Gesicht und schnaubte so leise, wie es nur ging,

Nebelfahnen in die kalte Nachtluft. »Es dauert nicht lange«, flüsterte sie. »Es ist schnell vorbei, wirst sehen.«

Maria lag jetzt rücklings auf dem großen Tisch im Hof, auf welchem Jahre zuvor das Reh gelegen war, machte die Augen zu, verzog keine Miene, dachte nur an dieses wehrlose Reh, an seine friedlichen dunklen Augen, als der Mann ihr die Wollstrumpfhose vom Körper zog und ihre zitternden Beine hochhielt. Evelina, regelrecht unter Schock, nahm den Schmerz ihres pumpenden Unterkiefers nicht wahr. »Herr Jesus, erbarme dich unser«, keuchte sie kurzatmig. »Herr Jesus Christus, erbarme dich.«

Sie bemerkte erst, dass Regina sich von ihr gelöst hatte, als Joseph einen markerschütternden Schrei losließ. Sein Mark war zweifellos erschüttert – neben ihm stand das Mädchen, das große Beil in der Hand, seine Klinge tief in die Kniekehle des Mannes versenkt. Der wankte nach hinten, dabei glitt das Beil aus der Wunde. Sekunden später zog die messerscharfe Klinge eine Gerade durch seine breite Wampe. Dickes, rotes Wasser quoll daraus wie aus einem Wildschweinbauch. Aus dem Maul des Vaters ertönten tierische Höllenlaute. Maria fasste hinter sich, griff nach dem Spaten und wuchtete ihn mit aller Kraft gegen den Schädel des Mannes, der kraftlos zu Boden stürzte, röchelte und heulte. Jetzt war sein rechter Arm dran. Regina war getrieben, konnte nicht aufhören, mit glasklaren Augen und angespannten Gesichtszügen ging sie ans Werk. Sie schaffte es nicht, seine Gliedmaßen vollständig von seinem Körper zu trennen, zu gewaltig war er, aber wie von fremder Hand geleitet, fuhr sie fort, ihn zu zerteilen, wie er selbst einst das Reh zerteilt hatte, konzentriert und konsequent. Marias Spatenschaufel hatte sein Blut und Galle spuckendes Gesicht derweil zu einem entmenschten Gebilde entstellt, seine Zähne lagen verteilt auf der Erde – da schrie Evelina laut auf. Sofort hielten die Mädchen inne, atmeten flüchtige weiße Wolken.

Die Mutter stand da, das große Küchenmesser in der Hand. Der zerstörte Leib des Mannes zuckte, seine Stange stand immer noch aufrecht und dehnte den Stoff seiner Hose nach oben. Evelina beugte sich über ihn, spuckte aus und stach zwei Mal, von heftigen Luftstößen begleitet, einer fremden Stimme aus den Tiefen ihrer Seele gleich, mechanisch auf seinen Hals ein, dann ein letztes Mal auf seinen Unterleib.

»Jetzt ist Schluss«, sagte sie schwer keuchend. Und nach einer kurzen Pause: »Das ist die Stunde des Todes.«

Joseph Holzapfel war nach einundvierzig sinnfreien Jahren ausgelöscht. Die Macht, die so lange über den Wald und seine Bewohner geherrscht hatte, ob sie zugegen war oder nicht, war nicht einmal mehr die Summe ihrer Einzelteile – die lagen zwei Stunden später unter seinem schweren Ledermantel aufgehäuft im Hof. Die Macht war einfach nur ein Mensch gewesen, im Tod wie im Leben wertlos. Nein, nicht ganz wertlos. Sein Wert ließ sich zusammenfassen in zwei Ejakulationen, die er dem schwächeren Körper seines Weibes aufgezwungen hatte, ungefähr zehn Milliliter Lebenssaft – genau genommen null komma fünf Prozent davon, der Rest war Seminalplasma, Wasser, was auch immer. Wertlose Substanz.

Frisch gewaschen saßen die Frauen eng aneinandergedrängt im Bett, zum ersten und letzten Mal. Einen ganzen Rosenkranz hatten sie gebetet, obwohl Evelina den Rosenkranz nicht mochte – »endlose Kette« hatten sie und ihre Schwester ihn immer genannt –, dann *Stille Nacht* gesungen. Der Reihe nach schliefen sie ein. Das heißt, die Mädchen schliefen ein, Evelina lag wach und starrte wie neugeboren in die stille und heilige Leere der Christnacht, ehe sie wieder nach draußen ging.

Als die Schwestern am nächsten Tag erwachten, existierte nichts mehr, was an die gewaltige Sünde erinnerte. Alles war, wo es sein sollte, der Hof war aufgeräumt, die Ordnung wieder hergestellt, der

Duft von Essig lag in der Luft. Auf dem Tisch warteten ein Christstollen und zwei Becher mit heißer, wässriger Milch.

Ein paar Monate später fragte ein ängstlicher Polizist nach dem vermissten Holzapfeljoseph. Evelina gab trocken an, er sei nicht mehr nach Hause gekommen. Die Frage, wer zum Teufel ihn eigentlich vermisste, beschäftigte sie noch ein paar Tage. Zwischen den Frauen sollte nie auch nur ein einziges Wort zu den Geschehnissen jener Dezembernacht gewechselt werden, auch wenn Regina sich noch lange fragte, wo der Alte war, ob Evelina ihn eingegraben hatte oder verbrannt oder weggebracht. In der Hölle war er, so viel stand fest. Das Holzapfelschweigen hatte seine Vollkommenheit erreicht.

So vergingen in einer Nacht zwei Kindheiten.

7. Der Engel

Die Monotonie der nächsten siebenundzwanzig Jahre war vollkommen. Kein anderer Mensch dieses Zeitalters, der weder Mönch noch verrückt war, hätte diese auch nur einen Monat lang ertragen. Dem ewigen Kreislauf der Jahreszeiten wurde sein Weg nicht zu blöd, der Trott des Lebens war der Trott der Natur, in welchem die drei Frauen inkludiert waren wie Bakterien. Die Welt außerhalb des Waldes kümmerte sie nicht. Sie wussten nicht einmal von ihrer Existenz. Sie hatten ihre Lektionen gelernt, die Herausforderungen des Lebens angenommen, trugen Verantwortung für sich und ihre Hütte. Punkt.

Regina hatte ihre gebändigte Fantasie, ihre verdrängte Lebenslust, die Glut ihres jugendlichen Feuers irgendwann nicht mehr ertragen und Trost im Schnaps gefunden. Lange Zeit hatte sie nicht gewusst, was mit ihr los war, wovon ihre Unruhe herrührte, ihre wilden Träume und Gedanken. Sie war im Grunde nicht für dieses Leben, für die Stille gebaut, die Abgeschiedenheit ließ ihren Geist von Zeit zu Zeit durchdrehen, dann fällte sie einen Baum oder tötete ein Tier.

Der Alkohol beruhigte sie und machte alles erträglich, er war aber auch ein Traumtöter. Manchmal wollte sie träumen, manchmal blieb sie nüchtern, nur um durch die Nacht zu reisen, das Leben einer Märtyrerin zu führen, in einen Tierkörper zu schlüpfen oder sich zu verlieben, wie sie es in den paar Büchern gelesen hatte, die es im Einkaufskorb der Klara in den Wald geschafft hatten.

Zuweilen plagte ihr sexueller Trieb sie so gewaltig, dass sie sich an allem rieb, worauf sie sitzen konnte. Evelina hatte ihr das in ihrem Beisein untersagt, also lief sie, wenn es so weit war, ein Stück in den

Wald und genoss die rauen, feuchten Oberflächen der Wurzeln und Steine. Nein, Genuss war's keiner – sie verschaffte sich auf manisch aggressive Weise Erleichterung. Es war ein Bedürfnis, das gestillt werden wollte, nicht mehr. Sie dachte nicht weiter darüber nach.

Maria kannte die Geißel dieses Triebs nicht. An ihr klebte etwas Schweres, ein Gewicht, das sie ruhig hielt. Sie trug all ihre Begrenztheiten mit sich, nichts und niemand musste sie bändigen. In der Stadt wäre sie früher wahrscheinlich in die Kategorie *autistisch* gesteckt worden, hätte ungefragt einer speziellen Betreuung bedurft, ein normales soziales Leben wäre ihr wohl nicht möglich gewesen, dabei war ihr Sensorium für die sie umgebende Welt ein messerscharfes. Hier aber gab es keine Kategorien, hier war sie einfach die Maria – nicht die Regina. Dass die Schwestern von so unterschiedlicher Natur waren, hatte ausschließlich Vorteile, die eine machte die andere komplett. Für die Leute im Dorf aber existierten nur die Holzapfelschwestern, nicht zwei individuelle Menschen mit unterschiedlichen Vornamen, womöglich stellten sie sich die beiden als kollektives Bewusstsein oder siamesische Zwillinge vor – und in gewisser Weise stimmte das auch.

Evelina, mittlerweile achtundfünfzig, spürte, dass ihre Zeit abgelaufen war. Sie war müde, ein paar Zähne waren ihr ausgefallen, irgendetwas zog sie hinab zur Erde. Die Züge ihres Gesichts deuteten dahin, die dunklen Ringe unter ihren Augen, die Haut ihrer Wangen. Sie hatte keine Schmerzen, aber das geringste Schwächeln war ihr die größte Demütigung. Vor allem aber spürte sie eine Kraft in ihrem Körper, die sich breitmachte und sie immer mehr erfüllte. Diese Kraft war ihr fremd, schien von außen zu kommen oder von ganz innen, sie wusste es nicht. Alles, was Evelina ausmachte, wurde von dieser Kraft gesammelt und gebündelt. Vielleicht war es gar nicht der Körper, vielleicht war das die Seele, jedenfalls schärfte diese Kraft ihre Wahrnehmung auf gespenstische Weise, gab ihr zu verstehen, dass alles einzigartig und besonders war. Wenn sie jetzt einen Baum ansah, war das nicht einfach ein Baum – plötzlich wollte sie ihn berühren, erkannte das Muster der Rinde, folgte seiner Linie und befand es für schön. Sie hatte so lange nicht in Kategorien wie Schönheit gedacht, sie misstraute dem Gefühl, gleichwohl wärmte es sie von innen. Das Essen war nicht mehr bloß das Stillen des Hungers, auf einmal schmeckte sie die einzelnen Zutaten heraus und wog ihr Geschmacksverhältnis sorgfältiger ab. Die frische Morgenluft, Sonnenstrahlen auf ihrer Haut, das Mondlicht zwischen den Zweigen, alles war, als würde sie es zum ersten Mal sehen und erleben.

Zum letzten Mal.

Diese Kraft, die sie *Engel* nannte, zwang ihr eine Art Vollständigkeit auf, wollte sie ergänzen. Sie wurde weich, empfindsam, rührselig, behielt diese verstörenden Erkenntnisse aber für sich.

Das Gesetz des Verfalls erlaubte keinen Protest. Die Vorahnung einer Umkehrung, dass bald sie von ihren Töchtern beschützt und ernährt werden würde, war ihr zuwider. So weit durfte sie es nicht kommen lassen, also beschloss sie irgendwann, nicht mehr aufzustehen, liegen zu bleiben und auf die Stunde ihres Todes zu warten. Sie verließ das Bett nur, um sich zu entleeren, schlief immer länger, dazwischen betete sie, bat den Erlöser um die versprochene Erlösung, ein schnelles Ende, den Engel um sicheres Geleit auf die andere Seite. Sie war bereit fürs Fegefeuer, im Grunde fest davon überzeugt, dass ihr die ewigen Qualen der Hölle sicher waren. All die Jahre hatte sie gebetet, dass der Herr Jesus ihre Töchter verschonen und zu sich holen möge am Tag des Jüngsten Gerichts. Die Gebete hatten sie zuversichtlich gemacht, dennoch verspürte sie eine Angst, die langsam größer wurde und täglich über sie herfiel, kurz bevor der Schlaf sie in den Arm nahm oder Regina nach ihr griff.

Sie hatte ihrer Tochter eine gewisse Körperlichkeit nie ganz abgewöhnen können, auch wenn sie es ihr immer wieder eingetrichtert hatte: »Jede Berührung macht dich schwach. Jede Träne macht den

Boden, auf dem du gehst, zum Sumpf. Du wirst noch versinken. Nimm dir ein Beispiel an deiner Schwester.«

Regina aber wollte die ausweglose Endlichkeit nicht einfach so schlucken. Evelinas freiwilliger Rückzug machte sie trostlos und traurig, also setzte sie sich ans Bett der Mutter, hielt ihre Hand, las ihr aus den Büchern vor oder hielt ihr den Suppenlöffel an die Lippen. Maria tat indessen, was zu tun war. Wenn nichts mehr zu tun war, hielt sie sich im Hintergrund auf, saß ruhig in einer Ecke und schaute auf die andern.

»Was denkst du?«, fragte Regina manchmal.

»Nichts.«

Wenn Evelinas Oberkörper schweißnass aus dem Schlaf hochgerissen wurde und sie jäh aufschrie, fragte Regina: »Was siehst du?« Die Mutter stöhnte aber nur und beruhigte sich wieder. Nichts konnte sie dazu bringen, den Töchtern zu offenbaren, was sie sah, was ihr Gehirn ihr auf die Innenseite ihrer Augenlider projizierte. Ihre Vorstellung von der Hölle entsprach exakt den Bildern und Erzählungen, die sie als Kind gesehen und gehört hatte: kochende Kessel, lodernde Flammen, unzählige abgemagerte, aber auch fette nackte Leiber, manche vollständig, manche nicht. Herumliegende Körperteile. Immer wieder sah sie abgehackte Arme, Beine, Köpfe. Blut in Töpfen, Blut in Wannen. Von Bäumen hängende Kadaver. Tiere drängten sich zwischen die Menschen, wurden eins mit ihnen. Ratten, Schlangen, Wildschweine, Drachen, die die Menschenkörper leckten, sie mit ihren Körperteilen, glühenden Hölzern oder Waffen penetrierten. Finstere Fratzen mit Zungen bis zum Boden. Männer mit steifen Stangen, Weiber mit üppigen Brüsten. Mäuler mit geschwollenen Lippen, aus denen es maßlos triefte. Geschwülste prangten auf bloßen, hochgereckten Ärschen wie überreife Früchte. All dies mussten diese Seelen ertragen, bis in alle Ewigkeit, *für die Äonen der Äonen* waren sie dieser Folter ausgesetzt, nur weil sie zu Lebzeiten zu schwach gewesen waren, gevöllert, gehurt, gestohlen oder gemordet hatten. Dabei war es so einfach – ganze zehn Gebote waren es, nicht mehr, lächerliche zehn! Aber auch sie hatte es nicht geschafft, war schwach gewesen und musste aufs Schlimmste, auf ihre gerechte Strafe, gefasst sein. *Das Tal von Gehenna* fiel ihr ein, jener Ort der Verbrannten und Verdammten, von dem der Herr Pfarrer früher immer gesprochen hatte in der Messe und in der Schule.

Eines Nachts, Evelina hatte die Kontrolle über ihren Körper bereits verloren, nutzte Regina die Gelegenheit und legte sich zu ihr. »Setz dich hierher, ganz nah«, sagte sie streng zu Maria. Die Schwester gehorchte. Regina hatte gesoffen, aber das merkte man ihr nicht an. Sie kuschelte sich an die Mutter, hielt sie fest und sagte feierlich: »Wir werden dich nicht eingraben, Mutter. Du musst keine Angst haben, niemand wird dich holen. Wir werden über dich wachen, bis wir selbst dran sind. Hörst du? Wir passen auf dich auf. Wir legen dich in ein Bett und behalten dich bei uns. Ich weiß, der Vater ist geholt worden, noch in derselben Nacht ist er geholt worden von Luzifer, aber das lassen wir nicht zu. Verstehst du mich? Ich hab die Bücher gelesen, ich weiß, was Gott will und was nicht. Ich weiß, was zu tun ist, aber wir werden es nicht tun, wir werden dich nicht eingraben. Wenn wir verdammt sind, gehen wir gemeinsam. Hörst du? Du musst auf uns warten. Hab keine Angst.«

Über eine Stunde brabbelte Regina monoton vor sich hin, immer dieselben Sätze, immer dieselben Beschwichtigungen. Dabei streichelte sie unaufhörlich Evelinas Hände, wischte den Schweiß von ihrer Stirn oder fuhr mit den Fingern durch ihre ergrauten dünnen, klebrigen Haare. Sie schien immer ruhiger zu werden, wenngleich Regina sich irgendwann fragte, ob sie etwas falsch machte, warum der Herrgott sie nicht endlich erlöste und zu sich nahm.

Maria starrte die ganze Zeit auf die Frauen, schwieg und presste ihre Finger in ihre Handrücken, so fest sie konnte. Ihre Fingernägel drangen durch die Haut bis ins Fleisch ein, aber sie spürte nichts. Gebannt beobachtete sie das Sterben der Mutter.

Nach einem kräftigen Ruck, der von unten nach oben durch ihren Körper ging, wie bei einer sich übergebenden Katze, atmete Evelina laut ein – und nicht mehr aus.

»Da«, sagte Regina. »Da ist eine Träne unter ihrem Aug. Siehst du?«

»Sie schwitzt«, meinte Maria.

»Das ist eine Träne. Sie hat geweint.«

»Ist sie tot?«

»Ja.«

»Aber du hast es mir vorgelesen: *Staub zu Staub*. Wir müssen sie eingraben.«

»Nein. Ich hab es ihr versprochen.«

»Aber sie wird stinken.«

»Das macht nichts.«

»Aber die Wildschweine werden kommen.«

»Dann müssen wir aufpassen.«

»Oder ein Bär.«

»Wir müssen eben aufpassen.«

»Bleiben nur die Knochen übrig? Wie beim Vieh?«

»Ich glaub schon.«

»Wir müssen sie zudecken.«

»Ja.«

»Aber wir dürfen nicht unter die Decke schauen.«

»Nein.«

Und die tote Mutter lag zugedeckt im Bett, und die Wildschweine kamen, und die Schwestern passten auf und erlegten ein Wildschwein, und sie schauten unter die Decke und erschraken, und sie beteten laut und wild gegen die Verdammnis und für ein ewiges

Leben zu dritt. Irgendwann ertrug Regina den Gestank des schwindenden Mutterleibs nicht mehr, also schnappte sie sich einen Spaten und fing an, hinter der Hütte eine tiefe Grube auszuheben. Maria beobachtete sie eine Zeit lang, dann ging sie ihr wortlos mit Hacke und Schaufel zur Hand. Die Erde war feucht und wurde, je tiefer sie gruben, immer feuchter, was das Ausheben erleichterte. Regina schnaufte, leise Töne mischten sich in das schwere Atmen, die immer lauter wurden und hin und wieder als entsetzliche Schreie durch den Wald gellten. Mit einem solchen Schrei ließ sie jäh den Spaten fallen und ging in die Hütte. Maria wusste, was jetzt folgen würde.

Sie zogen der Mutter die dicke Decke vom Leib und erschraken aufs Neue. Das war nicht Evelina, nur ein viel zu kleines, knochiges, stinkendes Ding. Sie zerrten es aus der Hütte, es schien so zerbrechlich und leer und farblos, leicht wie ein Sack voller Äste. Sie ließen die Mutterreste in das ein bisschen zu klein geratene Loch plumpsen, pressten sie zusammen und schütteten rasch die ausgehobene Erde darüber, wieder begleitet von Reginas angestrengtem Singsang.

»Sie kann hier nicht wieder rauskommen, oder?«, fragte Maria.

»Nein. Sie kann auch nicht auf uns warten. Die Toten sind tot und weg. Sie ist jetzt im Himmel bei Jesus, da braucht sie ihre Beine nicht mehr.«

Für Regina war die Sache damit erledigt, Maria aber rollte einen schweren Stein auf das Grab und setzte sich fortan gerne mittendrauf. Manchmal verharrte sie so stundenlang.

Und sie lebten weiter im Wald, sie beide mit der toten Mutter in der Erde, und die Welt blieb draußen, und die Zeit verging wie Rauch im Wind.

8. Sarah

Ein Sonnenaufgang im September, eine Frau steht am Waldrand. Sie trägt einen alten, offensichtlich schweren Rucksack, der ihre Schultern nach unten zieht, um ihren Hals ranken sich billige, weiße Plastikkopfhörer. Sie wirkt nachdenklich, dreht sich immer wieder um, macht ein paar vorsichtige Schritte, bleibt wieder stehen. Irgendwann geht sie entschlossen los. Nach ungefähr einer Stunde endet der Weg. Sie erinnert sich an die letzten Worte ihrer Mutter: »Wenn der Weg aufhört, einfach weitergehen. Immer weiter, wahrscheinlich zwei Stunden lang. Viel Glück.« Also geht sie weiter.

Sarah heißt sie. Ist neununddreißig Jahre alt, von kleinem, kräftigem Wuchs. Sie ist müde, beinahe lebensmüde, dennoch scheint ihre Miene der Welt ein pralles JA auf die Stirn zu schreiben. Dabei lacht sie gar nicht. Aber diese Wangen, der Mund, die Augen – auf ihren Schultern steckt eine leuchtende Laterne, eine naive Sonne. Nichts Böses kann in diesem Rund wohnen, ist man geneigt zu denken, wenn man sie das erste Mal sieht.

Es ist sieben Uhr am Morgen, sie ist seit Stunden unterwegs, stakst durchs Gebüsch, stolpert über Wurzeln. Äste, Blätter und Brennnesseln greifen nach ihr, Insekten begutachten den Eindringling, bald verliert sie ihr Zeitgefühl, der Wald erscheint ihr als unscharfes, verworrenes Gebilde, als suchte sie in einer unendlichen Höhle verzweifelt nach dem Ausgang. Zwischendurch verliert sie den Glauben an die Existenz ihres Ziels – aber dann, zwischen den Zweigen, weit vorne auf einer kleinen abgeholzten Lichtung erkennt sie es. Ja, das muss es sein, das Haus der Holzapfelschwestern, das legendäre, von den schlichten Geistern im Dorf *Hexenhaus* geheißene.

Sarah macht in einer ihr angemessen erscheinenden Entfernung Halt, wartet. Eine Stunde? Sie überlegt, ob sie wirklich dazu bereit ist, wie sie es angehen, was sie sagen soll, verunsichert starrt sie auf das stille Haus – da plötzlich sind sie, die Schwestern, da sind die Hexen! Sie hat sie nicht kommen gehört, keinen Laut vernommen, als hätten sich ihre reglosen Körper aus dem Nichts materialisiert. In festen, klobigen Schuhen und altmodischen Haushaltsschürzen stehen sie da, darüber tragen sie dicke Wollwesten. Die eine hat die Haare unfrisiert zusammengebunden, die andere zu einer ungleichmäßigen Kurzhaarfrisur geschnitten. Die mit dem Zopf, Maria, steht, ein Gewehr in der Hand, vor der anderen. Ausdruckslos starren die beiden in Sarahs Richtung. Harte Gesichter humorloser Menschen. Minutenlang fällt kein Wort. Wilde Tiere, die einander lautlos fixieren, nur mit Blicken und Posen pochen sie auf die Vormachtstellung in ihrem Revier.

Damit hat Sarah kein Problem, darauf ist sie gefasst. Sie will die Vormachtstellung der zwei Alten auf keinen Fall anfechten – was sie erstarren lässt, ist die pure Angst. Wovor, ist unklar. Im Moment sind alle Geschichten über die zwei, alle Vorurteile und Gerüchte real. Mehr noch – alle Filme, Bücher oder Märchen, alle Ängste verschmelzen zu einer einzigen Angst, einer Horrorvision. Vielleicht werden sie sie gleich töten, vielleicht fressen oder quälen. Sarahs Lippen sind aneinandergepresst, sie atmet tief und kurz durch die Nase. Ihre Haltung ist gebückt, schief und unbequem, aber sie will sich nicht bewegen. Jede Regung könnte der Bewaffneten vor ihr eine Provokation sein.

Sie weiß nichts von den Frauen. Die Leute im Dorf erzählen die abstrusesten Geschichten, aber auch das nur noch selten. Im Grunde wird das Haus im Wald totgeschwiegen wie ein entferntes Familienmitglied, für das man sich schämt, weil es verrückt ist oder entstellt oder blöd. Die Gerüchte entstanden im Lauf der Zeit vor allem in den Dorfkinderköpfen, ihre Eltern hatten den Wald oft als Druckmittel gegen sie verwendet. *Wenn du nicht brav bist, kommst du in den Wald zu den Holzapfelschwestern, die werden sich schon um dich kümmern*. So oder so ähnlich werden sie in der Gegend immer noch zu Ordnung und Gehorsam gezwungen. *Hänsel und Gretel* war und ist für die Dorfkinder mehr als ein Märchen, der *verbotene Wald* mehr als ein gefährlicher Ort in einer von Zauberern bevölkerten englischen Provinz. Hier die beliebtesten Gerüchte über die Waldschwestern:

Sie sind halb Mensch, halb Tier.

Sie können weder sprechen noch lesen und schreiben.

Sie erlegen Tiere mit bloßen Händen und Zähnen.

Sie trinken frisches Tierblut.

Sie trinken ihr eigenes Menstruationsblut.

Eine von ihnen hält immer Wache am Waldrand – unsichtbar.

Sie fliegen durch den Wald.

Sie sind Herrinnen über Waldgeister und Dämonen.

Sie reisen regelmäßig ins Jenseits.

Sie haben den respektablen Holzapfeljoseph kaltblütig ermordet und im Wald verscharrt.

Sie haben ihn an die Wildschweine verfüttert.

Sie haben ihn selber verspeist.

Sie haben den respektablen Dorfgendarmen Zaungruberwilhelm auf dem Gewissen, der diesbezüglich bei ihnen auf Dienstbesuch war, kurze Zeit später dem Alkoholismus verfiel und ein Jahr darauf verstarb. Ebenso seine Gattin, die Zaungruberpepperl, welche ihm vier Jahre später im religiösen Wahn in den Tod, womöglich in die Hölle, gefolgt ist. Sie hatte all diese Jahre über behauptet, im Schlaf von den Holzapfelschwestern verfolgt, mit Rosenkränzen ausgepeitscht und zu sexuellen Untaten genötigt zu werden. Beschreiben konnte sie die Schwestern nicht, ihre Gesichter seien jedoch *leer* gewesen. Auf dem Rücken ihrer Leiche wurden Striemen in Form eines Kreuzes verzeichnet.

Sie sind schon lange tot.

In der Hütte lebt ein von ihnen zusammen mit einem Hirsch gezeugter Bastard.

In der Hütte leben ihre untoten Geister.

Niemand lebt dort, dennoch steigt Rauch aus dem Schornstein.

Sie haben nie existiert.

Sarah ist ein Kind des Dorfes, all diese Geschichten kennt sie nur zu gut. Aber sie hat zu viel erlebt, um auf das Gerede der Leute noch etwas zu geben. In ihre neununddreißig Jahre hat sie mehr Erfahrungen, Erlebnisse und Informationen gepackt als so manch anderer Mensch: Als Kind wollte sie christliche Malerin oder Bildhauerin werden, mit neun fertigte sie sowohl den Bilderzyklus *Neuer Kreuzweg* als auch eine siebenunddreißig Figuren umfassende, holzgeschnitzte Weihnachtskrippe für die Dorfkirche an; beide Arbeiten wurden jedoch vom Pfarrgemeinderat der umliegenden sieben Dörfer einstimmig abgelehnt. Die umliegenden sieben Dörfer waren so weitläufig, dass das Kind sie gar nicht kannte. Zwischen ihnen lagen ewige Felder und Wälder. Die sieben Dörfer waren die ganze Welt, von der realen Existenz einer Stadt erfuhr sie erst Jahre später, die Informationen der Dorfschule hatte sie mit denen der Bibel gleichgesetzt. Mit sechzehn wurde sie dem Orden der *Schwestern vom blutenden Herzen Jesu* anvertraut, nach fünf Jahren strengen Schul- und Klosterlebens verließ sie den Orden und ging in die Stadt, schlug sich aufgrund mangelnder Alternativen als Tänzerin und Prostituierte durch, wurde schwanger, verlor das Kind, arbeitete in Bars und Supermärkten, heiratete den Barbesitzer und Schläger Felsenreiter, wurde schwanger, trieb heimlich ab, wurde wieder schwanger und trieb wieder ab, ließ sich nach sechs Jahren Ehe scheiden, verließ die Stadt, flüchtete in die Großstadt, wollte Kunst studieren, wurde aber abgelehnt, versuchte sich daraufhin als freie Künstlerin, Malerin und Comiczeichnerin, blieb jedoch erfolglos. Für den ehrenwerten Dienst an der Stange wurde sie sodann für zu alt befunden, also arbeitete sie wieder im Supermarkt, fühlte sich zunehmend einsam und verloren, gab schließlich auf und kehrte vor einem halben Jahr zurück in die kleine Stadt, wo der Felsenreiter sie aufstöberte und noch einmal schwängerte. Darauf beschloss sie verzweifelt, in einer Nacht- und Nebelaktion endgültig wieder heim ins Dorf zu gehen, um bei ihrer Mutter unterzutauchen und zur Ruhe zu kommen.

Ja, sie ist eine Holzapfel.

Ja, ihre Mutter ist die Klara.

Ja, sie ist im achten Monat schwanger.

Und ja – ihr Vater war der respektable Holzapfeljoseph.

»Ich bin die Sarah«, sagt sie schließlich vorsichtig in die Morgenluft hinein. Keine Reaktion.

»Ich bin die Holzapfelsarah. Ich bin eure Schwester.«

Maria legt das Gewehr an.

»Halbschwester.«

Maria schüttelt den Kopf zu einem sturen Nein.

»Bitte glaubt mir. Ihr müsst mir glauben. Meine Mutter ist die Klara. Ich hab hier einen Brief für euch. Von ihr. Von der Klara.«

Regina überlegt kurz, dann deutet sie der Fremden, näher zu kommen und ihr den Brief zu geben. Maria will sie davon abhalten, aber Regina schüttelt sie ab und nickt. Langsam geht Sarah vorbei an den Tannen zum Zaun. Es ist kein Tor an dem dafür vorgesehenen Platz, nur zwei morsche Holzlatten hängen an dem Zaunfeld daneben, deuten schräg auf die Erde. Auf dem Boden liegt ein von Rost befallenes Stück Draht. Sarah steigt darüber, stellt ihren Rucksack ab, zieht den Brief aus ihrer Jacke und hält ihn ihrer bewaffneten Halbschwester entgegen. Maria rührt sich nicht von der Stelle, also fasst Sarah sich ein Herz und tritt näher.

»Hier, bitte. Die Mutter schickt mich. Die Klara ist meine Mutter und eure Tante. Ich will euch nichts Schlechtes. Versteht ihr mich?«

Maria deutet auf ihren runden, von einem ausgeleierten Pullover unwirksam kaschierten Bauch. Sarah nickt: »Ja, ich krieg ein Kind. Bald.«

Wieder eine Minute wie ein Loch in der Zeit. Dann ergreift Regina die Initiative, reißt ihr den Brief aus der Hand, hält ihn sich direkt vors Gesicht und liest:

Liebe Maria, liebe Regina.

Das ist die Sarah, meine Tochter. Eure Schwester. Der Joseph hat mich an einem Sonntag hergenommen wie einen Putzfetzen und geschwängert. Dass das passiert ist, dass ich in dem Moment da war und nicht weg oder tot, ist die größte Schande meines Lebens. Dass ich damals der Evelina nicht nach bin, sie nicht gerettet hab, ist die zweite Schande. Ich war zu feig. Auch später wollt ich immer zu euch, aber ich war einfach zu feig. Ich hab mich nicht einmal getraut, Briefe in den Korb zu legen. Ich glaub, ich wollte euch nicht verderben. Die Welt und der Wald gehen nicht zusammen. Ich weiß auch nicht. Irgendwann hab ich mir gesagt, alles ist eben, wie es ist, und es wird schon einen Sinn haben. Es muss einen Sinn haben. Aber ich hab meine Schwester im Stich gelassen, dem Joseph überlassen, und euch auch. Ist sie tot? Wahrscheinlich, ich spüre das. Ich weiß nicht, warum ich immer noch hier bin. In einem Leben kann keiner so viel beten, dass er das alles aufwiegen könnte.

Dass ich schwanger geworden bin, kann ich nicht bereuen wegen der Sarah. Dabei hat mir der Doktor immer gesagt, ich kann keine Kinder kriegen. Sie ist ein guter Mensch, die Sarah, hat viel durchgemacht. Ist selber an einen geraten, einen wie den Joseph. Jetzt ist es bald so weit mit dem Kind, es wird ein Bub. Der Mann ist möglicherweise hinter ihr her. Von euch weiß er nichts. Bei euch ist sie sicher. Nur bei euch. Wenn ich die Sarah nicht rette, ist das die dritte Schande – mit der könnt ich nicht leben. Ich bitt' euch also inständig, lasst sie bleiben! Im Wald. Ich weiß, das ist viel verlangt. Ich bet' für euch und denk' immer nur an euch. Im Wald habt ihr es gut. Mich hat der Herrgott hierhergepflanzt, in die sündige Welt, die, je weiter man weggeht, immer lauter und sündiger wird.

Immer verrückter. Ich will dran glauben, dass am Ende alles gut wird und euer Leben ein Segen ist. Wenn ihr was braucht, schreibt es auf den Zettel. Egal, was.

Eure Tante Klara

Regina gibt den Zettel an Maria weiter, die mehrere Minuten braucht, um ihn zu entziffern. Regina starrt währenddessen auf Sarah und denkt nach.

»Ich muss aufs Klo«, sagt Sarah dann.

»Da hinten.«

Im Hinterhof liegen mehrere große Äste auf dem Boden, daneben ein Haufen frisch gehackter Scheite. Ein großes Beil steckt in einem Baumstumpf. Dahinter eine Tür mit einem herzförmigen Loch.

»Hier?«

Regina nickt. Natürlich kennt Sarah Plumpsklos. Am Hof ihrer Mutter gibt es noch eines, wenn auch schon lange nicht mehr in Verwendung. In der Kabine liegt ein Stapel getrockneter Pflanzen. Sie öffnet den Deckel, der erwartete Gestank bleibt aber aus. Die Sickergrube scheint mit den Pflanzen angefüllt zu sein.

Draußen stehen die Schwestern. Noch einmal liest Regina den Brief, sie wird ihn noch hundertmal lesen. Marias Blick fordert eine Stellungnahme ihrer Schwester ein.

»Wir müssen sie behalten. Sie kriegt Evelinas Bett, wir zwei schlafen wieder in einem.«

»Gut«, sagt Maria, und dann: »Ich weiß, wie das geht. Ich hab dich rausgeholt aus der Mutter.«

Regina nickt nachdenklich.

Zwei Tage später. Kein Wort wurde gewechselt. Die Schwestern haben Holz gehackt und geschlichtet, Sarah hat so gut sie konnte mitgeholfen. Alles ist für sie mittlerweile beschwerlich, die Schmerzen kommen und gehen, machen ihr Angst. Der Arzt hat sie aufgrund ihres Alters als Risikoschwangerschaft bezeichnet, ihr mit Nachdruck nahegelegt, rechtzeitig eine Klinik in der Stadt mit allen technischen Anforderungen für geburtshilfliche Notfälle aufzusuchen. Den Wald hat er damit wohl nicht gemeint.

Jetzt sitzen die drei zu Tisch und essen Gemüsesuppe. Das heißt, Sarah denkt, dass es Gemüsesuppe ist. Sie ist dünn, mit klumpigen Brocken undefinierbarer Herkunft, aber es schmeckt ganz gut, irgendwie nach Erde und Pilzen. Neben Reginas Teller liegt immer noch der Brief, abgegriffen und bedeutungsschwer. Als sie mit dem Essen fertig ist, fragt sie leise – und dennoch erfüllt ihre Stimme den Raum wie eine Naturgewalt: »Ist sie ein Dämon, die Klara?«

Sarah erschrickt. »Was?« Sie hat die Frage sehr wohl verstanden. »Nein. Sie ist eine gute Frau. Warum fragst du das?«

»Es wird ein Bub.«

»Das Kind, ja. Ich verstehe nicht ...«

»Nur Gott weiß, ob es ein Bub wird oder ein Mädchen«, sagt Regina. Maria bekreuzigt sich und wartet gespannt auf Sarahs Erklärung.

»Ach so, nein. Das haben die im Krankenhaus gesehen. Der Arzt. Ich hab ein Bild von dem Kind. Ein Foto.«

»Ich kenne Fotos.« Regina geht zum Bücherregal, öffnet ein Buch und legt ein paar alte Fotos auf den Tisch.

»Ja«, sagt Sarah begeistert. »Die kenne ich. Das sind meine Großeltern. Unsere Großeltern.« Dabei lächelt sie. »Evelinas Mutter und Vater. Und da ist meine Mama, die Klara. Und das hier sind die Evelina und die Klara, zusammen als Kinder. Das hängt bei uns zuhause in der Küche. Warte, ich kann euch zeigen, wie die Mama jetzt ausschaut.« Sie nimmt ihr iPhone mit der zerbrochenen Hülle zur Hand, drückt und wischt darauf herum und hält den verdutzten Schwestern das Foto einer alten Frau entgegen. »Das ist ein Handy, ein

Telefon. Die sehen so aus und man kann damit Fotos machen. Ich hab noch siebenundvierzig Prozent Akku. Ich muss euch das jetzt zeigen, ohne Strom wird's bald nicht mehr funktionieren.«

Wieder vergehen mehrere Minuten. Immer wenn das Bild verschwindet, berührt Sarah das Display und es erscheint aufs Neue. Die Schwestern staunen ängstlich. Regina schluckt schwer. »Sie sieht aus wie …«

»Ja.« Sarah wischt sich ein paar Tränen von der Wange, winkt aber gleich wieder ab. »Entschuldigt, das sind die Hormone.«

»Hormone sind Übermittler von Informationen im menschlichen Körper«, doziert Regina laut.

»Ja, genau.« Sarah ist perplex.

»Aber dein Kind ist da drin.«

Sarah zieht ein Ultraschallbild aus ihrem Rucksack und legt es dazu. »Man sieht nicht viel, aber in der Stadt können die mit einem speziellen Gerät Fotos vom Körperinneren machen – von dem Kind. Ist das nicht fantastisch? Das hier ist der Kopf, hier sind die Arme. Und das hier ist sein Penis, seht ihr? Der ist winzig, aber man kann eindeutig erkennen, dass es ein Bub ist.«

»Die Stange«, sagt Maria monoton.

»Ja, die Stange.« Sarah lacht, die Schwestern bleiben todernst.

»Er hat sie in dich hineingesteckt«, sagt Maria.

»Natürlich«, meint Regina belehrend. »Natürlich hat er das. Das steht in dem Buch, ich habe es gelesen.«

»Ja, das hat er«, sagt Sarah kalt.

Dann steht sie auf und wirft einen Blick auf das Regal mit den Büchern. Die Bibel und *Das Buch der Heiligen* kennt sie, die meisten Buchrücken sind unlesbar, aber Namen wie Lagerlöf oder Goethe fallen ihr auf. Ein dickes Buch mit goldenem Einband sticht heraus: *Die Lyra des Orpheus. Lyrik der Völker in deutscher Nachdichtung*. Sarah betrachtet es beeindruckt.

Da legt Regina unerwartet los: »O das Geheimnis wunderbar, es wäscht der Seuche Spuren aus und tilgt die Sünden aller Welt: Das Fleisch heilt Fleisches Fluch.«

Was war das? Ein Auszug aus der Osterliturgie? Ein Schweinsbratenrezept? Die Gebrauchsanweisung für ein Medikament? Reginas Vortrag klingt staubtrocken und sachlich, völlig unpoetisch. Natürlich.

»Du hast es auswendig gelernt?«, staunt Sarah.

»Ich hab es mir gemerkt.«

»Aber das sind über neunhundert Seiten.«

Regina zuckt mit den Schultern. »Was bedeutet es?«

»Oh, das … kann ich dir nicht sagen, aber wir können es gern einmal zusammen lesen, wenn du magst.«

Regina nickt, nimmt das Buch an sich, wischt behutsam mit der Hand darüber und steckt es zurück an seinen Platz.

»Die Bücher sind von der Klara, oder?«, will Sarah wissen.

»Ja. Das hier auch.« Regina zeigt auf einen Band mit dem Titel: *Das Lexikon der Gesundheit.* »Da sind auch Fotos. Ich weiß, wie man Kinder macht. Der Mann macht das.«

Und ohne Atempause fügt Maria hinzu: »Der Joseph hat die Regina gemacht. Und mich. Hat uns in die Evelina hineingemacht.«

Und wieder Regina: »Ganz klein waren wir, so klein.«

Und Maria: »Und dann so groß. Wie dein Bauch. Es tut weh.«

Und Regina: »Ich bin zu alt dafür.«

Und Maria: »Aber das Kind. Ein Kind ist schön wie das Jesuskind. Nur die Jungfrau Maria hat keinen Mann gebraucht.«

Nach einer Pause beenden Sarahs Sätze das Thema wie das Schlussplädoyer einer Anwältin: »Ja, ihr habt recht. Das Kindermachen ist eine Sache, das Kind aber ist eine ganz andere. Das Kind kann nichts dafür!«

Wieder bekreuzigt sich Maria geradezu mechanisch, *Heiligemariamuttergottesbittefürunssünder*, räumt schnell den Tisch ab, stellt das Geschirr in einen Korb und will in den Hof gehen, um es zu waschen und dem Gespräch zu entkommen.

»Kannst du noch ein Gedicht aus dem Buch aufsagen?«, fragt Sarah.

Regina nimmt eine Flasche aus der Holzkiste neben dem Regal mit den Lebensmittelvorräten, füllt einen Becher und kippt den Schnaps in einem Zug ihre Kehle hinunter.

»Diese Richtung ist gewiss, immer schreite, schreite! Finsternis und Hindernis, drängt mich nicht zur Seite.«

»Wow.«

»Sie kann alles sagen, wenn sie Schnaps getrunken hat!«, ruft Maria fast stolz. »Alles, das ganze Buch.« Aber Regina bremst sie gleich wieder: »Nein. Nicht alles.«

»Nein, nicht alles. Und das ist auch nicht wichtig«, setzt Maria nach, bekreuzigt sich und geht.

Am nächsten Morgen. Sarah ist um vier Uhr aufgestanden, um etwas Zeit für sich zu haben. Jetzt steht sie nackt im Hinterhof und wäscht sich mitten in der Morgensonne, schüttet eiskaltes Wasser aus einem Krug über ihren Kopf und stöhnt. Sie weiß genau, dass die Schwestern sie beobachten. Beide stehen in der Tür und starren auf ihren feisten Körper. Sarah wendet sich ihnen zu und lächelt. Ihre Wampe ist wirklich absurd mächtig, ihr Nabel nach außen gestülpt und groß. Maria stiert teilnahmslos, Reginas Hände werden unruhig, beginnen zu schwitzen.

»Wollt ihr ihn angreifen?«, fragt Sarah. »Na kommt, habt keine Angst. Ihr müsst euch auch nicht schämen.«

Regina will gleich los, Maria zerrt an ihrem Ärmel und schüttelt den Kopf, also nimmt Regina ihre große Schwester bei der Hand und geht von einer drängenden Macht getrieben weiter. Da stehen sie vor dieser prächtigen, trächtigen Frau wie zwei kleine Ministranten vor ihrem Bischof. Sarah nimmt Reginas Hand in ihre rechte, dann Marias Hand in ihre linke, legt beide auf ihren Bauch und lacht.

Noch einmal ist festzustellen, dass sie nicht wirklich lacht. Dass ihr Gesicht manchmal einfach ein wenig in die Breite geht und strahlt. Dass ein Licht in ihr angeht, das irgendwie das Gefühl eines Lachens vermittelt – es ist einfach und kompliziert zugleich. Und beachtlich, wenn man bedenkt, was ihr alles widerfahren ist. Das Leben hat es trotz allem nicht geschafft, dieses Licht in ihr auszulöschen.

»Da! Habt ihr das gespürt? Das war der Bub, er greift nach euch!«

Da eilt Maria panisch ins Haus, um sich vor das Kreuz zu knien und zu beten, Regina läuft ein paar Schritte hinters Haus, um sich auf ihre Lieblingswurzel zu hocken und zu masturbieren. In der Mitte die Sarah, die das alles hellwach und aufmerksam registriert. Sie trocknet ihre kalte Haut, zieht sich an und bleibt noch etwas im Hof sitzen, will die beiden nicht stören oder kompromittieren. Sie weiß, sie darf nicht alles ansprechen, will nichts infrage stellen, sich einfach dem unglaublich armen und einfachen Leben ihrer Schwestern, ihren Gewohnheiten und Schrulligkeiten anpassen.

Tagsüber ist es jetzt herrlich kühl, der Wald zähmt die Sommersonne.

Eine ganze Woche vergeht. Sieben absurde Tage für Sarah, deren Geist sich langsam vom Übermaß der Eindrücke der zivilisi
erteren Welt verabschiedet, immer weniger beleuchtet und zu fokussieren lernt. Ihr Körper hingegen fordert permanente Aufmerksamkeit, will aber auch sein Übermaß loswerden. Bald ist es so weit – ja, sie hofft auf eine schnelle Geburt. Zunehmend verflucht sie ihren Bauch und die Mühsal, die er verursacht, kann kaum noch liegen oder schlafen, stöhnt sich durch die Nächte, wartet ungeduldig. Die Schwestern warten gebannt mit ihr.

Maria denkt so oft und konzentriert an Reginas Geburt, dass die Erinnerungen immer klarer, die Bilder immer schärfer werden. Die Eiche, Evelina, das Baby. Längst hat sie ein Bündel vorbereitet,

Decken und frisches Gewand für das Kind liegen unter dem Bett bereit. Ihre Wahrnehmung ist in diesen Tagen so kontrolliert, dass sie, als Sarah sagt: »Es ist so weit – ich glaube, es geht los«, aufspringt, sie an der Hand nimmt und zielsicher zur Eiche führt.

Regina bleibt in der Hütte, öffnet das Fenster und lauscht aufmerksam diesem aggressivsten aller Naturereignisse. Sehen kann sie nur Maria – ein paar Mal, wie sie mit hellwachem, fast glücklichem Gesicht zum Brunnen eilt, um frisches Wasser zu holen. Zu den Lauten, die Sarahs Kehle in den Wald stößt, wäre kein Rudel Wildschweine fähig. Das kann nichts Gutes bedeuten. Regina, das *Buch der Heiligen* in der Hand, betet also um ihr Leben und das der Schwestern, dass der Balg kein Dämon sein möge. Bitte kein Dämon!

»Heilige Margareta von Antiochia, die du mit Fackeln versengt und in Öl gebraten wurdest, die du alle Qualen ertragen hast und unverletzt geblieben bist, bis sie dir den Kopf abgehackt haben, bitt' für uns und halte alle Unholde aus den Tiefen des Wassers von uns fern. Amen.«

Wieder ein Schrei, wieder ein Stöhnen und Ächzen, eine unmenschliche Gewalt scheint in Sarah zugange zu sein.

»Heiliger Cyriakus, der du die Tochter des Kaisers vom bösen Geist befreit hast – dir haben sie siedendes Pech über dein Haupt gegossen, aber es konnte dir nichts anhaben, also haben sie dich einfach zerteilt. Bitt' für uns in der Stunde der Geburt! Befreie uns von Satan!«

Das geht über zwei Stunden so. Und tatsächlich, Reginas Gebete werden erhört. Das Kind, in althergebrachter Art von Maria entbunden und von seiner Mutter getrennt, scheint wohlauf zu sein. Winzig klein ist es, seine Stange nur ein Würmchen, was Maria beruhigt und erheitert. Sarah stillt den Kleinen und schläft dann unter der Eiche erschöpft ein.

Einer wie Giorgione hätte das Bild festhalten können, aber der Wald interessiert sich, wie es so treffend heißt, einen feuchten Dreck für Kunst.

Maria hingegen blüht mit der neuen Aufgabe regelrecht auf, versorgt das Kind mit festen, sicheren Handgriffen. Neben der ein wenig verunsicherten Regina macht sie auf einmal den Eindruck der viel jüngeren Schwester. Als Sarah drei Stunden später aufwacht, stürzt Maria auf sie zu: »Der Name! Wir müssen ihn taufen! Er ist ein Sünder, aber getauft ist es nicht so schlimm. Wie soll er heißen?«

Sarah lächelt ihr zu und sagt ruhig: »Sag du, Maria. Ich will, dass du ihm seinen Namen gibst.«

Maria reißt die Augen auf, springt hoch, wenn auch nicht so hoch wie ihr Herz, und läuft aufgeregt in die Hütte zurück, zu ihrer Schwester, zum *Buch der Heiligen*.

Die Namensgebung erweist sich als schier unbewältigbare Herausforderung. Nachdem Maria nur schwer davon zu überzeugen ist, dass Jesus doch zu gewichtig und ein wenig anmaßend klingt, gehen die Schwestern die Heiligen alphabetisch durch, wägen ihre Namen in puncto Wichtigkeit und Schönheit ab und kommen nur langsam voran. Eine Entscheidung scheint unmöglich. Je gewaltiger der Märtyrertod, desto größer die Heiligkeit; je geheimnisvoller die Vision, desto strahlender der Name. Die Recherche gerät für die Schwestern zu einem hypnotischen Sog: Achatius, mit dem zehntausend Soldaten gleichzeitig gekreuzigt wurden. Angelus, der im Buch mit einem Säbel im Kopf dargestellt ist. Bernhard, dessen Lippen mit Mariens Muttermilch benetzt wurden. Ekkehard, der ein Leben in absoluter Vollkommenheit forderte. Nein, doch Bernhard. Mariens Muttermilch? Mein Gott, Reginas Augen glänzen. Oder Franziskus, der mit den Tieren sprach und die losgelassene Macht der Dämonen voraussagte – der perfekte Name für einen Waldbuben. Oder noch besser: Hubertus, der ein leuchtendes Kreuz im Geweih eines Hirschen erblickte. Es ist einfach zu aufregend, zu schwierig. Irgendwann steht Sarah mitten im Raum und sagt ohne Fragezeichen: »Wie wär's mit Adam: Adam Holzapfel.«

»Aber ... Adam ist doch kein Heiliger«, sagt Maria enttäuscht.

»Adam war vor allen Heiligen. Adam war vor Jesus. Und als Jesus am Kreuz starb, riss die bebende Erde eine Spalte in den Berg Golgatha – und was glaubst du, kam zum Vorschein?«

Stille.

»Na, was glaubst du?«

Keine Antwort, nur vier große Augen, eines davon ohne Braue.

»Adams Schädel.«

»Echt?« Regina ist skeptisch.

»Ja, der war genau dort begraben. Das habe ich bei den Nonnen im Kloster gelernt.«

»Gut«, sagt Maria dann, nachdem sie ein gutes Dutzend Kreuze auf ihre Brust gezeichnet hat. »Adam also.«

Und Regina: »Der Holzapfeladam.«

Maria nickt, nimmt Reginas altes Kännchen, füllt es mit Wasser und geht zu dem Baby, schüttet ihm alles über den Kopf, das Kind schluckt und weint. Die Schwestern starren es an, bekreuzigen sich.

»Im Namen des Vaters und des Sohnes und des heiligen Geistes. Du bist der Holzapfeladam«, sagt Maria feierlich. Regina atmet erleichtert auf. Jetzt ist er getauft. Jetzt kann ihm nichts mehr passieren.

»Der Holzapfeladam«, wiederholt Sarah und lächelt. Dann schläft sie ein.

Die Tage hängen in den Bäumen, schwer wie Jahre.

9. Adam

Adam wächst auf inmitten Mutter Naturs triefender Schenkel, behütet und doch frei. Seine erste bewusste Bewegung ist das Kreuzzeichen. Schon nach zwei Jahren läuft er allein durch den Wald, sammelt Zapfen und Blätter, spricht und spielt mit den Tieren, badet im Bach, saugt gierig alles auf, was ihn umgibt, die Luft, die Gefahren, die Regeln des Waldes. Seine Tanten tragen ihn buchstäblich auf Händen. Wenn er sie überfordert oder nervt, schicken sie ihn einfach weg oder lassen ihn sitzen, wo er gerade ist, und gehen in den Wald. Das heißt, Regina tut das – Maria hat sich dem Buben mit Haut und Haar verschrieben, ihre vermeintliche Gefühlskälte lässt sie alles ertragen. Tagein, tagaus kümmert sie sich um Mutter und Kind, jammert nicht. Nie.

Auch Regina würde kein Wort der Beschwerde über die Lippen kommen, nur ihr Schnapskonsum hat sich mit der Zeit verdoppelt. Wenn Adam quängelt, weil er hungrig ist, hilft sie bereitwillig mit, wenn sie keinen erfindlichen Grund für sein Gejammer sieht, straft sie ihn mit Blicken der Verachtung, ignoriert ihn oder geht einfach weg. Wenn er mit seiner Stange spielt oder sich im Kreis drehend den Wald bewässert, schaut sie weg oder fängt laut an zu beten. Wenn sie rülpst oder furzt, lacht er so wild und heftig, dass sie ihn auch dafür zurechtweisen muss, aber wenn er nur müde oder gelangweilt ist und seinen kindlichen Unmut in die Welt kreischt, fällt es ihr schwer, die Ruhe zu bewahren und die vernünftige Erwachsene zu geben. Dann begegnen die beiden sich auf Augenhöhe, liefern einander gewaltige Machtkämpfe. Einmal, als er sich an ihrem Bein festklammert und nicht aufhört zu brüllen, stößt sie ihn grob von sich – der Sturz auf die Holzscheite schlägt ihm eine breite Wunde in die Stirn. Ein anderes Mal bewirft er sie laut lachend und schreiend mit Erdäpfeln, worauf sie ihn so fest auf die Wange schlägt, dass er schockiert innehält, sie anstarrt und nicht einmal weint. Sie hat schon eiskaltes Wasser über ihn geleert, ihn auf den Schrank gesetzt, im Plumpsklo eingesperrt, *Die Lyra des Orpheus* nach ihm geschmissen, ihn mit furchterregenden animalischen Lauten oder eben physischer Vehemenz zur Räson gebracht und versucht, ihn mit Schnaps zu bändigen. Maria greift in diesen Situationen schnell und wortlos ein, übernimmt die Kontrolle und überlässt ihre Schwester dem Alkohol oder der Abgeschiedenheit. Sie kommt ihrer eigenen Mutter nach, handelt einfach, tut, was zu tun ist, hinterfragt nicht, macht niemandem Vorhaltungen. Reginas Unwillen, sich dem kleinen Rotzlöffel unterzuordnen, ist natürlich auch bei Evelinas minimalistischem Charakter in die Lehre gegangen – kurz, das Vorbild ihrer Kindheit und Jugend, die einzige aktiv prägende Bezugsperson ist in allem, was die Schwestern tun oder nicht tun, präsent.

Nur Sarah scheint gebrochen zu sein. Sie findet keinen rechten Zugang zu Adam, zu sehr erinnert er sie an seinen Vater, den Felsenreiter, hat er doch seine Augen, die sie anstarren wie Lichter aus der Vergangenheit. Sein Geschrei, sein forderndes Glucksen, sein ganzes Gehabe zerrt an ihren Nerven, sie ist ungeduldig, gereizt, jähzornig, das schlechte Gewissen nagt an ihr. Die Schwestern entlasten sie permanent und pflichtbewusst, dennoch oder gerade deswegen gerät Sarah in eine Spirale der Depression, aus der auszubrechen ihr schwerfällt, ja unmöglich scheint.

Die Geburt hat sie mitgenommen, geschwächt, verändert – manchmal denkt sie: zerstört. Die Schmerzen in ihrem Unterleib hielten ein halbes Jahr an, heute noch ist ihr jegliche Berührung schon in der unteren Bauchgegend oder an den Oberschenkeln, und sei es nur die Stuhllehne oder ein Handtuch, zuwider. Sie ist unendlich froh, hier zu sein und nie wieder einen Mann sehen zu müssen. Ihr früheres Leben ist so weit weg, dass es ihr wie ein anderes erscheint. Das Licht, das sie durch dieses Leben geleitet hat, wird schwächer und schwächer.

»Ein Leben für das andere«, sagt sie oft, wenn sie nicht einmal mehr fähig ist aufzustehen und in den Tag zu gehen. Schaut auf das Kind und sagt: »Mein Leben für deins.« Es ist aber nicht die Aufopferung, die sie das sagen lässt, nicht die Ergebenheit, nicht Mutterliebe, nein. Es ist eine Art Wut, eine Enttäuschung, ein aggressiver Ansatz, der es nicht bis zum Ausbruch schafft, der in ihr wohnt, gärt und gedeiht. Der Dirndlschnaps hilft, letztendlich ist er aber nicht mehr als Öl auf der Spirale.

Wenn Adam krank ist – und das war er erst zweimal –, nimmt sie den schwarzen Lederbeutel aus ihrem Rucksack und erklärt den Schwestern, was sie ihm geben sollen. Sie hat ein paar Medikamente aus der Stadt mitgebracht: Antibiotika, Schmerzmittel, Wundsalbe. Nun ja, die Schmerzmittel hat sie mittlerweile fast alle selber geschluckt, aber bei seiner ersten Krankheit hat ihm das Antibiotikum wahrscheinlich das Leben gerettet. Er hielt sich weinend die Ohren zu, schlief und fieberte tagelang so hoch, dass sie glaubten, er müsse sterben. Erst dann fiel der vom Schmerzmittel und vom Alkohol benebelten Mutter ein, dass sie es ja mit der Medizin versuchen könnte.

Ihre Bewunderung für die Schwestern, ein von Ärzten völlig unabhängiges Leben führen zu können, ist grenzenlos. Das allein rechtfertigt das Leben im Wald, denkt sie, die es zeitlebens gehasst hat, von Ärzten bevormundet und gedemütigt zu werden. Natürlich hat auch sie das Dienen mit der Muttermilch aufgesogen, die gebückte Haltung war auch ihr die natürliche, anerzogene, erst das Stadtleben ließ sie ein wenig selbstständiger und aufmüpfiger werden. Die Götter in Weiß hat sie aber nie als solche akzeptiert. Kein Mann außer Jesus war göttlich, selbstgerechte Götzen waren sie, mehr nicht. Die Macht, mit der sie ausgestattet waren, war eine Sünde für sich: die sogenannte Vorsorgemedizin, die Impfungen, die Gnade der Rezeptausstellung. Der Hausarzt, der Kinderarzt, der Zahnarzt, der Frauenarzt – ein Haufen gieriger, schmieriger, schamloser Fremder. Jetzt noch wird ihr übel, wenn sie an die überfüllten und stickigen, nach Schweiß, Kinderfüßen, Jausenbroten, verbranntem Kaffee und Desinfektionsmittel riechenden Wartezimmer denkt.

Schmerzmittel jedoch sind etwas völlig anderes. Schmerzmittel sind heilig, ein Gottesgeschenk, davon ist sie überzeugt. Dass die nicht auf Sträuchern wachsen, dass man einen verdammten Arzt braucht, um an sie heranzukommen, ist der Haken daran, eine boshafte Schadenfreude der Natur, wahrscheinlich ein Test, eine Glaubensprüfung. Aber so läuft das eben. Muss man nicht auch ein Leben lang leiden, um in den Himmel zu kommen? Sarah erscheint das ganze Leben als Test, aber so macht der Herr Jesus es nun einmal mit den Seinigen. Die anderen, die ohne Angst leben – und davon hat sie in der Stadt, auf der Straße, in den Clubs und Bars und Hinterzimmern genug kennengelernt –, die lässt er in Ruhe. Die scheißen nämlich auf den Herrn Jesus, begnügen sich mit einem lustigen Leben in Sünde und einer Zukunft in der Hölle. Insgeheim hat Sarah diese Menschen immer bewundert. Für ihren Mut und ihre Leichtigkeit. Sie hat sie beobachtet, studiert und gefürchtet. Die kannten kein schlechtes Gewissen, hatten Spaß, taten alles, was ihnen in den Sinn kam. Sie selbst hat sich nie wohlgefühlt unter ihnen, in der Stadt, ist immer eine Fremde geblieben, ein wandelnder Anachronismus, der Freak unter den Nutten und Tänzerinnen, Kassierinnen und Künstlerinnen. Aber ja, bewundert und beneidet hat sie sie und tut es noch. Die Stadtmenschen, die in Sünde und gleichsam ohne Sünde, ohne Buße, ohne Ewigkeit leben, bis sie sterben. Und für diese Bewunderung muss sie selbstverständlich bestraft werden.

Vermutlich ist sie also tablettenabhängig, Klara hat immer wieder für Nachschub gesorgt. Aber diese Kopfschmerzen, die alle paar Monate über sie herfallen wie ein Rudel losgelassener Dämonen, sind das Lachen des Teufels, die wohlverdiente Strafe des Herrn für ihre Bewunderung der Sünde, und diese Kopfschmerzen wären ohne *Parkemed* unerträglich. *Parkemed* ist Gottes Beweis für seine Loyalität. Das Leben ist schlimm, sicher, im Grunde so unerträglich wie unverständlich, aber es gibt Linderung, am Ende ist Vergebung, und alles wird irgendwann gut. Das hat das *Parkemed* einst der Sarah ins Ohr geflüstert und das tut es auch heute noch, selbst wenn sein Bestand sich langsam wieder dem Ende zuneigt und die Magenbeschwerden zunehmend ihre finstere Lethargie untermauern.

Die Holzapfelschwestern nennen es Teufelszeug. Sie sind weder auf Gottesbeweise noch auf die moderne Pharmakologie angewiesen. Ihre medizinische Grundversorgung scheint der Dirndlschnaps zu sein. Dazu kommen fragwürdige Mixturen aus den Kräutern und Pflanzen des Waldes, zubereitet nach Evelinas Rezepten. Tees, Säfte, Tinkturen und Salben für alltägliche Leiden und Bedürfnisse des einfachen Lebens aus Pilzen, Brennnesseln, Waldminze, Bärlauch, Salbei, Holunder, Lindenblüten, Hagebutten – die Liste ist so endlos wie gewöhnungsbedürftig. Sarah kennt das alles aus Klaras Hausapotheke und erinnert sich nur ungern daran; sie schluckt die Medizin nur, wenn es sein muss. Aber immerhin bringen die Schwestern so sich und auch den Buben relativ problemlos durch. Adam ist das Gegenteil seiner Mutter, er ist gesund und lebhaft. Das Feuer, das in ihm brennt, wärmt die ganze Hütte. Maria macht er glücklich, weil er sie an die kleine Regina erinnert, und die ersten Jahre mit der Schwester doch die schönsten in ihrem Leben waren.

Manchmal lacht er Sarah unschuldig an oder streichelt sie, dann schießen ihr Tränen in die Augen. Die Tatsache, dass der mittlerweile Vierjährige sie tröstet, sich um sie kümmert, wo es doch ihre Aufgabe wäre, ihn zu trösten, sich um ihn zu kümmern, ist nur ein weiterer Stoß nach unten in einen Abgrund ohne Halt. Ihr Weg führt immer tiefer ins Dunkel, scheint ihre Bestimmung zu sein, eine gehässige Laune der Vorsehung. Der Blick zurück ist nur ein Blick, der

Weg hinter ihr verschwindet vor ihren Augen unter schlangengleichen Pflanzen, dichtem Geäst und kriechenden Kreaturen, gesichtslos und schwarz. Nur manchmal blinken leuchtende Augen auf. Sind das Adams Augen? Die seines Vaters? Herrje, es hilft alles nichts – her mit dem Schnaps! Die Flasche versteht alles. Die Flasche stellt keine Fragen. Die Flasche ist wie *Parkemed*. Sie sagt: »Hier, nimm! Es ist nicht so schlimm, wie du denkst. Wirst sehen, es wird besser, schon bald. Trink!«

Und so wird Sarah mit der Zeit die ruhigste der Holzapfelschwestern. Ihre Augen werden zu dunklen Löchern, in denen der kleine Adam sich gern verliert. Manchmal sitzt er der Mutter gegenüber oder auf ihrem Knie und starrt sie an, minutenlang, gleicht seinen Atemrhythmus ihrem an, verschmilzt mit ihr zu einem Organismus. Dann stellt er sich vor, wieder in ihren Leib zurückzukriechen und zu verschwinden. Das gefällt ihm, das macht ihn ruhig. Dann kann es passieren, dass Sarah ihn ganz vergisst, ihn nicht mehr spürt oder wahrnimmt. Wenn man bedenkt, dass dann noch seine Tanten danebensitzen, ebenfalls wortlos starrend, ergibt das ein schockierendes Bild friedlichster Trostlosigkeit, wie es kein Maler oder Filmemacher je eingefangen hat.

Regina sagt, der Schnaps ist die Milch der Frommen, das Wasser der Heiligen. Sie muss das in einem der Bücher gelesen haben, aber so ist das wohl. Die mit Visionen Geplagten brauchen die Besänftigungen der Flasche, um nicht verrückt zu werden. Die mit Schlaflosigkeit Gestraften brauchen sie, um nicht aufzustehen und zu töten. Denn das ist, was die Schlaflosigkeit mit einem macht, sagt Regina. Die Schlaflosigkeit, die mit den Jahren immer schlimmer wird, lässt einen alles vergessen: Jesus und den Teufel. Dann wird alles eins. Gut und Böse, Richtig und Falsch. Wenn die Dämonen der Nacht auf sie niedergehen, kann sie für nichts garantieren, dann muss sie davon, einfach nur raus – gehen, laufen, holzhacken, jagen, masturbieren, fressen. Irgendwas. Oder eben saufen. Nein, nein, der

Schnaps ist schon gut. Die Gesundheitsapostel in der Stadt, wie Sarah sie nennt, haben entweder keine Ahnung oder keine Probleme. Außerdem hat keine moralische Instanz je im Wald ihr Urteil gefällt. Keine irdische. Ehrlich gesagt, nicht einmal Gott. Er mag ja die Völlerei zur Todsünde erklärt haben, aber das Holzapfelsaufen hat mit Völlerei nichts zu tun. Abgesehen davon war er es, der sie mit dem Privileg der Schlaflosigkeit gesegnet hat, also darf er die Konsequenzen nicht ächten. Der Herr wird ihnen schon vergeben. Immerhin wurden sie geboren, um ihm zu dienen. Und das tun sie, das taten sie immer. Mit dem Fallen in die Welt verfielen sie in den lebenslangen Dienst, ein lebenslanges Gebet. Und wenn er sich ihrer nun doch nicht erbarmen sollte am Jüngsten Tag? Was soll's. Dann fahren sie eben zur Hölle. Wenn er so verständnislos und nachtragend, so gnadenlos und konsequent ist, dann hat er Evelina auch bestraft – dann treffen sie sich eben dort.

Unsinniges Denken.

10. Das ist Musik

Als Sarah einmal beim Kochen vor sich hin summt, wird ihr bewusst, dass ihre Schwestern noch nie Musik gehört haben. Dass Adam nie Musik gehört hat – vermutlich nie Musik hören wird. Ein faszinierender, wenn auch trauriger Gedanke, immerhin hat ihr Musik selbst einmal viel bedeutet. Das Singen zuhause mit der Klara, die schwülstigen Lieder in der Kirche, die stupide Blasmusik am Dorfkirtag, das alles war herrlich, hat die Welt schöner gemacht. Und dann die Orgelmusik im Kloster!

Im Kloster hat sie nichts so geliebt wie die Andachten. Alle paar Wochen ist ein Organist gekommen und hat für sie gespielt. Für sie ganz persönlich, so hat sie das empfunden. Natürlich hat er für den Herrn Jesus gespielt, aber die Musik ist direkt bei ihr angekommen. In ihrem Bauch, ihrem Herz, ihren Eierstöcken, ihren Beinen, in ihrem Kopf – die Musik war eine Welle, auf der sie tanzte und schwebte, glücklich davonsegelte. Es war keine richtige Orgel, in der Klosterkapelle stand nur ein altes, wackeliges Harmonium. Den Frauen war es verwehrt, darauf zu spielen, aber wenn der Musiker, ein Mönch, mit dem sie selbstverständlich nicht in direkten Kontakt treten durften, kam und spielte, kniete sie stundenlang in Verzückung, wurde zu ihrer Seele, verließ beinahe ihren Körper. Die Mutter Oberin beobachtete das mit skeptischen Augen, hielt es letztendlich für religiöse Verzückung, tatsächlich aber war es eine vielleicht spirituelle, transzendentale, vordergründig jedoch körperliche, sexuelle. Die Musik verhieß einen ekstatischen Zustand, für den es sich zu leben lohnte. Für den sogar das Klosterleben sich lohnte.

Schon wenn der junge Mann den Holzdeckel anhob und die ein wenig vergilbte, unebene Tastatur zum Vorschein kam, hüpfte Sarahs

Herz vor Freude. Dann zündete er die Kerzen an, die an beiden Seiten des Portals in geschwungenen Kandelabern steckten. Er richtete sich ein, platzierte seine Füße auf den knarzenden Pedalen, und wenn er dann Luft in den großen Blasebalg pumpte, sie dort sammelte und einmal links, einmal rechts in die Vollen stieg, als würde er auf einem alten präindustriellen Vehikel schnurstracks zum Himmel fahren wollen, wenn schließlich die zartesten Töne die Kapelle erfüllten, die Siebzehnjährige kürzer atmen ließen und dann anschwollen zu himmlischen Akkorden in mächtigem Moll und prächtigem Dur – dann konnte sie sich nicht mehr halten. Dann flog sie davon, pries den Herrn mitsamt seiner jungfräulichen Mutter und der heiligen weißen Taube, vor allem aber ihren eigenen Körper, der so dankbar und heftig auf diesen Impuls reagierte.

Daran muss Sarah beim Kochen an jenem Tag denken. Ein sentimentaler Schauder überkommt sie. Also öffnet sie das Kästchen mit ihren Besitztümern und nimmt ihr iPhone heraus. Sie hat es, seit sie hier im Wald lebt, nur zweimal aufgedreht, um den Schwestern oder Adam Fotos zu zeigen, dennoch wandert die Akkuanzeige immer wieder runter wie der Schnaps in Reginas Kehle. Manchmal legt Sarah es in den Korb und lässt es von Klara aufladen – jetzt hat es gerade einmal zwölf Prozent. Genau ein Musikstück ist auf dem Gerät gespeichert, sie hat es bestimmt tausendmal gehört. Ach, wenn sie nur diese Orgelmusik hätte! Aber nein, es ist keine Orgelmusik, nichts Heiliges, Verzückungverheißendes – dennoch liebt sie dieses Stück: *Love me tender* von Elvis Presley, eine Schnulze aus der Steinzeit. Eine Kollegin aus dem Supermarkt hat es ihr aufs Handy überspielt und gesagt: »Wenn du bei dem Lied nicht weinst, hast du kein Herz.« So kam Sarah zu der Annahme, dass sie möglicherweise kein Herz hatte, aber das machte nichts, denn offensichtlich hatte Gott etwas anderes mit ihr vor – eine Liebesgeschichte war für sie jedenfalls nicht vorgesehen. Die Kollegin, sie hieß Andrea, stolperte hingegen von einer Liebesgeschichte in die nächste, wobei so gut wie jede mit Blutergüssen in ihrem Gesicht endete. Dennoch wurde sie nicht müde, die Liebe zu preisen und das Zusammensein mit einem Mann als höchstes Ziel, als Sinn des Lebens anzusehen. Wenn Sarah dies aus den offensichtlichen Gründen anzweifelte, meinte Andrea letztendlich immer, sie würde das nicht verstehen, sie sei eben eine Provinzpomeranze, eine brave Betschwester und würde einst als alte Jungfer einsam und allein dem Tod ins Auge schauen. Als Sarah einmal schlagfertig entgegnete, ihre Chancen seien dafür größer, als alte Jungfer immerhin noch Augen im Gesicht zu haben, bestrafte die liebeskranke Supermarktkassierin sie mit Ignoranz und strich sie von der Freundinnenliste. Die nächsten Blutergüsse erweichten ihr Herz aber schon wieder, sie musste es ja vor irgendjemandem ausschütten, also katapultierte sie die naive Sarah in der von ihr kontrollierten sozialen Hierarchie wieder nach oben. Ein blödsinniges Spiel, dazu kam, dass Sarah gar nicht naiv war. Sie kannte die Männer viel besser als Andrea.

Schon Jahre zuvor hatte sie die Männer in der *Sunshine Bar* kennengelernt. Ihr einziges Ziel war es gewesen, ihre Stange in eine ihrer Körperöffnungen zu zwängen, an ihren Brüsten zu saugen, auf ihren Hintern zu schlagen und ihr in den Nacken zu keuchen. Dafür zahlten sie Geld. Manche sprachen dabei von der Liebe oder sagten ihr, wie geil und dreckig sie sei, wollten aus Sarahs Mund hören, wie schön und groß ihre Schwänze seien, auch wenn sie nicht mehr als jämmerliche Fortsätze übergewichtiger Körper waren, andere waren stumm, heulten wie kleine Kinder, wieder andere grunzten wie Schweine, ein paar freundliche waren auch dabei, die sich bei ihr immerzu entschuldigten – sie wusste nie, wofür. Die Männer, jedenfalls die einheimischen, hatten raue Hände, behaarte Körper, Glatzen; ihre Hinterteile waren rotfleckig wie ihre Gesichter, ihre Stimmen zittrig oder grob. Die Jungen waren unsicher und um Coolness bemüht, die Alten waren – nun ja, unsicher und um Coolness bemüht. Sie wurde aus den Männern genauso wenig schlau wie aus den

Liebessehnsüchten ihrer Mitmenschen. Der einzige Mann, der ihr jetzt einfällt, für den sie sich je interessiert hat, in dessen Nähe sie sein wollte und von dem sie sogar geträumt hat, war jener junge Mönch, der Harmoniumspieler. Mein Gott, wie der gespielt und gesungen hat, wie ein Engel!

Sarah zieht den weißen Kopfhörerbügel über und startet das Lied. Das Gitarrengezupfe beginnt. *Love me* – stopp.

Das gibt's nicht. Augenblicklich heult sie los wie einst die verrückte Andrea. Sie schaut sich um, keiner da, also drückt sie noch einmal die Play-Taste. *Tender, love me sweet, never let me go.*

Im Grunde ist es ein Kirchenlied, wenn es auch nicht an *Segne du Maria* oder *O Haupt voll Blut und Wunden* herankommt. Verglichen damit ist es einfach nur ein Kinderlied, denkt Sarah. Die Gottesliebe ist also schon aus rein musikalischen Gründen der menschlichen überlegen. Und so denkt sie an Jesus, dann an den Mönch, dann wieder an Jesus. Dann fliegen plötzlich hundert Männergesichter an ihrem geistigen Auge vorbei, sie kann sie nicht aufhalten: der Felsenreiter, all die Freier, der Supermarktleiter, die Stammkunden, dann der schwarzweiße Elvis mit den weichen Knien, dann wieder Jesus auf dem Kreuz. *All my dreams fulfill.*

Sie ist verwirrt. Verstört steht sie am Fenster.

Draußen sitzen Krähen im nassen Laub, stolz und unbeeindruckt. Gedankenlos stapfen sie durch den Herbst. Ein paar Meter daneben steht Regina, ein Tuch um den Kopf gebunden, den Rechen in der Hand, fasst sie das Laub zu einem großen Haufen zusammen. Der kleine Adam nimmt Anlauf, hüpft in den bunten, feuchten Berg und verschwindet darin wie ein Frosch im Tümpel. Dann springt er hoch, wirbelt das Laub in die Luft, dabei schreit und lacht er ausgelassen. *For my darling, I love you.*

Regina ächzt verständnislos und stößt dem Kleinen die Rechenstange in die Kniekehle, der kreischt hysterisch, lacht weiter und springt zur Seite, sie errichtet kopfschüttelnd den Laubhügel aufs Neue. *And I always will.*

Sarahs tränennasse Wangen sind erhitzt, sie schluckt schwer und zieht Rotz durch die Nase hoch. »Wo geht der hin, der Rotz?«, hat Adam sie erst gestern gefragt. Sie wusste nicht, was sie sagen sollte. Wie zum Teufel erklärt man einem Vierjährigen, wo der Rotz hingeht? Und warum? Das ist doch völlig uninteressant. Das ist ihr der liebste Nebeneffekt des Waldschweigens – man muss sich nicht andauernd erklären oder rechtfertigen. Der Bub würde es schon noch lernen. Also sagte sie gar nichts, hoffte nur darauf, dass er abgelenkt oder von Maria gerufen wurde. *Till the end of time.*

Es ist nicht auszuhalten.

Neuer Akkustand: neun Prozent.

Nach dem Essen, als Maria aufstehen will, hält Sarah sie zurück: »Bleibt noch, bitte. Ich will euch etwas zeigen. Ich kann's euch aber nur der Reihe nach zeigen. Jedem für sich. Es ist Musik.« Die Schwestern bleiben also und warten. Sarah nimmt den Kopfhörer und setzt ihn Maria auf. Dann startet sie das Lied. Für die nächsten zwei Minuten und vierzig Sekunden sitzt Maria ausdruckslos wie immer da und starrt auf die Tischfläche. Ein paar Mal reißt sie den Kopf zur Seite, fixiert Adam, dann Regina, dann wieder den Tisch, ansonsten zeigt sie keine Reaktion. Auch Sarah hat sich schon oft gefragt, ob Maria in irgendeiner Form beeinträchtigt ist, krank, zurückgeblieben oder autistisch, aber die Frage ist so schwierig wie belanglos.

»Hat's dir gefallen?«, fragt Sarah behutsam.

»Ich versteh es nicht.«

»Das ist Musik. Sie wurde aufgenommen, mit Mikrofonen und Maschinen.«

»Ich weiß, was Maschinen sind«, sagt Regina stolz. »Auto, Traktor, Telefon. Draußen machen sie alles mit Maschinen: Wäsche waschen. Sogar Brot. Das ist Zauberei, eine Sünde.«

»Aber ich versteh es nicht«, wiederholt Maria.

»Der Mann singt in einer anderen Sprache. Das ist Englisch«, versucht es Sarah.

»Ein Mann?«, sagt Regina und steht auf.

»Du musst keine Angst haben! Das ist nur Musik. Er singt wunderschön.«

»Ich will das haben«, bettelt Adam ungeduldig.

»Gleich! Du musst warten.«

Regina setzt sich, Sarah setzt ihr den Kopfhörer auf und startet das Lied. Regina reißt die Augen auf. Ihr Kopf wandert pausenlos vom Eingang zur Kochplatte, von Adam zu Maria und Sarah, zum Fenster und wieder zurück. »Das ist kein Mann«, sagt sie überzeugt. Sarah lächelt.

Regina atmet tief aus und ein. Dann sagt sie viel zu laut: »Ich kenne Musik.«

Nach einer Weile noch einmal, noch lauter: »Ich kenne Musik!«

»Pscht!«, will Maria sie in die Schranken weisen, aber Regina hört sie nicht.

»Evelina! Die Flöte!!«, schreit sie, springt auf, reißt so das Kabel aus dem Handy und eilt nach draußen in den Schuppen, den Kopfhörer im Haar, das Kabel in der Luft. Maria und Adam laufen ihr wie Schatten hinterher. Regina kramt in einer Kiste und findet schließlich, was sie gesucht hat. Stolz hält sie eine verstaubte Blockflöte in die Luft, als sie in die Stube zurückkommt. »Evelina hat das gespielt. Und gesungen. Zu Weihnachten.« Und dann singt sie: »Stihille Nacht. Hei-lige Nacht.«

Maria nimmt ihre Schwester an der Hand und krallt sich fest – ihre kleine Schwester, die plötzlich wieder zwölf ist, da ist sie wieder, die große Sünde, die grauenvolle, erlösende Weihnacht. Unsicher stimmt sie ein, so gut sie kann. Ganze zwei Strophen singen sie laut und falsch, von Reginas Kopf baumelt immer noch das Kopfhörerkabel. Adam staunt und strahlt. Sarah heult schon wieder.

»Es ist so schön, wie ihr singt. Aber das verstehe ich jetzt nicht, warum habt ihr nie mitgemacht, wenn ich *Stille Nacht* gesungen habe?«

Die Schwestern schweigen. Regina geht schnell wieder in den Schuppen und legt die Flöte zurück in die Kiste; Maria folgt ihr, bleibt aber in der Tür stehen und schaut auf Adam.

»Jetzt ich«, ruft der. »Jetzt ich!«

»Ja. Jetzt du«, sagt Sarah genervt und drückt erneut die Play-Taste. Noch sechs Prozent Akku.

Was dann mit dem Buben passiert, lässt sich schwer in Worte fassen. Nur so viel: Wenn man ein Bild suchte, ein einziges Bild, in welchem Neugier, Angst, Erregung, Verwirrung und Erfüllung auf einmal stattfinden, wenn man dieses Bild aus irgendeinem Grund wollte oder bräuchte – es wäre genau hier. Es trüge den Titel: *Adams Gesicht beim Hören von Musik*. Durch weit geöffnete Augen blickt er hellwach und hochkonzentriert durch die Frauen, durch die Hütte und durch den Wald in eine Leere oder andere Dimension. Wieder und wieder muss Sarah es von Neuem starten. Wenn Elvis das sehen könnte, er würde von den Toten auferstehen und weitersingen.

Aber Elvis ist tot, die Liebe so wenig zärtlich wie die Nacht still und heilig, und irgendwann hat Sarahs iPhone nur noch drei Prozent Akku.

Am darauffolgenden Tag schrecken die Schwestern hoch. Aus dem Schuppen hören sie ein hohes Pfeifen, dem Teekessel gleich, fast wie ein Alarmsignal schwillt es gefährlich an. Maria öffnet die Tür. Da steht Adam mit der Flöte in der Hand, das Mundstück im Mund. Er bläst, was das Zeug hält.

»Nicht so fest«, sagt Maria. »Ganz leicht. So.«

Dann macht sie es ihm vor, ihre Fingerkuppen verschließen die Löcher, gehen hoch, ein Finger nach dem andern, wie sie es bei Evelina gesehen hat. Verschiedene Töne erfüllen den Raum, kraxeln eine kleine, morsche Leiter rauf und wieder runter. Adam ist begeistert, will das auch machen. Maria reicht ihm die Flöte, aufgeregt bläst er wieder viel zu stark hinein, ein schriller Oberton lässt die Tante sich die Ohren zuhalten. Adam lacht.

»Ganz leicht«, sagt sie noch einmal. Also bläst er ganz leicht und lässt seine Finger über die Löcher tanzen. Eine wirre Melodie erklingt. Und als würde der Ton der Flöte ihn verführen, macht er kehrt und geht nach draußen, vorbei an Regina und Sarah und weiter in den Wald. Anarchische Musik begleitet seinen Weg. Lange Töne; kurze, ungestüme, verhaltene. Immer weiter marschiert er, von dieser neu entdeckten hypnotisierenden Kraft geleitet. Langsam werden die Töne leiser, aber kurz bevor sie ganz verklingen, formiert sich das Chaos zu einer Ordnung und Sarah nimmt eine konkrete Melodie wahr – es ist eindeutig *Love me tender*, und Adam wird nicht aufhören, sie zu spielen. Es ist jetzt sein Lied. Es ist das einzige Lied, das er kennt. Es hat ihm die Tür zu einem Raum aufgemacht, den er nicht mehr verlassen will. Und das muss er auch nicht. Keiner weiß genau, was diese Musik in ihm auslöst, aber die Erfahrung, die er mit diesem Stück Kultur des zwanzigsten Jahrhunderts macht, ist definitiv einschneidend. Wahrscheinlich ist es allein dem Phänomen Musik und nicht Herrn Presley zuzuschreiben. Hätte die unglückliche Andrea aus dem Supermarkt ihrer Kollegin Mozart oder Bach oder die Stooges aufs iPhone gespielt, wäre der Effekt derselbe?

Wenn Adam jetzt auf dem Plumpsklo sitzt, singt er laut und geistesabwesend: »Lami tenda, lami sui, newa lemigo.« Dann vergisst er Raum und Zeit, den Wald, die Tanten, seine Mutter und sich selbst. Dann ist er losgelöst vom Leben, offen für die Welt. Dann ist er glücklich.

11. Das ist ein Mann

Adam ist fünf. Es ist Winter. Er sitzt am Bach und drückt mit der Hand gegen das Eis, das sich am Rand gebildet hat. Dort, wo es ins Ufer übergeht, ist es fest; je weiter es ins Wasser reicht, desto brüchiger wird es. Adam nimmt einen Ast und stochert verspielt im Eismatsch herum. Die dicke Schicht schafft er nicht zu durchbrechen, aber da wo es dünner wird schlägt er ein kleines Loch, von dem kleine Risse nach allen Seiten weglaufen. Er liebt dieses Bild, kann nicht genug davon kriegen, also macht er es wieder und wieder, wandert weiter, weiß gar nicht wohin. Der Bach ist sein Revier – natürlich kennt er nur einen Teil davon, aber solange er sich an den Verlauf des Bachs hält, fühlt er sich sicher.

Er nimmt eine Handvoll Schnee und formt einen Ball. Jetzt wirft er ihn ins Wasser, der Ball löst sich auf, weg ist er – die reinste Zauberei, das nächste Glücksgefühl, das wiederholt werden muss. Noch einmal und noch einmal. Schneebälle in allen Größen bringt er zum Verschwinden. Wenn er sie ganz fest macht, werden sie, sobald sie im Wasser sind, kleiner und vergehen wie eine Flamme zur Glut. Die leichten verschwinden sofort ins Nichts.

Jetzt versucht er einen Ball bis zum anderen Ufer zu schießen. Jetzt auf einen Fisch, der sich gegen die Strömung richtet und schwanzwedelnd auf der Stelle treibt. Daneben. Dann eben hinauf in den Himmel.

Die Baumspitzen kennt er gar nicht. All die kahlen Hölzer. Beblättert und bewachsen mag er den Wald viel lieber, wenn er im Saft steht, üppig und dicht. Jetzt bläst der kalte Wind durchs Geäst, irgendwo bricht ein Ast laut knackend ab und fällt zu Boden. Ein bisschen traurig sieht er aus, der Wald im Winter. Aber dafür kann er den Himmel sehen, der kleine Adam. Graue Wolken ziehen über ihn hinweg, dahinter tiefes Blau. Da, die eine Wolke sieht aus wie ein Herz – wie das Loch in der Klotür. Und die dort macht einen Bogen, wie Mamas Kopfhörer. Jetzt schneit es wieder. Nein, es ist nur Schnee, der von den Bäumen herabweht. Ein schwerer Batzen landet auf seinem Ohr. Adam will ihn wegwischen, aber er ist zu nass.

Da ist ein Fisch unter dem Eis, eine kleine Forelle. Direkt unter der Eisschicht, die nicht dicker als einen, vielleicht zwei Zentimeter ist, schlängelt sie dahin. Adam läuft mit ihr das Bachufer entlang, bildet sich plötzlich ein, sie retten zu müssen. Er denkt, sie sei unter dem Eis gefangen, also versucht er ihr immer einen Schritt voraus zu sein, das Eis vor ihr einzuschlagen, was ihm manchmal gelingt, manchmal nicht. Dem Fisch scheint's zu gefallen, munter schwingt er seinen Zickzackkurs bachaufwärts. Rechts, links, rechts, links. Adam steigert sich in seine sinnlose Mission hinein, wird immer hektischer, verliert zunehmend die Kontrolle. Als es dem Fisch zu blöd wird und er einen Linksschwung zur Mitte des Bachs einleitet, reagiert Adam blitzschnell und steigt ihm nach. Sein Fuß setzt auf die dünne Eisschicht auf und bricht ein. Der Bach ist nicht tief, das Wasser jedoch eiskalt und stechend. Er schafft es nicht, den Fuß aus dem Loch zu ziehen, schlägt mit dem Ast aufs Eis, stampft mit dem anderen Bein fest auf, schafft es aber nicht durchzudringen. Er steckt in der Falle. Nach ein paar Minuten empfindet er nichts mehr, entdeckt aber ein paar Blutspuren an seinem Unterschenkel – da, wo die Hose von den etlichen Befreiungsversuchen aufgerissen in Fetzen weghängt. Für einen kurzen Moment verlässt ihn der Mut. Er schreit verzweifelt auf, aus seinem Mund strömt warmer Nebel in die kalte Jännerluft. Wo ist er überhaupt? Wie weit ist er gelaufen? Langsam wird es dunkel, Tante Maria sucht ihn bestimmt schon. Er blickt hoch. Und was er jetzt sieht, jagt ihm den größten Schrecken seines bisherigen Lebens ein.

Am anderen Ufer, direkt vor ihm, steht eine große, finstere Gestalt mit zusammengekniffenen Augen und Lippen, einen Hut tief ins

Gesicht gezogen, fast bis über die Augen. Die Wangen sind voller Haare, die wild in alle Richtungen stehen, unter der Nase sind sie am dichtesten. Das ist ein Mann, das erkennt Adam sofort, auch wenn er Männer nur von Fotos und aus den Geschichten der Frauen kennt.

Adam hält die Luft an. Er weiß, dass Männer gefährlich sind. Gefährlicher als alle Tiere des Waldes. Gefährlicher als ein Rudel Wildschweine. Gefährlicher als Schlangen und Teufel und Waldgeister, die nachts laut rufen. Das haben ihn die Tanten gelehrt. Was sie bisher nicht erwähnt haben, ist die Tatsache, dass er irgendwann selbst einer sein wird.

Jetzt bewegt sich der Mann, kommt auf ihn zu. Steigt mitten in den Bach, als ob da kein Wasser wäre. Er hat dicke Stiefel an den Füßen, die bis über die Knie reichen. Unter ihnen bricht das Eis am Ufer, dann watet er weiter, verzieht keine Miene. Jetzt steht er vor ihm, atmet nur durch die Nase. Seine bloße Hand greift nach unten und drückt mit einer Leichtigkeit, die Adam beeindruckt, das Eis ein. Dann fasst er nach dem Buben, hebt ihn hoch und stellt ihn problemlos am Ufer ab. Der Mann riecht nach Schnaps und Zigaretten und Schweiß. Manchmal, wenn Maria den Ofen reinigt, riecht es so in der Stube. So kommt es Adam jedenfalls vor. Die süßlich bittere Abgestandenheit ist ihm vertraut, und dennoch meint er hier das gebündelte Böse vor sich zu haben. Alles was in seinem Gehirn unter dem Begriff *Mann* abgespeichert ist, alle Informationen, Vorurteile und Ängste manifestieren sich in der Figur vor ihm und was von ihr ausgeht.

Keiner spricht, die Zeit scheint stillzustehen. Adam mustert seinen Retter. Ein Finger fehlt ihm an der rechten Hand, der Zeigefinger. Auch die Finger sind dunkel behaart und dick und kräftig. Seine Stiefel gefallen ihm, die hätte er auch gern, dann könnte er mit den Fischen durch den Bach waten, ohne nass zu werden. Er wagt nicht, nach oben zu schauen, ist aber doch zu neugierig. Also wandern seine Augen über die Brust des Mannes, die in einem dunkelgrünen

Anorak steckt. Über seine linke Schulter ragt ein Gewehrlauf. Sein Mund ist unsichtbar, zu dicht und lang ist der Bart. Auch aus den Nasenlöchern wachsen lange Haare, kleine Eisglocken hängen an ihnen. In ruhigen, gleichmäßigen Abständen pufft Rauch nach unten. Jetzt die Augen, die Fenster der Seele, wie Regina sagt. Er will diese Fenster nicht öffnen, nicht hineinschauen, aber für einen Augenblick – nun ja, ein Augenblick. Instinktiv spürt er, dass erst der Augenkontakt eine Verbindung zwischen Menschen herstellt, also macht er die Augen schnell wieder zu. Adam hat Angst, richtig Angst, bekreuzigt sich und rennt los.

Ohne zu wissen wohin, rennt er in den Wald, so schnell er kann, ohne sich umzudrehen, springt über Wurzeln, bleibt an Sträuchern hängen, reißt sich los und läuft weiter. Hier im dichten Wald liegt nicht so viel Schnee wie auf der kleinen Lichtung, die noch vor ihm liegt, hier kommt er schneller voran. Manche der Pflanzen sehen aus wie die Silhouette des Mannes. Er keucht angestrengt. Jetzt muss er über die Wiese, er stapft durch das hartgefrorene Weiß, dann ist er wieder im Wald, läuft, so schnell er kann. Er will beten, aber nichts mag ihm einfallen. Die Litanei mit der Gnadenmutter, die er im Schlaf aufsagen kann, wo ist sie? – die kann doch nicht einfach verschwunden sein! Egal, dann bekreuzigt er sich eben zehnmal. Sein Gehirn ist ausgeschaltet. Sein Körper weiß allerdings, wo's langgeht, führt ihn zielsicher, wenn auch mit allerletzter Kraft, nach Hause.

Die Schwestern haben ihn von Weitem gehört und sind ihm entgegengelaufen. Jetzt, da er zum Stehen kommt und in Marias Arme stürzt, setzt sein Bewusstsein wieder ein und mit ihm der Schmerz in seinem Bein und die Angst vor dem Fremden. Jetzt weint er laut und bitterlich. Maria beruhigt ihn und bringt ihn in die Hütte, wäscht und verbindet ihn, Regina gibt ihm Suppe und Tee, dann legen sie ihn ins Bett. Sein Körper wird ruhig, sein Geist schlägt immer noch Purzelbäume – soll er es erzählen? Was, wenn der Mann hierherkommt? Muss er es erzählen? Oder lieber doch nicht?

Lieber doch nicht.

Sagt ihm sein Verantwortungsgefühl, oder was immer es ist, das Kinder dazu bringt, ihre Eltern beschützen, sie vor Unfrieden, ja vor Unheil, Schmach und Schande bewahren zu wollen. Nach und nach ergibt sich sein Bewusstsein und Adam schläft ein. Neben ihm liegt Maria, die *Stille Nacht* summt und ihn hypnotisch streichelt, so wie ihre Schwester es bei Evelina getan hat, damals in ihrer letzten Stunde. Das ewige *Mmhh* ihres Summens verschwindet im Knistern des Feuers.

12. Der Kopf des Zacharias

Adam spielt im Hof. Er schnitzt. Sitzt zwischen den Scheiten und bearbeitet ein Stück Holz von quadratischer Form, das wackelig in seiner Handfläche liegt. Vor ein paar Jahren hat seine Mutter eine kleine Weihnachtskrippe angefangen, aber nie vollendet, seitdem versucht er sich an Holzfiguren. Er macht sich gar nicht schlecht, hat ein paar Tiere geformt, eine eigene Krippe mit sich selbst und den drei Frauen als heiliger Familie, ein paar seiner Lieblingsheiligen – Sebastian mit den Pfeilen im Körper, Martin auf dem Pferd. Er hat sogar den Mann vom Bach in Holz gefasst, aber den hält er im Schuppen versteckt.

Regina hat ihm kürzlich von der heiligen Elisabeth erzählt, die kinderlos geblieben ist, was für gewöhnlich als Zeichen eines schwachen Glaubens gedeutet werden darf, als Greisin aber unverhofft schwanger wurde, und zwar mit Johannes dem Täufer. Ihre Nichte war keine Geringere als Maria, die Mutter Jesu, ihr Mann war Zacharias, dem der Erzengel Gabriel erschien und dessen Kopfreliquien immer noch in einer Kirche in Rom aufbewahrt liegen – in der *wichtigsten Kirche von allen*, so heißt es im *Buch der Heiligen*, der Lateranbasilika. Dort soll es außerdem eine Treppe geben, die von Jesus selbst betreten wurde und deswegen von den Gläubigen nur auf Knien bezwungen werden darf. Adam verstand nichts davon, seine Tante ebenso wenig, dennoch waren sie beide allein von der Lektüre eingeschüchtert und bewegt. Aber nicht die heilige Treppe, auch nicht die späte, unnatürliche Schwangerschaft der Elisabeth oder ihre Verwandtschaft mit der Übermutter – nein, der Kopf des Zacharias beschäftigt den Adam, und den will er schnitzen. Er hat schon eine große, unförmige Nase herausgearbeitet und zwei ungleiche Augen, jetzt macht er sich gerade an ein Ohr, als er ein lautes Geräusch aus der Hütte hört, gefolgt von einem langen, tiefen Seufzer und lautem, unverständlichem Fluchen.

Er weiß, dass das die Tante Regina ist; wahrscheinlich ist sie wieder vom Stuhl gekippt. Da gesellt sich ein unkontrolliertes, fremdes Lachen dazu – kein Zweifel, das ist seine Mutter. Er will da jetzt nicht hineingehen, lieber bleibt er hier im Hof, schließlich braucht Zacharias noch Ohren. Maria wird auch bald kommen, sie ist zum Waldrand gelaufen, den Korb holen. Wie oft hat er schon gebettelt, mitgehen zu dürfen, aber sie lassen ihn nicht. Es sei zu gefährlich, sagen sie, zu mühselig, der Weg zu lang. In ein paar Jahren dürfe er dahin. Und später einmal, wenn sie selbst alt und schwach sind, müsse er das sogar tun.

In letzter Zeit überkommt Maria manchmal so eine Unruhe, dann schießt sie hoch, drückt ihren Zeigefinger gegen den Mund, nimmt das Gewehr und dreht eine Runde ums Haus. Wenn er sie dann fragt, was los war, was sie gehört hat, schüttelt sie zumeist nur den Kopf oder sagt: »Nichts.« Das ist unbefriedigend. Und so beschleicht ihn bisweilen das Gefühl, von den aufregenden, interessanten Dingen des Lebens ausgeschlossen zu sein.

Weil es nach dem Sturz jetzt mehrere Minuten lang ganz ruhig ist, fast schon totenstill, macht er sich Sorgen, also stellt er das mittlerweile als Kopf erkennbare Holz auf dem großen Baumstumpf ab und will nach den Frauen sehen. Er öffnet die Tür, da liegt sie: Regina in ihrer braunen Wollweste mit den zerzausten Haaren. Sarah sitzt auf dem Bett und atmet schwer, von ihren Lippen tropft Speichel.

»Was willst du hier?«, fährt Regina ihn an. »Was willst du mit dem Messer – mich abstechen?«

»Nein, ich schnitze. Ich mache den Kopf vom Zarias.«

»Zacharias heißt der! Zarias …«

Die Frauen sind stockbesoffen. Sarah starrt ins Nichts, ihr Geist scheint ihrem Körper, der schlaff gegen die Wand gelehnt wie auf

Schnüren hängt, entflohen zu sein. Regina krabbelt unter dem Tisch hervor wie ein Kind oder ein behäbiges Tier.

»Ich wanderte am Waldessaum im letzten Abendlicht, ich hörte, was am Wasserrand das feine Schilfrohr spricht …«

Jetzt spricht sie wieder in Reimen, jetzt sprechen wieder die Bücher aus ihr. Adam mag das eigentlich, auch wenn er nie versteht, was sie da sagt. Er kann schon lesen, nicht sehr flüssig, aber es geht. Regina lässt ihn täglich aus der Bibel oder aus der *Lyra des Orpheus* lesen. Er erkennt das Gedicht, das sie da auf den Boden spuckt, es ist aus jenem Buch. Es ist schön, findet er, hat viele Reime. Er hat das Prinzip des Reimens kapiert und freut sich auf jedes Zeilenende. Aber nicht heute. Heute geht etwas allzu Aggressives von seiner Tante aus. Sie macht ihm Angst.

»Was weißt denn du vom Zacharias!«, lallt Regina wild und robbt wieder zurück unter den Tisch.

»Ein Engel ist ihm erschienen«, sagt Adam eifrig.

»Und? Hat er ihn erkannt, der Zacharias? Nein, er hat den Engel natürlich nicht erkannt. Dabei war es der Erzengel Gabriel, der ihm alles gesagt hat, alles!«

»Was? Was hat er ihm gesagt?«

»Alles, sag ich doch. Dass in seiner Frau ein Kind ist – wie bei der Jungfrau Maria … Sie war schon so alt, älter als ich … Du musst beten, dass nie ein Engel kommt, hörst du!«

Adam hört, versteht aber nicht.

»Niemals darf ein Engel zu uns kommen. Du musst beten. Bet', sag ich!«

Und Adam betet: »Vater unser im Himmel, geheiligt werde dein Name –«

»Die Lotosblume hob ihr Haupt«, brabbelt Regina selbstvergessen vor sich hin. »Auf linder Wellen Spiel: Er, der die Welt regiert, er hängt an einem langen Stiel – bet' weiter!«

»Dein Reich komme, dein Wille –« Er schluckt.

»Und weil der Mann, dein Holzkopf, ungläubig war, hat er ein Zeichen verlangt … er hat sich mit dem Herrgott angelegt. Und was glaubst, ist geschehen?«

»Was?«, will Adam wissen. »Was ist geschehen?«

»Niemand spielt mit dem Herrgott.«

»Aber was ist denn jetzt geschehen?«

»Stumm gemacht hat er ihn. Bis zur Geburt des Täufers ist er stumm blieben.«

»Hmm, dann lasse ich einfach bei seinem Kopf den Mund weg. Dann sieht jeder gleich, dass das der stumme Kopf von Zarias ist«, sagt Adam begeistert.

»Zacharias! Man darf die Heiligen nicht –« Jetzt stockt Regina. Adam kennt das. Wenn ihr ein Wort nicht einfällt, hört sie einfach auf zu sprechen. Das passiert oft. Sie sprechen eben nicht viel, die Frauen. Es fehlt ihnen an Routine. Wahrscheinlich haben sie nie so viel gesprochen wie in den Jahren, seit er hier ist.

Er weiß natürlich, was für ein Wort jetzt kommt, aber er hütet sich, es auszusprechen. *Verarschen* ist das Wort, das ihm einfällt. Das sagt Sarah immer; aber wenn sie es sagt, schimpft Regina, weil Arsch ein Fluch ist. Adam liebt das Wort *Arsch*, es bedeutet *Hintern*, und das ist natürlich lustig. Regina scheint ihren Satz schon wieder vergessen zu haben, aber das macht nichts, Adam weiß sehr wohl, dass man die Heiligen nicht verarschen darf.

»Du sollst beten! Wenn wir aufhören zu beten, sind wir verloren.«

»Unser tägliches Brot gib uns heute –«

»Und vergib uns unsere Schuld!«, brüllt Regina plötzlich. Weint sie? Ja, sie schluckt und zittert und heult. Sarah bewegt sich jetzt auch, stöhnt laut und tief, ihre Stimme ist verändert, wenn sie auch gar nicht spricht. Das kann sie in ihrem Zustand nicht, sie hustet nur und stöhnt. Ihre Augen sind weit geöffnet, starren in den Raum.

»Mama?«, fragt Adam unsicher. »Warum schaust du so? Was siehst du denn?« Jetzt beginnt er tatsächlich, sich zu fürchten. Was sieht sie da? Ist da etwas? Etwas für ihn Unsichtbares? Der Täufer? Wer ist dieser Täufer? Was ist ein Täufer? Ein Teufel? Ein Engel? Bei dem Wort fällt ihm Zacharias ein, der zwar ein Heiliger, aber auch ein Mann war. Und jetzt muss er an den Mann denken, der ihn aus dem Bach gerettet hat. Was, wenn der Mann ein Engel war, und er ihn nicht erkannt hat wie der Zacharias? Hat auch er mit Gott gespielt und muss dafür bestraft werden? Da betet er lieber ganz schnell weiter: »Und führe uns nicht in Versuchung –«

Da fährt Reginas Hand blitzschnell unter dem Tisch hervor, greift nach Adams Fuß und bringt ihn zu Fall: »Sondern erlöse uns von dem Bösen!«, flüstert sie.

Jetzt hat sie plötzlich ihr Schlangenmesser in der Hand, beugt sich über ihn, glotzt ihn an. Direkt in die Augen schaut sie ihm, noch nie hat sie so konkret Kontakt zu ihm aufgenommen. Sie schwitzt, ihr Schweiß stinkt, ihr Atem auch. Sie nimmt seinen rechten Arm und verdreht ihn so, dass seine blasse Innenseite ihr zugewandt ist. Adam zittert am ganzen Leib. Dann nimmt sie das Messer und ritzt eine vertikale Linie in seine Haut. Die Worte zwängen sich durch ihre Zähne wie das Blut durch Adams Fleisch:

»Denn Dein ist das Reich und die Kraft und die Herrlichkeit –«

Jetzt eine Horizontale. »In Ewigkeit.«

Sie blickt auf das Kreuz, dann in Adams Gesicht: »In Ewigkeit –?«

»Amen«, schluchzt Adam folgsam. Er kann das nicht verstehen. Er liebt seine Tante Regina. Er kennt nur die drei Frauen, die unterschiedlicher nicht sein könnten und dennoch gleich sind und immer für ihn da. Immer. Die für ihn sorgen, ihn beschützen, ihm alles beibringen, was er wissen muss. Von Anfang an. Die alles sind, was er hat. Sicher, seine Mutter ist nicht übermäßig an ihm interessiert, und mit Regina steht er in einer Art permanenter Konfrontation, sie sind beide stur und reiben sich aneinander auf. Gut, in der Nacht saufen die Frauen, können nicht schlafen, machen seltsame, wilde Geräusche, aber noch nie – noch kein einziges Mal hat eine sich so gegen ihn gerichtet. Er versteht das nicht. In seiner Rechten hält er immer noch das Schnitzmesser fest umklammert.

»Bitte, Tante Regina«, flüstert er sabbernd.

Sarah schnarcht jetzt bei jedem Ausatmen, ihre Augen prangen dennoch weit geöffnet in ihrem müden Gesicht, ein langer Speichelfaden hängt an ihrem Mundwinkel; aufrecht sitzt sie im Bett, als hätte etwas oder jemand von ihr Besitz ergriffen.

Adams Hand drückt den Griff des Messers regelrecht durch – da, Gott sei Dank, steht endlich Maria in der Tür. Sofort stürzt sie zu dem Buben. Regina lässt von ihm los und fährt tränenschwer mit ihrem Vortrag fort: »Sehr alt sind wir Menschen. Unsere Träume sang vor; einst der Eva in Eden ihr Nachtigallchor.«

Maria sieht das Messer in seiner Hand, nimmt es, schleudert es in den Hof, zieht Adam hoch und drückt ihn an sich, ihre Hand fährt mechanisch über seinen Kopf. Er umarmt sie so fest er kann, zitternd und froh. Dann zeigt er ihr den Arm, sie gehen zum Brunnen, Maria lässt Wasser über die Wunde laufen, dann trocknet sie sie, fährt mit dem Finger in den kleinen Topf mit der Salbe, zeichnet das Kreuz nach und bindet ein sauberes Tuch darum. Adam braucht lange, bis sein Atem wieder ruhig und gleichmäßig wird. Schließlich sitzen sie im Hof und warten, hören den Krähen zu, wie sie sich blödsinnig anschreien.

»Schau«, sagt Adam, das Schnitzmesser wieder in der Hand. »Der Kopf des Zarias.«

»Der hat keinen Mund«, sagt Maria.

»Er ist stumm.«

Maria nickt. Sie versteht.

»Er ist für dich. Ich schenke ihn dir.«

Maria schaut Adam an, dann nimmt sie das Geschenk an sich, drückt einen Kuss an die Stelle, wo kein Mund ist, hält es fest gegen ihren Bauch, als wollte sie das Holz da anbringen und fixieren, und streichelt zärtlich den Kopf des Heiligen. Seit ihrer Kindheit hat sie kein Geschenk mehr bekommen, Evelinas Püppchen waren die einzigen ihr zugedachten Gaben ihres Lebens gewesen – bis jetzt.

So sitzen sie da und warten, bis es in der Hütte ruhig wird, die Schwestern sich dem Rausch ergeben und endlich einschlafen. Eine Stunde dauert das, oder sind es zwei? Egal, es kümmert sie nicht. Sie wissen, auch dieser Tag vergeht, wie jeder andere. Die Zeit schert sich um nichts, nicht um den Wald, nicht um die Menschen. Nichts kann sie beeindrucken, sie ist unbestechlich und langweilig.

13. Ins Dorf

Liebe Sarah, lieber Adam!
Liebe Maria, liebe Regina!

Ich schreibe diese Zeilen im Bewusstsein, dass sie meine letzten sind. Ich sterbe. Ich kann nicht mehr aufstehen, nicht mehr atmen. Ich weiß nicht, was es ist, aber das ist auch nicht wichtig. Meine Zeit ist um.

Mir tut das Herz weh, wenn ich daran denke, dass ich den Adam, meinen Enkelsohn, nie gesehen, nie gehalten, nie mit ihm gesprochen habe. Aber ich weiß, dass es ihm gut geht. Ich weiß, dass es keinen besseren Ort auf der Welt gibt als den Wald, kein besseres Zuhause, als ihr Frauen es ihm seid.

Ich bin dankbar, dass es euch gibt. Und stolz, euch geholfen zu haben über die Jahre. Das Haus hab ich dir vermacht, Sarah. Die Nachbarin, die Magdalena, zur Verwalterin erklärt, wenn du nicht kommst. So steht's im Testament. Du kennst sie, Sarah, sie ist eine gute und fromme Frau, die schon seit ein paar Monaten euren Korb am Waldrand füllt. Ihr könnt ihr vertrauen.

Bleibt bitte in eurem Paradies – die Welt ist eine Kloake. Ein sündiger Misthaufen. Sie ist nichts wert, reißt alle Menschen mit sich in den Abgrund. Hier im Dorf kann man sich wenigstens noch entscheiden, ob man sich ihr hingibt oder nicht. Aber ihr im Wald habt keine Wahl. Das ist ein Segen, vergesst das nicht!

Ich hab euch lieb. Passt auf euch auf! Ich geh jetzt zur Evelina.

Eure Mama, Großmutter, Tante
Klara

Während die Schwestern konzentriert den Brief lesen, wird Sarah hektisch. Zieht sich an, packt ein paar Sachen in ihren Rucksack.

Dreht ihr iPhone auf. Elf Prozent. Befiehlt den Schwestern und Adam, sich zusammenzustellen, den Buben in die Mitte zu nehmen. Dann macht sie ein Foto.

»Musst du da hingehen?«, fragt Regina trocken.

»Ja«, antwortet Maria statt Sarah. »Sie muss da hingehen, ihre Mutter streicheln und ihr sagen, dass wir uns wiedersehen.«

»Ja, ich muss«, sagt Sarah. »Ich will die Mutter noch sehen. Habt ihr euch nie vorgestellt, wie es wäre, einmal ins Dorf zu gehen? Andere Menschen zu treffen? Die heilige Messe zu besuchen? Selber einzukaufen? Die Klara kennenzulernen?«

»Wir können nicht einkaufen. Wir haben kein Geld. Da draußen sind Männer. Wir haben alles, was wir brauchen. Wir leben ein gutes Leben.«

»Hast recht, Regina. Hast ja recht.«

»Was, wenn sie schon tot ist?«, will Adam wissen. Er ist sechs Jahre alt und weiß Bescheid. Endlichkeit, Sterblichkeit, Tod – er hat alles verstanden.

»Dann begrabe ich sie und komme wieder.«

»Und was, wenn sie noch lebt?«

»Dann bleibe ich bei ihr und halte ihre Hand. Genau wie du es mir gesagt hast, Maria.«

Maria nickt.

»Und wenn sie noch lange lebt?«

»Dann warte ich.«

»Gut«, sagt Adam. »Dann geh.«

Er geht auf seine Mutter zu und reicht ihr die Hand, wie er es gelernt hat. Er liebt es, die anderen zu begrüßen oder zu verabschieden. Manchmal streckt er seine Hand zum Gruße aus, nur weil er aufs Klo muss oder zu den Tieren geht.

Er drückt also ihre Hand und lächelt. Sarah schaut den Schwestern in die Augen, beide nicken stumm, bekreuzigen sich. Dann geht sie.

Nach ein paar Minuten hört sie Adam von weit hinten, wie er auf der Flöte *Love me tender* spielt. Schon kullern die Tränen. Dieses verfluchte, schwache Herz!

Adam sagt: »Darf ich auch irgendwann ins Dorf gehen?«

Maria starrt ihre Schwester hilfesuchend an, die überlegt kurz und sagt: »Nein.«

»Ich will aber.«

»Nein. Wir haben alles, was wir brauchen.«

»Aber sie ist meine Großmutter.«

»Du hast uns. Du brauchst keine Großmutter. Die Großmutter stirbt jetzt.«

»Jetzt?«

»Ja, hier steht es. Du kannst es selber lesen.«

»Aber ...«

»Was?«

»Aber – ich will in eine Kirche.«

»Wir beten hier. Gott ist zufrieden.«

»Ich nicht.«

»Was?!«

»Bald!«

»Was bald?!«

»Bald darf ich gehen.«

»Nein.«

»Irgendwann«, insistiert er.

»Nein!«

Marias Kopf wandert von rechts nach links wie bei einem Tennismatch. Sie fragt sich, warum Regina so lange so ruhig bleibt, das ist ungewöhnlich.

»Irgendwann«, murmelt er wütend durch zusammengepresste Zähne, donnert seinen Fuß gegen den Hackstock und will gehen.

»Adam!«, ruft Regina ihn zurück. Er dreht sich um und wartet, blickt mit finsterem Gesicht und eingezogenem Kinn auf seine

Brust, als könnte er in sich selbst hinein bis auf sein Herz schauen.

»Du bist der Holzapfeladam.«

»Ja.«

»Wenn wir tot sind«, sagt sie ganz leise. Und dann lauter: »Wenn wir tot sind, kannst du gehen.«

Da denkt der Bub nach. Er will nicht, dass die Tanten tot sind. Er will nicht alleine zurückbleiben. Dass die Mutter weggeht, findet er nicht so tragisch, eher aufregend. Was sie wohl erzählen wird, wenn sie zurückkommt? Was sie alles erleben wird! Wird sie dabei sein, wenn ihre Mutter stirbt? Er will auch einmal dabei sein, wenn jemand stirbt. Das heißt, wenn Sarah stirbt – die Tanten sollen nicht sterben. Und wenn sie es doch tun – und er weiß natürlich, dass das passieren wird –, dann wird er gehen, wie Regina es gesagt hat. Erst dann. Also reicht er ihr die Hand, schaut ihr in die Augen und sagt: »Gut, so machen wir das. Irgendwann. Wenn du tot bist.«

Dann steckt er die Flöte ein und geht. Er will den Tieren von den Neuigkeiten berichten. Die Tiere interessieren sich nämlich für alles, hören immer aufmerksam zu. Und wenn es einmal doch nicht von Interesse für sie ist, gehen sie einfach oder fliegen weiter oder ziehen sich ins Unterholz zurück. Die Tiere sind wie die Tanten.

Adam schreitet zügig voran, in seinem Kopf geistern Vorstellungen vom Dorf herum – viele Hütten sind da, viele Menschen, viele Tiere. Von allem mehr. So hat Sarah ihm das Dorf erklärt: »Es ist wie bei uns hier, nur außerhalb des Waldes, und von allem mehr.« Das stellt er sich aufregend vor: Kein Wald, eine sich bis an den Horizont erstreckende Lichtung, auf ihr viele warme Hütten nebeneinandergereiht, man kann in alle hineingehen und aus unzähligen Töpfen naschen, wonach auch immer es einen gelüstet. Da sind viele Tiere, auch die Tiere aus den Büchern; Pferde, Kühe, Schafe, Hunde, wer weiß, vielleicht sogar Elefanten und Affen; da wachsen die Erdäpfel auf weiten Feldern und der Mais und Kürbisse und Erdbeeren; da fahren Traktoren und Maschinen, mächtige Geräte, die ganz von allein ihre Arbeit verrichten, auf den Bildern sind sie zehnmal so groß wie ein Mensch. Da sind viele Kinder, viele Tanten, eine Kirche mit einem mächtigen Kreuz, da hängt der Jesus tatsächlich drauf, ein geschnitzter Christus mit aufgemaltem Blut, der aussieht wie ein echter Mensch, groß und wirklich – genau so haben sie ihn aufgehängt und angenagelt, ihm große, dicke Eisennägel durchs Fleisch gerammt, damals, die Männer, all die bösen Männer! Ja, die sind wohl auch da. Aber der Jesus war auch ein Mann ... Wie gefährlich, imposant und eindrucksvoll das alles sein muss – und da geht die Mama jetzt hin! Da war sie schon einmal. Als sie ein Kind war, musste sie nicht im Wald leben; jetzt wünscht Adam sich doch, dass die Tanten sterben.

Nein, das darf er nicht denken, das ist eine Sünde, also betet er schnell eine Litanei. Litaneien eignen sich perfekt, um sich selbst zu beruhigen, sagt Maria. Und diesmal ist er gleich da, der Text – ohne nachdenken zu müssen, legt er los.

»Mutter der göttlichen Gnade! Bitt' für uns.

Mutter vom guten Rate! Bitt' für uns.

Mutter der Reinheit und Güte! Bitt' für uns.

Jungfrau würdig des Lobes! Bitt' für uns.

Jungfrau allzeit getreue! Bitt' für uns.«

Wenn die Schwestern das praktizieren, spricht Regina die Anrufungen und Maria die Fürbitten. »Bitt' für uns«, bricht es dann aus ihr heraus, das *Bitt'* maßlos überbetont, aber schön regelmäßig, bis ein monotoner, hypnotischer Rhythmus entsteht, der auch den Adam erfasst, ihn bei der Hand nimmt, hochhebt und trägt. Immer weiter, tief in den Wald hinein und aus sich selbst heraus. So fühlt sich das an, er mag dieses Gefühl – das Einswerden mit etwas anderem, einer fremden Kraft, die doch nicht so fremd irgendwo in ihm zu wohnen scheint. Wenn sie zusammen beten, funktioniert das so: Erst konzentriert er sich auf den Text, dann verselbstständigt sich der Text und er konzentriert sich auf die Frauen, die aber auch eine nach der anderen verschwinden und ihn zurücklassen in totaler Ruhe und Geborgenheit. Das ist die Kraft, der er sich dann ganz automatisch anvertraut und die ihn schließlich sowohl Zeit und Raum als auch sich selbst vergessen lässt.

»Spiegel und Vorbild der Tugend! Bitt' für uns.

Ursache all unsrer Freude! Bitt' für uns.

Pforte der himmlischen Heimat! Bitt' für uns.

Morgenstern der Erlösung! Bitt' für uns.

Zuflucht aller Sünder! Bitt' für uns.

Königin aller Bekenner! Bitt' für uns.

Königin allen Friedens! Bitt' –«

Da, mittendrin im kräftigen Sog des Gebets, hört er auf zu sprechen, hört auf zu atmen, steht wieder auf festem Boden, im knöchelhohen, feuchten Laub. Nach einem kurzen Schreckmoment, in welchem entweder die Erde bebt, ein Blitz in ihn fährt oder aber sein Herz eine finale Amplitude schlägt, wird es still. So still, dass man meint, das Summen aller Insekten einzeln wahrnehmen zu können, bis auch sie langsam verstummen, der beruhigende Soundtrack des Waldes verklingt und nur noch das Bild übrig bleibt – ein Bild, das auch ihn ruhig macht. Als hätte er es gewusst: Dieser Moment hat in der Zukunft geduldig darauf gewartet, Gegenwart zu werden.

Da vorn ist er wieder, wenn auch verändert.

Da steht er, wie ein Baum.

Der Engel vom Bach.

Der Mann.

14. Klara

Ein Sonnenuntergang im Oktober. Eine Frau steht am Waldrand. Sie ist angetrunken und müde. Blickt auf das Dorf, das in ein, zwei Kilometern Entfernung mitten in die weiten Felder hineingestellt ist. Ein paar Fenster spucken schwache Lichter in die angehende Nacht. Das erste Haus, das erste Licht: Da ist sie aufgewachsen. Das ist Klaras Haus. Sarah weiß, sie hat keine Zeit zu verlieren, muss sich sputen, wenn sie die Mutter noch lebend antreffen will. Möglicherweise ist es schon zu spät. Dennoch steht sie unsicher da und starrt auf den Weg. Immerhin brennt Licht, sagt sie sich.

Wenn sie jetzt losgeht, kann der Wald sie nicht mehr beschützen, dann ist sie auf sich allein gestellt. Sie holt eine Plastikflasche aus ihrem Rucksack und macht einen kräftigen Schluck. Siebzehn Minuten hat sie vor sechs Jahren vom Haus zum Wald gebraucht, das weiß sie noch. Gut, da war sie schwanger, also könnte sie es jetzt in zwölf, dreizehn schaffen. Na ja, sie ist nicht ganz fit, aber schaffen muss sie es, und zwar ohne entdeckt zu werden. Hat sie eine Wahl? Nein. Sie kann nicht nicht gehen und auch nicht warten, bis es ganz dunkel ist. Noch ein Schluck, dann geht sie los. Der Weg ist mit Gras überwachsen, scheint sich endlos bis zum Dorf zu winden. Nur ein paar vereinzelte Bäume säumen ihn, einsam und sinnlos – wenn man den Wald gewöhnt ist. Nicht ganz sinnlos, für Sarah sind sie immerhin gute Anhaltspunkte. So macht sie bei jedem Baum kurz Halt, trinkt, atmet durch und geht weiter. Mit jeder Etappe schlägt ihr Herz wilder und lauter, sodass sie sich irgendwann ausmalt, sie selbst könnte sterben, wenn sie das Haus erreicht. Na und, denkt sie. Und wenn schon. Dann legt sie sich eben zur Mutter und stirbt mit ihr. Der Bub ist versorgt. Sie ist müde, seit Jahren. Nie mehr aufstehen zu müssen – das ist es, was sie sich jeden Morgen wünscht. Das wäre also kein Problem. Und doch sind es nur Gedanken, die ihr den Weg verkürzen und die Angst verscheuchen. Fünf Bäume sind's, einen hat sie noch vor sich.

Vom letzten Baum weg sind es noch dreihundert Meter bis zum Haus. Gerade will sie losgehen, als sie ein vertrautes Geräusch wahrnimmt – die Tür.

Schnell verschanzt sie sich wieder hinter dem Baum, das Licht ist diffus geworden, Wolken ziehen auf, sie kann nichts Klares oder Eindeutiges erkennen. Aber da ist jemand. Langsam tritt eine kleine Figur aus dem Haus, es ist eine Frau. Eine alte Frau, gebückt, auf einen Stock gestützt. Das muss Klara sein. Sarah will loslaufen, wagt es aber nicht. Erst als sie ein schwaches »Sarah?« vernimmt, stürzt sie los und fällt der Mutter in die Arme.

»Ich hab schon geglaubt, ich bin zu spät«, heult sie wie ein kleines Kind.

»Nein. Du kommst gerade recht. Ich wusste, dass du kommst. Es ist ein Wunder, heute kann ich wieder aufstehen. Was sagst du dazu?«

»Komm, lass uns reingehen, Mama.«

»Ja. Ich hab sogar gekocht: Kürbissuppe. Bist du hungrig?«

»Ja, Mama, ich bin hungrig.«

Klaras Haus ist ein kleiner Bauernhof mit schiefen Steinmauern, Räumen, nicht viel höher als die Frauen selbst und nur mit dem Allernötigsten ausgestattet. Es gibt fließendes Wasser, elektrisches Licht, eine alte, gespenstische Geräusche spuckende Waschmaschine und ein Telefon; die Verfügbarkeit des Stroms ist allerdings ein tägliches Lotteriespiel. Der Hof wurde vor mehr als hundert Jahren erbaut, nie renoviert und wusste nie etwas vom unsichtbaren Zauber der technologischen Errungenschaften des verrückten einundzwanzigsten Jahrhunderts. Zum nächsten Haus, dem der alten Magdalena, sind es fünf, sechs Gehminuten, also kann man den Hof immer noch als abgeschieden bezeichnen.

Als Sarah über die Türschwelle tritt, übermannt sie die heimatliche

Aura. Dieser Geruch, eine Mischung aus Essen, feuchtem Gemäuer, Feuer und der Mutter, ist der Geruch eines langen, einfachen und kargen Lebens, und dennoch führt diese Schwelle auch in eine gewisse Wärme, eine sentimentale Menschlichkeit, die es im Wald nicht gibt. Sarah ergibt sich ihr willenlos.

Dann essen die Frauen. Das heißt, Sarah isst, schaufelt die Suppe in sich hinein, als hätte sie wochenlang nichts gegessen. Ihr fällt auf, wie geschmacklos das einfache Essen im Wald ist und wie sehr sie sich daran gewöhnt hat. Klara starrt mit weit aufgerissenen Augen auf die Tochter, hält ihre Hand fest und streichelt sie.

»Du bist so verändert. Du bist … alt geworden.«

»Nein, du bist alt geworden«, lacht Sarah, immer noch mit nassen Augen. »Ich dachte, du stirbst. Ich dachte, du bist vielleicht schon tot. Ich hatte solche Angst. Dabei bist du wohlauf. Bist du doch, oder?«

»Gestern noch dachte ich, es ist vorbei, aber heute geht's mir gut, es ist ein Wunder. Aber dir geht's nicht gut, Kind, das sehe ich. Dabei bete ich für dich – jeden Tag. Was ist los? Ist mit dem Adam alles in Ordnung? Ist es schwierig mit den Schwestern? Haben sie dich gut aufgenommen? Jetzt sag schon.«

»Ach, was soll ich dir sagen, die Jahre sind einfach vergangen. Eigentlich ist alles gut, und doch … ich weiß auch nicht. Um den Adam musst du dich nicht sorgen, dem geht's gut. Aber ich für meinen Teil … ich hätte ihn gar nicht kriegen dürfen.«

»Sarah!«

»Ich weiß, das darf ich nicht sagen. Aber ich habe es so oft gedacht, dass ich mir sicher bin. Also kann ich es auch aussprechen. Ich bin keine Mutter. Ich meine, ich bin eine schlechte Mutter. Ich war von Anfang an nicht dafür geschaffen. Die Geburt hat mich ausgehebelt, hat alles verändert. Es war, als wäre mit dem Hinausgleiten des Buben etwas anderes in mich geschlüpft, etwas Fremdes. Kannst du das verstehen? Es hat mich nie wieder in Ruhe gelassen, hält mich gefangen … ich bin nimmer die geworden, die ich war. Ich schaffe das nicht, Mama, ich schaffe gar nichts mehr. Dabei hat es so gut angefangen. Und auch früher – ich war doch trotz allem immer guter Dinge, hoffnungsvoll und nicht umzubringen, oder?«

»Ja, das warst du, Kind. Mein Gott, all die Gebete.«

»Ich kann auch nicht mehr beten.«

Klara bekreuzigt sich. »Sag so was nicht. Vielleicht ist es ja das. Du musst –«

»Nein, lass gut sein, Mama. Mir ist in meinem Leben so viel widerfahren … ich weiß, dass das Beten darauf keinen Einfluss hat. Aus Erfahrung weiß ich das, hörst du?«

»Aber ich weiß das Gegenteil – aus Erfahrung«, sagt die Klara bestimmt. »Jessas, ich wollte doch sterben im Bewusstsein, dass ihr es gut habt.«

»Haben wir doch auch. Aber dass alles, wirklich alles gut ist, das gibt's doch gar nicht, oder? Wäre das nicht zu viel verlangt?«

»Ja.«

»Die Schwestern sind gut zum Adam. Vor allem Maria, sie ist ihm die viel bessere Mutter. Sie hat alles, was mir fehlt. Dabei hat sie so wenig, es ist einfach nur deprimierend.«

»Ich hab so gehofft, dass ihr es schön habt im Wald.«

»Na ja, schön – natürlich ist der Wald schön, aber du weißt ja: Je einfacher das Leben, desto härter ist es. Und einfacher geht's wirklich nicht. Aber dass da niemand ist, also keine Menschen, das ist gut und richtig und war genau, was ich gebraucht hab damals.«

»Mein Gott, Sarah. Ich bin ja so naiv.«

»Ich glaube, ich hab im letzten halben Jahr weniger gesprochen als jetzt in den paar Minuten mit dir. Da gibt es keine Gespräche, weißt du? Keinen Austausch. Nichts. Alles ist aufs Notwendigste beschränkt. Es ist eigentlich kein Leben. Nur ein Überleben. Ein Tierleben. Die Frage, wie es ihnen geht, existiert gar nicht. Wahrscheinlich ist das die wahre Freiheit.«

»Ja, es ist ein freies Leben, das ihr da habt.«

»Aber es ist schon recht traurig. Für mich, nicht für die Schwestern. Die kennen weder Traurigkeit noch Glück.«

»Aber du, gerade du sollst glücklich sein. Du hattest doch hier draußen auch kein Glück.«

»Nein, aber die Sehnsucht danach. Und die hat mich in den Wald getrieben. Da ist aber kein Glück im Wald. Da ist nichts, Mama. Das Glück ist nur im Kopf. Und alles, was man weiß, wovon man gehört oder gelesen hat, will man auch haben. So gesehen ist das Leben der Schwestern wirklich ein freies – die wissen nichts. Aber ich, ich bin nicht frei, das geht nicht. Ich hab das Glück in meinem Kopf, und dass es nicht heraus ins Leben kommen will, ist einfach Pech. So ist das eben. Manche haben das Glück, manche haben das Pech. Das ist ein Zwillingspaar eines Dämons, der sich nicht austreiben lässt. Da hilft nichts, kein Weihwasser und keine Bibel.«

Sarah plappert vor sich hin, genießt den freien Lauf der Wörter aus ihrem Mund, das uneingeschränkte Interesse ihres Gegenübers an ihrer Person und ihren Gedanken.

»Du versündigst dich, Kind! Du lässt dich gehen«, sagt Klara verstört. »Bist eine Trinkerin geworden, das seh ich gleich.«

»Ja.«

»Die Frauen auch?«

»Nur die Regina. Die Maria braucht das nicht.«

»Und warum die Regina?«

»Weiß nicht. Sie ist wild. Richtig wild. Du hast keine Vorstellung, Mama. Ein Vieh ist sie. Bockig und rabiat. Und blitzgescheit. Kann aber nicht schlafen, sie braucht den Schnaps. Wie ich. Die Maria ist ganz anders, nichts kann sie erschüttern. Sie sagen, sie hat noch nie geweint – auch nicht als Kind. Hast du so was schon gehört? Kannst du das glauben?«

Und als müsste Klara für Maria weinen, schließt sie ihre Augen, schüttelt den Kopf, schluckt und lässt ein paar Tränen auf ihre ausgetrockneten Wangen tropfen. Jetzt erst fällt Sarah auf, dass sie zittert, ihr Kopf und ihre Hände unaufhörlich wackeln. Sie erinnert sich, wie sie früher in der Kirche die Alten immer ausgelacht hat, die es kaum geschafft haben, die Kommunion zu sich zu nehmen; der Pfarrer hat die Hostie genau auf ihre Zungenspitze platzieren müssen, das war eine heikle Aufgabe, denn wenn er den perfekten Moment versäumte, landete der Leib Christi – heiliger Geist, steh uns bei! – gleich wieder in seiner Hand oder gar auf dem Boden. Aber jetzt ist Klara dran, jetzt ist sie die Alte, und Sarah ist gar nicht zum Lachen zumute. Sie wischt ihrer Mutter die Tränen weg, streichelt ihre Wange, ihr Kinn mit dem leichten Flaum darauf, spürt ein paar lange Hexenhaare. Ach, die Alte rührt sie, und sie ist froh, sie noch lebendig angetroffen zu haben.

»So sind sie halt, die Frauen«, sagt sie dann. »Aber sie sind gut, gute Menschen. Unschuldig. Ja, das sind sie, unschuldig wie Neugeborene. Ich darf mich nicht beschweren.«

Noch einmal nimmt sie sich nach und isst, Klara hält ihre Hand oder fasst nach ihrer Schulter, andauernd berühren sie einander, um sich zu vergewissern, dass sie auch wirklich da sind – zusammen, wiedervereint. Nach einer Weile sagt Sarah ganz nebenbei zwischen zwei Bissen, kaum verständlich: »War er hier?«

Klara versteht sehr wohl, die Frage nach dem Mann war unausweichlich. »Ja, ein Mal. Letztes Jahr. Aber ich habe ihm nichts gesagt. Er ist auch gleich wieder weg. Hat mich Mutter genannt, der Hund.«

»Hat er nach den Schwestern gefragt?«

»Ja, sicher. Der hat sich schlau gemacht im Dorf. War er bei euch?«

»Was? Nein. Nein, da würde ich jetzt nicht mehr hier bei dir sitzen. Dann hättest du auch mich überlebt.«

»Gut«, murmelt Klara, wundert sich aber insgeheim darüber. Und um die unangenehmen Punkte gleich abzuhaken, setzt sie nach: »Haben sie dir vom Joseph erzählt?«

»Nein, kein Wort.«

Klara nickt ein wenig enttäuscht. Zu gern hätte sie von seinem Ende erfahren, einen Beweis seiner verdienten Höllenfahrt in Händen gehalten; einen Beweis für die große ausgleichende Gerechtigkeit des Fegefeuers, dem auch sie sich bald übergeben muss. Aber egal, jetzt ist sie müde, wird kurzatmiger und friert.

»Es ist spät, Mama. Finster ist's geworden, schau. Ich bring dich ins Bett.«

Und das tut Sarah dann, hilft ihrer Mutter beim Ausziehen und Waschen, deckt sie zu und setzt sich zu ihr. Klara schläft sofort ein. Ihr Schlaf ist unruhig, immer wieder von scheinbaren Wachphasen unterbrochen, sie ruft Unverständliches in die Nacht oder hustet und schnaubt. Sarah denkt an Marias Auftrag und wird nicht müde, beruhigende Gesten und Worte auf die Todgeweihte loszulassen.

Mitten in der Nacht fährt Klara hoch und sagt: »Der Adam! Sein Gesicht! Wie sieht er eigentlich aus?«

»Mein Gott, das hätte ich beinahe vergessen«, ist Sarah mit einem Schlag hellwach, springt auf und holt ihr iPhone aus dem Rucksack. Der Akku ist leer, also geht sie in ihr altes Zimmer und holt das Ladekabel, steckt es ans Handy und hält der Klara das frisch geschossene Familienfoto vor die Nase.

»Willst du es wirklich sehen? Ich hab nur ein Foto – die Schwestern sind auch drauf.«

»Mein Gott«, keucht Klara. »Ja. Ja, ich will's sehen.«

Und wie von Sarah erwartet, heult die Alte sich die Seele aus dem Leib, als sie zum ersten Mal ihre eigene Familie sieht, um die sie sich so aufopfernd ein Leben lang gekümmert hat, so gut sie eben konnte, die sie verschwiegen und geschützt hat vor den Klauen der Welt. Sie sieht zwei Weiber in einfachen Schürzen und Wollwesten mit starrem, ernstem Blick der Kamera zugewandt, vor ihnen einen vor Aufregung strahlenden Buben, kräftig und selbstbewusst.

»Maria und Regina … zwei alte Schachteln … Ein bisschen Angst machen sie einem, aber aus beiden Gesichtern schaut auch die Evelina heraus. Weißt du, als wir Kinder waren, war ich es, die immer gesagt hat: Meine Kinder werden einmal Maria und Regina heißen … Na ja, der Herrgott hat's gerichtet, wie es ihm gefällt. Und der Bub, mein Enkerl – man sieht, dass es ihm gut geht. Ja, jetzt ist's gut, Sarah, mein Kind. Ich dank dir, dass du gekommen bist. Jetzt ist alles gut.«

Dann sinkt sie in ihren Polster und schläft ein. Sarah kriegt es mit der Angst zu tun und redet weiter auf sie ein. »Ich bin da«, sagt sie. »Hab keine Angst.« Oder: »Ist ja gut, alles ist gut.« Worte ohne Inhalt, aber sie fühlt sich so hilf- und nutzlos, dass sie einfach nur froh ist, Marias eindringliche Order im Kopf zu haben. Zwischendurch betet sie, hält die zitternde Hand, die sie einst beschützt, gewaschen, gefüttert, gestreichelt und gezüchtigt hat. Sie weiß, jetzt muss sie sterben, die Mutter, die immer da war, dieses ewige Wesen, die dann, genau wie ihre Schwester, ein letztes Mal hochfährt und kräftig einatmet. Sarah rüttelt an der Alten wie an einem Baum, aber das erlösende Ausatmen bleibt aus. Tot ist sie, liegt da mit offenem Mund, der nicht zugehen will, sosehr Sarah sich auch darum bemüht.

Jetzt ist die Tochter die Mutter, jetzt ist die Junge die Alte. Sie steht auf und sucht nervös nach einer Flasche Schnaps. Findet sogar ein paar Dirndlschnapsflaschen aus dem Wald, die sie ihr in den Korb gelegt haben müssen. Trinkt eine halbe leer und legt sich dann zu der Toten. Plötzlich ist sie weg, die Todesangst. Er ist nichts, der Tod, nur ein Augenblick, so normal wie Adams Geburt, nur schneller und nicht so schmerzhaft. Und hoffentlich nicht so nachtragend.

»Gute Nacht«, sagt sie noch benebelt, viel zu laut. Unsinnig und gedankenverloren, gefolgt von einem unkontrollierten Kichern.

Was soll jetzt geschehen? Was, zur Hölle, soll sie jetzt bloß tun? Sie weiß es nicht. Irgendwann, dem Schnaps sei Dank, schläft sie ein.

Am nächsten Morgen lässt Sarah die kalte Frau im Bett liegen, zieht sich an, fasst sich eine der Flaschen, alles, was an *Parkemed* in der Hausapotheke vorrätig ist, und geht in die Dämmerung hinaus. Sie muss zurück in den Wald. Muss mit den Schwestern sprechen, und zwar schnell. Die Mutter so zurückzulassen ist hart, aber wenn sie gar nicht erst gekommen wäre, würde sie auch da liegen. Allein, bis die Nachbarin oder sonst wer nach ihr schaut. Oder sie selbst kommt zurück; Sarah hat sich noch nicht entschieden, aber sie tendiert eindeutig dazu, den Wald zu verlassen und im Dorf zu bleiben. Irgendetwas in dieser Nacht hat den Keim einer Hoffnung in sie gepflanzt. Im Wald wird sie noch durchdrehen, sagt dieses Etwas.

»Mach dir nichts vor, früher oder später wird das passieren, ganz gewiss. Dann säufst du dich zu Tode oder hängst dich auf, nichts anderes ist realistisch. Vielleicht hältst du noch ein paar Jahre durch, vielleicht weniger, aber eins muss dir klar sein: Du hast nicht das Zeug für das Waldleben, dir fehlen die Schlichtheit und das Durchhaltevermögen der beiden Alten. Du bist nicht aus ihrem Holz geschnitzt. Du bist schwach und rührselig wie deine Mutter – hast ihr alles ganz richtig geschildert: Du bist ein Mensch, sie sind Tiere, mach dir nichts vor!«

So spricht Sarahs Hoffnung. Wenn das der Text der Hoffnung ist, dann gute Nacht.

Es ist schwer, der selbstkritischen und leidgeplagten Hoffnung zu widersprechen – im Gegenteil, recht hat sie: Das Leben im Wald bietet Sarah keine weiteren Möglichkeiten. Das tut zwar das Dorf auch nicht, aber …

Die eiskalte Morgenluft kräftigt sie, die Wanderung ebenso. Und so springen ihre Gedanken von rechts nach links nach oben und unten, ohne zu einem Punkt, zu einer Klarheit zu finden. Wie Insekten sind sie, chaotische Energiefresser innerhalb einer ihnen selbst unbekannten Überordnung. Mit jedem Schritt, den ihre Wirtin macht, passen die Gedanken sich dem Wald wieder an, diesem unfassbaren Ort, in dem alles gleichzeitig passiert und nicht eine Entscheidung getroffen wird, wenn nicht ein Mensch in seinem Größenwahn sich über ihn stellt.

Klara hat recht, sie ist wirklich verändert. Natürlich ist sie das. Die paar Jahre im Wald haben sie geformt und vereinnahmt. Jetzt, wo sie denselben Weg von draußen kommt, fällt ihr alles wieder ein. Und so wird ihre Wanderung zu einer Art Rekapitulation, zum Abschluss der Rekapitulation, die im Aussprechen der Geschehnisse vor ihrer Mutter ihren Anfang nahm. Dieses Abhaken, das Akzeptieren der eigenen Geschichte, fühlt sich gut an. Es ist vielleicht kein Ausbrechen, aber immerhin eine Zwischenstation auf ihrer Spirale nach unten. Eine Pause, eine Lichtung, auf der sie sich ausruhen und rasten kann. Ja, vor ein paar Stunden ist ihre Mutter gestorben, und dennoch fühlt sie sich zum ersten Mal seit langer Zeit ruhig und sicher, ihre Gedanken münden schließlich doch in eine Klarheit, wenngleich diese auch nur von kurzer Dauer ist, denn auf halbem Weg kommt ihr Regina aufgebracht entgegen.

»Regina!«, ruft Sarah. »Was ist los? Ist alles in Ordnung?«

»Der Adam«, keucht Regina, zwischen ihnen liegen immer noch hundert Meter. »Der Adam.« Sie bleibt stehen, die Schwester tut es ihr gleich.

»Was ist mit ihm?«

»Er ist weg. Der Adam ist weg.«

15. Der Rand der Welt

Maria stapft in großen Schritten durch den Wald, in ihrer Hand das Gewehr, um ihre Hüfte ein Seil gewickelt. Getrieben vom Mutterinstinkt einer Löwin zieht sie in den Krieg, zu allem bereit. Sie schnauft dem Rhythmus ihrer Schritte angepasst, handelt, ohne zu denken, sucht den Adam. Ihren Sohn. Die biologische Mutterschaftsfrage hat sich ihr nie gestellt. Adam ist ihr Kind, und das muss sie zurückholen, egal, ob es tot im Bach liegt, von Wildschweinen angefallen wurde oder doch ins Dorf gegangen ist, wie es angedroht hat. Das wäre natürlich ein Problem, aber …

Maria begnügt sich mit ihrem Instinkt und scheut nichts, weder Blut noch Tod. Alles ist möglich, nichts muss in Betracht gezogen werden. Ihre Wahrnehmung ist fokussiert auf ihre Mission, auf den Buben, auf ihn allein. Nicht einmal auf die Schwestern. Sie hat mit Regina nichts vereinbart, hat sich einfach das Gewehr gekrallt und ist in die Nacht verschwunden, wodurch ihrer Schwester überhaupt erst bewusst wurde, dass irgendetwas nicht stimmte, dass der Adam schon viel zu lange weg war.

Regina hatte getrunken, war verlangsamt, ist stundenlang um die Hütte geschlichen, hat gebetet und den Tag von Sarahs Ankunft verflucht; nein, sie hätten sie nicht aufnehmen sollen, sie hätten sie nicht aufnehmen sollen, nein, das hätten sie nicht tun sollen! Nichts Gutes kommt aus dem Dorf, das wussten sie doch, das hatte Evelina ihnen ihr Leben lang eingebläut. Noch nie war Maria über Nacht weg gewesen, noch nie. Das alles wäre nicht passiert. Aber schließlich, von der der Situation entsprechenden Aufgeregtheit ernüchtert, fasste sie doch den Entschluss, zum Waldrand zu gehen und der Sarah ein Zeichen zu geben.

Jetzt sitzen sie in der Hütte. Beide am Tisch, Regina vor einem Buch, den Rosenkranz fest um die Finger ihrer rechten Hand gewickelt, Sarah nagt an ihrem Daumennagel wie das schlechte Gewissen an ihrer Seele. Sie weiß, sie sollte jetzt da draußen sein, sie sollte ihr Leben für seines gefährden und ihn zurückholen, aber sie ist zu gar nichts fähig. Im Grunde froh darüber, dass Maria ihren Job erledigt. Sie denkt den unmoralischsten, einer Mutter geradezu verbotenen Gedanken: Wenn er weg ist, ist er eben weg. Was soll's, dann ist alles einfacher, alles leichter. Der Gedanke bringt sie zum Heulen. Wie kann sie so etwas denken? Was ist sie für ein Unmensch! Gerade ist ihre Mutter gestorben, und jetzt wünscht sie ihrem Sohn den Tod? Gerade noch hat sie sich gefragt, warum der kalte Körper Klaras sie so kalt lässt, gerade noch hat sie am Totenbett der Mutter das Fehlen jeglicher Empathie festgestellt, sich selbst als charakterlos, kaltblütig und entmenscht bezeichnet – und jetzt das? Jetzt muss sie das noch toppen und ihren Sohn verleugnen? Warum tut sie das? Oder sind das nur die verspäteten Tränen um die Mutter? Warum kann nicht alles gut sein, oder einfach? Sie blickt auf die Schwester, greift nach ihrer Hand, spürt den Rosenkranz.

»Im Kloster haben wir ihn die endlose Kette genannt«, schluchzt sie gedankenverloren. Regina schaut auf, starrt sie an.

»Wir sind eins, Regina«, flüstert Sarah dann verschwörerisch. »Wir sind vom gleichen Schlag. Ich war ein anderer Mensch, weißt du? Früher.«

Regina versteht nicht, nickt aber. Sie zieht ihre Hand nicht zurück, sie genießt den Hautkontakt und hofft insgeheim, Sarah möge genau so sitzen bleiben.

»Ist sie tot?«, fragt sie.

»Ja, ich war bei ihr. Sie ist in meinem Arm gestorben. Ich hab alles richtig gemacht, wie Maria es mir aufgetragen hat.«

»Gut. Dann ist sie im Himmel.«

»Ja.«

Als Sarah nach ein paar Minuten der Stille aufstehen will, hält Regina sie zurück, ohne sie anzuschauen. Sie will einfach so verweilen, verbunden mit ihr. Sie ist ja doch ihre Schwester. Die endlose Kette – so hat auch Evelina den Rosenkranz genannt, das muss etwas bedeuten. Ja, sie soll bleiben, so mit der Hand auf der endlosen Kette, auf ihrer Hand, genau so.

»Ich hol' nur den Schnaps«, sagt Sarah.

Regina lässt los. Manche Prioritäten müssen auch in Notsituationen gesetzt werden.

Marias Priorität ist unmissverständlich. Sie weiß, wo Adam sich gern aufhält, wo er hinläuft, wenn er beleidigt ist, wo er gern spielt oder einfach die Zeit vergehen lässt. So oft ist sie ihm nach, hat ihn aus der Entfernung unbemerkt beobachtet, auf ihn aufgepasst – erst mit vier ließ sie ihn wirklich alleine losziehen. Jetzt hat sie den Bach erreicht, folgt der Strömung und schärft ihren Blick aufs Wasser und seine Ufer. Nichts. Auch hier ist er nicht. Verzweifelt nimmt sie einen großen Stein und wirft ihn wütend in den Bach.

Die Wut ist Marias ganz persönliches Exekutivorgan. Sie wird nicht oft von ihren Gefühlen übermannt, aber wenn etwas ihr Blut erhitzt, dann entladen sich diese Dämonen, mit denen sie so schlecht zurechtkommt, immer in einem Wutausbruch. Die Aggression ist ihr das vertrauteste und naheliegendste Mittel gegen Ungewolltes, und noch nie hat sie etwas so wenig gewollt wie das hier. Dazu muss gesagt werden, dass ihr auch das Wollen fremd ist. Wünsche oder Träume gehören ebenso wenig zu ihrem Alltagsrepertoire wie die Enttäuschung. Es ist so simpel, wie Sarah es ihrer Mutter erklärt hat: Man muss etwas wissen oder kennen, um sich danach sehnen zu können.

Maria verharrt mehrere Minuten lang in starrer Haltung, auf zwei Steinen stehend, übers Wasser gebeugt. Wie eine Pflanze fügt sie sich ins Naturbild ein. Dann, plötzlich und blitzschnell, fasst ihre Hand nach unten, zieht eine Bachforelle von beachtlicher Größe an die Luft und schleudert sie in einer hohen Kurve ans Ufer, nur um sie hektisch um ihr Leben zuckend auf den trockenen Steinen liegen zu lassen und weiterzuziehen. Eine sinnlose Aktion, aus nur einem einzigen Grund ausgeführt: um auf den Reiz ihrer Gefühle zu reagieren, ihren Dämonen Einhalt zu gebieten, dem Teufel dagegenzuhalten. Aber damit ist es nicht genug.

Sie zieht weiter nach Norden durch die herbstlich gefärbte, immer noch dichte Waldflora zu den großen Eichen, wo kein Weg mehr ist und die Wildschweine hausen – vielleicht haben die ja den Kleinen auf dem Gewissen. Dabei hat sie ihm doch beigebracht, wie man den Biestern aus dem Weg geht. Ruhig bleiben muss man, wenn sie einen ins Visier nehmen, ganz ruhig, das hat sie ihm gesagt, sie weiß es noch genau. Ruhig bleiben und schön langsam unauffällig abhauen, das funktioniert fast immer. Das hat sie ihn doch gelehrt, das weiß er, also wo ist er nur? Zwischendurch betet sie, bittet den heiligen Antonius um seine Hilfe – den muss man anrufen, wenn man etwas verloren hat, sogar ihren stummen Zachariaskopf hat sie ihm versprochen, wenn er ihr den Weg zu ihrem Buben weist. Sie weiß, dass man ihm etwas anbieten, mit ihm handeln muss, aber es nützt nichts, bis jetzt mag er ihr nicht helfen. Zugegeben, sehr innig sind ihre Gebete nicht, zu groß ist die Wut, die mit jedem Schritt wächst und sich mehr und mehr gegen die Wildschweine richtet.

Regina wollte von den Viechern nie etwas wissen, aber Maria hat sie als Kind stundenlang beobachtet. Auch bei den Wildschweinen war das größte und mächtigste Schwein der Vater, so gut wie nie zuhause, die kleinen gestreiften Jungen waren immer mit der Mutter zusammen. Die Wildschweinfamilie war ein Spiegel ihrer eigenen Familie. Das gefiel ihr und verstörte sie zugleich. Mit nur einem Wurf waren immer sechs oder sieben Junge da, ein paar starben über den Winter wieder, aber über die Jahre, so kam es Maria vor, wurden es immer mehr, was sie ihrer Schwester vorsorglich verheimlichte. Ganz unbegründet war Reginas Angst ja nicht; die grunzenden Dreckschweine konnten ganz schön ungemütlich werden. Einmal sah Maria zwei Keiler brutal kämpfen, sie hatten Schaum vor dem Mund, wuchteten ihre paar hundert Kilo gegeneinander und bohrten sich die gebogenen Eckzähne ins Fell, so lange bis einer der beiden kapitulierte und der Sieger das Weib besteigen durfte – sie weiß, es heißt nicht Weib, aber das rechte Wort mag ihr nie einfallen, auch wenn Regina sie schon hundertmal korrigiert hat, wenn sie Sau oder Weib gesagt hat. Egal. Ein anderes Mal hat so ein Schweinsweib sie verfolgt, weil sie einen ihrer Frischlinge hochheben wollte – sie musste regelrecht um ihr Leben laufen. Die Keiler gaben bisweilen höllische Laute von sich und wollten ihre Stangen von hinten in jede Sau stecken.

Wie der Joseph, denkt sie jetzt.

Das heißt, wenn sie einmal zuhause waren.

Wie der Joseph, denkt sie wieder. So ist die Natur.

Sie konnte nie herausfinden, wo die sich herumtrieben. Gut, sie hätte ihnen folgen können, blieb halt lieber bei den süßen Frischlingen, was soll's.

Ja, der Joseph, der war auch ein Keiler, hat sich auch immer schnurstracks in die Mutter entleert, um dann grunzend einzuschlafen. Wie ein Schwein. Weiß Gott, wo der gelebt hat.

Seit Adam da ist, muss sie ab und zu daran denken. Nicht an den Joseph, nicht an das Massaker, nicht an die Blutsünde, nein, aber dass der Mann beinahe ein Kind in sie hineingemacht hätte. Ihre einzige Chance auf Mutterschaft war dieser eine unglaubliche, schreckliche Moment. Hätte das dann in weiterer Folge nicht auch schön sein können?

Das Denken ist Maria eine Qual. Oder auch nicht. Wer weiß, vielleicht schreiben ja auch nur wir ihr diese Gedanken in den Kopf hinein, vielleicht bilden wir uns das alles ein, jedenfalls kommt sie mit den Kreuzzeichen gar nicht nach, das ist reine Routine, ihre Hand macht das ganz von alleine. Ihre momentane ihr unbekannte Verfassung lässt kein schlechtes Gewissen zu, spart die Sünde aus. Aber denken muss sie wohl, ob sie will oder nicht. Und was sie denkt, macht ihre Hilflosigkeit und somit ihre Wut nur noch größer. Am Ende ist das gar nicht mal schlecht, hilft es ihr doch, dem Dämon der Verzweiflung in die Augen schauen zu können.

An den Wolf denkt sie jetzt, den sie einmal dabei beobachtet hat, wie er ein Wildschwein gerissen und durch den Wald zu seinem Rudel gezerrt hat. Sie ist ihm nach und hat das barbarische Festmahl genau studiert. Das alles waren beeindruckende Schauspiele. Und natürlich, hin und wieder erlegen auch die Holzapfelschwestern ein Wildschwein, wenn es sich zu nah an die Hütte wagt. Dann ernähren sie sich monatelang davon, so groß sind die.

Von Weitem hört Maria nun das friedliche Gegrunze und folgt dem Signal wie ein Drogenhund dem Dealer. Jetzt ist sie der Wolf, jetzt wird abgerechnet.

Wieder kommt ihr Joseph in den Sinn, der Mann.

In ihren Ohren ist das Gegrunze gar nicht friedlich, nein, es wird immer lauter und herausfordernder. Und so, von einem mächtigen, dunklen Instinkt getrieben, steigt Maria mitten durch Sträucher und Büsche brutal in den unschuldigsten Schweinealltag hinein, das Muttertier springt hoch, die Kleinen verlieren den Kontakt zu den Zitzen und kreischen, was das Zeug hält. Das Gewehr hat Maria auf den Rücken geschnallt, in ihrer Hand liegt ein dicker Ast, keulengleich und martialisch schwingt sie ihn durch die Luft, gibt selbst animalische Laute von sich. Da, aus ungefähr fünfzehn Metern Entfernung, stampft ein riesiger Keiler aus den mannshohen Brennnesseln und geht direkt auf Maria los, sein Gehabe ist zweifelsfrei das des Chefs, dessen Hoheitsanspruch außer Frage steht und der zu keinem Kompromiss bereit ist. Seine Getriebenheit steht der seiner Feindin um nichts nach. Aber so siegessicher er auch wirkt, er ist behäbig, und Maria ist gefasst und schnell. Ihre Waffe donnert mit voller

Wucht gegen seine Schnauze, ein Eckzahn fliegt durch die Luft, schäumendes Blut trieft von seinem Rüssel. Er schnaubt wild und schmerzerfüllt, will sich sammeln, aber da ist schon der nächste Hieb. Und der nächste und nächste. Maria ist völlig außer sich, fast gleicht sie sich dem Keiler an – mehr noch, sie ist wilder als er –, schnaubt, brüllt und schlägt kaltblütig auf das Biest, den Dämon, den Teufel, den Vater, auf die Ungerechtigkeit des Schicksals ein. Sie weiß, sie muss ihn töten, wenn sie selbst überleben will, also hört sie nicht auf, bis der zottelige, stinkende Riese endlich gestürzt ist und halbwegs regungslos liegen bleibt. Noch einmal brettert sie das Holz gegen seinen Schädel, nimmt seinen abgebrochenen Eckzahn und rammt ihn in seinen Hals. Spuckt auf den Boden, auch ihr Speichel ist blutig, wahrscheinlich hat sie sich in die Zunge gebissen. Sie keucht laut, wirft den Ast weg, fasst sich das Gewehr, hält den Lauf zwischen seine nassen Augen. Dann drückt sie ab, der Schuss verliert sich in einem weiten Hall, es raschelt in den Bäumen, die unsichtbaren Zuschauer flüchten. Schließlich macht sie sich erschöpft auf den Weg. Es ist still, totenstill, die Tiere haben sich zurückgezogen, die Familie ist in Sicherheit.

Nun dringt sie ins Birkenwäldchen vor. So haben sie es jedenfalls immer genannt, auch wenn vereinzelt immer noch Eichen zwischen den schmächtigeren Weißrinden stehen. Da war sie noch nicht oft, da ist nicht viel zu holen. Evelina machte im Frühjahr aus den Blättern Tee und gab ihnen den Saft aus dem Birkenstamm zu trinken, aber den Schwestern ist der Weg zu weit, die Ernte zu unergiebig. Stundenlang in eine Richtung für ein paar Tropfen und Blätter, das zahlt sich nicht aus.

Der Boden ist mit Laub bedeckt, die Blätter der Birken scheinen früher abzufallen als die der anderen Laubbäume. Kalt ist es hier, kälter als weiter drinnen. Die Birken sind hoch und durchlässig, unter ihnen wächst nicht viel, der Boden ist nährstoffarm und hart.

Nach dem Birkenwäldchen, das viel weitläufiger ist, als der Begriff vermuten lässt, ist nichts mehr – also kein Wald. Dort ist, wie Evelina es genannt hat, der Rand der Welt.

Die verbotene Zone.

Aber genau dort will Maria jetzt hin. Sie glaubt nicht, dass dem Buben im Wald etwas passiert ist, zu vertraut ist er mit dem Gebiet. Zum nächstgelegenen Waldrand bei Klaras Dorf ist er sicher nicht, da wäre – wenn er überhaupt den Wald verlassen wollte – die Gefahr zu groß, auf eine von ihnen zu treffen. Zielstrebig marschiert sie also weiter, langsam wird sie müde, bekreuzigt sich, brabbelt Gebete in die kalte Oktoberluft. Sie findet Steinpilze, schnuppert an ihnen, isst sie. Ein paar steckt sie in ihre Westentasche.

Noch eine ganze Stunde geht sie so dahin, steil bergauf müht sie sich durchs Gelände. Blickt zum Himmel, bald ist es wieder dunkel. Es wird kälter. Sie weiß, da vorne ist er, der Rand der Welt, aber sie hat keine Angst, der Blutrausch von vorhin hat ein gewisses Gefühl der Unbesiegbarkeit in ihr hinterlassen. Ja, das war es wohl, ein Rausch. Sie weiß nicht, dass die Zeit der sexuellen Aktivitäten bei Wildschweinen auch *Rausch* genannt wird, mehr noch, der Wildschweinrausch gerade jetzt voll im Gange ist, es ist, wie alles, auch nicht von Bedeutung. Maria ist unbekümmert, fast ruhig. Zu müde jedenfalls, um verzweifelt oder traurig, um wütend sein zu können.

Ganz oben auf der Anhöhe stehen Kiefern, Föhren und Lärchen auf flachem Moosboden zwischen unansehnlichem Gestrüpp, finster ist es hier, aber sie kann das Licht schon erspähen – den Rand der Welt. Steckt noch ein paar Röhrlinge ein, dann ist sie am Ziel, steht am Waldrand und blickt auf eine ausgedehnte Landschaft mit weitläufigen Hügeln und ewigen Feldern, regelrecht überwältigt von der Offenheit der Welt.

Aber auch hier ist nichts, keine Spur von dem Buben. Keine Spur von einem Menschen, kein Dorf, gar nichts, nur Krähen und ungefilterte klare Luft. Was sie sieht, gefällt ihr. Sie versteht nicht, warum das eine verbotene Zone sein soll, dennoch geht sie nicht weiter, wohin sollte sie auch? Die Freiheit ist eine Leere, kein Plan kann sie verdichten, sie bietet weder Halt noch Zuflucht. Nur der Wald ist sicher, nur der Wald. Abgesehen davon wusste Evelina immer, wovon sie sprach, es wird schon einen Grund haben, warum die Zone verboten ist. Aber schauen würde sie gern noch ein bisschen, einfach da stehen, atmen und schauen. Weiß sie denn nicht, wie gefährlich dieser Drang ist, dass der Teufel sich immer hinter der Maske der Schönheit versteckt? Natürlich weiß sie das.

Imnamendesvatersunddessohnesunddesheiligengeistes.

Drüben im Westen taucht die Sonne unter, hier über dem Wald hängen rastlose Wolken, der Wind bläst ihr ins Gesicht. Dann kommen die Schmerzen. Plötzlich spürt sie jeden Wirbel, jeden Muskel, jeden Knochen ihres Körpers. Sie hat sich verausgabt, fühlt sich matt und leer. Aber sie darf nicht rasten, kann hier nicht bleiben, sie muss nach Hause. Wer weiß, vielleicht ist der Bub ja aufgetaucht, vielleicht ist alles gut. Sie muss nach Hause zu ihrer Familie, also macht sie kehrt, bekreuzigt sich und marschiert los.

Nach einer Stunde, irgendwo in der Dunkelheit der Waldnacht, bricht sie zusammen. Ihr Körper fordert die Rast ein. Sie will hier verharren, ohne einzuschlafen. Es ist ein eigenartiger, unkontrollierter Dämmerzustand, in den sie fällt. Für kurze Zeit ist ihr Gehirn wie ausgeschaltet, dann lässt ihre Fantasie sie Seltsames denken.

Sie stellt sich riesige, drachenähnliche Tiere vor, die Adam gefressen haben könnten, tiefe Schluchten, in die er gestürzt sein mochte. Immer wieder marschiert sie in Gedanken zurück zum Rand der Welt, kommt zu dem Schluss, dass sie Evelina möglicherweise falsch verstanden hat, dass der Rand der Welt an einem ganz anderen Ende des Waldes liegen, ein tatsächlicher Rand sein muss. Eine Kante. Klar hat Regina sie gelehrt, dass die Welt eine fliegende Kugel ist, aber das will ihr nicht einleuchten. Die Vorstellung einer Kante, die sich nach unten ins Nichts erstreckt, erscheint ihr viel plausibler, die will sie suchen, gleich morgen.

Bei Sonnenaufgang kehrt sie also zum vermeintlichen Rand der Welt zurück, folgt dem Verlauf des Waldrandes in der Hoffnung, den eigentlichen Weltenrand zu finden.

Weit drüben im Osten nach stundenlanger Wanderung erspäht sie auf einem Feld zum ersten Mal einen Traktor. Sie entsinnt sich einer Darstellung in einem von Reginas Büchern und erkennt ihn an den gigantischen Hinterrädern. Die Laute, die er von sich gibt, sind infernalisch. Er keucht und hustet, rattert und quietscht, pufft Rauch in die Luft. Maria zieht sich ins Dickicht zurück und beobachtet fasziniert mehrere Stunden lang zwei Männer bei der Arbeit auf dem Feld, ihre Waffe hält sie dabei fest in der Hand. Auch der Traktor mochte den Kleinen gefressen oder getötet haben, den Männern ist ohnehin nicht zu trauen. Als sich ein weiteres Gefährt vom Horizont her nähert, immer größer und lauter wird, schließlich in der Nähe des knatternden Biests auf dem Feldweg Halt macht und eine Frau mit einem kleinen Buben aussteigt, lässt Maria einen Schrei los, legt das Gewehr an, will schießen und loslaufen, jubeln und töten zugleich. Aber irgendetwas hält sie davon ab, eine Stimme oder ein Gefühl, und als sie die Bewegungen des Buben genauer studiert, erkennt sie sofort, dass er nicht ihr Adam ist, und zieht enttäuscht weiter. Die Kante aber, von der sie in der Nacht geträumt hat – wenn es denn ein Traum war –, findet sie nicht.

Ihre Erinnerung ist glasklar: Sie steht am Abgrund, am Ende der Welt. Das ist nicht einfach die Nacht oder eine außergewöhnliche Verlängerung des Firmaments im Sinne einer optischen Täuschung; vor ihr bäumt sich das mächtige All auf, kalt, schwarz und funkelnd. Majestätisch. Nach rechts und links erstreckt sich dieses Scheibenende ins Endlose. Nach unten eine raue, abgerissene Felswand, die nach ein paar hundert Metern von diesem leeren, nein, vollen

Schwarz geschluckt wird. Es weht ein kalter, völlig geruchsneutraler, aber frischer Wind, ein kompromissloser Sturm, aber sie spürt die Ruhe, die Unendlichkeit des Alls. Und die unwiderstehliche Versuchung zu springen. Sie sieht Vögel, die sich über den Abgrund wagen, aber nicht zu weit. Sie spielen nur mit dem Unendlichen, sie necken es. Sie möchte auf dem Rücken eines Vogels die Weiten dieses vermeintlichen Nichts auskundschaften. Jetzt fühlt sie sich dumm. Natürlich war das ein Traum, natürlich hat Regina recht; es wird schon stimmen, dass die Welt eine fliegende Kugel ist, aber eine Kugel? Kann das sein?

Schließlich hat sie die Heiligen und Erdgeister, die Schlangen, Dämonen, Engel und Teufel im Verdacht, den Buben verführt oder entführt zu haben. Sie verflucht alle und muss stundenlang beten und hundert Kreuze auf sich werfen, um die Flüche wieder auszugleichen.

Und wieder verfinstert sich der Wald, wieder legt sich die gemeine Nacht auf ihn, wieder denkt sie: Es geht ihm gut. Er hat keine Angst. Er ist stark und mutig.

»Der Himmel war aschgrau darober, die Blätter verknittert und bar – die Blätter verwelkend und bar: Es war Nacht im einsamen Oktober.«

Wie eine langsam schleichende Nebelschwade hängen Reginas Worte in der stickigen, kalten Holzapfelhütte. Draußen ist es stockfinster, die Kerze ist fast niedergebrannt, die Schwestern sitzen immer noch am Tisch, ihre müden, glänzenden Augen wollen nicht zufallen, der Schlaf wagt sich nicht ins Haus. Ist es der Dirndlschnaps, der ihn abschreckt? Ist es ein Fluch, die Schuld der Sünde, die auf der Hütte lastet wie ein zweites Dach? Sarahs Hand liegt immer noch oder schon wieder auf Reginas Hand, der Rosenkranz auf dem Tisch zwischen ihnen, daneben zwei leere Schnapsflaschen, eine stehend, eine liegend. Es stinkt nach Pisse, Schweiß und

Alkohol. Lautlos atmen die beiden, alles an ihnen ist so verlangsamt und taub, dass sie die Ankunft Marias gar nicht mitbekommen, obwohl sie lauter und auffälliger nicht sein könnte. Ächzend schleppt sie sich nach Hause, sie hätten sie von Weitem kommen hören müssen, hinter ihr an dem Seil über ihrer Schulter hängt der tote Keiler, verdreckt und blutverschmiert. Den ganzen weiten Weg hat sie ihn gezogen, er hat sie bestimmt zwei Stunden gekostet, aber jetzt hat sie's geschafft, jetzt ist sie zuhause – und vielleicht ist er ja auch heimgekommen, der Adam?

Im Hof lässt sie das Vieh liegen, stößt die Tür auf, schaut auf die Schwestern, die nicht reagieren, dann auf Adams Bett – es ist leer, die Bettwäsche sorgfältig gefaltet. Ein Kreuzzeichen nach dem anderen landet auf ihr. Wie eine Marionette, deren Bewegungen von einem Puppenspieler über dem Wald geleitet werden, steht sie da. Vater-Sohn-Heiliger-Geist, die vier Punkte des Kreuzzeichens, das, so wurde es Evelina als Kind erklärt, Schutz und Erlösung versinnbildlicht, müssen mittlerweile in ihren Körper eingekerbt, zumindest auf ihre Haut gezeichnet sein.

»Heiliger Antonius, gib mir den Adam zurück, ich bitt' dich. Nimm mich statt seiner. Nimm mich.«

Und so wie sie ist, verschwitzt, verdreckt und verzweifelt, legt sie sich in Adams Bett, das Bett, das sie selbst ihm gebaut hat, schlüpft unter seine Decke, saugt an seinem Polster und schließt die Augen, lässt los und schläft augenblicklich ein.

Achtzehn Stunden lang schläft sie. Achtzehn Stunden, in denen auch Sarah das Bett hütet, Regina jedoch manisch arbeitet, das Schwein zerteilt, wäscht und in den Schuppen hängt, Holz hackt, die Stube putzt, kocht, betet, dem Herrn dankt, weil er ihr die Schwester nicht genommen und wieder heimgeführt hat. Sie bittet Johannes den Täufer, der als Schutzpatron sowohl für Findlinge als auch Alkoholkranke gilt, um Rat, zwischendurch schläft sie, aber immer nur für ein, zwei Stunden, dann macht sie sich wieder ans Werk. Kein Wort fällt in diesen achtzehn Stunden.

Als Maria erwacht, dampft es in der Stube. Regina hat gekochtes Wasser in die Scheibtruhe gefüllt, sich selbst und, weil sie sich wie ein kleines verzogenes Kind gewehrt hat, auch Sarah gewaschen. Maria zieht sich aus, setzt sich ins heiße Wasser, wäscht sich, steht wieder auf und steckt ihren Kopf hinein. Wie gut das tut, diese Ruhe, diese absolute Ruhe, als würde man in einen Traum zurückkriechen, der einen für kurze Zeit von allem erlöst hat. In diesen Sekunden des Eintauchens erlebt die tumbe Maria etwas nie zuvor Empfundenes. Obwohl sie diesen Vorgang zum tausendsten Mal wiederholt, taucht sie dieses Mal nicht bloß in Wasser ein – nein, es ist ein Fenster in eine andere Dimension, in eine Möglichkeit von Freiheit. Was sie wahrnimmt, hat ein wenig mit dem Gefühl der Aussicht vom Rand der Welt zu tun, aber es ist nur ein Gefühl – weniger, es ist ein Hauch von einem Gefühl, sie steht an der Peripherie dieses Gefühls und bekommt gerade mal eine Brise seines Aromas ab. Rasch, beinahe erschrocken, fährt sie hoch, prustet und trocknet sich ab.

Dann essen sie, stumm, aber spürbar nervös. Alle drei wissen, dass das Verschwinden Adams alles verändern wird, alles verändert hat, dass die einfache, ewige Kontinuität des Waldlebens, die sie sicher bis hierher getragen hat, zerstört und unterbrochen wurde. Was das bedeutet, kann keine sagen, also sagt keine etwas. Aber jede von ihnen fragt sich insgeheim, was jetzt geschehen soll. Irgendwann hält Maria es nicht mehr aus und fängt an.

»Wir müssen ihn suchen.«

»Er ist tot«, sagt Regina mit tiefer Stimme.

»Nein!«, donnert Maria den Teller gegen den Holztisch. »Wir müssen ihn suchen!«

»Du hast ihn doch gesucht.«

»Nur im Wald.«

»Es gibt nur den Wald.«

»Nein.«

Regina schaut ihre große Schwester entgeistert an. »Was sagst du da?«

Maria antwortet nicht, also wiederholt Regina ihre Frage ohne Fragezeichen: »Was sagst du da.«

Aber Maria sagt nichts, isst nur ihre Erdäpfelsuppe.

»Was sagst du da, Maria!«

»Ich werde den Wald verlassen«, sagt Sarah plötzlich, und nach einer Schrecksekunde fährt sie ganz ruhig und wohlüberlegt fort: »Ich werde im Haus wohnen. Das heißt, *wir* können im Haus wohnen, wenn ihr wollt. In Klaras Haus, es ist jetzt meins. Da ist Platz genug, jede von uns hätte ein eigenes Zimmer. Ich weiß, das ist viel verlangt, ich weiß, dass ihr Angst habt, aber das müsst ihr gar nicht. Es ist gleich das erste Haus, es steht so gut wie allein in der Landschaft, jeder kann jederzeit in den Wald zurückgehen, ihr könnt euch immer entscheiden, wo ihr sein wollt. Ihr müsst nicht einmal ins Dorf gehen, ich kann für alles sorgen, ich suche mir Arbeit und sorge für uns. Ich werde Adam suchen – ich *muss* ihn suchen, er ist mein Kind. Ich hab mir das genau überlegt und das ist meine Entscheidung. Was haltet ihr davon?«

Da ist sie, die Alternative. Die Möglichkeit von Freiheit, und natürlich glänzt sie golden, wenngleich Reginas Augen das nicht wahrnehmen. Ja, Gold ist ihre natürliche Farbe, die blendet und strahlt und alles andere verdeckt, den Betrachter in Farben träumen lässt und von der schwarz-weißen Wirklichkeit ablenkt. All die zahllosen anderen Möglichkeiten und Konsequenzen, die an ihr hängen, unsichtbar und schicksalsschwer, werden von ihrem Glanz in den Hintergrund gedrängt.

Während Regina ein *Nein* nach dem anderen aus dem Mund fällt, mehr einatmet als ausatmet, ihren Kopf dazu schüttelt und in einen

Zustand verfällt, den die Stadtmenschen Panikattacke nennen, wird die sich bekreuzigende Maria aktiv, läuft von einer Wand zur anderen, stellt überflüssige Dinge auf den Tisch, die sie offensichtlich mitnehmen will, stopft Sachen in ihren Rucksack, zieht sich an, nimmt das Gewehr in die linke Hand, geht zu ihrer Schwester und legt ihr die rechte auf die Schulter. Das beruhigt sie augenblicklich, ihr Atem verlangsamt sich, wird wieder regelmäßig.

Wer hätte das gedacht, was für eine Rochade, was für ein Stellungswechsel im Schwesternspiel! Und alles nur wegen Marias bedingungsloser Liebe zu dem Balg.

»Wir finden den Adam«, sagt Maria bestimmt. Es ist eine Kampfansage, ein Postulat, das sie in den Raum stellt, mehr an die Hütte als an die Frauen gerichtet. Als wäre sie der Hütte eine Erklärung schuldig.

»Ja«, ergänzt Sarah, denkt aber Nein. Sie weiß, wer ihn geholt hat, sie ist sich da ganz sicher. Der Bub ist weder im Wald noch ist er tot, weder ist er verhungert noch verletzt, nichts Unerklärliches ist geschehen – der Felsenreiter hat ihn geholt, ihn gestohlen und entführt, so viel ist gewiss, und weiter will sie gar nicht denken. Ein Schritt nach dem anderen. Ein Schritt nach dem anderen. Wer weiß, vielleicht ist es ja zu seinem Besten. Lustig wird er es nicht haben, aber muss ein Leben lustig sein? Ihres war es nicht, und wie es aussieht, wird es auch nicht mehr lustig werden, sie ist jetzt fünfundvierzig, die Spaßangebote werden sich nicht gerade überschlagen. Aber immerhin hat er ein Leben, sagt sie sich, denn das Leben im Wald ist keines. Herrje, darf sie so etwas denken? Sollte sie nicht wütend sein und wie Maria losziehen, den Buben suchen und seinen Peiniger gnadenlos zur Strecke bringen? Schluss jetzt, stopp, ein Schritt nach dem anderen.

Regina schaut auf zur großen Schwester, ist sich ihrer eigenen Schwäche instinktiv bewusst, erhebt sich und überlegt, was sie einpacken soll, steckt ein paar Schnapsflaschen in ihren Rucksack,

Das Buch der Heiligen, dann holt sie ein Stück von dem Wildschweinfleisch, wickelt es in ein Tuch und legt es dazu.

Das ist nicht gut, denkt sie. Das ist nicht richtig, nicht gottgewollt und gegen alles, was ihre Mutter sie gelehrt hat. Nein, Evelina hätte das nie getan, sie hätte den Wald nicht verlassen, um nichts in der Welt. Und wieder verflucht sie die Dritte. Sie hätten sie nicht aufnehmen sollen, nichts Gutes kommt aus dem Dorf. Sie hat es gewusst und weiß es noch, dabei war sie diejenige, die sie aufgenommen hat, die nachgegeben hat und schwach war. Es war die erste Entscheidung ihres Lebens, und sie war falsch. Aber nichts kann wiederholt oder gutgemacht werden, nur Buße und Gebet bleiben dem Menschen, und außerdem spürt sie, dass sie ihre Schwester nicht zurückhalten kann, dass nichts Maria zurückhalten kann – und die Schwester, jenen Menschen, der sie selbst erst vollkommen macht, kann sie nicht im Stich lassen, auf keinen Fall, also reißt sie sich zusammen und fügt sich ihrer Entscheidung. Als sie noch eine Weste über ihre Weste anziehen will, sagt Sarah: »Die Mama hat Sachen im Haus, Westen, Jacken, Pullover. Wir gehen nicht für immer fort. Ihr könnt jeden Tag in den Wald gehen. Jeden Tag.«

Maria nickt ihrer kleinen Schwester zu, die nickt pflichtgetreu zurück, dann gehen sie. Sie sind jetzt siebenundfünfzig und dreiundfünfzig, beinahe so alt, wie ihre Mutter geworden ist. Und ohne sich umzudrehen, verlassen sie ihr Haus, verlassen sie ihr Leben.

Sie können ja zurückkommen – jeden Tag, hat sie gesagt.

II

16. Der Turm

ALLE BETRACHTUNGEN POLITISCHER NATUR, nachträgliche wie vorausschauende, sind oberflächlich. Worte rutschen dahin wie auf Butter, mögen plausibel klingen oder nicht, sind dem einen Bestätigung, der nächsten Provokation, stets eitel und abgehoben, schweben arrogant über einer komplexen und jahrtausendealten Wirklichkeit.

Der Kollaps war auch das Finale einer Ära der Verlogenheit gewesen. Der Punkt auf dem Spielfeld, der einem den »Zurück zum Anfang«-Befehl erteilt, oder wie es in der Welt der Musik einst so schön hieß: »One more time with feeling«, und den man schließlich einmal zu oft übersprungen hatte, war überall erreicht, auch wenn niemand es wahrhaben wollte.

Der Westen hatte sich selbst in absurden Gesellschaftsdiskursen verloren; hätte der Felsenreiter das noch mitbekommen, er würde sich heute noch schieflachen, denn die Privilegierten und Wohlhabenden verteufelten sich selbst, ihre Geschichte und ihren zivilisierten Wohlstand, und wollten den Armen der Welt eine vergleichbare Entwicklung verwehren, um – tadaaaa! – den Planeten zu retten, die arme, heilige und ausgemergelte Mutter Natur zu schonen, die ansonsten als Nemesis über sie kommen würde. Ein Haufen verkappter Schmalspurdiktatoren war das, jeder und jede Einzelne von ihnen wusste Bescheid, wusste, woran der Weltkörper krankte, hatte Pläne zur Weltheilung und neuen Weltordnung parat (zumeist wenige Sätze in leicht verständlicher Sprache), alle quälten einander mit apokalyptischen Appellen und willkürlichen, selbstgerechten

Geboten und Verboten, alle redeten und redeten, brüllten vor sich hin und aneinander vorbei – es war das reinste Babel. Der Osten freilich (das biblische Babel ist im Osten angesiedelt), stur und behäbig im sinistren politischen Realismus der Vergangenheit festgefahren, profitierte skrupellos von alldem und holte den Rest der Welt gewaltsam auf den harten Boden der Realität zurück. Der Turm stürzte ein, halleluja!

Übrigens ein alter Schlager aus dem ersten Kalten Krieg, der von Straßensängern wieder aufgegriffen wurde:

Der Turm stürzt ein
Der Turm stürzt ein
Halleluja, der Turm stürzt ein

Und jetzt, meine Herrschaften, alle noch einmal, selbst der alte Felsenreiter kennt den Text, auch wenn er es für ein Sauflied hält:

Der Turm stürzt ein
Der Turm stürzt ein
Halleluja, der Turm stürzt ein

Mit dem Verantwortungsbewusstsein der Mächtigen fielen Scham, Respekt und *common sense*, die globale Vernetztheit wich einem neuerlichen Fokus auf das überschaubare Nationale. Revolutionäre feministische, anarchistische oder ökologistische Parolen verhallten wirkungslos in den Ruinen der Großstadt.

Wie immer war das einfache Volk dazu verdammt, zu krepieren oder zu arbeiten, kurz: die Machenschaften der Großkopferten auszubaden. Wie immer waren jene, die am wenigsten vom Leben und der Welt verlangten, auch die am wenigsten Verlogenen. Nicht dass die einfachen, normalen Menschen jemals bessere Menschen gewesen wären – auch davon konnte der Felsenreiter ein Lied singen –, sie waren genauso korrupt und gierig, nur hatten sie sich nie über ihre Mitmenschen erhoben, eine *neue Gesellschaft* ausgerufen oder mit messianischem Geplärre versucht, die Sünden der Welt auszumerzen, auf sich zu laden oder wegzuargumentieren. Aber wie immer hatten sie sich früher oder später von intellektuellen Hitzköpfen aufrühren, instrumentalisieren und zu vermeintlichen Helden hochstilisieren lassen, was verlässlich zu Aufständen, Anschlägen und Blutvergießen führte. Wie immer hatten die Lautesten und Saubersten den faulsten Dreck am Stecken – das alles war so öde und endlos wie Fernsehkrimis. Und wie immer machten alle einfach weiter. Was sollten sie auch sonst tun?

Die Zukunfts- oder Endzeitszenarien der Romanautoren und Filmschaffenden der vergangenen Jahrhunderte waren in der einen oder anderen abgeschwächten Form Wirklichkeit geworden – ein Fakt, der niemals wirklich diskutiert oder ernst genommen worden war. Dabei wäre nicht der seherische Aspekt interessant gewesen, sondern die Frage, inwieweit die Fantasie des Menschen seine Zukunft zu programmieren imstande ist. Was früher auf Bildschirmen als ästhetisch cool gegolten hatte, war als Wirklichkeit nur traurig und brutal. Die Kerne der Städte waren noch dicht besiedelt, die Vorstädte und Randbezirke lagen brach, verlassen, zerstört, liegen gelassene Artefakte der Zivilisation, von halbstarken Banden, patriarchalen oder matriarchalen Clans regiert. Flora und Fauna eroberten uralte Territorien zurück. Die Provinzen hatten es immerhin geschafft, auf einer alten Normalität aufzubauen, die ohnehin einer eher östlich geprägten Kultur entsprochen hatte – man muss sich nur den Felsenreiter anschauen. Die Uhren waren zurückgedreht, weit zurück, sie tickten ihren ewigen Rhythmus, der die Tage schluckte wie der Bach die Wellen.

Die kleine Stadt hatte sich dem neuen alten Rhythmus schnell angepasst. Ihre verbliebenen Bewohner arbeiten heute vor allem in den Kraftwerken, im Industrie- oder Gewerbezentrum oder in den

Landwirtschaftsbetrieben im Umland. Einige wenige geben sich den zweifelhaften Freuden des angeblich ältesten Dienstleistungsgewerbes der Menschheit hin.

17. Der Felsenreiter

Eigentlich heißt er Walter Felsenreiter. Man sagt, er habe sich verändert. Wenn einer ihn gut kennen würde, wenn er einen richtigen Freund hätte, wäre dem vielleicht aufgefallen, dass er sein Gefühlsspektrum marginal erweitert hat, in beide Richtungen – von einem Manisch-Depressiven ist er freilich immer noch so weit entfernt wie Nietzsche von Gott. Natürlich kennt keiner den Felsenreiter so gut, aber das macht nichts. Er hat es schon in jungen Jahren genossen, nur *der Felsenreiter* zu sein, wie Moses oder Stalin oder Ronaldo. Große Männer waren immer schon auf Einwortnamen reduziert, hatten es nicht nötig, sich vorzustellen oder Zeit zu verschwenden, das hatte er früh erkannt. Sein Jugendfreund und späterer Kontrahent im Nachtclubgewerbe etwa, der Keutz Hans, nannte sich aus professionellen Gründen, wie er vorgab, Johann Emmanuel Keutz, und immer wenn er sich vorstellte oder seinen erfundenen Namen unter einen Vertrag setzte, ging ihm dabei einer ab, wie der Felsenreiter das vermutet und von ganzem Herzen stets verabscheut hat. Über ausgebreitete Namen, womöglich noch mit Initialen oder geografischen Zusätzen, die ihre armseligen Träger in eine Besonderheit katapultieren sollten und doch nichts als lächerliche Verzerrungen der Wahrheit waren, im Grunde schwul, konnte er nur lachen. Peinliche Versuche, nie dagewesenen Stammbäumen nachzujaulen, wo sie doch wie er selbst und jeder andere Mensch auch zu nicht mehr fähig waren, als Baumstämme anzupissen. Für so etwas war in der Welt, die den Felsenreiter geformt hatte, kein Platz. Die feineren Bürger, die gebildete Großstadt-Elite, von ihren Mitgliedern selbst immer noch schlicht und bescheiden *Intelligenz* genannt, waren und sind ohnehin nur Arschlöcher, im Grunde der gesellschaftliche Feind. Die studierten Herren sind ihm und den Seinen immer suspekt gewesen – und die studierten Damen? Zu denen hatte er keine Meinung.

Der Felsenreiter ist der einzige Sohn eines Metallarbeiters und einer Hausfrau, die als Näherin in der Nachbarschaft etwas dazuverdienen musste. Sein Vater war der übliche Schweiger, ein stiller und undurchschaubarer, wenn auch zuweilen gewalttätiger Despot wie all die anderen Männer auch, die Mutter ebenfalls schweigsam, gefügig und ausdauernd, zuweilen gewalttätig – alles in allem eine unauffällige Familie. Ehrliche, einfache Verhältnisse, wie man sagt.

Ein Felsenreiter, das wurde ihm von klein auf mitgegeben, meint, was er sagt, und steht zu seinem Wort, das, wie der Vater dem Sohn gefühlte tausendmal erklärte, Handschlagqualität hat, wenngleich der Sohn sich mit der Zeit fragte, welches Wort des Alten überhaupt in diese Kategorie fallen mochte. Unter Handschlagqualität verstand er nämlich erfahrungsgemäß etwas anderes, Schmerzhaftes.

Die konsequente Weiterführung elterlicher Muster ist, vor allem im Felsenreitermilieu, eine unumstößliche Tatsache – auch der Felsenreiter ist einer jener Charaktere, die den Rahmen ihres Lebensbildes zwar vehement gegen die väterlichen Vorstellungen einrichten, es aber dennoch nie schaffen, ein anderer zu werden. In Geschichten und Büchern wird ja gern die Ausnahme der Regel bemüht, die Möglichkeit über die Tatsächlichkeit gestellt, aber das geht hier nicht, was soll man machen, der Felsenreiter ist nun einmal ein Felsenreiter, seine Natur hat ihn geformt und nicht sein Wille. Zwischen einem rauen Arbeiter und einem Barbesitzer und Zuhälter liegt freilich keine Erdumrundung, für diese Bewegung braucht es weder Plan noch Mut, solche Dinge und Entwicklungen passieren einfach. Das einzige Wollen, das den Felsenreiter dahin gebracht hat, wo er jetzt ist, war das Nichtwollen, so wie sein Vater zu sein, also ein kleiner Mann, ein hart arbeitender Durchschnittstyp, der nichts von seiner harten Arbeit hat außer ein Weib, das ihn nervt, einen Sohn, der ihn überfordert, und jede Menge Alkohol, der das alles für ihn erträglich und für die anderen noch unerträglicher macht.

Und doch hat er mit dem Fortlaufen der Zeit zunehmend darunter gelitten, genau das nicht zu haben – eine Ehefrau, einen Sohn, ein kleines Durchschnittsleben. Wenn er es recht bedenkt, war das öde Leben seines Vaters ein vorhersehbares und gerade deshalb frustrierendes. Dieser hatte nichts getan, was die Vorstellungen seiner Eltern infrage gestellt hätte, hatte an sein eigenes Leben keine großen oder auch kleinen Erwartungen geknüpft, keine Träume oder Wünsche oder Pläne – kein Wunder also, dass es sich trostlos, eintönig, ja geradezu deprimierend gestaltete. Ein Barbesitzer und Zuhälter zu sein, versprach hingegen ein ganz anderes Leben: Geld, Frauen, Drogen, Untergebene.

Geld: Er hat keines. Jedenfalls nicht so viel, dass er sich etwas auf die Seite schaffen könnte. Die Pacht und der Erhalt des Clubs allein haben jede Hoffnung auf Gewinn immer wieder schnell relativiert. Sein Zielpublikum in der kleinen Stadt ist auch nicht potent, die Huren mit ihren Krankheiten, Arztrechnungen und Problemen – alles hängt letztendlich immer an ihm, und das Einzige, das sich vermehrt, sind ebenfalls die Huren, die Krankheiten und die Probleme.

Frauen: All die Mädchen, die ihm über die Jahre zu Befehl standen, die ihn eigentlich glücklich machen, ihn verwöhnen und schmücken sollten, waren doch nur verzogene, einsame Gören ohne einen Platz in der Welt, egal wie fest ihre Brüste oder wie traurig ihre Augen sein mochten – und sie sind es immer noch, nichts und niemand wird je etwas daran ändern. Huren eben, zu jung, zu dürr, zu verzweifelt. Zugegeben, sie haben keine Wahl, sind gezwungen, zu ihm aufzuschauen, nicht etwa weil er so besonders ist oder so groß oder respektabel, nein, nur weil sie selbst zur Gebücktheit verdammt sind, weil ihnen der aufrechte Gang verwehrt bleibt, weil die Vergangenheit sie gebrochen hat. Aber so ist das eben, auch er hat die Regeln nicht aufgestellt. An den Mädchen klebt sowohl der Dreck ihrer Herkunft als auch der Dreck der Stadt, da mögen sie noch so sauber sein oder an ihrem Akzent arbeiten; an ihnen kleben dumme, unerfüllbare Sehnsüchte, ebenfalls Träume von Familien, vom kleinen Leben mit Mann und Kind, Haus mit Swimmingpool und Urlaub in Italien. All ihre kindlichen Klagen, ihre ewigen Rufe nach Zuwendung und Verständnis, werden ihn noch um den Verstand bringen. Hätte ihn die Natur doch nur mit der Fähigkeit zur Empathie ausgestattet, es könnte ihn rühren oder gar sein Herz zerreißen, so simpel und trübselig ist das alles. Aber Empathie klingt in den behaarten Felsenreiterohren nach einer Krankheit – einer Schwulenkrankheit, um genau zu sein. Er ist trotz allem kein Unmensch, er mag die Mädchen und schlägt sie nur, wenn es sein muss und weil sie es sich gefallen lassen, weil sie schwach und wehrlos, ja, wertlos sind, nicht etwa weil er sie hasst. Der Felsenreiter liebt den in Vergessenheit geratenen Begriff *Sexarbeiterin.* Nicht dass er ihn privat verwenden würde, aber offiziell hält er ihn hoch und bleibt dabei, legitimiert er doch sein ganzes Leben, lässt ihn geradezu als Wohltäter und seine Branche als seriös, systemerhaltend und menschenfreundlich dastehen.

Drogen: Das Kokain ist ihm zu teuer, also bleibt er beim altbewährten Schnaps. Immerhin leistet er sich Wodka, wenn auch den billigsten. Den väterlichen Obstler verweigert er.

Untergebene: Das sind die Mädchen. Und ein paar Fahrer und Laufburschen – dahergelaufener, zumeist ausländischer Abschaum aus dem Osten oder junge Arbeitslose aus der Stadt.

Sein Erwerbsleben ist letztendlich also auch nur hart und unergiebig wie das seines Vaters. Und das Problem ist, dass ihm all dies immer bewusster wird. Seine Nicht-Position im Weltenspiel, die ihm das Fernsehen mit seinen gigantischen Verbrecherhelden spöttisch vorhält, die glanzlose Alltagsroutine, die ewig gleichen Morgen, Tage und Abende, die eigene Bedeutungslosigkeit, die so offensichtlich ist wie das schuldbeladene Gesicht eines katholischen Freiers, die

Sterblichkeit, die Zwecklosigkeit allen Denkens und Handelns. Wie zum Teufel soll man da nicht einer veritablen Lebensmüdigkeit anheimfallen?

Suizidgedanken wurden ihm irgendwann zu treuen Begleitern, die immer weiter nach vorn drängten, sich ihm beständig, ruhig und überzeugend als Alternative anboten. Ihnen war nur wenig entgegenzuhalten. So kam es vor, dass sein Fuß das Gaspedal seines *Jeep Cherokee Diesel 1988* durch den Karosserieboden zu pressen versuchte, sein Kinn entspannt auf dem Lauf seiner *Mauser M03 Alpine* lag, während seine Finger den Abzug streichelten, sein *BlackField Kampfmesser Desert Storm* auf dem Tisch geduldig wartete oder ein dickes, festes Seil sich ohne ersichtlichen Grund um seine Schultern wand, wenn er durch den Wald marschierte. Und dennoch und trotzdem, man macht ja doch weiter.

Die katholische Genügsamkeit der Leute konnte den Felsenreiter früher in den Wahnsinn treiben, weil er nach und nach erkannte, dass er genau wie sie war, wenn er auch seit seiner Kindheit keine Kirche mehr von innen gesehen hat und letztendlich doch immer seiner eigenen Kleinkariertheit und also seinem Vater gegenüberstand. Das Älterwerden machte auch ihn weicher und melancholischer. Die Freiheiten, die er anfangs noch genossen hatte, wurden ihm mehr und mehr zur Last, uninteressant und wenig freudvoll. Jede Freiheit wurde zur Gewohnheit und schließlich zum Zwang. Und so dachte auch er mit der Zeit die ältesten Fragen der Menschheit: *Ist das alles? Warum ich, Herr?* Wir kennen das, wissen, dass die Antworten des Herrn zumeist ausbleiben oder aber *Ja* und *Einfach so* lauten.

Kurzum, auch der Felsenreiter hat es nicht leicht.

Als er von einer seiner Damen erfuhr, dass die Sarah schwanger gewesen und in ihr Dorf zurück gezogen war, ließ ihn die absurde Vorstellung von einer möglichen Wendung zum Glück nicht mehr los, er stellte Nachforschungen an und schmiedete Pläne. Und die neue

Aussicht beflügelte ihn. Auf einmal stellte er sich vor, wie es wohl wäre, einen Sohn zu haben, ihn ins Geschäft einzuführen, mit ihm auf die Jagd zu gehen, zum Angeln oder Fußball – allein die Tatsache, dass er sich eine Zukunft ausmalte, weckte neue Lebensgeister in ihm. Eine Information führte zur anderen und schließlich zu Andrea, der blau gefleckten Supermarktkassierin, die ihm, wenn auch nicht freiwillig, vom Dorf erzählte, in dem Sarahs Geburtshaus angeblich lag. Was nun zu tun war, ergab sich von selbst.

Im Dorf, das viel weiter entfernt war, als er vermutet hatte, es war das letzte von sieben, vertraute er seinem Instinkt und setzte sich unauffällig ins Wirtshaus, kam mit den anderen Saufköpfen ins Gespräch, gab eine Runde aus, stellte ein, zwei richtige Fragen, erhielt hundert Antworten und erfuhr alles. Von den verrückten Holzapfelschwestern, die ihren Vater, den respektablen Holzapfeljoseph und so weiter … die ganze verlogene Geschichte servierten sie ihm bereitwillig, mit allen Gerüchten verfeinert und gewürzt. Er saugte das Unvermeidliche auf, registrierte das Wesentliche, und viele Flaschen später verwiesen sie ihn auf das letzte Haus im Dorf, in dem die alte Klara wohnte, die Schwester der legendären Evelina und Mutter seiner Sarah. Er solle aber das Auto nehmen, es sei viel zu weit zum Gehen.

An die Sarah musste der Felsenreiter oft denken – seine naive, putzige Ehefrau, die so anders gewesen war als die meisten Huren, wahrscheinlich weil sie aus der Gegend stammte, eine Hiesige war, so katholisch und brav. Ja, die fleischgewordene Unschuld vom Lande war sie, und auf diesen Reiz reagierte er nicht weniger impulsiv als viele Freier. Geheiratet hat er sie nicht aus Liebe, natürlich nicht, wobei es möglicherweise die höchste Form von Zuneigung war, zu der einer wie er sich herabließ: eine Mischung aus Machtdemonstration, Gefälligkeit und Unterhaltung. Sie hatte ihn eine Zeit lang (buchstäblich) bekniet, ihr eine Pause von den Freiern zu gewähren und sie nur tanzen zu lassen, und weil er die Macht hatte, das zu tun, wollte er diese auch nutzen und schlug ihr als Bedingung eine Heirat vor. Sie war so erstaunt, dass sie allem zustimmte. Eine Zeit lang genoss er die Exklusivität einer einzigen Frau, dann, nach vielleicht zwei Monaten, wurde er ihrer überdrüssig und wollte wieder andere Körper greifen, aus anderen Mündern hören, dass er der Beste und Geilste war. Dass die Freier, die nach Sarah fragten, in dieser Zeit abgewiesen wurden, verlieh ihr in seinen Augen eine verführerische Besonderheit, aber nach acht Flitterwochen sah er keinen Grund mehr, auf das Geld zu verzichten, das sie ihm einbringen konnte, also musste sie wieder raus an die Front.

Bei ihm wohnen durfte sie ohnehin nicht, was ihr aber nur recht war, die Mädchen waren ja nett und unkompliziert. An den Wochenenden kochte sie für ihn und stellte ihm ihren Körper zur Verfügung. Wenn er es verlangte, ließ sie sich auf eigenwillige Spielchen ein – sie hatte ja keine Wahl. So fand er es erregend, wenn sie sein Gewehr in Händen hielt und gegen ihn richtete, während er sie penetrierte; oder wenn sie, mit nur einer Kochschürze und Nylonsocken bekleidet, mit dümmlich naiver Mädchenstimme darum bettelte, wie ein Tier von hinten genommen zu werden.

Die Abtreibungen hatte er gar nicht mitbekommen. Wenn sie zu sexuellen Aktivitäten nicht fähig war, täuschte sie Krankheiten vor, das fand er so widerlich, dass er sie erst gar nicht sehen wollte, und wenn er ihr eine Krankheit einmal nicht abkaufte, schlug er sie.

Dass sie es war, die sich am Ende scheiden ließ und ihn verlassen wollte, war eine Demütigung, die er nicht auf sich sitzen lassen konnte, er sah sich gezwungen, sich fortan an ihr zu rächen, wann auch immer sie seine Wege kreuzte oder er sie aufspürte. In sein Racheverhaltensrepertoire fielen zwei Dinge: Gewalt und Vergewaltigung, also ein Ding: Gewalt. Dabei hatte er sie ganz gut leiden können, aber sie kapierte es einfach nicht, hatte nie geschnallt, mit wem sie sich anlegen durfte und mit wem nicht. Jene Mädchen, die genügend Grips hatten, zu wissen, wann sie ihre Klappe besser hielten, waren die erfolgreichsten in dem Geschäft, das hatte er ihr hundertmal erklärt. Zugegeben, es ist nicht leicht, sagte sich der Felsenreiter: Klappe auf oder Klappe zu? Die Weiblichkeit ist eine regelrechte Kunst. Aber manche haben's eben drauf und manche nicht, da kann man nichts machen. Wahrscheinlich war sie einfach zu dumm für die Stadt. Ja, der Felsenreiter dachte klar, unmissverständlich und ehrlich.

Nun waren viele Jahre ins Land gezogen. Der Felsenreiter war sich aus irgendeinem Grund sicher, dass er der Einzige war, der je seinen Samen in diese Frau gelassen hatte, also musste ihr Kind auch das seine sein. Von diesem Gedanken besessen fuhr er ins Dorf und klopfte schließlich an Klaras dicke Holztür. Es war ein kurzer Besuch. Hier der Vollständigkeit halber das Gespräch.

»Wer ist da?«, fragte Klara mit zittriger Stimme durch die verschlossene Tür.

»Grüß Gott. Mein Name ist Felsenreiter, ich war mit Ihrer Tochter verheiratet.« Darauf folgte ein Schweigen. »Machen Sie doch die Tür auf, sonst sehe ich mich gezwungen, sie gewaltsam zu öffnen oder ein Fenster einzuschlagen. Das würde nur die Kälte in die Stube lassen. Das wollen wir doch nicht, oder?« Und lächelnd fügte er ein »Schwiegermutter« hinzu.

Klara öffnete. Sie hatte keine Angst. Um ihre Familie zu schützen, würde sie alles tun – sterben, wenn es sein musste.

»Was wollen Sie von mir?«

»Danke. Ich will Sie gar nicht lange aufhalten. Ich will nur mit meiner Frau sprechen.«

»Sie ist nicht hier. Und sie ist auch nicht Ihre Frau.«

»Meine *Exfrau*, Sie haben recht. Wo ist sie denn?«

»Das weiß ich nicht.«

»Aber sie ist doch zu Ihnen gekommen. Vor fünf oder sechs Jahren.«

»Woher wollen Sie das wissen?«

»Ich weiß es eben.«

»Ich habe keinen Kontakt zu ihr.«

»Sie ist also nicht zu Ihnen gekommen.«

»Sie hat mich besucht. Ist aber gleich wieder weg.«

»Sie war schwanger.«

»Ja.«

»Sagen Sie mir einfach, wo sie ist, und ich bin so schnell weg, dass Sie sich morgen gar nicht mehr erinnern können, dass ich überhaupt hier gewesen bin.« Dabei lächelte er, aber Klara spürte seine Kontrolliertheit, seine Ungeduld.

»Hören Sie, ich habe keine Ahnung. Ich wüsste selber gern, wo sie ist. Sie hat mir nicht einmal das Kind gezeigt – mein Enkelkind! Wenn Sie sie also finden, richten Sie ihr aus, dass sie sich beeilen muss, wenn sie ihm seine Großmutter noch vorstellen will. Ich bin alt und mache es nicht mehr lang.«

Dann verfiel sie in ein Weinen, gefolgt von einem nicht enden wollenden Hustenanfall. Der Felsenreiter stapfte genervt durch die Stube, dann durchs ganze Haus, öffnete jede Tür, jeden Schrank, jede Kiste und suchte nach Indizien. Er durchstreifte den Garten, dann den Stall, schließlich stand er am Ende des Grundstücks und starrte auf den Wald, minutenlang. Klara beobachtete ihn vom Fenster aus. Der wusste schon viel mehr, als er sagte. Entschlossen bewegte er sich wieder in Richtung Haus zurück und trat ein.

»Das werde ich ihr ausrichten, Mutter, da kannst du Gift drauf nehmen.«

Dann knallte er die Tür zu und verschwand mit dem brummigen Rattern des *Jeep Cherokee.*

Für zwei Nächte bezahlte er ein Zimmer im Wirtshaus des nächsten Dorfes, um sich am darauffolgenden Morgen auf den Weg zu machen. Jede Ecke des Waldes wollte er erkunden, auf jeden Baum klettern, wenn es sein musste. Der Bub, sein Sohn, sein eigen Fleisch und Blut, war zu einer regelrechten Besessenheit geworden. Die Möglichkeit einer Tochter zog er nicht einmal in Erwägung.

Als er am nächsten Tag dann den Adam im Bach erblickte, reagierte er völlig unerwartet, und zwar mit der allergrößten Verlangsamung. Der Anblick des Kindes brachte das bisschen Verstand, dessen er sich rühmte, zum Aussetzen, es war, als hätte irgendjemand die Welt in einen Zeitlupenmodus versetzt. Was er dann tat, war purem Instinkt zu verdanken. Plötzlich kapierte etwas in ihm, dass er keinen Stress hatte, dass keine Hektik, kein Zwang, keine Gewalt, keine Entführung notwendig waren, dass er es ganz entspannt angehen und dem Kleinen sein Vertrauen mit links abringen konnte, immerhin steckte der Bub in einer Falle, und er, der Felsenreiter, war zum rechten Zeitpunkt da, um ihn zu retten. Es war so einfach wie eins plus eins, so natürlich wie Pissen. Und so war er sich ganz sicher, dass dies ein Zeichen des Schicksals und er der Vater dieses Buben war. Er musste nur noch tun, was zu tun war. Dass der kleine Schwächling, dieses niedliche Leichtgewicht, ihm dabei in die Augen schaute, war die Besiegelung; er sah sich selbst und augenblicklich wurde ihm klar, dass er nichts überstürzen durfte, der richtige Zeitpunkt würde schon kommen. Siegessicher ließ er ihn laufen und nahm sich vor, ihm beim nächsten Mal ein Lächeln zu schenken. Er ging zurück ins Wirtshaus, genehmigte sich ein Bad und schlief tief und fest wie ein Kind in den nächsten Tag hinein.

Von nun an kehrte er immer wieder zurück. Sein Zimmer wurde ihm reserviert, keiner fragte nach seinem Vorhaben. Er war ein Mann, der eine gewisse Unnahbarkei oder Gefährlichkeit ausstrahlte und den man in Ruhe gewähren ließ. Im Dorf herrschten eben Prinzipien.

Er ging also in den Wald, und der Wald ging in ihn. Der mannshohe Kukuruz lag schon im Sterben, er ging das mehrere hundert

Meter lange Feld entlang, griff immer wieder nach den ausgetrockneten Pflanzen, und dann endlich rein in den Wald, den er nicht kannte, er blieb auf der Forststraße, und mit jedem Schritt hinein in das doch irgendwie bekannte Unbekannte wurde er ruhiger und konzentrierter. Die Waldstille fing ihn auf, nicht einmal Vögel singen hier, dachte er, da sind keine Insekten in der frischen Septemberluft, nichts ist da, gar nichts, nur Bäume, Steine, Moos, Wasser, Luft zum Atmen. So kam es ihm vor, dem alten Romantiker. Die in den Berg gehauene Forststraße legte seine Schichten bloß, eröffnete ihm Fenster und Höhlen ins Unterholz, er starrte auf abgetrennte, in die Luft greifende Wurzeln und passte sich dem Tempo des Waldes an, wurde noch ruhiger und vertraute seinem Plan. Nach einer elendslangen Wanderung durch die Wildnis wurde er instinktiv langsamer, leiser, nervöser. Da vorne war es, das Anwesen der Holzapfelschwestern. Aus großer Entfernung beobachtete er still und geduldig ihren Alltag, sein neuer Feldstecher, ein *Steiner Nighthunter Xtreme*, holte ihm die Hütte so nah heran, dass er meinte, vor dem Fernseher zu sitzen.

Wie hässlich die Weiber waren! Kein Freier würde nach ihnen verlangen. Sahen aus wie Bäume, wie Sträucher, ihre Augen waren von intensiver Kraft und Tiefe, ihre Blicke die von Tieren. Es war unheimlich. Aber gut, sie waren alt, da konnte man nichts mehr erwarten. Sarah machte einen schockierenden Eindruck auf ihn. Dick war sie geworden, wirkte fremd und ferngesteuert, an der Stange würde sie eine Lachnummer abgeben. Aber die Freier bezahlen nicht fürs Lachen, dachte er – sicher, manche stehen auf fette Frauen, aber die wollen sich in wülstigen Leibern verlieren, unter Brustfleischmassen verstecken, dafür war Sarah wiederum lange nicht fett genug. Die zwei Alten würde er nicht einmal als Putzfrauen engagieren. Kurz, die Weiber waren nichts wert. Das waren seine ersten, für ihn ganz natürlichen und naheliegenden, weil professionellen Gedanken.

Aber der Junge! Auf ihn projizierte er all seine Wünsche. Alles, was ihm noch lebenswert erschien, ging von seinem Sohn aus;

gar nicht so sehr von ihm persönlich, er kannte ihn ja nicht, seine Existenz allein reichte.

Der Bub passte gar nicht ins starre, windstille Waldbild. Er schien vor Kraft und Energie zu bersten, hüpfte lebensfroh ums Haus, kletterte auf Bäume, schnitzte, spielte Flöte – das war das Einzige, was der Felsenreiter aus dieser Entfernung gerade noch hören konnte. Zu gerne hätte er ihre Stimmen gehört, aber etwas in ihm wusste, er durfte nicht näher kommen. Die eine der Alten starrte manchmal in seine Richtung, machte ein paar Schritte auf ihn zu, ihr Gewehr fest in der Hand, dann hielt er den Atem an und schluckte. Sie konnte ihn nicht sehen, es war unmöglich, aber sie hatte definitiv die Wahrnehmung, den Instinkt eines Wolfes, einen sechsten Sinn oder so. Jedenfalls spielte der Kleine aus irgendeinem Grund *Love me tender* von Elvis. Der Felsenreiter fand das süß. An das letzte Mal, dass er etwas süß gefunden hatte, konnte er sich nicht mehr erinnern.

Einmal blieb er über Nacht im Wald. Die Tatsache, dass diese Frauen ein Leben ohne Elektrizität führten, faszinierte ihn. Der Steiner Nighthunter Xtreme präsentierte ihm alles taghell und gestochen scharf. Er sah zwei der Frauen mitten in der Nacht aus der Hütte torkeln, sie mussten gesoffen haben. Die eine stieß Schreie in die Nacht aus, dass einem das Blut in den Adern gefror, die andere, Sarah, legte sich auf die kalte Erde und blieb eine Stunde lang einfach liegen. Wie tot. Er verstand das nicht. Die, die nicht Sarah war, stolperte sinnlos durch die Nacht. Von irgendetwas getrieben, stapelte sie Holzscheite um oder hielt sich an Bäumen fest, um – ja, um was eigentlich? Um nicht umzufallen? Musste sie kotzen? Oder schlief sie etwa in dieser Position? Nichts ergab Sinn. Irgendwann setzte sie sich und rieb ihren Unterleib immer heftiger an irgendetwas, einem Holzscheit oder einer Wurzel. Wichste die sich hier einfach so einen runter? Ja. Wenn einer so was beurteilen konnte, dann er. Hatte die keinen Anstand? Kein Schamgefühl? Nein, natürlich nicht. Wildschweine treiben's ja auch einfach vor allen anderen, wenn ihnen danach ist. Der Felsenreiter war angewidert. Mit diesen Neandertalern musste der arme Bub aufwachsen. Sein Sohn, ein Wolfskind? Ein verdammter Tarzan?

Noch in dieser Nacht rasierte er sich, verabschiedete sich von Vollbart und Vergangenheit, und entschloss sich, nicht mehr lange zu warten.

Dann, Wochen später, war alles einfach. Er musste fast nichts dazutun, das Schicksal spielte ihm den Buben einfach so in seine Hände. Es war ein Zufall, dass er gerade an diesem Tag zugegen war, er beobachtete Sarahs Abschied und registrierte die Verstimmtheit des Kleinen. Als der in den Wald abhaute, verspürte der Felsenreiter ein Kribbeln am ganzen Körper, regelrecht nervös war er, musste sich zusammenreißen, als er sich dem Jungen in den Weg stellte und demonstrativ lächelte.

»Ich bin der Felsenreiter«, sagte er freundlich. »Ich bin dein Vater. Und wenn du magst, zeige ich dir das Dorf.«

Adam schwieg und starrte verwirrt auf den Mann.

»Und die Stadt«, fügte der Mann hinzu. »Die ganze Welt zeig ich dir, wenn du willst.«

Das musste Adam erst einmal verkraften. Er schluckte schwer, dachte an die Mutter, die den Wald verlassen durfte, an die Tanten, die ihm das verwehrten. Nach einer Weile räusperte er sich und sagte mutig: »Wenn es finster wird, muss ich zuhause sein.«

Der Felsenreiter lachte. »Wie heißt du?«

»Adam.«

»Ich bring dich zurück, Adam. Rechtzeitig, das versprech ich dir.«

Das war vor einem Jahr.

18. Die Sunshine Bar

Dem Adam ist es nicht schlecht ergangen in der kleinen Stadt. Das Wichtigste gleich vorweg: Der Felsenreiter hat sich nicht ein einziges Mal an ihm vergriffen. Das wussten die Mädchen zu verhindern. Denn erzogen haben ihn die Mädchen der *Sunshine Bar*, allen voran Veronika – bei ihr lebte der Junge. Sie war Sarahs Zimmergenossin gewesen, die beiden hatten sich damals gut verstanden, und so fiel die logische Wahl des frischgebackenen Vaters auf sie.

Die Frauen verwöhnten den Bub nach Strich und Faden. War er anfangs verschreckt und stumm – zwei Tage lang gab er keinen Laut von sich, hielt den Kopf gesenkt und blickte schüchtern und verstört um sich –, so dauerte es nicht lange, bis er sich ihnen und der Welt, in die sie ihn mehr oder weniger behutsam einführten, öffnete. Wieder war der Instinkt seines Vaters ein richtiger und cleverer gewesen, denn die Frauen gewannen sein Vertrauen im Handumdrehen, war er doch ihre Gesellschaft und Marotten gewöhnt. Nur schwul durfte er nicht werden, das hatte der Felsenreiter gleich klargestellt, alles Weitere blieb ihnen überlassen. Mit Gesundheit, Bildung oder Religion wollte er nicht belastet oder genervt werden.

Bei Veronika wohnte der Adam also, seine Erziehung aber teilten sich vier Frauen:

Veronika selbst, eine dürre sowie überemotionale, ständig von allem gerührte Frau, die ihre Herkunft verschwieg. Ihr Dialekt, den sie ebenfalls, wenn auch tollpatschig und erfolglos, zu kaschieren oder künstlich zu ändern bemüht war, ließ jedoch darauf schließen, dass sie aus der Gegend, vielleicht sogar aus der kleinen Stadt selbst war.

Die kroatischen Zwillinge Slavenka und Ivana, im Club als Roxy und Foxy aktiv, zwei sportliche, untersetzte, stämmige Frauen, die eine mit dunklen langen, die andere mit blonden kurzen Haaren, die als international berühmte Zirkusartistinnen angeboten wurden und auf Wunsch als Duo arbeiten mussten.

Und die üppige Bulgarin Rumena, vom Chef gerne und witzigerweise die Rumänin Bulgara genannt, die *beide* Vornamen behalten durfte, weil sie, so der Felsenreiter, exotisch klangen. Ihre Haut war etwas dunkler, ihre Haare schwarz und dicht, der Chef bestand darauf, dass sie sich täglich rasierte, was sie mitunter bockig verweigerte, und so musste sie, wenn es verlangt wurde, und es wurde immer öfter verlangt, in eine afghanische Burka schlüpfen, freilich ohne Muslima zu sein.

Der Kostümfundus der *Sunshine Bar* bot jeder Männerfantasie ihre Erfüllung, vom Schulmädchen über die Krankenschwester oder streng bebrillte Vorgesetzte bis zur Nonne – jedes Zeitalter hatte seine Vorlieben und Moden –, und irgendwann war auch die schwarze Verhüllung angesagt. Der Felsenreiter musste sich sowohl an den Markt als auch an exzentrische Eigenbrötler anpassen wie jeder verantwortungsvolle Geschäftsmann, und der Markt sah in der verworrenen Ära des späten einundzwanzigsten Jahrhunderts aus irgendeinem Grund die Ganzkörperverschleierung der Frau als Erweiterung des erotischen Bedürfnisspektrums des Mannes vor – was sollte man machen. Wahrscheinlich galt die Verschleierung manchen Männern als Geschenkverpackung, die ihre Fantasie anregte. Dabei waren es naturgemäß vor allem Männer aus der Umgebung, die den Club frequentierten, respektable Christenmänner, weiß wie Schnee, unbefriedigt und unglücklich wie du und ich, wie der Felsenreiter zu sagen pflegte. Das Sexgeschäft hatte den großen Kollaps unbeschadet überstanden, so gut wie nichts hatte sich geändert. Sicher, viele sind gestorben, die halbe Stadt lag unbewohnt im Staub, aber die große Veränderung war eher technologischer Natur, die natürliche Natur war die alte geblieben, was sonst?

Die vier Frauen kümmerten sich also um den Adam, und Adam schloss sie in sein Herz. Bereitwillig berichtete er ihnen vom Leben im Wald und von den Holzapfelschwestern. Die Frauen wiederum hatten vereinbart, dem Felsenreiter kein Wort davon zu erzählen. Sie hatten Mitleid mit Sarah und wollten sie schützen. Auf die drängenden Fragen des Chefs antworteten sie stets, dass der Kleine, was seine Vergangenheit betraf, stumm wie ein Fisch sei, faselten von schlimmen Erfahrungen, psychologischen Schranken und Begriffen wie *posttraumatische Belastungsstörung*, die den Felsenreiter überforderten und langweilten.

Tatsächlich trauten sie ihren Ohren nicht, wenn der Bub loslegte, wollten nicht glauben, was er da erzählte von Menschen, die gar nicht so weit von hier wie die Gorillas hausten, und ängstigten sich bis in ihre Träume hinein. Veronika – sie hatte die Sarah am besten gekannt –, wollte alles genau erfahren, war geradezu süchtig nach Adams Berichten und verbrauchte eine Taschentuchbox nach der anderen, wenn er sentimental in Erinnerungen schwelgte. Ihr Respekt vor Sarahs Entscheidung, in den Wald zu gehen, noch dazu hochschwanger, wuchs mit jedem Detail – nie und nimmer hätte sie selbst solch einen Schritt ins Ungewisse gewagt. So naiv ihre ehemalige Zimmergenossin gewesen sein mag, so furchtlos und wagemutig war sie auch, das wusste Veronika. Wie sie damals einfach so in die Großstadt ist, von heute auf morgen ihren Koffer gepackt hat, das war nicht weniger riskant und verrückt gewesen. Wie gern würde sie sie wiedersehen! Immer wieder sagte sie zum Adam: »Deine Mama ist schon eine bemerkenswerte Person.« Dabei bemerkte sie nie, dass der Bub gar nicht so sehr seine Mama, sondern mehr seine Tanten vermisste.

Die Huren pumpten ihn voll mit ihren eigenen Träumen und Sehnsüchten und vergewisserten ihm, dass alles irgendwann gut werden würde. Dass die Liebe auf ihn wartete, irgendwo da draußen, ganz bestimmt, geduldig und sicher. Dass alles seine Richtigkeit und seinen Sinn hatte, auch wenn einem das der Moment nicht offenlegen konnte, dass man durchhalten, alles ertragen und beten musste. Das verstand der Bub gut, diese Prinzipien unterschieden sich von jenen des Waldes nur marginal. Im Grunde waren die Frauen alle gleich, ob sie nun im Wald oder im Puff lebten. Ihre Erlösung, der verdiente Frieden und die Belohnungen für das harte Leben – lag alles in der Zukunft. Wenn sie davon sprachen, wurden sie ruhig und zuversichtlich, die Hoffnung machte sie glücklich, das gefiel dem Adam, also mussten es auch gute Prinzipien sein.

Jeden Sonntag besuchte eine der vier Frauen mit ihm den Gottesdienst der Franziskanerkirche. Adam liebte die Kirche über alles, ihre Größe und andächtige Stille, die Inszenierung des Messopfers, die schlichten Kutten der Ordensbrüder, die Kerzen und Rosenkränze, den goldenen Tabernakel mit dem Allerheiligsten, die Orgelmusik und den Gesang, die Akustik des Steinmauergewölbes, die dramatischen Bilder des Kreuzwegs, das *Gotteslob*, den Weihrauchgeruch – all dies hatte seine Vorstellungen bei Weitem übertroffen und zu gern hätte er seine Eindrücke und Erfahrungen mit seinen Tanten geteilt. Ein erster Berufswunsch war schnell in seinem Kopf gefestigt – er wollte Franziskanermönch werden. Nach kurzer Zeit waren ihm die liturgischen Abläufe und Texte vertraut, er malte strahlende Kreuze auf Zettel und Bücher, schlüpfte in lange Kleider und hielt Messen in den Zimmern der Mädchen, die seine Predigten entzückten und brav Kreuzzeichen schlugen, wenn er sie mit geschwollenem Gestus segnete. Rumena machte ihr Kreuzzeichen konsequent falsch, weil sie es liebte, wenn er sich darüber ärgerte und sie streng korrigierte. Bald war ihm die Ordnung des Kirchenjahres geläufig und er passte seine Bühnengarderobe, durchwegs Kleider aus den Schränken der Frauen, den Farben der Liturgie an, las aus der Bibel und aus dem *Gotteslob* vor, das Veronika ihm zum Geburtstag geschenkt hatte. Natürlich wusste niemand, wann sein Geburtstag war, aber die Bulgarin Rumena hatte auch keinen offiziellen, feierte ihn aber dennoch am 23. April – den hatte sie sich irgendwann ausgesucht, also durfte sich auch Adam einen Tag aussuchen. Er entschied sich für den 20. Oktober, was seinem tatsächlichen Geburtsdatum sogar ungefähr entsprach. *Der kleine Heilige*, so nannte ihn die Bulgarin Rumena, liebte die Kunst des katholischen Theaters und inszenierte sich selbst, den Herrn, die Heiligen und die Huren hingebungsvoll. Er behauptete sogar, gar kein Mönch werden zu müssen, zumal er ohnehin einer sei, und niemand wagte es, ihm zu widersprechen. Wenn er die Litaneien aus dem *Gotteslob* vortrug und alle Mädchen ihr *Bittfüruns* im Chor quittierten, ging ihm das Herz in der Brust auf und er war glücklich. Mein Gott, wie hätte das den Tanten gefallen!

Die Frauen beschworen ihn eindringlich, seine Leidenschaft, vor allem als berufliches Vorhaben, für sich zu behalten und unter keinen Umständen seinem Vater gegenüber zu erwähnen, was er nicht wirklich verstand, aber er hielt sich daran – erstens konnte er seine Grundskepsis Männern gegenüber nicht ablegen, und zweitens war es ihm kein Problem, Regeln einzuhalten. So gesehen hatten die Frauen im Wald ihn gut auf die Welt vorbereitet. Und er kam mit der Zeit auch immer besser mit der Tatsache zurecht, von ihnen getrennt zu leben. Der Felsenreiter hatte Adams Frage: »Wann bringst du mich wieder nach Hause?« umgehend mit einer strategisch effizienten, wenn auch riskanten Denkaufgabe beantwortet: »Du darfst *hier* zu Hause sein. Das Problem ist, du musst dich entscheiden. Entweder, oder. Hierbleiben oder für immer in den Wald zurück.«

Adam diskutierte sein Dilemma mit den Mädchen. Die Tatsache, dass sie alle ihre Familien verlassen hatten, um auf sich allein gestellt in der Welt, in der kleinen Stadt zu bestehen – dass auch sie ihre Mütter und Tanten gegen ein Leben in der *Sunshine Bar* eingetauscht hatten, oder dazu gezwungen wurden, denn nicht alle waren freiwillig hier, einige waren wie Adam einfach verschleppt und verkauft worden, aber das hielten sie vor ihm geheim –, überzeugte ihn schließlich, auch wenn er noch so manche Nacht im Arm eines der Mädchen durchweinen sollte.

Wenn den Felsenreiter das Gefühl überkam, dass der Einfluss der Mädchen zu groß war, nahm er seinen Sohn zur Seite und erinnerte ihn energisch daran, dass die Weiber nur Huren waren, und das Einzige, was zählte, die Bar und das Geschäft. Dies sei seine Zukunft, hämmerte er ihm ein, darauf müsse er sich einstellen und vorbereiten.

Adam wuchs also zwischen den Stühlen auf, die Welt der kleinen Stadt hielt täglich die unterschiedlichsten Einflüsse und Informationen für ihn bereit, was zwar verwirrend war, aber auch eine beachtliche Flexibilität zur Folge hatte. Die Lichter der Stadt, die Selbstverständlichkeiten des Lebens außerhalb des Waldes, Supermärkte, Restaurants, Konsumtempel, Radio, Fernsehen und Telefone blendeten ihn und betörten seine Sinne. Allein die Tatsache, dass *Love me tender* nicht das einzige aufgenommene Lied der Welt war, schockierte und faszinierte ihn. Wann immer Herrn Presleys Schnulze ertönte, sprang er auf und horchte gebannt zu. Dann wurde sein Blick hellwach und hochkonzentriert, dann trat er geradezu aus sich heraus und schien auf Dinge zu reagieren, die für die Mädchen nicht wahrnehmbar waren. Dann holte er seine Flöte heraus, hielt sie so fest, dass er das Holz beinahe durchdrückte, dann roch er Harz, saugte die frische Waldluft ein, hörte das immerwährende Baumrauschen und hielt nach den Tanten Ausschau, wobei er die Mädchen einfach ignorierte, durch sie hindurchschaute, als wären sie gar nicht da und er allein im Wald. Gespenstisch war das, eine fremde Kraft erfüllte ihn, eine animalische, geradezu wölfische. Einmal stellte Ivana tatsächlich die Möglichkeit in den Raum, der Junge könnte ein Werwolf sein. Und obwohl die anderen darüber lachten, wagte keine ihr zu widersprechen.

Die Puffmädchen waren stets bemüht, ihr Geschäft, die Freier und den Alten von dem Jungen fernzuhalten; die Erwartungshaltungen des Vaters und die Verheißungen der Kirche waren die Stühle, welche die Zeit langsam, aber verlässlich polsterte.

Adam lernte schnell und passte sich an. Seinen Tanten, viele Kilometer von ihm entfernt, fiel das schwerer.

19. Die nackte Welt

Die tapferen Schwestern lebten abwechselnd in Klaras Haus und im Wald. Sie hatten sich mutig an die unumstößliche Parallelität zweier Welten gewöhnt, zweier Universen, die widersprüchlicher nicht sein konnten, zumindest in ihren Köpfen. Eine gewisse Angespanntheit befiel sie jedes Mal, schon wenn sie den Waldrand durch die letzten Baumreihen erblickten, da konnten sie nichts dagegen tun, und wenn sie ihn hinter sich ließen, wenn das vertraute Rascheln und Knistern leiser wurde und sie in die gespenstische Stille der nackten Welt eintraten, in der die Sonne schmerzte und einem der Schatten des eigenen Körpers gespenstisch und unförmig nicht von der Seite wich, konnte sich diese Angespanntheit zu einer regelrechten Panik vergrößern, wenngleich es mit der Zeit besser wurde.

In einem Punkt hatte Sarah aber recht behalten – ihr Haus war so abgeschieden, dass sie keinen direkten Kontakt zu Nachbarn pflegen mussten, das erleichterte den Alltag; im Grunde konnten sie da wie dort dasselbe Leben führen, wie Sarah sagte, wenn sie auch keine Ahnung haben konnte, was der Schritt nach draußen für die Schwestern wirklich bedeutete. Auch ihnen selbst wurde erst mit diesem Schritt klar, was der Wald ihnen war. Er war der Mantel, der sie schützte, der ihnen Zuflucht, Sicherheit und Geborgenheit bot und alles Böse von ihnen fernhielt. Denn das Böse war immer das Fremde und Unbekannte, von ihm ging die Gefahr aus. Innerhalb des Waldes waren alle Gefahren absehbar und kontrollierbar. Draußen aber fehlte ihnen dieser Mantel, draußen waren sie nackt und ungeschützt, unsicher und bedroht. Sarah konnte das nicht ganz nachvollziehen. Wie denn auch? Für sie war es ein Heimkommen, für die Schwestern ein zweckloser Besuch in der verhassten Fremde, eine Reise ohne Fernweh. Der Weg bis zum Haus kam einem

Höllentrip gleich, auch wenn auf ihm nicht die geringste Gefahr lauerte. Trotz allem stellten sie sich ihrer Angst immer wieder aufs Neue, zumeist teilten sie die Woche, verbrachten drei, vier Tage im Dorf und kehrten dann zurück in den Wald.

Das Dorf ließ sie einatmen, der Wald ließ sie ausatmen. Regina versuchte immer wieder, ihre Schwester davon zu überzeugen, zuhause zu bleiben, einen Schlussstrich zu ziehen, die letzten Jahre aus ihrer Erinnerung auszublenden und den ihnen von der Mutter zugedachten Weg konsequent zu Ende zu gehen, aber Maria wollte nichts davon hören. Sie war eine andere geworden – Adam hatte sie verändert. Auch sie wollte in den Wald zurückgehen, aber erst wenn Adam wieder bei ihr war, das erklärte sie unmissverständlich – bis dahin waren die Wechsel von draußen nach drinnen ein bloßer Kompromiss, den sie der kleinen Schwester zuliebe einging.

Sarah hatte ihr das Versprechen abgerungen, in Klaras Haus zu bleiben und nicht aktiv nach dem Jungen zu suchen.

»*Ich* bin seine Mutter«, hielt sie ihr pathetisch vor, wobei sie immer auf Reginas volle Unterstützung zählen konnte. »Ich bin seine Mutter, nicht du, und es ist *meine* Aufgabe, ihn zu suchen. Ich kenne mich aus in der Welt und weiß, was zu tun ist. Ich werde ihn finden, und wenn es das Letzte ist, was ich tun werde.«

Marias Gefühl nach war es eher das Letzte, was sie tun *wollte*, auch wenn sie täglich loszog, ihren Sohn zu suchen. Maria traute ihr nicht. Sie vertraute nur ihrem Instinkt, und der sprach in kristallklarer Sprache; sie war drauf und dran, die Dinge selbst in die Hand zu nehmen.

Ihr Gewehr in der Hand, entfernte sie sich jeden Tag, sobald Sarah weg war, ein paar Meter weiter von Klaras Haus. Das erste Nachbarhaus, das der alten Magdalena, lag nur zehn Minuten entfernt. Maria machte immer einen großen Bogen um den Hof, aber Magdalena, eine hagere, ausgemergelte Bäuerin, schien ihr Kommen dennoch zu spüren und stand jedes Mal vor der Tür oder am

Gartenzaun, nickte ihr freundlich aus der Entfernung zu oder hob die Hand zum Gruß. Maria blieb steif wie ein Baum, wusste nicht, wie sie reagieren sollte. Sicher, Klara hatte ihre Hand für diese Frau ins Feuer gelegt, aber das half ihr in diesen Momenten auch nicht weiter. Maria brauchte und wollte keinen Kontakt, Freundlichkeiten konnte sie weder deuten noch erwidern. Anfangs legte sie sogar das Gewehr an und verharrte minutenlang in kämpferischer Bereitschaft; mit der Zeit verzichtete sie auf die Waffe und blieb reglos und stumpf vor sich hin starrend stehen. Magdalena beließ es bei ihrem Grußritual und hoffte darauf, dass die Frau mit der Zeit schon weich werden würde.

Irgendwann wanderte Maria den langen Feldweg die Anhöhe im Osten hinauf, und der Ausblick, der sich ihr von dort bot, pflanzte die fixe Idee in ihr Gehirn, dass der Junge genau dort sein musste. Was sie sah, war das Dorf, waren die Höfe mit ihren beleuchteten Fenstern, Autos, Traktoren und Tieren. Und ein flaches, aber großes Haus, auf dessen Außenwand etwas geschrieben stand. Neben seiner Eingangstür leuchtete ein Schild – das war die Gastwirtschaft. Und Männer, überall waren Männer.

Einer von ihnen stand vor seinem Hof, es war gleich der erste, und starrte in ihre Richtung. Erst jetzt konnte sie Magdalenas Wohlwollen deuten, denn von diesem Mann ging nichts Friedliches aus. Er hielt irgendein Werkzeug in der Hand, wahrscheinlich einen Hammer oder Schraubenzieher, sie konnte es genauso wenig erkennen wie die Konturen seines Gesichts, aber er stand da wie ein Tier, wie ein bewaffneter Feind. Sein Verhalten war ihr geläufig, sie verstand ihn, hätte an seiner Stelle nicht anders reagiert. Sie musterten einander eine Zeit lang, dann kehrte sie um.

Am darauffolgenden Tag – Sarah war von ihrer Suche noch nicht heimgekehrt – machte Maria sich bei Anbruch der Dunkelheit auf. Sie hatte den Hügel noch nicht erklommen, als sie hinter sich etwas hörte. Wenn sie stehen blieb, verstummte ihr Verfolger, also fuhr sie herum und richtete ihre Waffe gegen ihn. Es war Regina, die diesmal nicht alleine zurückbleiben wollte.

»Wir müssen im Haus bleiben, Maria!«

»Nein, ich hol jetzt den Adam.«

»Die Sarah hat gesagt, er ist nicht im Dorf.«

»Er ist aber da.«

»Das hast du im Wald auch gesagt.«

Maria spuckte auf den Boden und ging wieder drauflos, Regina hinter ihr her wie ein Schatten, ängstlich und verärgert über die Sturheit der Schwester und den unheilvollen Lauf der Dinge, dem sie so hilflos ausgeliefert war.

Der Anblick des Dorfes ließ sie jammern und flehen, aber Maria stiefelte resolut weiter, also holte Regina ihre Schnapsflasche aus der Manteltasche und schüttete einen erheblichen Teil seines Inhalts in ihre Kehle. Dann spuckte auch sie aus, ihr Auswurf drehte ein paar Runden Richtung Dorf durch die Luft und landete lautlos auf dem gefrorenen Boden.

Sie erreichten den ersten Hof, ein Hund kläffte sie an, Kinder liefen zusammen, zeigten auf sie und flüsterten hinter vorgehaltenen Händen. Es war kalt, ihr Atem qualmte durch ihre Finger. Hinter einer Scheune gloste eine Fläche von der Größe eines kleinen Ackers in der Dämmerung, es roch vertraut nach verbranntem Holz. Viele Bauern hatten sich, nachdem Öl und Gas nicht mehr erhältlich oder viel zu teuer geworden waren, wieder angewöhnt, Holz und Holzkohle als Brennstoff zu nutzen, ließen das Holz tagelang unter der Erde vor sich hin schwelen – aber *Vaterunserimhimmel*, das konnte auch der Eingang zur Hölle sein, also betete Regina, rief die Heiligen an und verfiel zunehmend in die Litanei, die auch Adam so gern gebetet hatte.

»Mutter der göttlichen Gnade«, murmelte sie, und ganz automatisch, vielleicht gar nicht so bewusst, hatte sie doch ganz andere Prioritäten im Sinn, ergänzte Maria: »Bitt' für uns.«

»Mutter vom guten Rate.«

»Bitt' für uns.« Und so weiter. Zielstrebig durchwanderten sie das ganze Dorf, hinter ihnen lachten die Kinder unsicher und aufgeregt, Maria starrte wehmütig in Bubengesichter – keiner von ihnen war Adam. Mütter befehligten ihre Kleinen hektisch zu Gehorsam und Ruhe, ein paar sinistre Männer spuckten verächtlich auf den Boden, als die legendären Waldhexen an ihnen vorbeizogen, langten automatisch in ihre Hosentaschen nach ihren Mobiltelefonen oder Messern, anderen war das blanke Entsetzen anzusehen, ein paar wenige setzten zu vorsichtigen Grußgesten an, nickten mit den Köpfen oder hoben ihre Arme, was die Schwestern jedoch als Drohung deuteten.

Die wilden Holzapfelschwestern existierten also wirklich. Natürlich wussten sie das, aber die Magie der Gerüchte war mächtig, hatte die Dorfbewohner über Jahrzehnte verwirrt, geängstigt und geprägt. Diese Magie war immer schon, wahrscheinlich seit Menschengedenken, damit beschäftigt, die Geschichte zu formen und zu verändern.

Marias Gesicht hielt ihnen die Entschlossenheit eines Kriegers, eines Soldaten oder, wie die Dorfmänner es beurteilten, eines Wahnsinnigen entgegen. Keiner trat ihr in den Weg. Zielstrebig hielt sie auf die Gastwirtschaft zu, setzte sich an einen Tisch. Alle Tische waren frei, nur an der Schank standen ein paar dunkle Figuren. Der Wirt, ein feister Herr mit Schnurrbart, trat auf sie zu, stellte sich herrisch vor sie und bellte ein unwilliges: »Bitte sehr.«

Regina zuckte zusammen, sie wollte unter keinen Umständen mit Männern in Kontakt treten, nie wieder, sie hatten vor langer Zeit ihre Lektion gelernt und mussten konsequent auf ihrem Weg bleiben, das war doch keine große Aufgabe, das war einfach, aber wo war sie jetzt, wo hatte der Wahn ihrer vom Weg abgekommenen Schwester sie hingeführt? In einen fremden, dunklen Raum, bevölkert von Männern und Vätern in diesem gottlosen Teufelsnest. Sie verfluchte die von ihrem falschen Sohn Besessene.

Maria wusste, dass im Wirtshaus gegen Bezahlung gegessen und gesoffen wurde, das war in einigen Romanen vorgekommen, die ihre kleine Schwester ihr vorgelesen hatte. Sie wusste, was zu tun war und konzentrierte sich darauf. Sie hatte ein paar Euro aus der Dose genommen, die Sarah zuhause eingerichtet hatte, falls die beiden aus irgendeinem Grund Geld brauchten, also nahm sie sich ein Herz und sagte laut: »Einen Kaffee, einen Dirndlschnaps.«

Die Männer lachten.

»Dirndlschnaps gibt's hier nicht«, bellte der Wirt.

»Einfach Schnaps«, sagte Maria laut. »Irgendeinen. Einen Kaffee, einen Schnaps.«

In den paar Wochen hatte sie sich an Sarahs Kaffee gewöhnt, und das passte auch zu ihr, das unterstrich die unterschiedliche Entwicklung der Schwestern, denn wie bei allen Menschen offenbarte sich auch bei ihnen der Charakter des Einzelnen durch die Drogen, die er nimmt oder eben verweigert.

Lieblos schob der Wirt die Bestellung über den Tisch und verlangte vier Euro. Maria legte einen Fünfer neben die Kaffeetasse, er musste ihr jetzt einen Euro zurückgeben. Für einen kurzen Moment erspürte sie das Machtspiel zwischen sich und dem Mann, der sich provokant Zeit ließ, ehe er die Münze fallen ließ. Maria griff blitzschnell danach und steckte sie ein.

Der Kaffee war wässrig, nicht so stark wie der, den Sarah machte, aber er war heiß und in Ordnung. Regina schnüffelte an dem kleinen Glas und leerte es in einem Zug. Es war Birnenschnaps, er taugte nicht viel, aber sie mochte den Geschmack, wollte mehr, traute sich aber nicht, noch einen zu bestellen – mehr noch, sie wollte sich verweigern, immerhin hatte sie ihren eigenen Schnaps dabei und war auf den schwachen Fusel nicht angewiesen.

Die Männer sahen nicht aus wie Bauern, nicht wie Maria sich Bauern vorstellte. Auch dem Joseph, ihrem Vater, sahen sie nicht wirklich ähnlich, sie wirkten harmloser, zivilisierter, hatten alle so ein Telefon wie Sarah. Klopften mit ihren Fingern darauf herum oder hielten es sich ans Ohr und murmelten unverständliches Zeug. Weitere Männer betraten die Stube mit ausdruckslosen Mienen. Einer kam ein paar Schritte näher und machte ein Foto, dann lachte er und schloss sich dem Rudel an. Eine Viertelstunde und zwei Runden Kaffee und Schnaps später war die Stube voll. Hauptsächlich Männer waren da, aber auch ein paar Frauen streckten ihre Hälse aus nach den wilden Weibern aus dem Wald – die Dorfleute hatten ja nur darauf gewartet. Sie wussten, die Sarah war wieder da, und vor einem Jahr war doch der Felsenreiter gekommen und hatte nach ihr und seinem Kind gefragt. Hatte erzählt, dass sie zu ihren Schwestern in den Wald gegangen war – ja, der Felsenreiter hatte die Tür zwischen den Welten, die so lange verschlossen und verboten war, eingetreten, und so war es nur eine Frage der Zeit, dass es passierte. Und jetzt ist es eben passiert.

So viel war im Wirtshaus schon lange nicht los gewesen, nicht einmal bei Hochzeiten oder Begräbnissen. Der Wirt genoss den Anblick der vollen Stube und die Aussicht auf eine volle Kassa. Er und seine Kellnerin kamen mit dem Nachschenken gar nicht nach.

Irgendwann stand Maria abrupt auf. Augenblicklich verstummte die Menge. Das machte sie noch nervöser, als sie es ohnehin war, also sagte sie schnell und streng: »Gib mir den Adam!«

»*Gebt*«, korrigierte Regina.

»Was sagst du da?«, schnauzte einer der Männer.

Maria wiederholte ihre Forderung laut und deutlich: »Gib mir den Adam!«

»Gebt«, sagte Regina wieder, die Leute kicherten.

»Wer ist Adam?«, fragte der Mann, es war derselbe, der sie am Tag davor so lange angestarrt hatte, als sie auf dem Hügel gestanden war und aufs Dorf geblickt hatte.

»Der Bub«, sagte Maria. »Das ist der Bub.«

»*Dein Bub?*«, fragte der Mann, und ein anderer fügte hinzu: »Den Mann möchte ich sehen, der dich geschwängert hat!«

Und wieder ein anderer: »Und den Rausch, den der gehabt haben muss!«

Der ganze Raum lachte laut auf und verfiel in launiges Getuschel. Die Leute waren also auf Unterhaltung aus, das provozierte die ohnedies gereizte Maria. Sie griff nach ihrem Gewehr, legte es an und richtete es auf die Menge. Augenblicklich erfüllte eine eisige Stille den Raum, jetzt erst nahmen die Schwestern die Musik wahr, die im Hintergrund dudelte. Dann, der Wirt machte auf ein Zeichen des Mannes die Musik aus, wurde es wirklich still. Der Mann trat vor und sagte: »Ganz ruhig. Im Wirtshaus gibt's keine Waffen. Das ist eine Grundregel hier, und wenn ihr im Dorf leben wollt, müsst ihr euch an die Regeln halten. Verstehst du das?«

Maria schnaufte angespannt in ihren Arm, der ruhig und sicher das Gewehr hielt.

»Ob du das verstehst! Oder muss ich mich klarer ausdrücken?«

»Wo ist der Adam?«, drängte Maria.

»Hier ist kein Adam. Keiner hier heißt Adam. Noch nie war ein Adam hier im Dorf, und jetzt runter mit der Waffe!«

»Adam!«, rief Maria sinnlos.

»Waffe runter«, wiederholte der Mann.

Regina stieß ihre Schwester in die Seite und nuschelte Unverständliches, also ließ Maria widerwillig die Waffe nieder – wollte sie niederlassen, denn kaum hatte ihre Konzentration nachgelassen, kaum hatte der Lauf ihres Gewehrs sich auch nur einen Zentimeter nach unten bewegt, stürzte der Mann auf sie, griff mit der Linken blitzschnell nach dem Lauf, während seine Rechte Maria am Genick packte und sie zu Boden drückte. Sein Knie presste sich brutal in ihren Rücken. Im selben Moment standen weitere Männer um sie herum und richteten Pistolen und Gewehre auf sie, direkt auf ihren Kopf. Sie drückten ihr die Waffen ins Haar, so fest in die Kopfhaut, dass es schmerzte – schmerzhafter konnte eine Kugel gar nicht sein, schoss es ihr in den Kopf. Der nächste Gedanke galt der eigenartigen

Grundregel, nach der keine Waffen im Wirtshaus erlaubt waren, aber da war auch schon wieder Schluss mit Denken, denn Regina ließ ein markerschütterndes Brüllen von so archaischer Kraft los, dass der ganze Raum im Schock erstarrte, und sie wollte nicht aufhören, ehe ihre Schwester nicht wieder neben ihr saß, ihre große Schwester, die von diesem Teufelspack gedemütigt auf dem Bauch lag und Blut und Galle spuckte. Die Männer erstarrten und warfen einander nervöse Blicke zu, so etwas hatten sie noch nie gehört. Es klang, als wollten alle Dämonen der Hölle gebündelt aus dieser Frau ausbrechen. Die Frauen im hinteren Teil der Schankstube hielten sich die Ohren zu oder wendeten sich ab. Einer fiel beim Versuch, ein Video aufzuzeichnen, das Telefon aus der Hand.

»Halt dein dreckiges Maul!«, schrie der Mann, er hieß Wolfsgruberrupert und war der Dorfbürgermeister, aber Regina hörte ihn nicht, sie hörte nichts, ihr Bewusstsein war bei ihrer Schwester allein, und wenn nicht in diesem Augenblick Sarah die Tür aufgerissen und hereingestürzt wäre, hätte alles passieren können, dann hätte sie ihre alten Schwestern womöglich zu Grabe tragen oder im Wald verscharren können, aber Gott sei Dank war sie im rechten Moment gekommen, hatte auf dem Heimweg durchs Dorf erst das hell erleuchtete Wirtshaus bemerkt und dann Reginas Schreie gehört, ihr Fahrrad auf der Straße liegen gelassen und schnell gehandelt.

»Hört auf!«, rief sie panisch und stürzte sich auf Maria, zog sie an sich, hielt sie fest und brachte die Männer dazu, von ihr abzulassen. Dass keiner von ihnen die Fassung verlor und abdrückte, war reines Glück, oder, wie die Schwestern sagen würden, die durch ihr einfaches Leben und ihre Gebete verdiente Schwerstarbeit der Schutzengel. Regina hörte endlich auf zu schreien und atmete laut.

»Was soll dieses blöde Cowboygetue!«, setzte Sarah nach.

»Haut ab«, keifte der Wolfsgruberrupert. »Und bevor ihr euch hier nicht der Gemeinschaft anpasst und euch halbwegs zivilisiert benehmen könnt, will ich euch im Dorf nicht mehr sehen. Keiner hier darf tun und lassen, was er will – nicht solange ich Bürgermeister bin!«

»Zivilisiert benehmen, von wegen.«

»Raus jetzt!«

»Ist ja gut«, versuchte Sarah ihn zu besänftigen. »Sie verstehen es nicht besser. Sie sind doch zum ersten Mal hier.«

Aber das interessierte den Mann nicht. »Raus«, sagte er noch einmal, »schert euch zum Teufel.«

Sarah schüttelte den Kopf, dann half sie Maria hoch und nickte Regina zu, die sich sogleich an die beiden drängte, den Körperkontakt suchte, brauchte und einforderte. Als Einheit verließen sie die Wirtsstube – als körperliche Einheit. Als Organismus, als Familie.

Mittlerweile war es stockdunkel geworden. Nach ein paar Metern machte Maria Halt und rief: »Mein Gewehr!« Sie machte sich bockig daran, umzukehren, aber Sarah hielt sie zurück. »Lass mich das machen, es ist besser so, vertrau mir.«

Sie ließ die Schwestern verunsichert stehen und drückte die schwere Holztür der Gastwirtschaft noch einmal auf. Wieder verstummte die Menge.

»Was!«, fauchte der Wolfsgruberrupert.

»Das Gewehr«, deutete Sarah auf die Waffe in seiner Hand. »Es gehört meiner Schwester, und sie geht nicht fort ohne ihr Gewehr.«

Der Mann überlegte kurz, dann lächelte er abfällig und sagte: »Bitte sehr, das Museumsstück ist sowieso nutzlos.«

Grinsend schaute er in die Menge, die brav reagierte und in bestätigendes Gelächter verfiel. Schließlich hielt er Sarah die Waffe entgegen. Sie ging auf ihn zu und wollte danach greifen, da zog er sie zurück, grinste wieder, dann erst händigte er sie ihr aus. Sarah verstand seine kleinen Machtdemonstrationen und fand sie lächerlich.

»Ihr spinnt ja«, sagte sie und ging. Sie öffnete die Tür, drehte sich noch einmal um und sagte, ebenfalls grinsend: »Ich bin echt froh, dass ich hier rauskomme. Ihr habt euch wegen der zwei alten Weiber ja regelrecht in die Hosen geschissen. Das kann man schon von draußen riechen.«

Dann knallte sie die Tür zu. Maria nahm die Waffe an sich wie ein kleines Mädchen sein Lieblingsstofftier, das Schwesterntrio nickte sich zu und verschwand in der nebelverhangenen Kälte der Nacht.

So verdiente Sarah sich Marias Versprechen, von nun an im Haus zu bleiben und die Suche nach Adam aufzugeben. Sie konnte natürlich, wenn sie das wünschte, einkaufen gehen oder endlich die alte Dorfkapelle besuchen, sollte sich aber von den Leuten so gut es ging fernhalten.

Nach diesem Vorfall zogen sich die Schwestern für eine ganze Woche in den Wald zurück. Regina hoffte auf ein für immer, aber Maria ließ sich von dem, was passiert war, nicht abschrecken. Zwar wollte sie sich an die Abmachung halten, handelte aber ihrem drängenden Mutterinstinkt zuwider und konnte trotz aller Dankbarkeit eine gewisse Skepsis ihrer Schwester gegenüber, die jeden Tag unverrichteter Dinge ohne den Buben heimkehrte, nicht mehr ablegen. Irgendetwas war faul. Irgendetwas stimmte nicht. Sie war ja keine richtige Schwester, sagte sie sich. Nur eine Halbschwester.

20. Die Kapelle

In einer Senke zwischen den hohen Wellen, die die Erde durchs Dorf schlägt, steht die kleine Kapelle wie ein überdimensionierter Grabstein. Hinter ihr, gleich neben dem Friedhof fließt ein lauschiger, aber kräftiger Bach, der leicht unterschätzt wird und seiner Lage schon zweimal mehr als gerecht wurde – drei Buben aus dem Dorf hat er bereits das Leben gekostet, hat sie einfach verschluckt, als sie sich während des Sonntagsgottesdienstes zum Spielen rausgeschlichen hatten. Ein großes schmiedeeisernes Kreuz am Ufer des Bachs erinnert an die Vorfälle.

Um den Friedhof windet sich ein Zaun, und direkt am Zaun liegt Klaras Grab, es ist das letzte, wie auch ihr Haus das letzte im Dorf ist. Steht man vor dem Grab, blickt man direkt auf den Bach. Auf seinem verwitterten Stein, einem einfachen, naturbelassenen, ist über einem großen Kreuz in schlichten Großbuchstaben der Name *Holzapfel* eingraviert. Keine weiteren Angaben, keine Vornamen, keine Jahreszahlen.

Als die Frauen aus dem Wald das Haus zum ersten Mal betreten hatten, lag da immer noch die Tote. Sarah hatte es nicht anders erwartet. Die Schwestern standen stundenlang an ihrem Totenbett und beteten. Zu der Tatsache, dass sie ihrer Tante zum ersten Mal gegenüberstanden, verloren sie kein Wort, der Tod schien sie ebensowenig zu beeindrucken. Sarah erledigte indes, was zu erledigen war. Am Tag darauf wurde ihre Mutter abgeholt, das Begräbnis sollte am übernächsten Tag stattfinden. Klara hatte ihr ein paar tausend Euro hinterlassen, davon konnte sie das Begräbnis bezahlen und mit den Schwestern eine Zeit lang über die Runden kommen.

Klaras Begräbnis war ein liebloser Akt nüchterner, beamtischer Routine an einem kalten, gleichgültigen Tag. Die Schwestern blieben im Haus, Sarah ging zur Kapelle. Außer ihr waren da ein Pfarrer und vier freiwillige Männer der Gemeinde, keiner von ihnen dem Anlass entsprechend gekleidet, im Gegenteil, dreckig und verschwitzt waren sie, standen im Arbeitsgewand neben dem Sarg in abwartender Haltung aufgereiht und verpesteten die Luft. Nur Magdalena hatte sich auf den weiten und für sie beschwerlichen Weg gemacht, um sich von ihrer lebenslangen Nachbarin zu verabschieden. Der Pfarrer sprach pflichtbewusst, ohne auch nur um den geringsten Anflug von Mitgefühl bemüht, folgende Worte: »Wir verabschieden uns von unserer Schwester, Klara Holzapfel. Sie war eine treue Dienerin des Herrn. Möge er ihr ihre Sünden vergeben und sie zu sich nehmen. Darum bitten wir im Namen des Vaters und des Sohnes und des heiligen Geistes. Amen.«

Daraufhin trugen die Männer den Sarg – es war ein Vollholzeichensarg mit geschnitztem Kreuz, geschwungenen, abgerundeten Kanten und sechs Metallgriffen, für den Sarah tausenddreihundert Euro hatte hinlegen müssen, obwohl sie in die Auswahl nicht einmal miteinbezogen worden war – zum von denselben Männern kurz davor ausgehobenen Loch, was immerhin ihren Zustand erklärte, und ließen ihn über dicke Gurte in die Erde rutschen. Als der Sarg auf dem Grund aufplumpste, ging einer der Männer auf Sarah zu und hielt seine Hand auf. Sie legte hundert Euro hinein.

»Wir sind vier«, sagte er trocken, also folgten nach einem kurzen Blickwechsel, der Sarah nicht gerade freundlich vermitteln wollte, dass sie am kürzeren Ast saß, drei weitere Scheine, die sie vorsichtshalber aus Klaras Topf mitgenommen hatte. Die Männer nickten dem Pfarrer zu und verließen den Friedhof, einer mit dem Traktor, zwei mit dem Auto, einer mit dem Fahrrad.

Der Pfarrer betete ein *Vater unser* und ein *Gegrüßet seist du, Maria*, reichte Sarah die Hand, und ging ebenfalls. Sarah und Magdalena standen noch eine Weile da, dann nahm Sarah eine Schaufel, die gegen den Zaun gelehnt war, und machte sich an die Arbeit. Eine Stunde brauchte sie, um den nassen Erdaushub, der neben dem Grab aufgehäuft lag, auf den Leib ihrer Mutter zu türmen. Sie wollte das nicht auch noch den Männern überlassen.

Magdalena setzte sich einstweilen auf eine Bank unter einem Dachvorsprung, lehnte sich an die kalte Kapellenmauer und betete. Am Ende kniete Sarah auf der Erde, klopfte sie mit ihren Händen glatt, vergoss ein paar Tränen, die sich mit dem Regen vermischten, und verabschiedete sich endgültig von der Mutter. Danach gingen die zwei Frauen ganz langsam nach Hause. Magdalena sagte, wenn auch mehr zu sich selbst: »Was würden wir nur tun ohne Gott, ohne Religion, ohne den Glauben an einen Sinn, der doch nur darin bestehen kann, durchzuhalten, um am Ende den Tod zu besiegen? Das ist es doch, Sarah. Wir müssen nur durchhalten wie deine Mutter, die jetzt erlöst ist.« Sarah schwieg, sie war müde und deprimiert. Hätte sie gesprochen, ein Geysir des Hasses und der Verzweiflung hätte sich in einer schwarzen Fontäne über die arme Magdalena ergossen.

Im Haus setzte sie sich in die Badewanne und ließ heißes Wasser auf ihre Kopfhaut prasseln, aber auch das Wasser schaffte es nicht, sie zu beruhigen. Gott konnte ihr gestohlen bleiben, sie hasste ihn. Wenn er ihre Bitten, Klagen und Anrufungen bis jetzt nicht gehört hatte, warum sollte er sie morgen oder nächste Woche für würdig befinden? Und wenn das Leben nach dem Tod weiterging, was war dann die Erlösung? Den ganzen Abend über fluchte sie dermaßen viel und laut, dass die Schwestern mit ihren Kreuzzeichen gar nicht nachkamen. Sie fragten aber nicht nach dem Grund. Sie respektierten ihre Wut, wie sie alles respektierten. Oder eben nicht.

Am nächsten Tag überholte Sarah das alte Fahrrad und machte sich auf den Weg. Von nun an wollte sie das jeden Tag tun. Den Bub suchen, wie sie sagte, aber es war mehr – sie ertrug die Frauen nicht im Haus, die kein einziges Wort von sich gaben und untätig herumsaßen oder zwischen den Wänden herumgeisterten. Sicher, sie waren verunsichert, alles war neu und fremd und bedrohlich, aber Sarah hielt das nicht mehr aus. Sie dachte, sie müsse durchdrehen, dazu kamen die Magenschmerzen, die sie mit den restlichen *Parkemed* in die Schranken weisen wollte, was aber nicht funktionierte, im Gegenteil. Schon nach drei Tagen bereute sie es, die Weiber mitgenommen zu haben. Was hatte sie sich nur gedacht? Alles in ihr, Körper und Geist, rebellierten gegen die Umstände, gegen die Situation – sie musste hier raus. Und so wurde ihr das Radfahren zum Zwang, zum Ausweg und zum Ausgleich. Die Ausfahrten waren immerhin eine Erleichterung, die Bewegung ins Ungewisse ließ sie sich freier fühlen.

Maria und Regina saßen noch vier weitere Tage in dem Haus, darauf hoffend, dass niemand kommen und an die Tür klopfen würde. Bei jedem unerwarteten Geräusch zuckten sie zusammen, Maria schlief sogar mit ihrem Gewehr in der Hand. Dann kehrten sie zurück in den Wald und fielen in jenen unentschiedenen Rhythmus, der von nun an ihr Leben zwischen den Welten bestimmen sollte.

Eine Woche nach dem Vorfall im Wirtshaus, nachdem sie sich in Klaras Stube erneut halbwegs eingerichtet und für ein paar Stunden schlecht geschlafen hatten, machte Maria sich in den frühen Morgenstunden auf, das Haus zu verlassen. Regina huschte ihr ängstlich wie ein Schatten hinterher. Wenn sie nahe genug an ihr dran war, krallte sie sich an ihrem Rockzipfel fest und wanderte mit ihr im Gleichschritt.

Maria wusste, wo die Kapelle lag, sie hatte sie letztens von Weitem gesehen. Der Glockenturm hatte ihr gefallen, ihn wollte sie jetzt erkunden. Vielleicht hielt Adam sich ja dort versteckt, vielleicht hielt jemand ihn dort versteckt, alles war möglich. Er hatte ja immerhin gesagt, dass er in eine Kirche wollte. Mit großen Schritten zogen die

Schwestern über die Felder, Maria wie immer bewaffnet. Fast eine Stunde kostete sie der Fußmarsch, aber dann eröffnete sich ihnen der idyllischste Ausblick in die Senke. Da stand es, das Haus des Herrn, mächtig und schief. Regina lief ein kalter Schauer über den Rücken.

»Da ist der Herr Jesus drin«, sagte sie mit zittriger Stimme, obwohl sie es gar nicht aussprechen wollte.

Da ist der Adam drin, dachte Maria und ging weiter.

Nun standen sie vor der kleinen Kapelle, die ihnen riesig erschien, gingen einmal drumherum, dann durch den Friedhof bis zum Zaun.

»Da«, sagte Regina. »Holzapfel.«

Sie standen vor dem Grab und wussten nicht, was sie denken sollten. Da stand ihr Name, aber es fehlte ihnen sowohl an Information als auch an einem Gefühl für einen Begriff wie Verwandtschaft. Sie wussten nicht, wer außer Klara hier noch begraben lag, und es war auch nicht ersichtlich. Die Erde auf dem Grab war nass und immer noch frisch. Alles, was ihnen Familie war, war im Wald – der Wald selbst war ihre Familie. Und der Adam, ja. Gestohlen und versteckt, verkauft oder getötet? Die Ungewissheit war für Maria die größte Qual.

Sie beobachtete die Kapelle, die von Raben bewohnt wurde. Sie saßen auf den Dachziegeln, auf dem Zaun, auf den Gräbern und auf den Grabsteinen. Maria verscheuchte sie mit großen Handbewegungen. Regina, von den vielen Kreuzen eingeschüchtert, schlug selbst ein Kreuzzeichen nach dem andern. Sie wollte da hinein, wollte die heilige Luft schmecken und vor dem Kreuz knien, all ihre Vorstellungen kulminierten in dem Wunsch, diese Tür zu öffnen. Hin und her gerissen war sie zwischen Verteufelung und Glorifizierung. War die Kirche nur ein Götzenbild oder aber die Fleischwerdung des Allerheiligsten? All die Bücher waren nur Schrift und Bild, bloße Verheißungen und Nachbildungen, und dennoch waren sie ihr das Liebste und Wichtigste. Was sie hier vor sich hatte, war vielleicht nur eine Versuchung; was auch immer es war, sie wollte jetzt da hinein. Aber den Teufel würde sie tun und als Erste ihren Fuß reinsetzen, sie wartete schön, bis ihre Schwester sich dazu entschloss. Die studierte aber immer noch akribisch die Außenwände, die Fenster und Türen, dann den Turm. Endlich stellte sie sich vor das Tor, griff nach der Türklinke, drückte sie nach unten und zog daran. Regina stierte über ihre Schulter und warf einen ersten Blick in den Raum.

»Heiligemariamuttergottes«, flüsterte sie kurzatmig. Sie sah das Sonnenlicht, das durch die Fenster brach und unsichtbaren Staub sichtbar machte. Die Staubkörner kamen ihr vor wie Sterne am Himmel, wie sich bewegende Himmelskörper. Sie kannte Bilder von der Milchstraße und meinte diese vor sich zu haben. Wie eine Engelserscheinung stand der mächtige Strahl im Raum. Sie erkannte Holzbänke und ganz vorne einen Tisch, den Altar. Noch weiter vorne an der Wand hing tatsächlich Er am Kreuz, groß wie ein Mensch. Es war perfekt. Regina atmete schwer und heftig, machte ein paar Schritte, Maria blieb in der Tür stehen und sah sich um. Gleich neben dem Eingang führten ein paar Stufen nach oben, vorne neben dem Altar war eine Tür, die in den kleinen Seitenanbau der Kapelle führen musste. Während Reginas Keuchen lauter wurde, überlegte Maria, wie sie die Erkundung anlegen sollte, zwischendurch hielt sie ein wachsames Auge auf die Schwester, die mittlerweile in einer der Holzbänke hockte, genauer gesagt am Rand der hintersten auf einer Erhöhung, einer Lehne oder Abgrenzung. Mit gestrecktem Oberkörper saß sie da und bewegte sich erst langsam, dann immer schneller vor und zurück. Die Hände gefaltet, der Gesichtsausdruck angestrengte Verzückung. Heulte sie etwa? Maria kümmerte sich nicht darum, sie kannte diese Anfälle.

Sie stieg vorsichtig auf die erste Stufe, dann auf die zweite, viele waren es nicht, vielleicht zehn oder zwölf. Sie legte das Gewehr an, sah sich um, aber da war nichts, nur ein paar weitere Bänke vor einem kleinen, gemauerten Balkongeländer. Hinten an der Wand standen vier Figuren, zwei aus Stein, zwei aus Holz. Im Eck ein kleiner Schrank, eine Kommode oder Truhe mit einem Deckel, davor ein Hocker. Maria hob den Deckel hoch, eine Reihe weißer und schwarzer Tasten kam zum Vorschein, also ließ sie ihn wieder fallen. Von unten hörte sie Regina jammern und stöhnen. Sie wusste, gleich würde sie damit aufhören. Noch nie war sie dabei so laut gewesen wie heute, es musste mit dem Raum zu tun haben, aber gleich würde sie noch einmal laut und lange ausatmen, dann sich wieder beruhigen. Genau so geschah es.

Als Maria wieder unten war, sah sie ihre Schwester vor einem Bild stehen. Eine ganze Galerie hatte sie vor sich.

»Der Kreuzweg, Maria, schau«, sagte sie ergriffen. »Da. Veronika reicht Jesus das Schweißtuch. Und da – er fällt schon wieder, zum dritten Mal!«

Jetzt konnte sie nichts mehr halten, sie schwebte beinahe durch die Kapelle, wollte alles aufsaugen und berühren. Vor einer lebensgroßen Figur, der Jungfrau mit ihrem Kind, machte sie Halt, griff nach der Hand der Gottesmutter, dann nach dem Baby, dann umarmte sie die ganze Figur und verharrte so für mehrere Minuten.

Maria schaute ihrer Namenspatronin ins hölzerne Antlitz, dann auf das Kind, sah sich selbst in dieser Frau, sah nicht die Maria mit dem Jesuskind, nur die Maria mit dem Adamkind, und ging weiter, öffnete die Tür und warf einen Blick in die Sakristei, einen kleinen, holzvertäfelten Raum mit zwei Schränken, einem langen Tisch und zwei Stühlen. Sie ließ nichts unbeobachtet, keine Schublade ließ sie aus – es nützte alles nichts.

Eine weitere Tür führte in ein enges Stiegenhaus, das war der Turm. Hier musste er sein, sagte sie sich und blickte nach oben.

»Adam!« Der Name fiel aus ihrem Mund wie ein Bissen Brot. Kurz hielt sie inne, etwas ließ sie zaudern. Kamen Bilder in ihr hoch, Bilder aus Märchen, die Regina ihr vor langer Zeit vorgelesen hatte?

Ihr Gewehr fest in der Hand, lief sie schließlich die Wendeltreppe nach oben.

»Adam«, sagte sie gleich ein paar Mal hintereinander, aber auch hier waren nur ein paar Ratten und eine Glocke, die in der Mitte des Turmdachs befestigt hing. Und wieder, ein bisschen leiser: »Adam!«

Sie legte die Waffe an und holte sich eine Ratte ins Visier. Kurz bevor sie abdrücken wollte, fiel ihr ein, dass das vielleicht keine gute Idee war. Sie sollte doch kein Aufsehen erregen.

Sie starrte in jede Himmelsrichtung, suchte nach Zeichen, nach neuen Ideen, wo er sich aufhalten konnte, nach neuen Zielen. Was sie sah, waren Felder, ein kleiner Wald, der Friedhof mit dem Bach und wieder Felder. Enttäuscht, von Wut erfüllt, ging sie langsam nach unten.

Regina stand jetzt tatsächlich weinend vor dem großen Kreuz. Sie hielt die angenagelten Füße des Christus fest und küsste sie, blickte erfüllt von der höchsten Glückseligkeit nach oben seinen geschundenen Körper entlang in sein leidendes, aber milde lächelndes Gesicht.

»Komm«, sagte Maria schroff. »Wir beten im Wald. Gott ist zufrieden.« Regina wusste, dass sie selbst genau diese Worte zu Adam gesprochen hatte, als er unbedingt in eine Kirche wollte. »Komm«, sagte Maria noch einmal und marschierte los, durch die offen stehende Tür ins Freie, stampfte wütende Schritte in die Erde, als wollte sie ihr wehtun, als wäre die Erde schuld am Verschwinden des Buben.

Kurz darauf stürzte Regina aus der Kapelle, knallte die Tür hinter sich zu, und hetzte ihrer Schwester nach. Sie sprang ungelenk wie ein krankes Reh, und in ihrem Glück, in ihrer bodenlosen Verzücktheit passte sie so gar nicht in das Bild, das ihre gebückte und entmutigte Schwester großen Schrittes auf den Horizont malte.

Die Schwestern fügten sich wieder ein ins Laufwerk des Alltags zwischen Wald und Dorf, und so verging ein ganzes Jahr.

21. Arbeit und Alltag

Wenn die Mädchen keine Zeit für ihn haben, bleibt Adam für gewöhnlich in Veronikas Zimmer und liest – sie haben alle ihre Bücher zusammengetragen, und so liest er sich begeistert durch ein paar Lindgren-Bücher, die eines der Mädchen aus sentimentalen Gründen aufbewahrt hat, vor allem aber durch Liebesromane, romantische Trivialliteratur der billigsten Sorte; simple, melodramatische Happy-End-Geschichten, die die Mädchen in ihren Träumen bestätigen, sie einlullen und ihnen ins Ohr flüstern, dass alles gut sein wird, dass sie schön, besonders und wertvoll sind, dass jede Frau, selbst die hässlichste und dümmste, tief drinnen wunderschön, besonders und wertvoll ist; Dinge, die kein realer Mann ihnen je zugeflüstert hat, keine Mutter und kein Vater. Männer haben es offenbar leichter, sie haben Geliebte oder bezahlen Huren, die ihnen das sagen, Frauen müssen es sich anderweitig beschaffen. Auch die Lieder, die sie hören, sagen ihnen das, und bringen sie so zum Weinen oder zum Tanzen. Adam ist schwer beeindruckt, merkt sich schnell die Texte und Melodien, die er laut dazusingt, wenngleich seiner Meinung nach nichts an Elvis oder die Kirchenmusik herankommt.

Die Frauen lieben es, mit ihm *Party zu machen*, wie sie sagen. Und selbstverständlich liebt Adam es, Party zu machen. Er verliert sich ekstatisch in stupiden Schlagerrhythmen, tanzt und springt, schlägt Purzelbäume und bittet die Mädchen zum Tanz, wie sie es ihm beigebracht haben. »Darf ich bitten«, sagt er dann, verneigt sich vor ihnen und wirbelt mit ihnen, an ihnen hängend, durchs Zimmer, bis ihm so schwindelig wird, dass er einfach auf dem Boden liegen bleibt oder kotzen muss.

Nur die Zwillinge tun sich schwer beim Party machen. Sie sind von Grund auf ruhig und tendieren zur Schwermut. Der Felsenreiter verkauft das als tiefgründig und interessant, bei Bedarf auch als streng, in Wahrheit sind sie aber traurig, von drückender slawischer Melancholie, wahrscheinlich depressiv. Aber was soll's, die Depression ist ein Luxus, den sie sich nicht leisten können. Keiner weiß, was sie erlebt haben, was sie zu dem gemacht hat, was sie sind, ob sie freiwillig hierhergekommen oder gar verschleppt und verkauft wurden, sie sprechen nicht darüber, aber irgendetwas hält sie am Boden, drängt sie gegen die Wand, in den Hintergrund, und dieses Irgendetwas wurde im Lauf der Jahre zu ihnen selbst. Ivana muss viel trinken, um einigermaßen lustig zu werden. Dann wird sie nicht nur lustig, sondern regelrecht hysterisch, zuweilen aggressiv und unkontrolliert. Slavenka hingegen verweigert den Spaß, sowohl den Alkohol als auch die Party. Adam fühlt sich wohl bei ihnen, sie erinnern ihn an die Tanten.

Das Lesen fällt ihm immer leichter, wird immer flüssiger und bald fordert er neues Material, also besorgt Veronika ihm eine Karte für die städtische Bücherei und lässt ihn selbst wählen. Er findet eine Kinderbibel und Bücher, die die Geschichten der Heiligen für Kinder erzählen, ganz ähnlich dem großen *Buch der Heili*gen seiner Tante Regina im Wald.

Natürlich steht in Veronikas Zimmer ein Fernseher, gleich neben Adams Bett, aber seine Reaktion auf das Fernsehen hat den Mädchen solche Angst gemacht, dass sie vereinbart haben, ihm die Welt der TV-Unterhaltung noch vorzuenthalten oder ihn später nur in ganz kleinen Schritten und Dosen daran zu gewöhnen. Seine erste Begegnung mit dem Zauberkasten war von traumatischer Vehemenz gewesen.

Veronika hatte das Gerät unbedacht aufgedreht und nebenbei laufen lassen, ohne dem Gezeigten Beachtung zu schenken. Es lief gerade die Anfangssequenz des alten Schinkens *E.T. – Der Außerirdische*. Veronika registrierte das und fand es unbeschreiblich süß, drückte allein bei dem Gedanken an diese Geschichte ein paar Tränen aus ihren Augen, war aber dann mit der Pflege ihres Körpers, genau genommen mit der Rasur ihrer Schenkel im Badezimmer beschäftigt. Was nebenan geschah, erkannte sie erst viel zu spät. Es war gewissermaßen die Initiation des Waldjungen in die unerklärliche Parallelwelt der fantastischen Filmkunst.

Anfangs stand Adam mit offenem Mund vor dem Gerät und stierte auf den kleinen Elliott, der sich direkt vor ihm in einem fremden Haus zu unterschiedlichen Tages- und Nachtzeiten bewegte und redete. Dazu ertönte Musik. Außerdem hatte er einen Bruder und eine Schwester. Adam schaute mehrere Male kurz hinter den Fernseher, aber da war nichts. Was ihm hier geboten wurde, woran er hier teilhaben sollte, kam eindeutig aus dem Kasten selbst. Irgendwann ergab er sich dem Phänomen, setzte sich aufs Bett und folgte gebannt der Geschichte Elliotts und seines seltsamen, hässlichen Zwergenfreundes, der nach Hause wollte, weil er aus irgendeinem Grund von seiner Familie getrennt hier leben musste – hier in Adams Zimmer, vor seinen Augen.

Als Veronika in einen weißen Bademantel gehüllt, ihr Haar in einem schwungvoll drapierten Handtuch versteckt und ein Lied summend das Zimmer betrat, sah sie den höchst verängstigten und überdrehten Buben vor dem Fernsehgerät nach vor und wieder zurückschnellen, sich setzen, wieder aufspringen, in den Fernseher greifen wollen, weinen, mitleiden und lachen – bisweilen alles gleichzeitig.

»Elliott«, flüsterte er wieder und wieder. Dann fragte er Veronika: »Passiert das jetzt gerade?« Oder: »Warum sind die Männer so böse?« Oder: »Warum ist Elliott krank?« Aber immer wenn Veronika zu einer Antwort ansetzen wollte, zischte er sie an, hielt sich den Zeigefinger an die Lippen und wollte nichts hören oder versäumen.

Veronika schickte eine SMS an die anderen Mädchen, die der Reihe nach eintrudelten, es sich auf Adams Bett gemütlich machten und nicht auf den Film, sondern auf den Buben schauten, ihn streichelten, festhielten und mit ihm heulten. Sie wussten nicht, was sie sagen sollten. Die Bulgarin Rumena hielt ihr Handy auf ihn und filmte den schockierenden Moment. Als der Film endlich zu Ende war, konnte Adam nicht verstehen, dass es schön und richtig sein sollte, dass der runzelige E.T. mit der tiefen Stimme seinen Freund verlassen musste. Erst als Slavenka ihm die Parallele zu seiner eigenen Situation erläuterte, wollte ihm das Ende des Films einigermaßen einleuchten, nichtsdestotrotz oder vielleicht gerade deswegen konnte er weder schlafen noch ließ er sich ablenken, verharrte paralysiert in seinem verstörten Zustand, und so blieben die Frauen die nächsten Nächte abwechselnd bei ihm, trösteten, beruhigten und fütterten ihn. Der Fernseher jedoch blieb fürs Erste ausgesteckt. Erst nach und nach kapierte, oder besser, akzeptierte er die unlogischen Prinzipien und Möglichkeiten der Stadt und lernte, sich auf die verschiedensten Formen der Unterhaltung und des Geschichtenerzählens einzulassen.

Eines der Mädchen, Ekaterina, von den anderen stumme Käthe genannt, weil sie still, introvertiert und schüchtern, womöglich einfach nur gebrochen und immer am Lesen und Tagebuchschreiben ist, hat für Adam ein Gedicht verfasst und auf einen Zettel geschrieben, den er mit Reißnägeln an die Innenseite seiner Schranktür geheftet hat:

Unbemerkte Reise (für Adam)

Ich geh in den Wald nach dem Regen
Wo erst nach einer Stunde
Die Bäume und Stauden reden
Wo der Boden schmatzt
Und der Wind über mir
Die Bäume verbiegt wie ein Segel

Dann stell ich mir ein Floß vor
Aus längst gefallenen Ästen
Der Mischwald steht Spalier
Ein wilder Ritt
Über Wurzeln und Dreck
Ich bin unterwegs zu dir

Die Reise hat kein Ende
Ich weiß nicht mehr, wo du bist
Hab ich dich längst verpasst?
Schaust du mir zu?
Oder bist du mein Segelmast?

Adam liebt es und kann es auswendig aufsagen, auch wenn er es nicht ganz versteht. Die ersten beiden Strophen sind schön und abenteuerlich, aber warum hat die Reise kein Ende? Das ist doch blöd. Ist das Du in dem Gedicht seine Tante Maria? Oder Sarah? Er würde sie doch niemals verpassen – und auch sie würde ihm nicht einfach zuschauen, sondern zu ihm kommen oder nach ihm rufen. Und wie soll sie sein Segelmast sein? Das einzig Gute an der dritten Strophe ist, dass sie seinen Drang loszuheulen, der ihn bei den ersten beiden verlässlich überkommt, wieder abstellt. Er hat es auch bald aufgegeben, Ekaterina diese Fragen zu stellen, sie verweigert die Antwort beharrlich. »Wenn alles erklärt ist, ist es kein Gedicht mehr«, sagt sie.

An die Natürlichkeit, mit der die Mädchen mit ihren Körpern umgehen, gewöhnte Adam sich schnell. Die nackten Körper seiner Tanten hatte er nicht ein einziges Mal zu Gesicht bekommen, im Grunde ist er nie davon ausgegangen, dass sie überhaupt nackte Körper haben. An den der Mutter kann er sich auch nicht mehr erinnern, aber die Frauen hier kennen keine Scham und bitten ihn schon mal, ihnen den Rücken oder die Füße einzucremen oder zu massieren. Die kleinen und großen Unterschiede, die individuellen anatomischen Eigenheiten ihrer Figuren wecken sein Interesse, sind nicht weniger spannend als die Geschichten in den Büchern oder der kleine E.T. aus dem Fernseher.

Veronika zum Beispiel ist so dürr, dass er ihre Knochen mit dem Finger nachzeichnen, ihre Rippen mit freiem Auge zählen kann. Nur ihre Brüste sind eigenartigerweise groß und dick. Einmal hat er sie angefasst und gesagt, sie erinnerten ihn an Bälle, da erschrak sie, musste aber lachen und meinte beiläufig: »Den Kredit zahl' ich deinem Papa noch zwei Jahre lang zurück.« Was auch immer das heißen mochte.

Die Zwillinge sind, abgesehen von ihren Haaren, schwer auseinanderzuhalten, ihren Charakteren entsprechend auch zurückhaltender und nicht so freizügig wie die anderen. Wenn er bei ihnen ist, weil Veronika arbeiten muss, sie auf ihn aufpassen und sich umziehen oder waschen, kann er ein paar Ausblicke auf ihre feisten Schenkel und strammen Oberkörper ergattern, und irgendwann entdeckte er bei Ivana ein Muttermal, gleich links von ihrem Nabel, das bei Slavenka fehlt. Das fand er aufregend, und mit nahezu detektivischem Gespür sucht er seitdem nach weiteren Unterschieden. Beide haben sich eine sehr aufrechte, kontrollierte Körperhaltung angewöhnt, die etwas Steifes und Unnatürliches ausstrahlt und, so denkt der Bub, sicher von ihrer Zirkusvergangenheit herrührt. Und manchmal, er kann gar nicht sagen, warum, bringen die beiden eigenwilligen Gestalten ihn zum Lachen. Die Schwestern gehen nie darauf ein, finden es aber entzückend, dass er den Zirkusblödsinn glaubt. Manchmal bittet er sie ganz konkret und beharrlich, vom Zirkusleben zu berichten, dann bemühen sie sich und sprechen in Klischees, erzählen von Wohnwägen und Clowns, exotischen Tieren und riesigen Zelten voller glücklicher Kinder, versprechen ihm, gemeinsam einen Zirkus zu besuchen – gleich das nächste Mal, wenn einer in der kleinen Stadt Station macht –, und genießen seine Begeisterung.

Die Bulgarin Rumena ist ein ganz anderes Kaliber. Ihre Rundungen sind von barocker Opulenz. Sie ist die Ungenierteste der vier Frauen, offenherzig und derb. Wenn Veronika am Abend Kunden hat, schläft Adam bei ihr. Sie lacht laut, furzt und rülpst schamlos, lässt Adam zwischen ihren Brüsten liegen und, wenn er traurig ist, auch einschlafen. Wenn sie sich rasiert, beobachtet er sie genau, beschmiert auch sein Gesicht oder seine Beine mit Schaum, nur um ihn gleich wieder in geraden Linien hochkonzentriert mit einem stumpfen Messer abzuziehen. »So?«, fragt er dann. »Genau so«, sagt sie. Wenn er seine Zähne putzt, kann es passieren, dass sie sich einfach aufs Klo setzt und pinkelt oder kackt. Wenn er dann lacht oder sich angeekelt die Nase zuhält, sagt Rumena: »Geh, Kleiner, das ist doch das Natürlichste auf der Welt.« Oder: »Der Natur muss man ihren Lauf lassen. Sie zurückzuhalten, ist ungesund. Sie zu ignorieren, unmenschlich. Merk dir das!«

Adam liebt diesen Satz, er klingt weise und wichtig, als wäre er der Bibel oder der Sonntagspredigt des Pfarrers entnommen. Selbstverständlich ist ihm sein Inhalt nichts Neues – was seinen eigenen Körper angeht, so steht er den Frauen in puncto Natürlichkeit um nichts nach –, aber so wie er das Lesen mag, so mag er auch die Kommentare der Mädchen zum Leben, zu ihren Erfahrungen, Sorgen und Sehnsüchten, ist es doch vor allem die Sprache, die das Leben hier vom Waldleben unterscheidet.

Was die Mädchen an Adams Körper fasziniert, ist freilich sein Mal – das Kreuz auf seinem Unterarm. Aber hierzu verweigert er die Sprache, kein Wort verliert er, wenn sie ihn darauf ansprechen. Zwar vergrößert er damit die Bedeutung des Mals, aber mit der Zeit akzeptieren die Mädchen sein Schweigen – er wird schon seine Gründe haben. Vielleicht ist es ja einem kultischen Initiationsritus geschuldet oder von mythischer, okkulter Bedeutung, wie Jenny vermutet, die mit Vorliebe haarsträubende Geschichten über Hexen, satanische Zirkel und schwarze Magie liest. Veronika belächelt sie und begnügt sich mit dem Wissen, dass jeder Mensch ein paar Geheimnisse mit sich herumschleppen und über manche Dinge notgedrungen eine Decke legen muss. Aber dass der Bub nicht normal ist, dass seine wahrscheinlich traumatische Kindheit ihn nicht nur durch den finsteren Wald, sondern auch durch die dunklen, gefährlichen Gefilde der menschlichen Seele geführt hat, ist allen klar und lässt die Mädchen bisweilen von ihm Abstand halten und sowohl Ivanas Werwolftheorie als auch Jennys Hokuspokusballaden knieweich überdenken.

22. Herr Paul

Der Montag ist der stärkste Geschäftstag in der *Sunshine Bar*. Für die meisten Kunden ist er der unauffälligste, also sicherste der Wochentage. Viele Geschäfte bleiben geschlossen, und der durchschnittliche Bürger mag ihn nicht. Wenn der Sonntag der König der Woche ist, ist der Montag der Bettler, noch dazu verdammt, die Menschen zu Pflicht und Arbeit zu rufen. Ein mächtiger Bettler ist er, nur die wenigsten können ihm seine Bitte ausschlagen, für die meisten ist sie ein Befehl. Das Wochenende gehört der Familie oder dem Herrn, also suchen viele Männer den für sie notwendigen Ausgleich am Montag beim Felsenreiter. Das mag so manche Ehefrau für traurig, ekelhaft oder untragbar halten, die *Sunshine Bar* sieht das verständlicherweise anders. Sie feiert die Schattenseiten des bürgerlichen Lebens, die unausgesprochenen, unter Schlafzimmerteppiche gekehrten Sehnsüchte, die unbeholfene Verlogenheit der Menschen, ihr Unvermögen, mit der Wahrheit oder der alltäglichen Last der Wirklichkeit umzugehen.

Heute ist Montag, die Mädchen sind beschäftigt. Wie immer soll Adam auf seinem Zimmer lesen, weil es ihm aber langweilig wird, beschließt er, das Haus zu erkunden und geistert durch die Gänge. Runter in die Bar darf er nicht – auf gar keinen Fall, nie und nimmer, das hat der Felsenreiter strengstens verboten –, aber die schmalen Gänge in den oberen zwei Stockwerken, deren Wände kitschige Bilder von Sandstränden, Palmen, Autos oder ausladenden Frauenkörpern zieren, reizen ihn. Diese Bilder will er sich einmal genauer anschauen.

Adam tapst naiv durch den Gang im obersten Stockwerk, vor einem großen Bild bleibt er stehen. Vor ihm prangt ein gefährlich anmutendes, gigantisches, glänzendes Motorrad, auf dem sich eine

Frau räkelt. Vornüber beugt sie sich über den Sitz, ihren Hintern hochgestreckt, das rechte Bein ist nicht zu sehen, muss auf der anderen Seite des Gefährts versteckt sein, das linke streckt sie zur Seite, dem Betrachter entgegen. Es ist viel zu lang, denkt Adam. Viel zu lang. Die Frau ist nackt, obwohl sie mitten im Freien steht, mitten in der Landschaft, nur Schuhe hat sie an, rote Stöckelschuhe – die kennt Adam, die Mädchen haben auch solche Schuhe. Immer wieder versucht er tollpatschig, darin voranzukommen, es ist so gut wie unmöglich. Hinter der Frau erstreckt sich eine leere Wüstenlandschaft ins Unendliche. Ganz hinten geht die Sonne unter, ihr Strahlen ergießt sich über das gesamte obere Drittel des Bildes. Trotz einiger Fehler und Ungereimtheiten ein tolles Bild, findet der Bub. Er stellt sich vor, wie es wohl wäre, selbst auf dieser Maschine zu sitzen. Er würde der Frau etwas zum Anziehen geben und sie bitten, zu Fuß weiterzugehen. Dann würde er das Motorrad besteigen und in den Sonnenuntergang fahren. Das hat er schon ein paar Mal genau so gelesen, die poetische Phrase: *in den Sonnenuntergang fahren*. Das muss er auf jeden Fall einmal ausprobieren. Mitten im Sonnenuntergang muss der schönste Platz der Welt sein. Ob man dann mit den Farben eins wird? Selber strahlt wie eine blutrote Sonne? Vielleicht hat der Felsenreiter ja auch so ein Motorrad – vielleicht ist das sogar seines! Das ist gut möglich, immerhin besitzt er zwei Autos und einen Bus. Das muss er ihn gleich fragen, wenn er ihn das nächste Mal sieht.

Adam verliert sich im Kitsch, als er vom Quietschen einer Tür zurückgeholt wird. Er will sich schnell in das Eck, wo der Feuerlöscher hängt, zurückziehen, aber es ist zu spät. Wie angeschraubt bleibt er stehen und starrt auf den Mann, der aus dem Zimmer kommt und dabei seine Kappe tief in die Stirn hinunterzieht, bis zu den Augen. Auf die blaue Kappe ist ein roter Schriftzug gedruckt: *Red Bull*. Der Mann steht da und starrt zurück, Adam lächelt verlegen und sagt laut lesend: »Red Bull.« Dann hält er sich die Hand vor den

Mund, der Mann macht sich verunsichert davon. Hinter ihm stürzt Veronika aus dem Zimmer und fährt den Buben schroff an: »Was machst du hier?«

»Ich wollte nur –«

»Pscht! Du hast hier nichts verloren, das weißt du genau.«

Eine weitere Tür geht auf, Veronika packt Adam am Kragen und zieht ihn in ihr Zimmer.

»Ich arbeite.«

»Aber mir war langweilig.«

»Dann ist dir eben langweilig, hier hast du jedenfalls nichts zu suchen. Kein Kind darf hierherkommen, hörst du!«

»Entschuldige bitte, ich hab mir nur das Bild angeschaut, das Bild mit dem Motorrad. Das gefällt mir und ich wollte fragen, ob –«

Ein Klopfen an der Tür unterbricht ihn. Veronika deutet ihm, still zu sein, dann räuspert sie sich und sagt: »Ja?«

»Veronika?«, tönt es von draußen. Adam erkennt die Stimme – es ist Lucy, eine der Frauen aus der Bar, die Große mit den blau gefärbten Haaren, die so lang sind, dass sie wie ein Vorhang ihre gesamte Rückenpartie und sogar noch den Anfang ihres mächtigen Hinterteils verdecken. Lucy ist die eindrucksvolle Empfangsdame der *Sunshine Bar.*

»Bin gleich da«, ruft Veronika, zerrt Adam zum Schrank, öffnet diesen und steckt den Buben grob hinein. »Da bleibst du jetzt drin und bewegst dich keinen Millimeter«, flüstert sie kaum hörbar, aber streng. »Du drehst dich mit dem Gesicht zur Wand, rührst dich nicht und kommst erst wieder raus, wenn ich dich hole, hast du das verstanden?«

Adam nickt angsterfüllt, dann schließt Veronika die Schranktür ab. Er tut, wie ihm geheißen und dreht sich um. Nach ein paar Sekunden gewöhnen sich seine Augen an die Dunkelheit. Es riecht nach altem Holz und Mottenkugeln, nur ein paar Kleider hängen im Schrank. Er hat Platz genug, atmet so leise er kann und spitzt seine

Ohren – dabei fallen ihm die Wildschweine im Wald ein. Maria hat ihm eindringlich beigebracht, wie man sich verhält, ohne von den Viechern wahrgenommen zu werden, man müsse mit dem Wald atmen und eins mit seiner Umgebung werden. Mit dem Wald atmen, denkt er jetzt, mit dem Wald atmen, das hat er nie verstanden, aber sie machte es ihm auch vor; dann stand sie mitten im Gebüsch, reglos und stumm, und bald schien sie gar nicht mehr zu atmen, was ihn stets aufschreien und kurz darauf, wenn sie sich wieder bewegte, erleichtert loslachen ließ. Ach, Maria, seine liebe Tante, wie gern würde er sie wiedersehen, ihr alles zeigen und erklären.

»Alles in Ordnung?«, fragt Lucy, als Veronika endlich die Tür öffnet.

»Jaja, alles in Ordnung.«

»Das ist der Herr Paul, er möchte gern ein bisschen Zeit mit dir verbringen.«

»Guten Tag«, sagt Veronika freundlich.

»Guten Tag«, sagt Herr Paul. Seine Stimme ist tief und weich.

»Bitte kommen Sie weiter, ich muss mich nur schnell frisch machen«.

Adam ist von Veronikas zuvorkommender Offenheit diesem Fremden gegenüber beeindruckt. »Also dann, gute Unterhaltung«, hört er Lucy sagen, dann das Schließen der Tür. Nun folgt eine Stille. Was passiert da draußen? Er hält es nicht aus, ist zu neugierig, also dreht er sich vorsichtig um. Gott sei Dank, zwischen den beiden Schrankflügeln ist ein schmaler Schlitz, durch den kann er die Szene im Auge behalten. Herr Paul ist klein und dick, wischt sich mit einem Taschentuch dauernd Schweiß von der Stirn. Er wirkt nervös, aber nett.

»Nehmen Sie doch Platz. Wollen Sie was trinken?«

»Ja, ein Schnaps wäre vielleicht ganz gut«, sagt der Mann verhalten.

»Wodka?«

»Wodka. Warum nicht.«

Die Flüssigkeit wechselt von der Flasche in ein Glas und sogleich in Herrn Pauls Kehle. »Noch einen, bitte.«

»Gerne. Zu zahlen ist dann alles unten bei Lucy. Ich geh ganz kurz ins Bad und bin gleich wieder da.«

Auf dem Weg ins Badezimmer wirft Veronika einen unsicheren Blick in Adams Richtung, der hält die Luft an. Nein, nein, sie kann ihn nicht sehen, auf gar keinen Fall. Plötzlich ist seine Angst wie weggeblasen. Er schafft das, er wird sich nicht verraten. Der Gedanke an Maria macht ihn zuversichtlich und stark. Nicht einmal die Wildschweine im Wald sind auf ihn aufmerksam geworden. Wenn bloß Veronika durchhält!

Herr Paul schaut sich im Zimmer um, geht ans Fenster, zieht den Vorhang ganz zu, genehmigt sich noch einen Wodka. Dann noch einen. Als Veronika umgezogen zurückkommt, sagt er gleich ganz schuldbewusst: »Vier waren es, genau vier.«

Veronika lächelt. »Wegen mir müssen Sie sich nicht zurückhalten.«

»Nein, danke«, winkt er ab. »Vier sind genug. Ich will nur, dass alles seine Ordnung hat.«

Gott sei Dank, denkt Veronika. Ein Zwanghafter, wahrscheinlich Braver. Das wird's dem Adam leichter machen. Sie setzt sich aufs Bett, schielt kurz zum Schrank, dann atmet sie kräftig durch, als wollte sie sagen: Was soll's, ist doch egal, der Bub hat wahrscheinlich mehr gesehen, als ich mir vorstellen kann. Nun streift sie ihr gelbes Kleidchen glatt, es ist eigentlich kein Kleid, nur ein Stück Stoff, wie eine Tischdecke eng um ihren Körper gewickelt. Ihre dicken Brüste wirken darin noch dicker.

»Was haben Sie sich denn vorgestellt, Herr Paul?«

Herr Paul räuspert sich, Adam schaut und lauscht gebannt.

»Wissen Sie, ich … ich … seit ein paar Jahren … na ja.«

»Aber das macht doch nichts«, bagatellisiert Veronika sein Problem ruhig und professionell. »Da können wir nachhelfen, das ist nur ein kleiner Aufpreis für eine ganz kleine Tablette mit ganz großer Wirkung.«

»Nein, Sie verstehen nicht. Ich meine, danke, das ist nett, aber ich … würde es Sie stören, wenn wir erst einmal nur ein bisschen reden?«

»Aber nein«, lacht Veronika, dann fasst sie sich. »Natürlich nicht. Sie können hier tun und lassen, was immer Sie wollen – solange Sie sich an die Regeln halten.« Das ist, was der Felsenreiter immer sagt, das sind seine Worte. Veronika ist froh. Dass so einer gerade jetzt kommt, deutet sie als Geschenk des Himmels.

»Ein Mann muss auch reden, wissen Sie.«

»Natürlich. Was liegt Ihnen denn auf dem Herzen?«

»Also … Meine Frau will nichts mehr von mir, nichts. Nicht reden, gar nichts. Wissen Sie, früher … früher war alles gut und schön, wir hatten ein gutes Leben. Zumindest ich hatte ein gutes Leben. Ich weiß nicht, ob es eine große Liebe war, wohl eher nicht, aber ich mochte sie. Ich hab sie wirklich gern gehabt. Früher. Und mir war das immer genug. Könnte ich einen Schluck Wasser haben?« Er trinkt ein ganzes Glas leer. »Alle Ideen der Menschen, die gegen die Natur gerichtet sind, führen ins Bodenlose … Sie, also meine Frau, hat gesagt, jeder müsse tun, was er tun könne, es sei unsere Christenpflicht, den Armen unter die Arme zu greifen. Ich konnte ja nicht wissen, dass sie das wörtlich meint. Verstehen Sie das?«

»Ich weiß nicht«, flüstert Veronika nach einer kurzen Pause.

»Vielleicht nehme ich doch noch einen Wodka. Sie hatte eine Affäre … mit einem Fremden, einem Ausländer. Ich wollte ihn umbringen. Der Gedanke war plötzlich ganz natürlich. Ich habe mir ausgemalt, wie ich ihn vor ein Auto stoße, ihm eine Pfanne über den Schädel ziehe, ihn vergifte, erwürge oder erschieße. Und dann hat mir ein Kollege von diesem Mann erzählt, von dem Waffenmann, der wie der unschuldigste Vertreter durchs Land fährt, mit Strümpfen und Haushaltswaren handelt, in Wahrheit aber tausende stinknormale Bürger mit Waffen versorgt, völlig unbemerkt, und das seit Jahren. Haben Sie von dem gehört?«

»Nein, tut mir leid.«

»Der besorgt Ihnen alles: Maschinengewehre, Schutzwesten, alte Militärwaffen, Nazizeug, russische Pumpguns, Schrotflinten, Pistolen, Schlagringe, Elektroschocker – die ganze Palette. Alle legen sich jetzt Waffen zu, haben Sie das gewusst?«

»Nein. Wer?«

»Alle.«

»Sie meinen hier bei uns?«

»Ja, im ganzen Land.«

»Das ist ja furchtbar.«

»Die Leute haben eben Angst, und wer kann's ihnen verdenken?«

»Aber wovor denn?«

»Haben Sie kein Fernsehen hier? Gehen Sie nicht auf die Straße? Die Völkerwanderung ist im Gange!«

»Flüchtlinge?«, ergänzt Veronika. »Ja, hier in der Stadt sind auch welche.«

»Ja, natürlich, die sind überall. Wissen Sie, ich bin Lehrer. Vielleicht können Sie sich ja erinnern, vielleicht haben Sie in der Schule von den Völkerwanderungen der Geschichte gehört.«

»Oh«, sagt Veronika verunsichert. »Ich … kann mich nicht erinnern.«

»Das macht ja nichts. Wirklich nicht, ich will Sie nicht beschämen oder belehren. Verzeihen Sie mir bitte, nur ein Satz, ein einziger, der ist wichtig, also passen Sie auf: Alle Völkerwanderungen hatten die Vernichtung bestehender Kulturen zur Folge. Das war immer so, und auch dieses Mal läuft es darauf hinaus.«

»Das ist ja furchtbar«, sagt Veronika wieder. Sie weiß nicht, worauf der Mann hinauswill, es ist ihr auch egal. Er ist Lehrer, er wird schon wissen, wovon er spricht, und sie muss sich ja nicht wirklich für ihn interessieren. Er will sich seinen Lebenskrampf von der Seele plaudern, also lässt sie ihn das auch tun.

»Bitte schenken Sie noch einmal nach. Ich werde alles bezahlen. Ich habe genug Geld dabei.«

»Machen Sie sich keine Gedanken wegen dem Wodka«, lächelt Veronika. »Stört es Sie, wenn ich mir einen Tee mache?«

»Keineswegs«, sagt der Mann. »Wenn ich Sie auch um einen bitten dürfte?«

»Natürlich. Russisch?«

»Wie bitte?«

»Russischer Tee?«

»Ja, gerne.«

Veronika füllt den Wasserkocher an und gießt dann das kochende Wasser über zwei Teebeutel. Auf den Adam vergisst sie beinahe. Kurz wirft sie einen Blick zur Seite, aber er scheint brav zu sein. Der Junge stiert durch den Schlitz, gespannt, wie die Geschichte des Herrn Paul weitergeht.

»Zucker?«

»Zwei Löffel, bitte. Nein, vier.«

»Sie sind ja ein Süßer«, lächelt Veronika verschmitzt, aber der Mann reagiert nicht darauf, wartet, bis Veronika wieder sitzt, und will fortfahren. Da setzt sie noch einen drauf und flüstert verführerisch: »Wollen Sie, dass ich mein Kleid ausziehe?«

»Nein. Noch nicht.«

Wieder wischt er sich Schweiß von der Stirn, wirkt jetzt aber ruhiger, scheint sich wohler zu fühlen, was sich auch auf Veronika überträgt. Gut, er steigt auf ihre Routineanmache nicht ein, aber sie hat lange keinen so angenehmen Kunden gehabt, einen, der nur reden will, also nimmt sie einen kräftigen Schluck von dem Schwarztee, schaut auf die Uhr und hört weiter zu.

»Ich lernte also den Waffenhändler kennen. Kowalski. Sein Name ist Kowalski. Ich habe ein Treffen mit ihm vereinbart. Ein sehr freundlicher, mittelalter Herr, zurückhaltend und unauffällig. Sein Geschäft sind Strümpfe und Strumpfhosen, Socken, Käsereiben,

Küchenmesser und so weiter. Er macht es auf die altmodische Tour, geht von Haus zu Haus, lässt sich von Hausfrauen abwimmeln und beschimpfen, hin und wieder lässt eine unbefriedigte Dame ihn rein, weil sie das Intime und Anzügliche seiner Ware betört, bewirtet ihn mit Kaffee und Kuchen, lässt sich Probeexemplare aufschwatzen oder kauft ihm sogar etwas ab, aber unterm Strich ist das so unergiebig, wie etwas nur sein kann. Er nimmt sich ein Zimmer im Ort und setzt sich ins Wirtshaus – und dann kommt seine Stunde, dann kommt sein Auftritt. Er kommt mit den Männern ins Gespräch, wirft Begriffe wie *Ausverkauf der Heimat* oder *Freiheit* in die Runde und lässt sowohl Zeit als auch die menschliche Natur ihre Jobs erledigen. Wenn der Alkohol die Männer in der Hand hat und die Hasstiraden ihren Höhepunkt erreichen, rückt er so ganz nebenbei mit seinem unorthodoxen Angebot heraus. Der Rest funktioniert von allein. Und noch in derselben Nacht, spätestens am nächsten Morgen, wechseln Geld und Ware in versteckten Hinterhöfen, schmutzigen Kellern, auf abgelegenen Parkplätzen oder Feldwegen ihre Besitzer, und der Mann zieht weiter. Wie ein Outlaw. Keiner kennt seinen Namen, er wird niemals hier gewesen sein. Kurz: Nicht nur hat er mir eine Pistole verkauft, wir wurden sogar Partner, ob Sie's glauben oder nicht. Ich wurde von ihm eingeschult, war mit ihm wochenlang auf Reisen, später machten wir getrennt weiter. Nur aus diesem Grund kenne ich seinen richtigen Namen. Und jetzt, liebe Frau Veronika, kennen Sie seinen Namen.«

Herr Paul trinkt von seinem Tee, dann muss er aufs Klo. Veronika befällt plötzlich eine bedrückende Stimmung, eine Ahnung, die Geschichte wird ihr zunehmend unangenehm. Was interessiert sie der Name so eines Verrückten? Aber egal. Sie schaut auf den Schrank, nichts rührt sich. Immerhin. Da kommt Herr Paul auch schon wieder zurück. »Soll ich mich jetzt vielleicht ausziehen? Hätten Sie das gern?«, versucht sie ihn erneut auf argloseres, vertrautes Terrain zu führen, aber er schlägt ihr Angebot wieder aus.

»Noch nicht. Aber ein weiterer Wodka wäre mir angenehm.«

»Kein Problem«, lächelt Veronika und fügt vorsichtig hinzu: »Sie wissen aber schon, wem Sie hier Ihre Geschichte erzählen … ich bin kein Priester oder so.«

Herr Paul lächelt. »Sie sind lieb. Und vorausdenkend, das gefällt mir. Sie sind eine intelligente Frau, Frau Veronika, und ja, das ist mir natürlich bewusst. Aber ich bin sehr froh, hier bei Ihnen zu sein. Gerade bei Ihnen, wirklich. Sie sind die Richtige. Man sollte die Intuition immer dem Plan vorziehen. Wenn Sie jetzt noch einen Funken Interesse für das Ende meiner Geschichte aufbringen könnten? Es dauert auch nicht mehr lang, Sie haben mein Wort.«

»Ja«, will Adam rufen – Gott sei Dank kommt Veronika ihm zuvor. »Selbstverständlich«, sagt sie freundlich. »Fahren Sie fort.«

»Wir wurden also Partner. Ich willigte mit der Bedingung ein, dass ich mit der Beschaffung der Ware nichts zu tun haben wollte. Das war ihm nur recht. Kowalski macht seine Geschäfte mit Deutschen, Russen, Franzosen, Serben, skrupellosen Männern und Frauen, denen jegliche Veränderung ihrer traditionellen Geschäftsgebaren, und sei es nur eine weitere Figur im Spiel, die durchleuchtet und der vertraut werden muss, ein Dorn im Auge ist, wie er mir versicherte. Bei diesem Geschäft gehe es um nichts, also nur ums Geschäft selbst, und gerade deshalb sei es so erfolgreich und krisensicher. Nicht Menschen und Ideologien stünden hier im Vordergrund, nicht Mord oder Verbrechen, Politik oder Revolution, wie man fälschlicherweise annehmen könnte, keine übergeordnete Sache oder Moral. Ist das nicht interessant?« Veronika nickt verlegen, Adam langweilt sich langsam und würde sich gerne hinsetzen, wagt aber vernünftigerweise keine Bewegung. »Die moralischen Alibis – und das ist eine schöne Parallele zu Ihrem Gewerbe, denke ich – bleiben der Kundschaft vorbehalten und setzen Kowalski zufolge erst mit dem Aufblitzen der Eitelkeit ein, mit der urmenschlichen Sehnsucht nach Bestätigung und Liebe. Kowalski ist ein bemerkenswerter Denker, Frau Veronika.«

»Jaja«, sagt Veronika gespielt beeindruckt und lächelt.

»Aber das Reden der Leute, die Öffentlichkeit … die Nachbarn, die Gemeinde, die Medien oder auch nur die Ehefrau … ich verfluche sie alle.«

Er schaut Veronika tief in die Augen. Was er darin sieht, kann sie nicht sagen, aber was auch immer es ist, es kann nichts mit ihr zu tun haben.

»Das Gewissen, verstehen Sie? Ich bin kein schlechter Mensch.«

»Aber nein, Herr Paul«, sagt Veronika, versteckt sich irritiert hinter ihrer Tasse und nuckelt an dem lauwarmen Tee. Adam kapiert gar nichts mehr, nimmt aber die sich auf irgendetwas zuspitzende Stimmung im Raum wahr.

»Und ihre Frau?« Dies ist ihrer Meinung nach der einzig wirklich interessante und vom Erzähler achtlos liegen gelassene Aspekt der Geschichte. Dazu kommt, dass sie das Thema wechseln will, sie hat keine Ahnung von Politik und darf sich mit Kunden auch gar nicht auf politische Diskussionen einlassen. Wie der Felsenreiter immer betont: »Wenn einer für eine Stunde Hitler oder Jesus oder ein blöder Terrorist sein will, oder sich einbildet, wie eine verdammte Katze miauen zu müssen – bei uns darf er das. Jedes Hirngespinst ist erlaubt, solange er sich an die Regeln hält. Wenn einer sich über Flüchtlinge, den beschissenen Islam, oder meinetwegen über den Papst beschweren muss, dann soll er das auch tun dürfen. Und ihr haltet schön die Klappe, auch wenn ihr selber Flüchtlinge seid oder vor dem Frühstück kniend nach Mekka jault. Mir ist das egal, das alles ist nebensächlich und ich will nichts davon wissen. Bleibt mir ja vom Hals mit euren Göttern und eurem hysterischen Gejammer, euren Meinungen und Vorlieben. Ich will keine Umstände und keine Beschwerden. Hier geht's ums Geschäft und jeder darf denken, was er will.« Das sind seine Grundsätze, und auch wenn ihm das wahrscheinlich gar nicht bewusst ist, es sind nicht weniger als die Grundsätze der alten westlichen Welt.

Und er hat ja recht, denkt Veronika. Irgendwie. Außerdem hat sie Probleme genug, alle Mädchen hier haben Probleme genug, also soll dieser Herr Paul doch erzählen, was er will – sie kann es ohnehin nicht beeinflussen. Wie es mit seiner Frau und ihrem Geliebten, dem Fremden, weitergegangen ist, interessiert sie aber tatsächlich.

»Kompliment, Frau Veronika«, sagt Herr Paul. »Ich wusste, Sie sind die Richtige. Sie haben mein moralisches Alibi geknackt. Das Opfergefühl des Individuums – da fängt das Problem an. Vielleicht würde ich unsere Kultur gar nicht gefährdet sehen, wenn ich dieses Gefühl nicht in mir trüge? In der Tat eine berechtigte und interessante Frage, auch wenn sie zu spät kommt. Viel zu spät. Die Welt ist nicht mehr dieselbe. Aber lassen wir das, ich langweile Sie, bitte verzeihen Sie. Wenden wir uns lieber den guten Dingen zu, dem Grund meines Besuchs, dem Ende aller Probleme.«

Das klingt gut, denkt sie hoffnungsvoll, das klingt nach einem baldigen Ende.

»Sehen Sie, ich habe im letzten halben Jahr Geld verdient. Viel Geld. Ich habe mich um alles gekümmert, habe ein kleines Vermögen in verschiedene Kanäle fließen lassen, die es hoffentlich für die Erneuerung und den Wiederaufbau unserer freien, demokratischen Kultur verwenden werden. Aber darüber habe ich keine Macht mehr. Es ist bereits unwichtig. Jetzt das Wichtige: Ich habe hier zehntausend Euro, Frau Veronika.« Er zieht ein weißes Kuvert aus seiner Tasche und präsentiert es stolz. »Zehntausend Euro, die ich Ihnen schenken möchte.«

»Was? Nein, nein, das geht nicht«, zittert sie.

»Doch. Ich bitte Sie, es zu nehmen und ausschließlich in Ihr persönliches Glück zu investieren.«

»Aber das … das kann ich nicht – ich darf das nicht annehmen.«

»Keiner weiß davon. Und wenn Sie nicht alles auf einmal ausgeben, wird auch keiner davon erfahren. Ich bitte Sie, nehmen Sie es an.«

»Aber warum? Was hab ich damit zu tun? Warum ich?«

»Fragen Sie nicht. Stecken Sie es einfach ein. Sehen Sie es als Unterstützung, als Sicherheitspolster. Ich will, dass Sie keine Angst haben müssen. Ich will, dass zumindest ein guter Mensch zuversichtlich in die Zukunft schauen kann. Bitte tun Sie mir den Gefallen. Und jetzt bitte ich Sie, ihr Kleid abzulegen … wenn Ihnen das recht ist.«

Langsam beginnt Veronika zu verstehen. Wie's aussieht, ist Herr Paul nur ein weiterer verrückter Anständiger, der eine arme Hure retten will. Ein Mann mit einer Mission – als hätte die Welt nicht genug von denen! Sie steht auf und streift den gelben Stoff ab. Rosarote Spitzenunterwäsche kommt zum Vorschein, ihre runden Brüste wirken darin wie aufgesteckt, als gehörten sie nicht zu ihrem Körper, der dadurch noch dünner und verlorener, klapprig und schwach vor dem kleinen, dicken Mann erscheint, der sich jetzt erhebt und sich erneut Schweiß von der Stirn wischt.

»Darf ich …«, sagt er leise und greift nach ihrem Busen. »In dem Kuvert sind zusätzlich zweihundert Euro, würden Sie damit meine Rechnung begleichen?«

»Aber –«

»Schhhhhh«, unterbricht er sie.

Instinktiv und routiniert öffnet Veronika den BH und lässt ihn langsam nach unten sinken, Herr Paul starrt sie an und nickt bestätigend. Er atmet tief ein, seine Finger greifen nach dem glückverheißenden Fleisch, das sich vor ihm auftut wie ein alttestamentarischer Himmel, der Gott Jahwe den Vortritt lässt.

Adam kann Herrn Pauls Ehrfurcht nachvollziehen, dennoch kriegt er es mit der Angst zu tun. Die Luft im Raum ist mit einer seltsamen, ernsten Spannung aufgeladen, die er nicht deuten kann. Er weiß, dass zehntausend Euro eine Menge Geld sind, ein riesiger Betrag, mit dem man sich wahrscheinlich sogar ein Motorrad kaufen kann, also mochte er den Teil der Geschichte, wenngleich Veronikas

Reaktion ihn verwundert. Warum freut sie sich nicht? Tagein, tagaus jammert sie, dass nie genug Geld da ist, dass alles immer teurer wird, nur ihr lächerliches Gehalt gleichbleibt. Sie sollte Danke sagen und sich freuen. Adam versteht das nicht. Veronikas wachsende Beklommenheit aber schwebt wie ein Geist durch den Raum, direkt auf ihn zu. Seine Verwirrung wird größer und größer.

Das Gesicht des Mannes ist jetzt genau vor ihren Riesendingern, seine linke Hand auf ihrer rechten Brust, er drückt sie vorsichtig und atmet angestrengt. Eigentlich ein witziges Bild, denkt Adam, aber die Situation ist gar nicht witzig. Dann hört er, wie das Atmen des Herrn Paul zu einem Weinen wird.

»Sie haben es geschafft, Veronika. Sie haben es geschafft«, sabbert er.

»Was? Was habe ich geschafft?«

Herr Paul blickt kurz auf seine Hose, die ähnlich angespannt ist wie der Moment. Und jetzt legt die Zeit eine Pause ein. Adam denkt an die Augenblicke im Wald, als ihm der Felsenreiter engelsgleich erschienen ist. Dieselbe Wirkung muss Veronikas Körper auf diesen armen Mann haben, der wie ein heulendes Kind vor ihr steht, würdelos und schwach. Ja, arm ist er, er tut dem Adam leid, aber warum macht er so was bloß?

Jetzt greift Veronika vorsichtig nach seiner Hose und drückt zu. Herr Paul schließt die Augen.

»Danke«, flüstert er, und noch einmal: »Danke.«

Dann passiert alles im Schnellvorlauf. Herrn Pauls rechte Hand greift in die Innentasche seines Sakkos, hält Sekunden später eine Pistole gegen die Unterseite seines Kiefers und drückt ab. Der dröhnende Knall lässt Adam sich die Ohren zuhalten und die Augen schließen. Als er sie wieder öffnet, liegt Herr Paul auf dem Boden, hinter ihm ist Blut über den Teppich und sogar noch über die Wand verteilt, dazwischen hängen Fäden oder teigige Klumpen – es sieht aus wie Kotze. Veronika steht immer noch an derselben Stelle, zitternd und kurzatmig heulend, es schüttelt sie regelrecht durch. Auch auf ihrer Haut kleben Spuren von Blut, schwere Tropfen fallen von ihrem Kinn, von ihren Brüsten. Adam will zu ihr laufen und donnert gegen die Schranktür, aber Veronika deutet ihm mit einer heftigen Bewegung, still zu bleiben, da wird schon die Tür aufgerissen, Rumena stürzt ins Zimmer und lässt einen hohen, spitzen Schrei los. Innerhalb weniger Sekunden ist der Raum voller Menschen. Lucy, die Zwillinge, Jenny, ein paar Männer, die dabei sind, sich hektisch anzuziehen, Adam verliert den Überblick. Alle reden durcheinander, schreien oder heulen. Endlich legt Rumena einen Bademantel um Veronika, die immer noch dasteht wie angewurzelt, wie gelähmt. Ihre nassen, von der zerronnenen Schminke verzerrten Augen sind auf den Schrank gerichtet. In periodischen Abständen tönt ein lang gezogenes »Schhhhhh« aus ihrem Mund, dem des Herrn Paul gar nicht unähnlich. Der Herr Paul, der alte Trottel, der so nett und harmlos war und dann alles kaputt gemacht hat, seinen Kopf und vielleicht den Kopf des kleinen Adam auch, der ohnehin schon so viel mitgemacht hat. »Schhhhhh.« Die Mädchen schreiben es ihrem Schockzustand zu.

Dann kommt der Felsenreiter. Adam weiß, er darf nicht erwischt werden. Er weiß, sein Vater würde Veronika dafür verprügeln, dass sie ihn mit aufs Zimmer genommen hat. Er würde ihr kein Wort glauben und wahrscheinlich würde er auch ihn verprügeln, also hält er die Luft an.

Der Felsenreiter jagt die Menge aus dem Zimmer und tätschelt Veronikas Rücken. »So ein blöder Wichser«, sagt er. »Du kannst nichts dafür, Vroni, wir besprechen alles später. Jetzt geh duschen.« Lucy soll die Rettung verständigen, er selbst wird sich um die Polizei kümmern. Er weiß, wen er anrufen muss.

Adam weiß, er muss hier raus. Niemand ist mehr im Zimmer, nur Herr Paul, mit blutigem, zerfetztem Gesicht auf dem Rücken liegend. Adam öffnet den Schrank, macht ein paar vorsichtige Schritte, starrt auf den Toten, auf seine offenen, leeren Augen, denkt an das Schlachten der Tanten im Wald, das beruhigt ihn ein bisschen. Als er beim ersten Mal weinend weglaufen wollte, hat Regina ihn zurückgehalten und gesagt: »Bleib. Das ist die Natur. Die Natur ist brutal, aber nicht schlimm. Sie ist von Gott gemacht.«

Das sagt er sich jetzt, als er seine Augen nicht von dem Bild des zerstörten Herrn Paul in seinem eigenen Saft wenden kann, obwohl er gesehen hat, dass das von Herrn Paul selbst und nicht von Gott gemacht ist. Fasziniert, fast schon akribisch, betrachtet er in nüchternem Schock den Tod. *Die Natur ist nicht schlimm. Sie ist von Gott gemacht.* Als es draußen ruhig zu sein scheint, macht er sich auf den Weg, öffnet die Tür einen Spalt breit, lugt durch, die Luft ist rein. Dann geht er. Den Gang entlang, vorbei an dem großen Bild mit dem Motorrad, durch die nächste Tür. Auch hier scheint niemand zu sein.

Er will die Treppe runterspringen, da spürt er eine feste Hand auf seiner Schulter, die ihn erstarren lässt. »Was macht der Bub hier?!«, brüllt der Felsenreiter. Dann fährt er den Adam an: »Hast du was gesehen?«

Adam schüttelt den Kopf. »Nein.«

Der Vater drückt seinen Oberarm fest und schaut ihm eindringlich, Ehrlichkeit einfordernd, in die Augen. »Was hast du hier zu suchen?«

»Gar nichts, ich …« Jetzt weint Adam. Er kann jeden einzelnen der vier Felsenreiterfinger punktgenau spüren. Tränen kullern über seine Wangen, er will seine Schwäche aber nicht preisgeben, presst seine Lippen aneinander und atmet schwer durch die Nase. »Es war so laut … ich wollte …«

»Was wolltest du? Herumschnüffeln? Hast du was gesehen?«

»Nein. Was?«

»Nichts«, sagt der Felsenreiter. »Du hast hier nichts verloren, und das weißt du. Haben dir die Weiber das nicht schon hundertmal erklärt?«

Adam nickt. Endlich stürzt Rumena auf ihn zu und drückt ihn an sich. »Ich kümmere mich um ihn«, sagt sie beschwichtigend und führt den Jungen runter in den ersten Stock, durch die Verbindungstür ins Nebenhaus, wo die Zimmer der Mädchen liegen.

Aus Rumenas Bademanteltasche erhebt sich bei jedem Schritt etwas Weißes, ein Papier. Adam greift danach, Rumena klopft auf seine Finger, aber der Bub weiß, was das ist. Es ist das Kuvert mit dem Geld.

Die nächste Nacht, nach vielen Stunden, in denen Polizisten und Rettungsmänner durch Haus und Hof hetzen, um den Toten wegzuschaffen und die Mädchen zu verhören, darf Adam bei Veronika im Bett verbringen. Der Polizeibeamte hat ihr noch erzählt, dass die Frau des Herrn Paul gemeinsam mit einem moldawischen Staatsbürger zuhause erschossen aufgefunden wurde. Die Mordwaffe sei dieselbe, mit der der eifersüchtige Ehemann sich selbst gerichtet hat. Diese Nachricht erscheint ihr gar nicht unlogisch, dennoch muss sie augenblicklich aufs Klo stürzen und sich minutenlang erbrechen. Das Angebot, sich einer Polizeipsychologin anzuvertrauen, schlägt sie nach einem kurzen Blickwechsel mit dem Chef aus. »Diese Psychotanten machen alles nur komplizierter, geben vor, dich mit ihrem Geschwafel beruhigen zu wollen und reden dir doch nur ein schlechtes Gewissen ein, stellen dir die unangenehmsten Fragen und lassen dich ohne Antworten zurück. Am Ende weißt du nicht, was falsch und richtig ist, ob du das Opfer oder der Täter bist, und hasst dein Leben noch mehr als vorher«, erklärt er ihr später.

Jetzt liegt Veronika endlich hinter Adam und entschuldigt sich unaufhörlich, heult, streichelt und drückt ihn, sodass er immer wieder davon aufwacht. »Es tut mir so leid, es tut mir so leid, es tut mir so leid.«

Als sie endlich einschläft, löst er sich aus ihrer Umarmung, steht auf, deckt sie zu und legt sich in sein Bett. Schlafen kann er nicht mehr.

Seine Hand gleitet unter seinen Polster, greift nach dem runden Stück Holz, auf dem er Nacht für Nacht schläft, nach der Flöte, die er während der paar Stunden Nachtruhe, die noch vor ihm liegen, nicht loslassen wird. In ihm drin ist es gar nicht ruhig. Die zwei Welten, die in ihm wohnen, sind aufeinander losgegangen, Grenzen wurden überschritten, Tabus gebrochen – sie sind ohne Zweifel dabei, zu einer zu werden. Aber diese Welt ist sonderbar, sie steht Kopf, ihre Beine hängen in der Luft und aus ihrem Maul trieft es ohne Ende, dazwischen fallen unverständliche Worte zu Boden, ohne Ordnung oder erkennbare Struktur. Eine merkwürdige, irritierende Fremdsprache, die den Jungen verwirrt und ihn mit Fragen zudeckt.

Der kleine Holzapfeladam liegt im Bett und duckt sich vor der Nacht, vor der Welt. Er weiß, er muss sich jetzt zusammenreißen.

23. Signore Adam

An einem warmen, regnerischen Nachmittag spaziert eine verwahrlost wirkende Fremde mit scheuem, suchendem Blick, ihren Kopf in ein dunkles Tuch gehüllt, in Jeans und zerschlissenen Turnschuhen durch die kleine Stadt. Niemand scheint sie zu kennen, und doch stockt der eine oder andere Herr beim Anblick ihres Gesichts, an dem das Leben sich so schamlos vergangen hat, fühlt die eine oder andere, womöglich peinliche Erinnerung in sich aufbäumen und schaut ihr verdutzt nach.

Kurz darauf sitzt Sarah in der Konditorei *Bruckbauer* an einem versteckten Fensterplatz, zieht mit ihrem Löffel eine Runde nach der anderen in der brunnengleichen Tiefe ihres Häferlkaffees und starrt auf die gegenüberliegende Straßenseite, auf das Haus, über dessen Eingang in gelben Leuchtbuchstaben auf rotem Untergrund der ihr vertraute Schriftzug *Sunshine Bar* prangt. Zwei Sonnen hängen darüber, eine links, eine rechts, wie von Kinderhand gemalt, beide mit zwinkerndem Auge und einer Nase, die einem Brustnippel gleicht.

Monatelang belügt sie nun schon die Schwestern. Berichtet ihnen von ihren aussichtslosen Streifzügen durch Dörfer und Städte auf der Suche nach ihrem Kind, dabei ist sie noch nie weiter als bis ins fünfte der sieben Dörfer gekommen. Immer mit dem Fahrrad unterwegs, legt sie Kilometer um Kilometer über die endlosen Hügel des Landes zurück. Wenn sie bis ins vierte Dorf fährt, muss sie dort übernachten, so weit liegen die Dörfer voneinander entfernt. Das fünfte ist so gut wie vollständig verlassen, die Geschäfte geplündert, vereinzelt rosten Traktoren auf den Feldern vor sich hin, herrenlose Autos, auch die chinesischen Elektroautos, parken mitten auf der Straße, aber Sarah widersteht der Versuchung, sich eins zu schnappen – woher sollte sie auch Treibstoff kriegen, er ist wahrscheinlich immer noch unleistbar, zudem ist die einzige Tankstelle hier nicht mehr in Betrieb.

Sie ist den dritten Tag unterwegs. Im Wissen, sich mit jedem Tritt ins Pedal noch mehr Schuld aufzulasten, fährt sie stumpfsinnig dahin. Von den Tabletten hat sie sich weitgehend losgesagt; gut, das ewige Ziehen und Schneiden im Magen wird ihr wohl bleiben, sie scheint nichts zu vertragen, egal was sie zu sich nimmt. Für sie war der Wechsel vom Wald in die Welt von existenzieller Kraft, von einer Erleichterung, die sie gar nicht für möglich gehalten hätte. Wenn sie unterwegs ist, fühlt sie sich frei und unabhängig. Freilich sind es nur Fenster in die Freiheit, durch die sie schaut – sie weiß, die Uhr tickt, die Schwestern warten und hoffen jedes Mal, dass sie dieses Mal nicht allein heimkehren wird.

Es ist Freitag, auf dem Platz ist was los, ein ständiges Kommen und Gehen. Auch Sarah erkennt ein paar Männergesichter, ehemalige Freier wahrscheinlich, vielleicht auch nur Barbesucher, brave Ehemänner, die sich für gewöhnlich damit begnügen, unauffällig und still zu saufen und auf Mädchenbrüste zu starren. Im Grunde waren das die angenehmsten, wenn auch nicht die guten Kunden. Jetzt spazieren sie mit Kindern an ihren Händen, halten Regenschirme über ihre Frauen oder schleppen den Einkauf für die nächste Woche zum Auto. Andere telefonieren laut und gestresst, werfen aufgebrachte Gesten in die Luft und kurze, unsichere Blicke zur Bar. Der Alltag lässt sie wie Marionetten wirken. Einige Ängstliche verstecken ihre Gesichter unter Schutzmasken, aber es sind nicht mehr so viele wie früher, denkt Sarah, als die gebildete Bürgerschicht die um sich greifenden Tierseuchen fürchtete.

Damals, erinnert sie sich, hatte der Felsenreiter immer mit den Rechtschaffenen zu kämpfen, die es für unangebracht hielten, sich mitten auf dem schönen Stadtplatz mit einem solch amoralischen Etablissement konfrontiert zu sehen, aber er ließ sich von den bigotten Jammerlappen nie einschüchtern. Das musste er auch nicht, zumal er immer einige der Stadt- und Gemeinderäte in der Hand hatte, die ein ihrem Berufsstand seit jeher vertrautes doppeltes Spiel spielten, sich rührend um ihre Wähler kümmerten, sich vor den Karren hysterischer Bürgerrechtler spannen ließen, zugleich die perfekten Familienväter geben mussten und dennoch zu seinen Gästen zählten. Es war ein Spiel, das der Felsenreiter mit links spielte. Mittlerweile muss er es wahrscheinlich gar nicht mehr spielen, denkt Sarah. Die Volksvertreter, Bürgermeister oder Kommunalpolitiker sind zu zahnlosen, bellenden Hunden verkommen, keiner scheint sie noch ernst zu nehmen, die moralische Empörung der Spießer ist entweder in den Untergrund gewandert oder wurde vom gnadenlosen Mahlwerk des einundzwanzigsten Jahrhunderts zerkaut; den Felsenreiter kümmert das ganz bestimmt nicht. Niemand hat ihm je etwas vorgeschrieben, keiner hat ihn kontrolliert, sein Haus scheint recht unaufgeregt zwischen dem kleinen Laden für Woll- und Nähzubehör und der Pizzeria *Al Pacino* dahinzudösen.

Links von dem Wollgeschäft – das ist ja gar kein Wollgeschäft mehr, bemerkt Sarah, nur das alte Schild hängt noch über der Auslage, sie hatte die Inhaberin früher recht gern gehabt – ist ein Bandagist, der orthopädische Schuhe und medizinische Behelfe in seiner Auslage vorstellt, daneben ein McDonald's, vor dem Jugendliche abhängen, ihre Zähne mit zu weichem Futter unterfordern und der Zeit beim Vergehen Gesellschaft leisten.

Über eine Stunde sitzt Sarah nun schon bei ihrem Kaffee und beobachtet das Treiben auf dem Stadtplatz.

»Darf's noch was sein?«, fragt die Kellnerin schon zum dritten Mal, mittlerweile ziemlich unfreundlich, was Sarah aber nicht weiter auffällt.

»Nein, danke«, sagt sie, in sich selbst und ihren Ausblick versunken.

»Dann darf ich schon einmal kassieren. Drei fünfzig, bitte.«

Sarah kramt in ihrer Tasche, dann in ihrer Geldbörse. Zwischendurch blickt sie auf, alle paar Sekunden, sie will nichts versäumen, irgendwann muss doch einmal jemand rausgehen oder heimkehren. Ja gut, ein paar Gäste sind gekommen, aber niemand, den sie kennt.

Da, endlich, geht die Tür auf und heraus tritt, er ist es tatsächlich: der Felsenreiter.

»Stimmt schon«, sagt Sarah nervös und schiebt der Kellnerin ein paar Münzen zu, es sind weit mehr als drei fünfzig. Die Kellnerin bedankt sich verdutzt und schüttelt den Kopf.

Der Felsenreiter, wie er sich verändert hat! Sein Gesicht ist rasiert, nur ein schmaler Schnauzer prangt unter seiner Nase. Ist das wieder modern geworden, fragt sich Sarah. Nicht, dass der Felsenreiter sich je um so was wie Moden oder sein äußeres Erscheinungsbild geschert hätte, aber jetzt macht er den Eindruck, als sei ihm die Figur, die er darstellt, sehr wohl wichtig. Stattlich sieht er aus in seinem Ledersakko, wie er zu seinem Auto geht, einen letzten Zug seiner Zigarette einsaugt, sie wegwirft, Rauch gegen den Himmel ausstößt und ins Auto steigt. Es ist nicht der *Jeep Cherokee Diesel*, es ist sein Zweit- beziehungsweise Erstwagen, ein uralter *Opel Kadett*, der vor ein paar Generationen das gewöhnlichste Spießergefährt war, jetzt aber etwas Edles, aus der Zeit Gefallenes ausstrahlt. Wahrscheinlich gilt er mittlerweile als Oldtimer, als Exempel des Besonderen, das seinen Besitzer als wenn schon nicht wohlhabenden, immerhin stilvollen Mann von Welt auszeichnet. Das Autofahren kann er sich jedenfalls leisten, denkt Sarah. Und die Zigarette? Raucht er etwa nicht mehr im Auto? Vielleicht dem Buben zuliebe? Nein, das ist nicht möglich.

Der Bub, mein Gott! Adam. Wegen ihm ist sie doch gekommen, natürlich. Dass sie hier den Felsenreiter studiert, den Mann, der die miesesten Eigenschaften seines Geschlechts an ihr zur Schau gestellt, sie auserwählt und verstoßen, benutzt, verbraucht und geschwängert hat, dass dieses Mannsbild, dieser Schläger und Zuhälter ihr noch dazu gar nicht schlecht gefällt, wie er da in seine vierrädrige Schwanzverlängerung gleitet und sie erst jetzt, geradezu zufällig an den Adam denkt, ist wohl mehr als bezeichnend und einigermaßen verstörend. Nein, sie will ihren Sohn nicht holen, das ist die Wahrheit. Sie will ihm nicht einmal gegenüberstehen, nur sehen will sie ihn. Sehen, dass er hier lebt, wovon sie felsenfest überzeugt ist. Sehen, dass es ihm gut geht. Ihr Gewissen ein wenig erleichtern, das will sie.

Der Felsenreiter hat seine Mädchen von Anfang an darauf vorbereitet, dass womöglich irgendwann eine der Waldhexen kommen wird, um den Buben zu holen. Es bestehe jedoch kein Grund zur Sorge, die Holzapfelsippe habe keine Rechte, der Bub sei ja überhaupt erst durch ihn zu einer offiziellen Existenz geworden.

Auch wenn der Kleine nichts davon weiß und sich immer als Holzapfeladam vorstellt, seine Papiere weisen ihn als Adam Felsenreiter aus.

Vater: Walter Felsenreiter.

Mutter: Sarah Holzapfel, Wohnort unbekannt.

Das Sorgerecht hat er sich gesichert. Die Holzapfellegende war amtsbekannt und aktenkundig, die zuständigen Beamten waren dem Vater, der sich des armen Kaspar Hauser annahm, wohlwollend gesinnt, demnach geschah alles seinen Wünschen entsprechend. Niemand erhob Einspruch. Er verlangte ja nicht weniger, als Recht und Ordnung es verlangten: einen hier geborenen rechtlosen Staatsbürger in seine ihm zustehende Legitimität zu erheben. »Gerade in Zeiten wie diesen, wo jedem dahergelaufenen Penner vom anderen Ende der Welt unser hartverdientes Steuergeld nachgeworfen wird, darf der Fall meines Sohnes, eines gesunden Menschen von heimatlichem Fleisch und Blut, kein Problemfall sein«, das hat er in einer vehementen, pseudopatriotischen Rede gefordert, in aller Ruhe klargestellt und damit sowohl Jugendamt als auch Gericht beeindruckt.

Wenn es so weit sei, sollten die Mädchen also umgehend die Bullen rufen. Veronikas Frage nach einem Foto der Waldschwestern kostete den Felsenreiter einen müden Lacher. »Foto ist gut. Keine Kamera hat die beiden je eingefangen. Die sind so hässlich, das würde keine Linse überleben«, lachte er über seine originelle Wortfindung und fügte betont geheimnisvoll hinzu: »Aber keine Angst, ihr werdet sie sofort erkennen.«

Die Mädchen schluckten und trugen ab diesem Zeitpunkt fürchterliche Bilder zu den Waldfrauen im Kopf mit sich herum. Nur Veronika war um Vernunft und Beschwichtigung bemüht: »Die Sarah hat immer ganz normal ausgesehen, ihr Sohn ist lieb und hübsch, warum sollten ihre Schwestern Monster sein?«

Jedenfalls kommt der Felsenreiter während der nächsten zwanzig Minuten, die die Sarah noch beim *Bruckbauer* wartend zubringt, nicht zurück. Ein wenig enttäuscht verabschiedet sie sich, bindet sich ihr Tuch um den Kopf und verlässt die Konditorei.

Sie verbringt die Nacht in einem Heuschober auf einer weitläufigen Wiese am Stadtrand.

Am nächsten Morgen nimmt sie wieder ihren Platz beim *Bruckbauer* ein und bestellt einen Häferlkaffee. Und wartet. Nach einer Stunde bestellt sie einen zweiten, um die Kellnerin nicht zu verärgern, und wartet weiter. Nichts. Sie beschließt, zu Fuß durch die kleine Stadt zu spazieren. Zwei Stunden lang streift sie sinn- und ziellos durch die Straßen, starrt in Auslagen, schwelgt in Erinnerungen.

Als sie zurück zu dem Platz kommt, steht da wieder der *Opel Kadett*. Immerhin. Diesen einen Tag will sie noch hierbleiben, sagt sie sich, irgendwas muss ja passieren, eines der Mädchen muss irgendwann das Haus verlassen. Sie ist hungrig, also setzt sie sich in die Pizzeria *Al Pacino* an einen Ecktisch am Fenster. Gott sei Dank ist auch hier die Belegschaft neu, niemand hier, der sie wiedererkennen könnte, nur ein Kellner und ein Koch. Sie bestellt eine Pizza Caprese. Was sie bei ihrem Verzehr empfindet, lässt sie kindlich an das

Leben und eine Zukunft glauben. Das Essen macht sie ruhig und für einen Moment gelassen. Man braucht gar keinen Mann, denkt sie, keine Liebe, kein Kind, keine Familie, keine Aufgabe und keinen Gott – man braucht nur Pizza. Solange das Fressen einen glücklich machen kann, ist das Leben einfach und wertvoll. Selbstverständlich bringt sie dieser erkenntnistheoretische Höhenflug keinen Millimeter weiter, und schon Minuten nach dem letzten Bissen verspürt sie das gewohnte Ziehen und Stechen im Magen. Da vernimmt sie eine laute und hohe Stimme: »Grüß Gott, ich hole die Pizzabestellung!«

»Ah, der Adam«, lächelt der Kellner. »Na, wieder der Diener der Damen heute?«

»Ja, heute ist Samstag. Ich mach das gern, Pizza ist mein Lieblingsessen.«

Sarah bindet ihr Kopftuch fest, dreht sich zur Seite und hält die Luft an. Tränen füllen ihre Augen, sie bildet sich sogar ein, dass die Milchdrüsen in ihren Brüsten anschwellen. Augenblicklich verschwinden die Magenschmerzen, Adrenalin wirft sich in die Kurven, Serotonin lässt ihren Blutdruck in die Höhe schießen, alle Sinne fokussieren messerscharf. Der Adam, ihr nunmehr seit einem ganzen Jahr verlorener Sohn, da steht er. Jetzt würde sie nichts lieber tun, als sich auf den Buben zu stürzen und ihn zu umarmen. Es ist die reinste Zauberei – seine Stimme allein vermag diese Körperreaktion auszulösen, sie ist ihm regelrecht ausgeliefert. Aber nein, befiehlt sie sich streng und fasst sich, nein, nein, nein, ganz ruhig. Langsam dreht sie ihren Kopf nach links zum Eingang. Wirklich, da steht der Adam, leibhaftig, gesund, munter und höflich, hat sich kaum verändert, sein Gesicht ist immer noch – nein, natürlich ist er verändert, er hat ein bisschen zugenommen, seine Haare sind frisiert, er macht einen, nun ja, zivilisierten Eindruck. Auf seinem Pullover steht irgendetwas in geschwungenen Buchstaben, wahrscheinlich der Name einer Band oder einer britischen Stadt, sie kann es nicht entziffern. Die Hosen eng anliegend und schwarz, Adidas an den Füßen. Die gehen bestimmt zu *H&M* mit ihm, denkt Sarah, als wäre das von irgendeiner Bedeutung. Ja, normal sieht er aus, wie irgendein beliebiges, austauschbares Stadtkind. Und ist das nicht perfekt? Der Gedanke beruhigt sie, macht sie dankbar und zufrieden. Er ist kein Freak, denkt sie. *Er ist kein Freak!* Nicht der Wilde aus dem Wald, den alle belächeln und fertigmachen. Nicht das Monster, vor dem die Leute zurückschrecken. Er ist ein durchschnittlicher, ganz normaler Bub.

Wie würde er wohl reagieren, wenn sie auf ihn zuginge? Würde er ihr die Hand zum Gruße reichen? Sie umarmen? Davonlaufen? Sarah weiß es nicht und sie wird es auch nicht herausfinden. Sie bleibt gefasst und diszipliniert, ist stolz auf den Kleinen, unendlich stolz und, so verrückt das auch klingen mag, stolz auf seinen Vater, der so ritterlich war, seinen Sohn zu befreien und ihm ein gutes Leben zu ermöglichen. Sicher, das Leben im Puff ist kein wirklich normales, aber immerhin ein sicheres und soziales. In der Zeit, die sie selbst in diesem Haus zugebracht hat, ist sie irgendwann zu dem Schluss gekommen, dass das Leben bei den Huren möglicherweise ein christlicheres war als das im Kloster. Werte wie Nächstenliebe und Toleranz erfuhren dort eine andere, eine tatsächliche und greifbare Bedeutung, weil man gezwungen war, sie alltäglich umzusetzen. Die sogenannten braven Christenmenschen, die sie ihr Leben lang gekannt hatte, gelobten jeden Sonntag ihre Gottesfürchtigkeit und hatten den Rest der Woche nichts Besseres zu tun, als Gott zu ignorieren, zu diffamieren und seine Gebote zu missachten. Gott war nur ein Wort. Nächstenliebe? Ein Wort wie Demokratie oder Pizza. Und Worten war immer zu misstrauen. Was in Zeitungen und Büchern stand, was in Liedern gesungen wurde, und was sich tatsächlich abspielte, waren immer schon verschiedene Paar Schuhe gewesen, das wusste sie. Im Grunde hassten die Leute einander, denn wenn einer nicht ihrer Sippe entstammte, wurde er schon schief angesehen und musste als Sündenbock für ihre eigenen Mängel und Vergehen herhalten, so lange bis er irgendwann, wenn er Glück hatte, widerwillig doch in die Gemeinschaft aufgenommen wurde, weil unendlich viel Zeit vergangen oder ein neuer Fremder des Weges gekommen war. So war das in jedem Dorf und in jeder Stadt, wahrscheinlich seit der Steinzeit. Und nichts wird das jemals ändern, davon ist sie überzeugt.

Die Huren aber hassen ihren Job, ihr Überlebenskampf verbindet sie, sie müssen in so einem Haus miteinander klarkommen, egal woher sie kommen und welchen Grundsätzen sie die Treue geschworen haben. So gesehen geht es im Puff ehrlicher zu als in der Kirche, und Adam scheint hier gut aufgehoben zu sein. Jedenfalls macht er den anständigsten Eindruck. Und aus einem Instinkt heraus, als müsse sie sich später beweisen, dass sie sich das nicht einbildet, nimmt Sarah ihr Handy aus der Tasche und macht verstohlen ein Foto von dem kleinen Gast. Von ihrem Sohn.

»Bitte sehr«, sagt der Kellner. »Dreimal Pizza, macht siebenundzwanzig Euro.«

»Passt so«, sagt Adam stolz und großzügig.

»Nein, du bekommst noch drei Euro von mir.«

»Passt schon. Ich darf das sagen. Ich darf Trinkgeld geben.«

»Na gut, dann haben Sie vielen Dank, Signore Adam. Und beehren Sie uns bald wieder«, sagt der Kellner wie ein Schauspieler mit italienischem Akzent.

Adam strahlt, sichtlich beeindruckt von dem *Signore* und dem gespreizten Gesieztwerden. Er fühlt sich ernst genommen und erwachsen, reicht dem Kellner die Hand, verbeugt sich auf eine sehr altmodische Art, nimmt die Pizzakartons und geht. Sarah findet alles an ihm süß und liebenswert, und so bleibt sie zurück als die Rabenmutter des Jahres – ach was, als die schlimmste Mutter aller Zeiten, schnieft apathisch in ihr Mineralwasser und bittet den Kellner um die Rechnung.

»Alles in Ordnung?«, fragt der und reicht ihr eine Serviette.

»Danke. Ja, entschuldigen Sie, ich …«

»Haben Sie den Kleinen gesehen? Ist der nicht lieb? Der lebt drüben in der Bar. Bei den Damen.«

»Tatsächlich?«

»Ja, aber die machen alles richtig, um den muss man sich keine Sorgen machen. Ist ein außergewöhnlicher Bub, der Adam. Immer höflich und zuvorkommend. Der wird seinen Weg machen.«

Der Mann ist ein Engel, denkt Sarah, spricht aus, was sie hören will und ihr guttut. »Und die Leute?«, hakt sie nach. »Reden die nicht abfällig über ihn, weil er da aufwächst? Bei *denen*?«

»Ach, das kümmert doch keinen. Auch die Damen sind wirklich nett, keiner beschwert sich. Sie sind freundlich, also werden sie freundlich behandelt. Zumindest hier bei uns. Wie heißt es? Wie du in den Wald hineinrufst, so kommt es auch zurück. Oder so ähnlich.«

Sarah lächelt, den Spruch hatte sie noch nie wörtlich genommen. »Und ihr Berufsstand? Ich meine, früher war der nicht gerade gesellschaftsfähig.«

»Ich weiß nicht, ich denke, darüber rümpfen nur noch wenige die Nase. Ob du heute im Supermarkt oder im Kraftwerk oder da drüben arbeitest – was macht das für einen Unterschied? Hauptsache, du hast Arbeit. Verstehen Sie mich nicht falsch, jeder nimmt, was er kriegt, und jeder kriegt, was er braucht, ob im Supermarkt oder in der *Sunshine Bar* oder in der Pizzeria. Das heißt nicht, dass die Leute nicht verlogen wären oder keine dunklen Geheimnisse hätten, das gehört schließlich dazu, oder? Zum Puffgeschäft erst recht. Verzeihen Sie, ich bin aufdringlich. Zwölf neunzig, bitte.«

Wie recht der Mann hat, auch wenn er naiv und ahnungslos ist, was das Puffgeschäft angeht. Wenn er nur wüsste.

»Sind Sie aus der Gegend?«, setzt er nach.

»Nein«, sagt sie ein bisschen zu schnell. Und um gleich wieder von sich abzulenken, bringt sie das Gespräch noch einmal auf den Buben: »Na hoffentlich steht ihm sein jetziges Zuhause einmal nicht im Weg. Später, meine ich.«

Der Engel schüttelt den Kopf. »Glaub ich nicht. Wen interessiert schon, wo du aufgewachsen bist. Mich hat nie jemand danach gefragt. Und jetzt, ich meine, schauen Sie sich um. Heutzutage, mit all den Fremden – verstehen Sie mich nicht falsch, meine Eltern waren auch Flüchtlinge, und solange die sich benehmen, sind sie mir egal, ich meine ja nur. Jedenfalls wachsen die alle völlig perspektivlos auf, und selbst aus denen muss was werden. Was wollte ich sagen? Ach ja, in Zeiten wie diesen regt sich doch keiner mehr über leichte Mädchen auf. Andererseits – manche regen sich über alles auf. Manche kommen auf die Welt, beschweren sich umgehend und hören nie mehr damit auf, Sie kennen das sicher. Manche wehren sich ein Leben lang gegen die Welt, wo sie doch selbst ein Teil der Welt sind. Das ist verrückt, oder? Da fällt mir ein, kennen Sie noch diesen Franzosen, den fetten Schauspieler, der dann später Putins Freund geworden ist? Da drüben hängt ein Foto von ihm, der mit der Nase. Ist der nicht auch bei Huren groß geworden? Auf der Straße?«

»Weiß nicht.«

»Und jetzt, wo Sie hier sitzen – sogar Al Pacino ist ohne seine leibliche Mutter aufgewachsen!«

»Wer?«

»Al Pacino. Manchmal fangen die Leute an über ihn zu reden, weil unsere Pizzeria nach ihm benannt ist, dann googeln sie und wissen sofort alles. Da hab ich das eine oder andere Wort aufgeschnappt, kann ja nicht schaden.«

»Aha.«

»Der hatte auch nur eine Stiefmutter, glaube ich. Oder war's eine Großmutter? Ist ja egal. Und was ist aus ihm geworden?« Er deutet auf eine Reihe von schwarz-weißen Fotos an der Wand, die den Schauspieler in verschiedenen Rollen zeigen, zumeist sonnenbebrillt in aufgeblasenen, verwegenen Posen. »Al *fucking* Pacino! Der war zu seiner Zeit der coolste Mann der Welt.«

Sarah grinst. »Und Sie meinen, der Adam kann das auch werden – der coolste Mann der Welt?«

Der Kellner lacht laut auf, sein Lachen provoziert einen angestrengten Raucherhusten. »Adam *fucking* Felsenreiter, warum nicht? Na ja, hier bei uns wahrscheinlich nicht, aber wer weiß – alles ist möglich, oder?«

»Ja«, lächelt Sarah und denkt: Adam Felsenreiter. Natürlich. Daran hatte sie gar nicht gedacht. Der Holzapfeladam ist tot, lang lebe Adam Felsenreiter. Aber gut, das eröffnet ihm bestimmt neue Chancen, er kann alles machen und alles werden. Also sagt auch sie: »Alles ist möglich.« Dann schiebt sie dem Mann, diesem Boten des Herrn, der ihr die verrückte Welt eben ein bisschen geradegerückt hat, zwanzig Euro zu. »Passt so.«

»Neinnein, das ist viel zu viel, Sie müssen nicht … Es macht zwölf neunzig aus, ich meine, behalten Sie Ihr Geld. Sie haben sicher auch nicht –« Er stockt und blickt zu Boden. Jetzt erst wird Sarah sich ihrer Aufmachung bewusst, aus irgendeinem Grund schämt sie sich aber nicht. »Doch, ich darf das«, sagt sie schmunzelnd. »Ich darf Trinkgeld geben.«

Da muss auch der Kellner schmunzeln. »Sehen Sie, heute ist ein guter Tag.«

»Ja, heute ist ein guter Tag«, strahlt Sarah ihn an. »Sie haben mir gutgetan. Und die Pizza hat hervorragend geschmeckt.«

Sie reicht ihm die Hand und verbeugt sich theatralisch, will es dem Adam gleichtun, stellt sich aber viel tollpatschiger an, dennoch versteht der Kellner die Geste und lacht. »Ciao!«, ruft er ihr noch übertrieben italienisch nach.

Sarah winkt zum Abschied, dann geht sie vermummt zu ihrem Fahrrad, wirft noch einen letzten Blick auf die Bar – der *Kadett* ist wieder weg – und will losfahren.

Vor dem McDonald's steht ein schluchzendes Mädchen mit tränenüberströmtem Gesicht und verschmierter Schminke vor einem verunsicherten Jungen, beide scheinen besoffen zu sein. Sarah beobachtet die Szene, als wäre sie aus einem Film. »Bitte«, fleht, schluckt und zittert das Mädchen. »Bittee!« Der Junge schweigt, geht auf Abstand, wirkt genervt und will offensichtlich nur weg von ihr. Wahrscheinlich schämt er sich vor seinen Freunden für diesen peinlichen Moment. »Bitteee!« Das Mädchen rotzt und leidet hartnäckig, sie rührt Sarah, am liebsten würde sie ihr zurufen: »Lass ihn, geh in die Pizzeria und iss!« Ja, warum eigentlich nicht, denkt sie dann. Und in der naiven Absicht, die Welt an ihrer eigenen optimistischen Stimmung teilhaben zu lassen, geht sie auf die beiden zu und sagt mit mitleidigem Strahlen im Gesicht: »Entschuldige, siehst du nicht, dass der nichts von dir will? Lass ihn doch, er ist es nicht wert. Ich würde dich gern auf eine Pizza einladen.«

Die beiden Jugendlichen stehen völlig verdutzt da und starren auf diese seltsame und aufdringliche, abgenutzte Erscheinung, dann lacht der Junge und dreht sich zu seinen Freunden um, was ein kollektives und völlig übertriebenes Prusten zur Folge hat. Handys werden auf Sarah gehalten, blöde Sprüche losgelassen, die keiner von ihnen aussprechen würde, stünde er ihr hier allein gegenüber.

»Verpiss dich, Alte«, spuckt das Mädchen dann in Sarahs Richtung und geht weg, an der johlenden Menge vorbei, hinein in den McDonald's. »Scheißhippie!«, ruft sie ihr noch nach.

Sarah lächelt, schüttelt den Kopf, setzt sich aufs Fahrrad und fährt los, glücklich darüber, dass nicht sie es ist, die heute leiden muss. Neue Kräfte wirken in ihr. Entschieden tritt sie in die Pedale, ihr Kopftuch rutscht nach hinten, sie genießt den Wind in ihren Haaren und die Sonne im Gesicht. Ja, die Sonne, die ihr durch den wolkenverhangenen Himmel zuzwinkert, auch sie ist ein Zeichen. Vielleicht ist heute wirklich ein guter Tag, einer, der einen Wendepunkt verheißt. Sie will jetzt nicht mehr nachdenken. Ihre Mission ist erfüllt. Sie will es in zwei Tagen ins Dorf schaffen. Zu den Schwestern. Es wird schon klappen. Sie muss nur zur Ruhe kommen.

24. Ein Wiedersehen

Auf der Bundesstraße ist wenig Verkehr. Die brennenden Bauernhöfe zu ihrer Rechten ignoriert sie. Viele der umliegenden Viehhöfe werden von den Besitzern oder Gemeinden niedergebrannt, dem Erdboden gleichgemacht, weil sie nach jahrzehntelanger Verwilderung verseucht oder aus einem anderen Grund unbewohnbar geworden sind, aber nicht einmal der stechende, vom Rauch verstärkte Verwesungsgeruch kann ihr Hochgefühl stören. Auf den kurzen Bergabpassagen nimmt Sarah ihre Hände von der Lenkstange und fährt freihändig, wie sie es als Kind gemacht hat. Das Kribbeln in ihrem Magen ist ihr eine willkommene Abwechslung zu den ewigen Schmerzen. Am Stadtrand, auf der Höhe des Heuschobers, in dem sie letzte Nacht geschlafen hat, hört sie hinter sich das laute Quietschen einer Autobremse. Sie dreht sich um, es ist ein *Opel Kadett,* er muss eben an ihr vorbeigefahren sein. Jetzt wendet er und fährt ihr nach. Sie steigt in die Pedale, was natürlich sinnlos ist, und dreht sich nicht mehr um, aber sie kann ihn spüren, den Felsenreiter. Er scheint nicht vorzuhaben, sie überholen zu wollen. Mit einem Abstand von ungefähr zehn Metern fährt er langsam hinter ihr her, macht die Musik an. Dumpfe Bässe pumpen einen schwammigen Beat in die warme Abendluft. Bald hält Sarah dem Druck nicht mehr stand und bremst ab.

Nichts geschieht.

Sie fährt weiter, er fährt weiter. Sie bleibt stehen, er bleibt stehen. Ein großes Auto überholt die beiden, der Fahrer gestikuliert wild und brüllt Unverständliches, hupt und saust vorbei.

Sarah steigt ab, legt ihr Fahrrad in den Straßengraben und geht auf ihren Verfolger zu, stellt sich neben die Beifahrertür und wartet. Der Felsenreiter macht die Musik leiser und kurbelt das Fenster nach unten. »Steig ein«, sagt er kurz und ruppig.

Sie hat keine Wahl, das weiß sie, also steigt sie ein. Er fährt los, kein Wort fällt. Nach ein paar hundert Metern biegt er in einen Feldweg ab, macht die Musik wieder an, steigt abrupt aufs Gas und lässt eine gewaltige Staubwolke hinter sich aufsteigen, als wollte er sein Mädchen damit beeindrucken. Schließlich kommt er zwischen einem ungeernteten Maisfeld und einem kleinen Waldstück zum Stehen, dreht den Lautstärkeregler bis zum Anschlag, Sarah hält sich die Ohren zu, dann stoppt er den höllischen Sound.

»Wo kommst du her?«, fragt er trocken wie ein Polizist.

»Ich war in der Stadt.«

»Wo genau?«

»Was geht dich das an?«

Seine rechte Hand, die vierfingrige, landet unerwartet und blitzschnell in ihrem Gesicht, direkt unter ihrem linken Auge. Fast erschrocken zieht er sie gleich wieder zurück, auf Mittel- und Ringfinger stecken protzige Ringe. Sarah spürt ein schmerzhaftes Pumpen vom Jochbein ausgehend, aber sie wird ihm nicht den Gefallen tun und vor ihm losheulen.

»Wie nett«, sagt sie unter schweren Atemstößen.

»Ich wollte das nicht«, fährt der Felsenreiter sie an. »Ich will das nicht, aber du provozierst mich. Du hast mich immer provoziert.«

»Kann ich jetzt gehen?«

»Nicht bevor du mir gesagt hast, wo du warst.«

»Ich war in der Stadt, bin spazieren gegangen, hab eine Pizza gegessen und jetzt möchte ich wieder nach Hause fahren.«

»Ist ein weiter Weg.«

»Ach ja? Woher weißt du, wo ich zuhause bin?«

»Hab deine Mutter kennengelernt. Nette Frau.«

»Tatsächlich? Sie ist tot.«

Der Felsenreiter nickt. »Und dein Kind? Hast du nicht einen Sohn?«

»Hat dir das deine Schwiegermutter bei Kaffee und Kuchen erzählt?«

»Pass auf«, zischt der Felsenreiter sie an und greift nach ihrem

Kinn. »Ich hab keine Lust, mit dir Spielchen zu spielen. Hattest du vor, mir von deinem Kind zu erzählen?«

»Wir sind geschiedene Leute, und ich bin dir keine Rechenschaft schuldig.«

»Und wer ist der Vater deines Sohnes? Hm? Dem bist du auch keine Rechenschaft schuldig? Sag schon, wer hatte das Privileg, dich zu befruchten?«

»Ich war eine Hure in deinem Haus, schon vergessen? Glaubst du, ich habe Buch geführt? Und danach war ich in der Großstadt, nicht im Kloster.«

Der Felsenreiter muss sich zusammenreißen, um sie nicht einfach totzuprügeln. »Du hast keinen ohne Gummi in dich gelassen, keinen Einzigen.«

»Woher willst du das wissen?«

»Ich weiß es. Und du weißt es auch.«

Draußen ist von der Sonne keine Spur mehr, es hat zugezogen, der Wind drückt das gesamte Maisfeld zur Seite, die ersten Regentropfen prasseln dumpf gegen die Windschutzscheibe. Sarah will die Tür öffnen, aber er hält sie grob zurück, krallt seine linke Hand um ihr Gesicht, fährt mit der rechten in seine Jacke, holt sein Handy heraus und macht ein Foto von ihr.

»Fesch«, hält er ihr das riesige Display seines Handys entgegen. »Ab sofort wird dich jeder erkennen. Hörst du? Sobald du auch nur in die Nähe der Bar kommst, werde ich von deiner Anwesenheit in Kenntnis gesetzt werden. Sobald du diese Stadt auch nur betrittst, werden sie mir Meldung erstatten. Verstehst du mich?« Sarah schweigt. »Ob du das verstehst?«

Sie presst ein kurzes »Ja« durch ihre Zähne und schüttelt ihn ab. Dann sitzen sie eine Zeit lang schweigend nebeneinander.

»Du hast es nicht schlecht gehabt bei mir«, sagt der Felsenreiter dann. »Alles hätte ganz anders laufen können, aber du ...« Er findet die rechten Worte nicht, also fasst er nach einer kurzen Stille, kurz bevor sie ihm peinlich werden könnte, einfach nach ihren Brüsten. Die vier Finger seiner Rechten streichen über sie, dann drückt er zu. Sarah wehrt sich nicht, sie will nicht noch einmal geschlagen werden. Was soll sie den Schwestern erzählen, wenn sie blutend oder mit geschwollenem Gesicht heimkommt?

»Du warst nie schön, Sarah«, sagt er dann ruhig. »Aber du warst anders. Und deine Titten hab ich immer gemocht.« Das war wahrscheinlich als Kompliment gemeint. Und wo er doch schon so charmant ist, müssen ihr seine Berührungen doch die reinste Freude sein – auch das mag seiner Logik entsprechen, als seine Hand jetzt den Kragen ihres Pullovers nach unten zerrt und nach ihrer nackten Haut sucht.

»Bist wohl eine Feministin vom alten Schlag geworden«, grinst er. »Denkst, du musst keinen BH mehr tragen. Das ist schön gemütlich, oder? Ding-dong, ding-dong. Aber ich sag dir was: Du hast recht, du musst das wirklich nicht. Du bist alt, keiner schaut dich mehr an, keiner dreht sich mehr um, keiner verlangt mehr nach dir. Alt und allein bist du. Und hässlich. Na, wie fühlt sich das an?«

Er langt nach unten, greift in ihre Bauchfalten und sagt: »Ganz schön fett. Wäschst du dich eigentlich noch?«

Sarah wirft ihm ihren abfälligsten Blick zu.

»Ich hab euch gesehen. Dich und die Weiber. Ich war im Wald. Hab euch beobachtet.« Seine Hand drängt weiter nach unten, zupft an ihrer Unterhose.

»Weißt du«, sagt die Sarah auf einmal ruhig und freundlich, während sie ihre Beine ganz locker öffnet. »Ja, es fühlt sich gut an. Du hast recht. Ich wasche mich schon lange nicht mehr. Wofür denn auch? Keiner will mehr was von mir, wozu soll ich mich noch waschen? Ich muss für niemanden mehr duften, der eigene Grind ist der Schutz der Waldtiere, verstehst du? Und mein Haar lasse ich wachsen, wie es will und wo es will. Das Altwerden ist richtig super.«

Der Felsenreiter grinst immer noch, wenn auch etwas weniger selbstsicher, zieht aber seine Hand aus ihrem Pullover, öffnet das

Handschuhfach und nimmt eine kleine Plastikflasche mit Desinfektionsgel heraus, drückt einen dicken Tropfen auf seine Hand, reibt sich die Hände.

»Du bist ganz schön mutig, Sarah Holzapfel, und genau deswegen warst du auch meine Frau. Aber nur fürs Protokoll: Was hat dir dein scheiß Mut in deinem verpatzten Leben letztendlich eingebracht, hä? Gar nichts. Du bist nichts und du hast nichts. Alles verloren hast du, deine schönen Titten, deinen Job, deine Mutter und deinen Sohn. Du hast gar nichts mehr. Zwei verrückte Vogelscheuchen hast du am Hals, sonst nichts. Hab ich recht?«

Er öffnet seine Hose, zieht seine Unterhose nach unten und legt seinen Schwanz frei. »Schau mal, extra für dich erst gestern frisch gewaschen.« Wieder grinst er sie an, aber Sarah blickt ihm überheblich in die Augen, dann auf sein faltiges Geschlechtsteil und sagt: »Da ist aber auch jemand älter geworden. Wäre ewig schade um ihn. Du weißt ja, wie es heißt: Leg dich nie mit dem Koch an, du weißt nie, was er dir ins Futter mischt. Verstehst du das, großer Mann? Du kannst mir dein Würstchen gern anvertrauen, aber –«

Jetzt hat der Felsenreiter genug von dem Geplänkel, zieht seine Pistole aus der Jacke und drückt sie gegen Sarahs Wange. »So, und was sagst du dazu, du blöde Kuh?« Dann schlägt er ihr mit dem Griff so hart gegen den Kiefer, dass sie augenblicklich meint, taub zu sein. Er lehnt sich über ihren zusammengesackten Oberkörper, öffnet die Beifahrertür, stößt sie brutal dagegen und befördert sie mit einem finalen Fußtritt in den feuchten Staub. Sie landet hart, direkt unter dem mannshohen, welken Mais. Dann packt der Felsenreiter sein welkes Glied wieder ein und spuckt nach der Frau, die es gewagt hat, ihn herauszufordern.

»Du weißt ganz genau, es gibt nur einen Grund, warum ich dir nicht einfach dein …« Er schnauft wie ein Boxer vor der letzten Runde. »Verdammt, ich bin ein guter Vater. Hörst du mich? Ich bin ein guter Vater! Ich wollte nur mit dir reden, aber du … du gehst mich an mit deinen saudummen Sprüchen, kommst in die Stadt und … Kaum öffne ich mich, fängst du auch schon an, in mir zu graben, holst meine schlechtesten Seiten an die Oberfläche. Geh in den Wald, blöde Hexe! Bleib da, wo du hingehörst! Bleib mir vom Leib und geh in den Wald, ich mein's ernst!«

Er legt den Retourgang ein und fährt ein paar Meter rückwärts auf dem Feldweg, erst dann knallt er die Beifahrertür zu. »Wag es nicht, dich hier noch einmal blicken zu lassen«, brüllt er noch, macht ruckartig kehrt und staubt die immer noch auf dem Boden liegende Frau ein. Sarah kann nichts sehen, hört aber, wie er noch einmal abbremst. Sie zwinkert, öffnet ihre Augen und sieht, wie er mitten in die Staubwolke steigt, einen Maiskolben abreißt und langsam die Blätter von der Frucht löst. »Er ist ein Felsenreiter«, sagt er. »Dein Holzapfeladam ist jetzt ein Felsenreiter.« Dann schmeißt er den Mais nach ihr und verschwindet.

Sarahs Schädelknochen vibrieren, sie rafft sich auf. Jetzt setzt der Regen richtig ein. Sie geht zurück zur Bundesstraße, holt ihr Fahrrad und will es zu dem Heuschober schieben, um dort für eine weitere Nacht zu bleiben, aber schon auf halbem Wege sieht sie ein paar junge Männer und Frauen, die ihre Räder an den Schober lehnen und Unterschlupf vor dem Regen suchen. Sie lachen ausgelassen, haben Flaschen und Dosen dabei, die bleiben sicher hier und tun, was junge Menschen in so Situationen eben tun. Also macht sie wieder kehrt, schwingt sich aufs Rad und fährt einfach los.

Der Regen kümmert sie nicht. Er ist eine Welle, auf der sie reitet, das eigentliche Vehikel, das sie heimbringt. Bald gerät sie in eine Art Trance, spürt die klebrigen Kleidungsstücke nicht mehr, nimmt die Kälte nicht mehr wahr. Das Brennen in ihren Oberschenkeln weicht einem neutralen Gefühl von zielloser Kontinuität, dem sie sich ohnmächtig und dennoch stolz ergibt. Sie hat sich nicht kleinkriegen lassen. Sie will an den Pizzamann denken. Eigentlich will sie gar nicht mehr nachdenken, nur noch fahren.

25. Die Entscheidung

In Klaras Haus sitzen die Holzapfelschwestern, die eine stoisch und abwartend, die andere fragil und besoffen. Die letzten fünf Tage waren ereignisreich, wenn man bedenkt, dass alles, was außerhalb des Waldes stattfindet, immer noch ein Ereignis für die beiden darstellt. Maria fiel in eine Apathie, einen Zustand höchster Klarheit, was an sich freilich noch kein Ereignis ausmacht, im Gegenteil, sie verweigert sich seitdem allem, auch ihrer Schwester.

Regina spürt, dass Maria eine Entscheidung getroffen hat, aber sie kommt nicht an sie heran. Dabei wäre auch das noch kein Problem, haben sie doch fast ihr ganzes Leben so zugebracht, aber in ihr selbst hat sich etwas verändert, das sie beschäftigt und quält und aus dem Gleichgewicht bringt. Das ist das Ereignis, und das ist das Problem.

Jeden Tag ist sie zur Kapelle gelaufen, allein. Die Figuren, die Bilder, das Kreuz, das Licht im Fenster, der abgestandene Weihrauchgeruch, alles was diesen Ort ausmachte, wirkte seit ihrem allerersten Besuch wie ein Magnet auf sie, und zwar in einer Intensität, die womöglich gefährlich und ungesund, auf jeden Fall extrem war. Maria hat das sofort registriert, es war Reginas unnatürliche Entwicklung, die letztendlich zu jener Entscheidung geführt hat, die sie still mit sich herumträgt. Aussprechen oder umsetzen will sie sie erst und nur dann, wenn Sarah ein weiteres Mal ohne Adam heimkehren sollte. Also wartet sie geduldig und wacht über die Schwester.

Sarah mag es gar nicht, wenn die beiden das Haus verlassen. Weder will sie Aufsehen erregen – sie weiß jetzt, dass die Dorfbewohner die Schwestern nie akzeptieren werden und jeglicher Kontakt nur zu Konfrontationen und weiteren Problemen führen würde –, noch will sie Maria in irgendeiner Weise ermutigen, nach dem Buben zu suchen. Wie naiv sie war! Hat tatsächlich geglaubt, dass der Wechsel in die Welt für alle Beteiligten aufregend und lehrreich wäre. Das war dumm und allein ihrem damaligen Zustand zuzuschreiben. Jedenfalls sollten die zwei Alten schön zuhause bleiben, was jedoch dazu führte, dass der Verbleib der Schwestern im Dorf immer sinnloser und Klaras Haus immer mehr zu einem Gefängnis für sie wurde. Der einzige Mensch, der sich um die beiden bemühen wollte, war die alte Magdalena, die Nachbarin. Aber nach weiß Gott wie vielen Versuchen, mit ihnen ins Gespräch zu kommen, nach unzähligen Einladungen und ein paar Besuchen in Klaras Haus, während derer die Schwestern stumm am Tisch saßen oder einfach die Stube verließen, um hinten im Hof zu warten, bis sie wieder gegangen war, resignierte auch sie.

An jenem Donnerstag, gleich nachdem Sarah losgefahren war, ist Regina losgelaufen, und als sie wieder zurückkehrte, war sie verändert. Etwas war mit ihr geschehen. Sie war erhitzt, vermutlich krank, redete in einem fort und war nur mit Schnaps zu bändigen.

»Es war so schön, Maria! Weißt du noch, die heilige Theresa? Ich weiß, ich bin keine Heilige, aber ich hab etwas gespürt, etwas ist in mich gefahren. Etwas Schönes! Ich bin vor dem Kreuz gekniet. Hab seine Füße festgehalten. Seit zweitausend Jahren hängt er da oben und blutet. Unseretwegen. Ich bin da gekniet und hab um Vergebung gebeten. Einen ganzen Rosenkranz für ihn gebetet. Und für uns. Aber vor allem für ihn. Vielleicht waren es auch zwei Rosenkränze. Ich musste weinen. Hörst du? Geweint hab ich, weil er mir so leid getan hat. Es macht einen Unterschied, ob man ihn in einem Buch hängen sieht oder ob er ganz wirklich und groß vor einem ans Kreuz geschlagen ist wie ein totes Wildschwein.«

Dabei bekreuzigte sie sich. Maria saß nur da und löffelte ihre Suppe. Viel kriegt sie nie hinunter, sie hat richtig abgenommen im letzten Jahr, ist so gut wie nie hungrig. Die Leere in ihr ist von anderer Art, einer größeren und mächtigeren, die mit Brot nicht gefüllt werden kann.

»Jedenfalls knie ich so da und beug mein Gesicht nach unten, zu seinen Füßen, verstehst du, ich konnte sein Leiden nimmer mitansehen. Und da geschieht's, dass eine Berührung stattfindet. Es war genau hier, Maria, über meinem Aug'. An der Stelle. Da, wo nichts ist, wo mir die Braue fehlt, verstehst du? Es hat eine Bedeutung! Er ist nicht umsonst passiert, der Unfall mit der Mutter. Du hast es mir erzählt, weißt du noch?«

Maria schwieg.

»Also genau in dem Moment, wo meine Stirn seine Füße berührt hat, ist es geschehen. Es war ein Schmerz. Wie bei der Theresa, aber nicht so schlimm. Die Braue, also die fehlende Braue, hat gebrannt wie Feuer. Es war wirklich so. Ich habe es wieder und wieder getan. Meinen Kopf bewegt, erst zu ihm hoch, dann wieder nach unten, und bei jeder Berührung war der Schmerz da. Es war so schön und machte mir so Angst. Es macht mir immer noch Angst. Ich wollte dort bleiben und schlafen, aber ich musste doch zu dir. Ich war so verzweifelt, weil ich mich entscheiden musste. Ich bin zu dir gekommen, aber ich muss da wieder hingehen. Ich muss. Bitte. Gleich morgen, ja?!«

Und das tat sie auch. Kaum war die Sonne aufgegangen, lief sie los, jeden Tag. Nur am Sonntag nicht. Das heißt, selbstverständlich lief sie auch am Sonntag los, als sie aber von Weitem ein paar Autos und Menschen auf ihrem Weg zum Gottesdienst erblickte, kehrte sie erschrocken wieder um, irrte nervös und fiebrig umher, nuschelte unverständliches Zeug vor sich hin; das waren keine Gebete, die Maria kannte – woher also sollte Regina sie kennen? Gut, es konnten Texte aus der *Lyra des Orpheus* oder sonst einem Buch sein, das sie sich gemerkt hatte, Maria wollte das aber nicht länger mitansehen, also füllte sie die offensichtlich vom Teufel besessene Schwester mit Schnaps ab und zwang ihr den Schlaf auf. Sie kannte sich mit

Besessenheit nicht aus, Regina war die Belesene. Hatte ihr einmal davon erzählt, dass der Teufel in die Seele schwacher Menschen fährt und nur von ganz bestimmten Priestern oder Mönchen wieder ausgetrieben werden kann. Davon wollte sie aber nichts hören oder lesen, sie verbot sich jegliches Denken daran, auch wenn es ganz offensichtlich war, dass ihre Schwester schwach geworden war – die Holzapfelsarah hatte sie schwach gemacht, das war die Wahrheit. Regina schwitzte literweise Wasser aus ihrem Körper, vielleicht verließ das, was von ihr Besitz ergriffen hatte, ja so ihre gepeinigte Seele. Was auch immer es war, selbst wenn es Gott war, es sollte sie bitte verlassen. Das dachte Maria und schlug drei Kreuzzeichen dazu. Jetzt sollte endlich Schluss damit sein.

Das war am Sonntag.

Am Montag zog Regina schon vor Sonnenaufgang los. Maria schlief tief und fest, nachdem sie stundenlang neben ihr gesessen war und über sie gewacht hatte. Stunden später ist sie ihr nach, hat sie in einer Ecke der Kapelle kauernd vorgefunden, ihre linke Hand an der fehlenden Augenbraue, die rechte auf ihrem Bauch. Sie schwitzte und zitterte am ganzen Leib. Maria zerrte sie aus der Kapelle, über die Hügel und Felder bis nach Hause, bis zu Klaras Haus. Es war nie ihr Zuhause und das würde es auch nie sein. Es war Klaras und also auch Sarahs Zuhause. Mehr nicht, das wurde ihr auf diesem Weg klar.

Sie riss der hysterischen Kranken die Kleider vom Leib und setzte sie in die Badewanne, ließ eiskaltes Wasser über sie laufen, trocknete sie ab, legte ihr frisches Gewand an und steckte sie ins Bett. Als sie selbst müde wurde, schnürte sie die jammernde Schwester einfach mit einem Seil am Kopfteil des alten, abgenutzten Holzbettes fest. Sie war zu schwach, um sich wehren zu können.

Heute ist Dienstag. Maria war vor Regina wach, band sie los und gab ihr noch mehr Schnaps zu trinken. Das Fieber schien sich verflüchtigt zu haben. Regina hantelte sich benommen zum Tisch, und da sitzt sie immer noch. Um ihre linke Hand ist ein Rosenkranz gewickelt, vor ihr steht eine Flasche.

Gleich in der Früh packte Maria ihre beiden Rucksäcke voll, nahm noch eine große Tasche aus dem Schrank und füllte sie mit allem, was ihnen gehörte. Dann setzte sie sich zu ihrer Schwester und hielt erst ihre Hand, später holte sie den Kopf des Zacharias aus ihrem Rucksack und streichelte ihn.

Sie streichelt ihn jetzt noch. Der Holzkopf ist ihr einziger, wichtigster und wertvollster Besitz. Nie wird sie ihn hergeben, nie.

Sie ist bereit. Jetzt liegt alles an Sarah. Seit fünf Tagen ist sie unterwegs. Bald muss sie kommen.

Nach weiteren unendlichen Stunden hört Maria von Weitem das Fahrrad. Sein Klappern ist ihr das Zeichen zum Aufstehen und sich Bereitstellen. Sie zieht ihre Jacke über, dann packt sie den Holzkopf ein, zieht den Rucksack über die Jacke und deutet Regina, dasselbe zu tun. Die steht unkontrolliert auf und tut, wie ihr geheißen. Immer wieder, wenn der Fluss ihres Speichels zu viel wird, spuckt sie einfach auf den Boden oder lässt den Saft über ihr Kinn laufen. Auf wackeligen Beinen steht sie da, hält sich an der Stuhllehne fest und wartet. Wie ein tollpatschiger Soldat wartet sie mit scheinbar zufriedenem Gesichtsausdruck auf neue Anweisungen. Noch immer hat Maria kein Wort zu ihr gesagt, sie in nichts eingeweiht, was ihren Plan für die Zukunft angeht.

Maria ist so aufgeregt, dass sie es nicht wagt, nach draußen zu gehen und nachzusehen, ob der Bub auf dem Fahrrad sitzt. Vielleicht tut er das ja. So lange ist die Sarah noch nie weggewesen, vielleicht hat sie ihn tatsächlich gefunden? Sie spitzt die Ohren – nichts, keine Stimmen sind zu hören. Vielleicht ist die Stille vereinbart, ein Plan, vom kleinen Adam ausgedacht, um die Tante zu überraschen, das große Glück nicht zu früh preiszugeben. Vielleicht. Bitte, lieber Gott. So ist es doch, oder? Lass es so sein, bitte.

Jetzt nähern sich Schritte der Eingangstür. Es sind die Schritte eines Menschen, eines einzelnen, aber sie könnte den Buben auch tragen. Ja genau, er könnte eingeschlafen sein, das wäre durchaus möglich. Jetzt ist es wieder ruhig. Jetzt steht er vor der Tür. Wie aufgeregt er sein muss! Was wird er sagen? Was berichten? Was soll sie sagen? Das Warten ist unerträglich. Maria macht einen Schritt auf die Tür zu. Dann, ganz langsam, geht sie auf.

Sarah will nur baden und essen und schlafen. Noch einmal geht sie nach draußen und schaut ihnen nach. Da gehen sie, sind schon beim ersten Baum. Maria zielstrebig wie immer als Erste, Regina augenscheinlich beeinträchtigt, immer schön zehn, zwanzig Meter hintennach. Sie werden schon wiederkommen, sagt sie sich. Ein paar Tage hier allein werden ihr guttun. Sie geht ins Haus, verschließt die Tür und atmet endlich durch.

III

Lami tenda
Lami sui
Newa lemigo
Ju häme
Mei leikomli
Endai lajuso
Lami tenda
Lami ru
Oumai dwimufil
Vomai dalin
Eilaju
Ändai osejwil

26. Zuhause

WÄHREND DER ERSTEN DREI TAGE VERWEIGERT Maria die hundertfach gestellte Frage ihrer Schwester, wann sie wieder ins Dorf gehen und den Jesus in der Kapelle besuchen dürfe, bringt Haus und Hof auf Vordermann, wäscht, putzt und macht Ordnung, erntet Beeren, Äpfel, Birnen und Dirndln, setzt Maische an, kocht einen Riesentopf Suppe, backt Brot und erlegt einen Hasen. Ganz zum Schluss nimmt sie Adams Bettwäsche, zieht die Überzüge ab, legt Decke und Polster in ihre Bettlade und schleppt das Bettgestell nach draußen in den Schuppen, wo sie es hochkant an die Wand lehnt, den Kopf des Zacharias darin verstaut und eine Decke darüberhängt. Dann geht sie in die Stube zurück, nimmt Evelinas Kreuz von der

Wand, befreit es mit einem feuchten Lappen vom Staub und hängt es wieder an seinen Platz. Sie schaut Regina, die betrunken am Tisch lümmelt, es seit drei Tagen nicht weiter als vom Bett zum Tisch und wieder zurück geschafft hat, weil ihre Schwester sie vorsätzlich und kaltblütig abgefüllt und bewegungsunfähig gemacht hat, tief in die Augen und spricht laut: »Das ist das Kreuz. Das ist die Kirche. Das ist das Haus. Hier leben wir. Wir zwei, du und ich.« Dann geht sie nach draußen, sie muss noch den alten Zaun reparieren.

Regina bleibt noch ein paar Minuten sitzen, ihre Augen werden groß und nass. Dann kämpft sie sich nach draußen. Kaum hat sie die Türschwelle erreicht, würgt sie etwas nach oben. Maria schaut von ihrer Arbeit hoch und sieht aus einer Entfernung von gut fünfzehn Metern einen gelblichen Schwall in hohem Bogen aus ihrer Schwester erbrechen und sich über die Erde verteilen. Regina wischt sich mit dem Handrücken über den Mund und geht wieder in die Hütte, schleppt sich ins Bett und schließt die Augen.

Am nächsten Morgen steht sie auf, wäscht sich, legt frische Kleider an und isst drei Teller Suppe, dann geht sie nach draußen und kümmert sich um das Holz. Als Maria heimkommt, sie war schon früh rausgegangen, wollte ein Wildschwein jagen, um einen Fleischvorrat anzulegen, ist aber auf keines gestoßen und wollte nicht zu lange ausbleiben, sind da mehrere hohe Stapel klein gehackter Holzscheite fein säuberlich an die Schuppenmauer gereiht. Sie geht ins Haus, da steht Regina, ein unsicheres Lächeln huscht über ihr Gesicht, als sie ihre Schwester zu Tisch bittet, ihr einen Teller Suppe hinstellt und »Gut« sagt.

Maria nickt und isst.

Wieder drei Tage später.

»Erdäpfel«, sagt Regina. Sie sitzt über einem Blatt Papier und schreibt. »Erdäpfel und Kerzen. Eine Pfanne wär gut. Bei der hier geht das Feuer durch den Boden durch.«

Maria nickt. Sie hat darüber nachgedacht, ob sie es ganz ohne Hilfe von draußen schaffen könnten. Irgendwie würden sie schon durchkommen, sie sind nicht wirklich auf Sarah oder die Produkte der Welt angewiesen, aber jetzt, wo Regina es so offen ausspricht, den Korb hernimmt und in ihre alte Routine des Listenschreibens verfällt, wird sie schwach und vernünftig und verwirft die eigensinnige Utopie eines vollkommen autarken Lebens wieder. Sicher, im Moment würde es funktionieren, aber wie lange noch? Sie beide würden, wie Evelina, irgendwann schwach, träge und müde, dann wäre eine Unterstützung von Vorteil. Zwar will sie nicht von Sarah abhängig sein, aber die könnte es doch einfach ihrer Mutter gleichtun, sie müssten sich nicht einmal sehen, die Lichtzeichen wären genug. Drei Lichtzeichen, der Korb, die Liste – das alte System.

»Und das Buch über die Kirchen, das bei der Klara im Regal steht. Darf ich, Maria?«

»Ja«, sagt Maria, »lass uns gehen.«

Und nun stehen sie am Waldrand und starren in den blutroten Fleck am Himmel, der langsam immer breiter wird, bevor er sich endgültig ausblendet.

Nach zwei weiteren Stunden nickt Maria. Ihre Schwester entzündet die Fackel und schwingt sie dreimal von rechts nach links und wieder zurück über ihren Kopf. Sie warten und schauen auf Sarahs Haus, das durch die hell erleuchteten Fenster wie eine Verlängerung des Nachthimmels wirkt – als wäre die Anordnung der Fenster ein Sternbild am Horizont.

Keine Reaktion. Regina versucht es wieder. Nichts.

Erst nach noch einer Stunde und permanenten Kontaktversuchen, gerade als die beiden wieder umkehren wollen, geht das Licht im Haus aus und dann noch zweimal an und wieder aus. Endlich hat sie's kapiert.

»Gut«, sagt Maria, schiebt ihr Gewehr nach hinten auf ihren Rücken und geht los, hinein in den Wald.

Am nächsten Tag irgendwann am Nachmittag hört sie ein Rascheln und Knacksen im Wald. Sie dreht sich um, Regina ist hier bei ihr in der Stube, also nimmt sie ihre Waffe und stürzt nach draußen. In ungefähr fünfzig Metern Entfernung steht, genau wie vor sieben Jahren, Sarah und starrt auf das Haus, vor ihr eine bis an den Rand gefüllte Scheibtruhe. Und wie vor sieben Jahren legt Maria ihr Gewehr an und richtet es auf den Eindringling.

»Ich bin's, Maria«, sagt Sarah.

Maria schweigt und verharrt in ihrer Position. Und Sarah versteht. »Ich wollte noch einmal kommen«, sagt sie. »Ein letztes Mal. Ich hab euch Sachen mitgebracht, die von der Liste und noch ein paar andere.«

Regina geht auf sie zu. Sarah will sie umarmen, aber die Schwester wühlt gleich in der Scheibtruhe, findet ihr Buch, drückt es an ihre Brust und läuft in die Hütte. Sarah schiebt ihr Gefährt nach vorn und stellt es neben dem Haus ab. »Hier, zwei Pfannen. Und ein Topf. Und ein paar Gläser. Ich hab viel zu viel.«

Maria hievt den Sack mit den Erdäpfeln auf ihre Schulter und trägt ihn in den Schuppen, bringt eine Schnapsflasche mit und will sie der Sarah geben.

»Nein, ist schon gut. Ich brauch den Schnaps nicht. Ich hab sogar noch ein paar Flaschen mitgebracht, die hab ich noch gefunden. Darf ich kurz ins Haus kommen?«

Maria nickt ernst. In der Stube sitzt Regina am Tisch, vertieft in das neue Buch.

»Ich kann dir noch ein anderes besorgen. Eins mit allen Kirchen des Landes drin. Soll ich?«, fragt Sarah leise und setzt sich an den Tisch, an ihren alten Platz.

»Ja«, sagt Regina und strahlt. »Ja!«

»Schön habt ihr es jetzt. Alles ist so ordentlich.«

Sarah schaut auf die Stelle, wo Adams Bett war, und schluckt.

»Ich wollte nicht, dass es sich so entwickelt. Ich war so schwach. Ich bin eine schlechte Mutter. Vielleicht bin ich ein schlechter

Mensch. Ich hätte im Kloster bleiben sollen. Ich bin nicht gebaut für diese Welt. Ich wünschte, ich könnte die Zeit zurückdrehen und alles besser machen.«

»Das geht nicht«, sagt Regina ernst. »Man kann die Zeit nicht zurückdrehen.«

Sarah lächelt. »Nein, das kann man nicht, du hast recht.«

Maria bleibt stur vor dem Tisch stehen, schweigt beharrlich.

»Ich habe tagelang geschlafen, wisst ihr. Ich bin jetzt wirklich zuhause angekommen. Erst jetzt. Und ich verstehe, dass euer Zuhause hier ist. Hier im Wald. Ich hätte euch gar nicht erst überreden sollen, mit ins Dorf zu gehen. Bitte verzeiht mir. Aber ihr seid meine Schwestern, meine Familie, ich wollte euch helfen, ich war wirklich davon überzeugt, dass das zu eurem Besten ist. Ich wollte euch etwas geben, etwas zurückgeben. Ich dachte, ihr könntet von mir und der Welt profitieren. Ich war so dumm und naiv. Aber ich werde immer für euch da sein. Schreibt auf die Liste, was ihr braucht. Ihr müsst mir auch nichts geben, es ist noch ein bisschen Geld von der Klara da. Ich werde mir Arbeit suchen. Egal was. Ich kann im Supermarkt arbeiten. Oder beim Arzt. Irgendwer wird mich schon nehmen. Und wir können uns ja schreiben, wenn ihr wollt. Ich würde mich freuen.«

Das Holzapfelschweigen, nie war es klarer oder härter, nie bezeichnender als in diesem Moment. So viel ist geschehen, alles ist gesagt. Maria wird ihr niemals verzeihen, niemals, das weiß Sarah genau. Der Adam, der fehlende Adam wird immer zwischen ihnen stehen.

»Gut«, flüstert sie abschließend, steht auf, streicht ihren Rock glatt und räuspert sich, da sagt Regina mit dem unschuldigsten Lächeln im Gesicht: »Einen Schnaps trinken wir noch.«

»Nein«, meint Sarah. »Ich gehe besser.«

Aber Regina besteht darauf. »Einen Schnaps noch.« Stellt die neuen Gläser auf den Tisch und schenkt ein.

Drei Stunden später, die beiden sind stockbesoffen. Maria sitzt, steht oder geht umher, wartet still. Regina rezitiert immer wieder aus der *Lyra des Orpheus*. »Deinen falschen Tränen zog ich tödlichste Essenzen aus … Deinem Lippenpaar entsaugt' ich allerschlimmstes aller Gifte …« Sarah versucht hektisch die entsprechenden Stellen im Buch zu finden. Als sie es einmal schafft, kreischt sie auf. »Tatsächlich«, jubelt sie hysterisch. »Ich hab's, hier ist es. Du hast Lord Byron zitiert, Regina! Fehlerfrei! Das ist unglaublich, du bist ein Genie!«

Aber Regina geht nicht weiter darauf ein, blättert in dem Kirchenbuch, betet, verfällt in Litaneien. Sarah ergänzt brav ihre Anrufungen. »Bitt' für uns«, sagt sie, so wie Adam es gesagt und geliebt hat. Und wieder muss sie heulen. Ein paar Mal ist sie nahe dran, den Schwestern von dem Vorfall in der Pizzeria zu erzählen. Wie gern würde sie ihnen das Foto zeigen, ihnen von der Richtigkeit der Entwicklungen berichten, von dem kleinen, intelligenten und vielversprechenden Buben erzählen, der es gut hat da draußen und aus dem ganz bestimmt etwas werden wird, dem alle Türen offen stehen – Türen, die es hier im Wald nicht gibt. Aber natürlich tut sie es nicht. Sie hat lange darüber nachgedacht. Nein, das würde Maria nie verstehen. Nie und nimmer. Sie würde nur wieder losziehen, von einer Katastrophe zur nächsten, Blut- und Tränenspuren hinterlassen. Das Allerschlimmste würde aus dieser Nachricht erwachsen, ein frankensteinähnliches Monstrum mit schrecklicher, todbringender Mission, also muss sie alles für sich behalten, darf sich nichts anmerken lassen. Und wenn der Schnaps ihren Willen schwächt und ihren Verstand beeinträchtigt? Sie darf auf keinen Fall zu weit gehen. Und so, in einem zufälligen Augenblick der Klarheit, reißt Sarah sich los, umarmt Regina im Bewusstsein, dass sie ihr nie wieder nahe kommen wird, küsst sie, streicht ihr übers Haar, über die Wangen, über ihre fehlende Braue und schluckt. Dann geht sie zu Maria und reicht ihr die Hand. Ihr Gruß wird erwartungsgemäß nicht erwidert.

Also macht sie den Knicks, den Adamknicks, die Verbeugung des Jungen, der es geschafft hat. Regina kichert und trinkt.

Dann geht sie, die Sarah.

Als sie draußen ist und Maria nicht mehr in die Augen schauen muss, ruft sie: »Wenn ich ihn finde, bringe ich ihn zu dir! Das verspreche ich!«

Sie blickt sich noch einmal um. Das ist das Paradies, denkt sie. Ich bin nur ein gefallener Engel, eine Vertriebene, Unwürdige. Ich bin die Schlange, die ihnen den Apfel gereicht hat. Und da draußen ist die Hölle. Da bin ich daheim. Da gehöre ich hin.

Und so, mit den beiden im Wald, der einen im Dorf und dem dritten in der Stadt, vergehen sieben Jahre.

27. Abschiede

Die *Sunshine Bar* hat definitiv bessere Zeiten gesehen. Das Geschäft stagniert, die alten Mädchen sind, nun ja, alt geworden, aber der Felsenreiter kann weder seinen körpernahen Dienstleistungsbetrieb in *Haus Abendruhe* umbenennen noch die afghanische Burka zur Basisausstattung erklären. »Ihr seid wie Spitzensportler«, hat er früher immer zu ihnen gesagt. »Nach ein paar Jahren ist Schluss, euer Ablaufdatum ist in eure Haut geritzt, da kann man nichts machen, das ist nichts Persönliches, das ist die Natur.« Die Neuen sind alle nichts wert, unprofessionell, faul und dumm. Beschweren sich permanent, meinen, alles stünde ihnen zu, dabei wollen sie gar nichts außer Bequemlichkeit. Früher waren die Mädchen aus dem Osten Vollprofis, aber nichts ist mehr wie früher. Nicht einmal Deutsch wollen die lernen – was sind das für Leben, fragt er sich. Denn auch wenn die Kunden nicht hierherkommen, um Gedichte zu interpretieren oder neue Literatur zu diskutieren, wollen sie doch eine Ansprache, Verständnis, ein bisschen plaudern und lachen, sie sind ja keine Tiere. Sagt der Felsenreiter. Er weiß, dass er sich keine Edelnutten leisten kann, aber ein Minimum an Niveau muss drinnen sein. Halbwegs hübsch, sauber und freundlich sollen sie sein, mehr nicht. Und wenn schon nicht hübsch, dann wenigstens witzig. Zu einem Lächeln und simplen Dreiwortsätzen muss jede Frau, die einen Mann betören will, fähig sein, das ist wirklich nicht zu viel verlangt. Aber bei diesen jungen Dingern, die von weiß Gott wo herkommen, aus Kriegsgebieten oder von der Straße – er will es, solange sie gesund sind, gar nicht genau wissen –, muss er schon froh sein, wenn sie den Dienstplan kapieren und pünktlich und geschminkt zur Arbeit erscheinen. Anfangs hat er sie sofort wieder rausgeschmissen, wenn sie nicht spurten, aber irgendwann wurde ihm das Spiel zu blöd.

Es sind beschissene Zeiten, davon ist er überzeugt. Jeder Elfjährige lädt sich per Knopfdruck Pornos aufs Handy, ohne einen Cent dafür zu bezahlen. Früher hat er noch die rechten Politiker unterstützt, die sich gegen Pornografie starkmachen wollten, aber keiner von denen hat je was zustande gebracht. Längst ignoriert er die Politik, das reinste Marionettentheater. Wie soll man da als Geschäftsmann überleben? Dieses Jahrhundert kann ihn am Arsch lecken. Ja, die verdammten Handys und Computer werden von Jahr zu Jahr wieder besser, seitdem alles hier in Europa produziert wird, alles andere geht den Bach runter. Früher gab's Geld und Spaß und Weiber mit Stil. Jetzt will er den Laden so lange über Wasser halten, bis er ihn dem Buben übergeben kann, der versteht diese Zeiten hoffentlich besser, immerhin sind es seine Zeiten. Die einzige Zeit, die zählt und lebenswert ist, ist die Jugend, sagt der Felsenreiter. Vielleicht noch die Spanne zwischen zwanzig und dreißig. In den paar Jahren passiert alles, was einen Menschen ausmacht und ihm die Krone der Schöpfung aufsetzt, diese Jahre formen seine Ziele, seinen Geschmack, seinen Stil. Das ist er dann, und das schleppt er mit sich herum, und nichts davon wird jemals wieder verändert oder infrage gestellt. Wenn diese paar Jahre nichts für dich bereithalten, wenn in der Zeit irgendwas schiefläuft, kannst du den Rest auch gleich abschreiben. So sieht das der Felsenreiter, denn so ist das nun einmal, da kann man machen, was man will. So ist die Natur. Und wie jeder weiß, so scherzt er immer noch gern, fährt über die Natur die Eisenbahn drüber – so ein Frauenkörper ist der lebende Beweis dafür.

Seit Lucy im Ruhestand ist – im Grunde hat sie sich von dem Vorfall mit Herrn Paul nie wieder erholt, hat sich Vorwürfe gemacht und von da an den Puffalltag nicht mehr ohne Psychopharmaka und Alkohol ertragen, was wiederum mehrere Unfälle und Ausfälle zur Folge hatte und irgendwann nicht mehr tragbar war –, ist die Bulgarin Rumena zur Empfangsdame avanciert, und nur noch wenn ihre alten Stammkunden vorbeischauen, am aktiven Geschäft beteiligt. Schon interessant, stellte Jenny damals fest, wie sehr so ein Körper sein Umfeld täuscht. Und recht hatte sie: Ein Körper ist ein Täuschungsmanöver. Den Dicken schreiben wir Stärke zu, den Dünnen Fragilität, und den Schönen Selbstbewusstsein. Und doch konnte die schmächtige Veronika den blutigen Zwischenfall relativ schnell abhaken und sich wieder dem Leben und vor allem dem Adam zuwenden, die mächtige Lucy hingegen, die nie gejammert und immer gelächelt hat, von der jedes Problem abzuprallen schien wie Schüsse von einer kugelsicheren Weste, ist zusammengeklappt wie eine Stoffpuppe und hat es nicht geschafft, sich wieder aufzurichten. Und wieder wusste der Chef ein weiteres Drama empathisch zu kommentieren: »Tja, ewig schade um sie. Sie war die Beste. Dachte ich. Was soll man machen.« Ja, in der *Sunshine Bar* warteten alle Erkenntnisse eines Menschenlebens auf ihre Bewohner, so wie sie auch sonst überall warten, ob die Menschen sie nun wahrnehmen oder nicht. Und mit der Erkenntnis der Vergänglichkeit wurden die Frauen hier nicht nur belohnt, sondern regelrecht gequält.

Ivana musste sich letztes Jahr nach einer chronischen Lungenerkrankung und einem folgenschweren Bandscheibenvorfall auch zurückziehen, nachdem der Felsenreiter ihr freundlich erklärt hatte, dass er keine Sozialversicherung sei. Zurück nach Kroatien, das war ihr Plan, und weil sie beide keine Familie hatten, kündigte auch Slavenka. Sie wollten zusammenbleiben, was dem Chef nur recht war, denn auch an ihrem Körper hatte die Zeit ihre Spuren hinterlassen, er hätte sie bestenfalls als Kellnerin weiterbeschäftigen können.

Für Adam war es ein schwerer Abschied. Er hatte sich monatelang um Ivana gekümmert, ihr vorgelesen, Tee gekocht und den Luftbefeuchter mit frischem Wasser gefüllt. Ihr Zustand hatte sich doch verbessert, so dachte er, sie hustete viel weniger als am Tag davor, sie war doch schon fast wieder gesund! Dazu kam, dass tatsächlich ein Familienzirkus in der kleinen Stadt Halt gemacht hatte, den die zwei mit ihm besuchten, genau wie sie es ihm versprochen hatten.

Das Zirkuszelt war klein, bot Platz für vierzig, fünfzig Besucher, die Artisten waren wie eine richtige Familie mit ein paar Alten, die an der Kassa saßen und Süßigkeiten anboten, und sogar kleinen Kindern, die dem Clown zur Seite standen, auf Pferderücken geschnallt wurden oder die Spitze einer Menschenpyramide bildeten. Die Akrobatik der Artisten war von bemühter, tollpatschiger Art, die wenigen Tiere waren alt und lahm, weder motiviert noch exotisch, aber gerade das, diese Echtheit, fanden die Frauen so sympathisch und schön. Und obwohl Ivana mehr draußen als drinnen war, weil der Sand und die Tierhaare ihren Bronchien zu schaffen machten, war es für den Adam der allerschönste Tag, der am Ende sogar mit einem neuen Berufswunsch aufwartete: Er wollte im Zirkus arbeiten. Als Clown oder Assistent des Clowns, Trapezkünstler oder Tierwärter, ganz egal – nicht einmal das Geständnis der beiden Frauen, niemals beim Zirkus gewesen zu sein, konnte seine Begeisterung schmälern. Plötzlich erschien ihm der Kirchendienst langweilig, und ein neuer Traum war in seinen Kopf gepflanzt. Vielleicht könnten sie ja alle gemeinsam, die ganze Familie, einen Zirkus gründen – Ivana und Slavenka, Veronika, Rumena, Jenny und Lucy. Und seine Tanten im Wald, warum nicht? Ja, der *Holzapfelzirkus*! Nein, *Zirkus Holzapfel* müsste es heißen. Diese Vorstellung trieb ihn an und machte ihn glücklich, und Roxy und Foxy waren es mit ihm; dennoch gab es kein Zurück, wie es nie ein Zurück gibt.

Als der Tag des Abschieds da war, verkroch er sich in seinem Zimmer, malte und sprach mit niemandem. Nicht einmal Veronika konnte zu ihm durchdringen. Als sie ihm sagte, dass die beiden jetzt losfahren müssen, ging er hinunter, gab jeder eine Zeichnung, eine mit einem Zirkuszelt, über dem bunte Lampions hingen, und eine mit einer Menschenpyramide, die ausschließlich aus Frauen bestand, nur ganz oben an der Spitze stand er, Adam, mit erhobenen Armen und lachendem Gesicht. Dann reichte er ihnen die Hand und lief heulend ins Haus zurück. »Wir schreiben uns, ja?«, rief Slavenka ihm nach. »Du kannst immer anrufen, Schatzi!« Da war der Adam zwölf.

Zu seinem achten Geburtstag hatte er ein Handy bekommen und wochenlang mit den Mädchen nur per SMS kommuniziert, sie mussten es ihm wieder wegnehmen; er wollte nicht verstehen, warum er nur schreiben durfte, wenn sie nicht zusammen waren, wo er doch so gut wie immer mit ihnen zusammen war. Erst als er in die Schule ging, eröffnete sich ihm der eigentliche Sinn der mobilen Telefonie.

In seinem neunten Jahr wurde Adam Felsenreiter vor den Stadtschulrat gebeten, um sich einem Test zu unterziehen. Sein Vater begleitete ihn höchstpersönlich. Das Lesen und Schreiben fiel ihm leicht, seine mathematischen Kenntnisse waren jedoch von eher rudimentärem Charakter, wie die Stadtschulrätin vorsichtig anmerkte. Man empfahl einen Einstieg in die zweite Klasse der Volksschule. Der Felsenreiter war stolz, weil der Bub gleich eine Klasse übersprang, Veronika hatte insgeheim gehofft, dass er seinem Alter entsprechend gleich in die dritte Klasse einsteigen könne. Die einzige Sorge des Vaters war das Durchsetzungsvermögen des Kleinen. Er wusste, dass er weibisch war, Steine sammelte und Flöte spielte, und wollte unter allen Umständen vermeiden, dass er von den Rotznasen der Stadt als Weichei hingestellt und nicht respektiert wurde, also traf er Vorsorge. Er erbat sich bei einer ersten Unterredung mit der Lehrerin das Privileg, die erste Woche lang in der Klasse sitzen zu dürfen, um auf seinen Sohn, der doch so viel mitgemacht hatte, ein Auge zu werfen.

Er nahm ganz hinten Platz und bombardierte die Buben der Klasse mit einschüchternden Blicken und Gesten. Wenn ihr euch mit ihm anlegt, legt ihr euch mit mir an, sagten seine Augen, seine Hände, seine Körperhaltung. Schon am zweiten Tag sah die Lehrerin sich gezwungen, ihn darüber in Kenntnis zu setzen, dass einige der

Kinder Angst vor ihm hatten und mehrere Eltern sein Fernbleiben vom Klassenraum verlangten. Der Felsenreiter wollte kein Aufsehen, erhob sich von seinem Platz, ging langsam zu Adam und sprach: »Also, ich geh dann. Du machst das schon. Wenn irgendwas ist, rufst du mich an, in Ordnung?«

»In Ordnung«, sagte Adam, ein bisschen peinlich berührt. Die finsteren Augen des Alten streiften noch einmal die Gesichter der anderen Kinder, dann nickte er der Lehrerin zu und verschwand. Adam nahm das allgemeine Aufatmen als etwas Erlösendes und gleichsam Befremdliches wahr, dennoch empfand er die Sorge des Vaters als etwas Warmes, Wohliges. Das war noch nie von ihm ausgegangen, und diese Entwicklung gefiel ihm.

Am nächsten Morgen, gerade als er losgehen wollte, nahm der Felsenreiter seinen Sohn zur Seite und sagte salbungsvoll: »Pass auf, Bub. Die Schule ist ein Kriegsschauplatz, ein Schlachtfeld, verstehst du? Die kleinen Scheißer warten nur darauf, dass du einen Fehler machst oder etwas Falsches sagst. Sobald du dich umdrehst, pissen sie dir in den Ranzen oder krallen sich deine Mütze, stellen dir ein Bein und lachen dich aus. Das war immer so und wird immer so sein. Das sind kleine Teufel, wichsende Idioten.«

Veronika stand daneben, kratzte sich die Stirn, zog die Lippen in die Mundhöhle und lächelte verkrampft. Der Felsenreiter fuhr fort.

»Was auch immer passiert, du musst auf der Hut sein. Es ist wie bei den Wildschweinen im Wald, hörst du?«

Adam hörte und blickte hoch, dem Vater in die Augen.

»Und, Adam, was machst du, wenn du zu den Wildschweinen gehst?«

»Dann bin ich ganz leise.«

»Und wenn sie dich angreifen?«

»Das darf nicht passieren.«

»Und wenn doch?«

»Dann … dann ist da die Tante, die hat ein Gewehr«, flüsterte der

Kleine. Es war zum ersten Mal, dass der Felsenreiter ihn an den Wald erinnerte. Veronika atmete tief durch.

»Genau, Kleiner«, grinste der Vater und bereute die Waldmetapher umgehend. »Jetzt ist es aber so, dass du leider kein Gewehr in die Schule mitnehmen darfst. So sind die Regeln und an die musst du dich halten. Aber ich habe zwei gute Nachrichten für dich. Zwei Geschenke zum Schulanfang.«

Adams Augen wurden größer. Der Felsenreiter holte ein kleines Paket aus seiner Jackentasche, ein längliches Stück Leder, in das etwas eingewickelt war. Adam öffnete es, und in seine Hand rollte ein kleines Messer mit geschnitztem Holzgriff.

»Oh«, strahlte Adam, »danke! Da kann ich dir was schnitzen.«

»Ja«, lachte der Felsenreiter. »Das kannst du auch, aber ich will, dass du dieses Messer in deinen Schulranzen legst, nur für den Fall, dass dich einer von den Idioten provoziert. Lass dir nichts gefallen. Verstehst du mich?« Er schaute Adam eindringlich in die Augen.

»Ja«, sagte der, rollte das Messer in die Lederhülle ein und packte es in seine Tasche.

»Gut.« Der Alte genoss seine eigene väterliche Fürsorge. »Und heute Nachmittag gehen wir zum Schießstand. Du bist jetzt groß und musst lernen, wie man eine Waffe verwendet. Und jetzt los, hau schon ab, du sollst nicht zu spät kommen.«

Der Schulbus hielt bei der Haltestelle vor dem McDonald's. »Danke!«, rief Adam und lief los. Veronika schickte ihm noch einen Kuss hinterher und drückte eine Träne aus dem Auge. Der Felsenreiter schüttelte den Kopf und ging ins Haus. Adam drückte seine Nase gegen das Fenster, als der Bus an der *Sunshine Bar* vorbeifuhr.

Das Messer packte er nie aus, wenngleich ihm die anderen Buben suspekt blieben. Auch in der Schule bevorzugte er die Gesellschaft der Mädchen. In die Lehrerin verliebte er sich regelrecht, sie hieß

Martha und war eine robuste Frau von etwas distanzierter, aber freundlicher Art, seiner eigenen Mutter nicht unähnlich, hatte immer ein Auge auf den Buben gerichtet und führte ihn mit sicherer Hand durch die Volksschuljahre.

Dass er ins Gymnasium wechseln musste, leuchtete dem Adam nicht ein. Schon wieder ein Abschied. Das Leben schien eine Aneinanderreihung von Abschieden zu sein. Nichts hatte Bestand. Alles, was er schön fand, was gut und angenehm war, musste aus irgendeinem Grund ein Ende haben, alles, was er festhalten wollte, war schlüpfrig wie ein Fisch im Wasser. Der Alltag hielt ihn beschäftigt, manchmal dachte er wochenlang nicht an die Tanten im Wald. Wenn sie ihm dann wieder in den Sinn kamen und er sich immer schwerer tat, sich an ihre Stimmen zu erinnern, machte ihn das so traurig, dass er sich zurückzog und niemanden sehen wollte. Veronika lernte mit der Zeit seine heftigen Gefühlsschwankungen zu deuten und zu respektieren, erzählte ihm weiter von seiner Mutter und den Mädchen oder fragte ihn nach dem Waldleben aus, aber immer öfter reagierte er wortlos, mit leerem Blick und Schulterzucken.

Jetzt ist der Adam dreizehn. In den letzten sechs Monaten ist er ziemlich in die Höhe geschossen. Er fährt jeden Tag mit dem Rad länger als eine halbe Stunde in die Schule und wieder zurück, sein Körper ist kräftig und was man gemeinhin als trainiert bezeichnet. Offiziell hat er jetzt sein eigenes Zimmer, aber die meisten seiner Sachen sind immer noch bei Veronika, und bei ihr oder Rumena verbringt er auch bevorzugt seine Abende und Nächte. Mit seinen Schulkollegen kommt er ganz gut zurecht, aber keine der Bekanntschaften reicht über den Schulalltag hinaus, keine hat die Qualitäten, die es braucht, um zu einer Freundschaft zu werden, und damit hat er kein Problem – er ist sich selbst genug und hat die Rolle des Eigenbrötlers gern angenommen.

Die Prinzipien der Gruppendynamik stellten ihre Macht bei der

Bildung der Schulklassengemeinschaft schnell und unerbittlich unter Beweis, wie sie das immer tun. Ihre Kategorien scheinen archaischer Natur zu sein, noch nie wurde die instinktive Einteilung der Heranwachsenden in einer Gruppe von irgendeiner höheren Instanz kontrolliert. Es braucht kein institutionalisiertes System, um die Gewinner und Verlierer, die Führer und Mitläufer, die Streber und Chaoten, die Rebellen oder Clowns, die Täter und die Opfer zu bestimmen. Das alles erledigt die menschliche Natur im Handumdrehen. Und als Felsenreiter, wenn auch mit dem Stempel des Außenseiters auf der Stirn, lebt es sich ganz gut auf dem Schlachtfeld der Pubertät, das hat der Adam schnell erkannt.

Als er vor ein paar Wochen Veronika von seinem Plan in Kenntnis setzte, mit dem Rad zu seinen Tanten fahren zu wollen, beschwor sie ihn hysterisch, nicht einmal im Traum an so etwas zu denken. Der Alte würde das mit allen Mitteln zu verhindern wissen, er würde ihn nach Hause prügeln, so schnell könne er gar nicht denken. Er wäre zu allem fähig, zu tatsächlich allem, und Adam dürfe seine Macht nicht unterschätzen. Auch wisse niemand, wo dieser Wald überhaupt sei – nur der Felsenreiter selbst. Außerdem lägen die Dörfer und Wälder, die dafür infrage kommen, viel zu weit entfernt, er hätte gar keine Vorstellung von der Weitläufigkeit des Landes, da wäre er tagelang unterwegs, vielleicht wochenlang. Nein, nein, das müsse er sich gleich wieder aus dem Kopf schlagen. Natürlich wusste sie von Sarah, dass es das letzte der sieben Dörfer war, aber eher würde sie sich die Zunge abbeißen, als den Buben ins Verderben rennen zu lassen. Er hatte auch schon einmal laut darüber nachgedacht, dass er sich an die Fahrt vom Wald in die Stadt gar nicht erinnerte – auch darauf konnte Veronika nicht eingehen. Sie hatte ja keine Ahnung, ob der Alte ihm was verabreicht oder die Augen verbunden oder ihn in den Kofferraum gesperrt hatte, so wie es einigen der neuen Mädchen aus dem Osten widerfahren war. Mein Gott, sie wollte es auch gar nicht wissen.

Als Adam sie nach einer Weile entmutigt, aber ganz naiv fragte, warum er seine Tanten eigentlich nicht besuchen dürfe, was also überhaupt das Problem sei, hatte sie auch keine Antwort für ihn, versprach ihm aber, die Frage gemeinsam mit ihm an seinen Vater zu richten, obwohl ihr klar war, dass das keine gute Idee war. Aber irgendetwas musste sie tun, sie musste ihm beistehen, seine Vergangenheit war dabei, ihn einzuholen. Der Wald rief immer lauter nach ihm, und Adam konnte seine Stimme nicht ignorieren.

Für den nächsten Tag hatte sie ein weiteres unangenehmes Gespräch mit dem Chef vereinbart. Erika, eine Ehemalige, war dabei, Unterschriften für eine Gewerkschaft für Prostituierte zu sammeln, und Veronika wollte den Versuch wagen, ihn für die Sache zu gewinnen. Das schien ihr vernünftiger, als hinter seinem Rücken zu agieren, zudem würden mit seiner Unterstützung auch die jüngeren Mädchen unterschreiben.

Der Felsenreiter wollte erwartungsgemäß von alldem nichts hören. Er war ziemlich betrunken, der Zeitpunkt war denkbar schlecht gewählt – es hätte aber freilich auch keinen besseren gegeben. Er schnaufte ein paar Mal, dann erinnerte er Adam an seine Entscheidung, die er selbst damals getroffen hatte. Ein Zurück sei ausgeschlossen. Ein Besuch ebenfalls. »Deine Mutter ist ein kaputter Mensch«, bellte er, »eine verlogene, verantwortungslose Säuferin. Und deine sogenannten Tanten sind wilde Tiere, zu keinem zivilisierten, menschlichen Verhalten fähig. Die sind nichts wert. Dreck sind sie, Dreck! Und wahrscheinlich tot, mittlerweile. Du solltest verflucht noch mal dankbar sein. Hast Glück gehabt, dass du die paar Jahre in der Wildnis überhaupt überlebt hast. Und dass ich dich aus diesem stinkenden Loch rausgeholt habe! So. Und jetzt will ich nichts mehr davon hören. Nie wieder!« Dann schickte er ihn auf sein Zimmer. Veronika sollte noch bleiben.

Adam reagierte mit einer nie zuvor empfundenen Wut. Seine Tanten waren nicht tot. Ganz bestimmt nicht. Das wusste er. Seine

Familie lebte, und sie waren auch keine Tiere. Selbst seine Mutter war ein guter Mensch. Warum sagte er so etwas? Warum hasste er die Frauen dermaßen? Adam wusste es nicht, und er wusste auch nicht, worauf er seine Wut richten sollte, also nahm er sein Messer aus der Tasche, krempelte seinen Ärmel hoch, setzte die Klinge oben an und zog mit ruhiger Hand die Linien des Kreuzes auf seinem Unterarm nach. Dieser Akt erschien ihm völlig logisch. Der Schmerz war ihm eine Erleichterung, das Brennen eine Beruhigung. Blut quoll aus der geraden Linie, die er über seine Haut zog – er beobachtete den Fluss wie aus sicherer Entfernung, als stünde er neben sich, als wäre der Arm, den er hier verletzte, nicht sein eigener und die Bewegung auf seinem Körper ein Naturschauspiel in der Ferne.

So verharrte er zitternd auf seinem Bett sitzend. Vielleicht stellte er sich vor, in diesen Blutfluss zu springen, vielleicht mündete der ja in den Bach, der durch den Wald führte, dorthin, wo er damals auf seinen Vater gestoßen war. Und vielleicht konnte er dort aus dem Bach klettern und wieder nach Hause laufen, wo seine Tante Maria ihm schon entgegenkam und ihn mit dem großen, groben Handtuch willkommen hieß. Vielleicht führte sie ihn in die warme Stube, in der seine Mutter und Tante Regina saßen und seltsame Laute von sich gaben, vielleicht hatten sie aber auch gar nicht getrunken, vielleicht waren sie dabei, seine Lieblingslitanei zu beten, in die er einstimmen und durch die er bald zur Ruhe kommen würde. Vielleicht machte Tante Maria ihm noch eine heiße Milch – mit einem Löffel Milchpulver mehr, als Tante Regina es erlaubte –, bevor er sich in sein Bett kuschelte und unter dem monotonen Gebrabbel der Frauen die Augen schloss und langsam einschlief. Vielleicht gab es doch ein Zurück. Ja, vielleicht.

Als Veronika nach einer Stunde noch nicht zurückgekehrt war, begab er sich auf die Suche. Er klopfte an Rumenas Zimmertür und öffnete sie. Veronika saß vor dem Spiegel und verbarg hastig ihr Gesicht, als der Junge eintrat. Rumena schien sie gerade zu frisieren, sie stotterte, wollte Adam abwimmeln. Als er trotzig näher kam und wiederholt wissen wollte, was denn los sei, begann Veronika zu schluchzen und eröffnete ihm ihr überschminktes Antlitz, dessen linke Seite zu doppelter Größe angeschwollen war. Sie beteuerte sabbernd, dass alles in Ordnung und sie nur im Stiegenhaus gestürzt sei, aber Adam wusste Bescheid. Er wusste, dass der Felsenreiter die Mädchen manchmal schlug, aber so zugerichtet hatte er noch keine, da war er sich sicher. Und der Grund dafür war er. Wegen ihm musste Veronika leiden. Er hatte sie geschlagen, weil er, Adam, schwach gewesen war und gejammert hatte. Sie musste das ertragen, damit er verschont blieb. Sie war bereit, für ihn zu sterben – wie die Eltern von *Harry Potter*! Er hatte diese Bücher geliebt und es nur ertragen, sie der Bücherei wieder zurückzugeben, wenn er den nächsten Teil mitnehmen durfte. Später schenkten die Mädchen ihm die Filme zum Geburtstag, sahen sie mit ihm an und besprachen sie mit ihm wochenlang. Das waren aufregende, schöne und schreckliche Nachmittage, er hatte sie wirklich ins Herz geschlossen, die Frauen aus der *Sunshine Bar*, aber Veronika war mehr, sie war ihm nicht nur eine Freundin, sie war eine Mutter. Wie die Sarah. Wie die Tante Maria.

Und jetzt saß sie da mit schmerzverzerrtem Ballongesicht und blutunterlaufenem Auge und sollte sich wieder um *ihn* kümmern? Das war nicht richtig. Er fühlte sich schlecht und verantwortlich, verdunkelte seinen Blick, presste die Lippen aneinander und zog seinen Ärmel hoch. Eingetrocknete Blutspuren waren über seinen Unterarm verteilt wie ein Flussdelta auf einer dreidimensionalen Landkarte. Die Mädchen erschraken, fielen über ihn her, überhäuften ihn mit ihren Tränen, ihren *Mein Gotts* und *Achs* und *Neins* und wuschen seinen Arm.

Seine Augen aber waren schon wieder trocken, und sein Blick blieb verfinstert.

28. Der Plan

Der Felsenreiter sitzt am Steuer seines *Jeep Cherokee Diesel 1988*. Seit fast zwanzig Minuten steht er schon da am Waldrand und denkt nach. Die Maisonne brennt aufs Dach, er drückt den Fensterheber und fährt das Fenster nach unten. Der Himmel gaukelt ihm eigenartige Reflexionen über den sich sachte schaukelnden Halmen der Felder vor. Weizen, Gerste, Roggen, dazwischen lange Bahnen von leuchtendem Raps. Schön ist es hier. Schön ist das Land, friedlich und geordnet. Aber die Natur ist falsch und verlogen, weiß der Mann, sie zeigt dir das blühende Leben, während hinter dem nächsten Baum der Tod wartet.

Die Ruhe der letzten Jahre ist verflogen. Er ist verunsichert, weiß, dass er Fehler gemacht hat, dass alles auf dem Spiel steht. Die dräuende Ernsthaftigkeit in den Augen seines Sohnes ist ihm nicht entgangen, er hat die Veränderung des Buben registriert. Sein Sohn hatte es tatsächlich geschafft, ihn zu mäßigen und allem einen Sinn zu geben. Er hat weniger gesoffen, das Bedürfnis nach einer festen Beziehung war wieder weg, die Depression war kein Thema mehr. Der Nachkomme war in sein Leben getreten als Antwort auf all seine Fragen, die nun wieder offenstehen wie Löcher auf der Straße.

Und wer ist schuld daran? Wem ist es zu verdanken, dass der Bub sich gegen ihn stellt, undankbar und rebellisch wird? Wer muss alles, was von Natur aus einfach ist, verkomplizieren und dekonstruieren?

Natürlich. Warum können sie nicht einfach tun, was zu tun ist? Warum müssen sie jedem Alltagsfurz gleich ein griechisches Drama umhängen? Von Liebe, Treue und Ewigkeit schwafeln, wenn es doch mehr als augenscheinlich ist, dass nichts der Rede wert ist, alles sich bestenfalls um Kampf, Schweiß und Vergänglichkeit dreht! Warum können sie dem Drang, alles und jeden an sich zu ketten und mit sich in den Abgrund zu reißen, nicht widerstehen? Mit der größten Leichtigkeit, mit dem flüchtigsten Lächeln, der beiläufigsten Hüftbewegung öffnen sie dem Teufel Tür und Tor, nur um dann darüber schockiert zu sein, dass er mitten im Haus steht und nach Futter verlangt. Sie reden unaufhörlich, jammern und heulen, stellen die Welt auf den Kopf, erklären die Krankheit zur Routine und die Gesundheit zur Abweichung. Der Felsenreiter hält das nicht mehr aus. Mein Gott, Fußballtrainer hätte er werden können, Feuerwehrhauptmann oder Bürgermeister, aber nein, wofür hat er sich entschieden? Für ein Haus, für ein Leben voller Weiber! Der Untergang der Welt ist allein ihrer Gefühlstyrannei geschuldet – Apokalypse jetzt.

Er wollte Veronika nicht wehtun. Nicht so. Vielleicht wollte er ihr eine Grenze aufzeigen, sie zur Vernunft bringen, aber dass das Ganze so ausufern musste, war nicht seine Absicht gewesen. Jetzt muss er irgendetwas tun, muss zurückrudern, jetzt muss er handeln. Dabei sollte sie sich doch nur um ihn kümmern, ihn versorgen. Er hat ihr den Jungen übergeben, um mit dem Alltagsscheiß nicht belastet zu werden, schließlich hat er ein Haus zu führen. Er hat A gesagt, sie hätte einfach nur B sagen müssen – aber was tut sie? Zählt das ganze beschissene Alphabet auf, zieht alle Register ihrer Weiblichkeit, überflutet sein Haus mit Tränen und Problemen, die er jetzt ausbaden kann. Jetzt muss er den Adam beruhigen, ihm irgendwas bieten, das ihn wieder runterholt von seinem pubertären Familientrip, den sie unterstützt und gefördert hat. Er muss ihm zeigen, dass er ihn versteht und bereit ist, ihm zu helfen und auf seine Sehnsüchte einzugehen.

Wenn der Felsenreiter allein daran denkt, muss er schon kotzen. Jedenfalls hat er sich gedacht, er könnte ein Treffen arrangieren, die Waldhexen für einen Nachmittag in die Stadt fahren und den Buben überraschen, ihn glücklich machen und sich selbst damit zum verdammten Ritter schlagen. Das große Glück müsste ja nicht in der

Bar stattfinden – die stinkenden Vogelscheuchen würden auf dem Stadtplatz viel zu viel Aufmerksamkeit erregen, wären auf jeden Fall geschäftsschädigend. Natürlich, mit ihnen im Schlepptau würde er sich selbst zur Lachnummer degradieren – und das wäre das Letzte, was er jetzt braucht. Er könnte sie ja irgendwo an einem neutralen Ort abstellen und dann den Buben holen. Dort würden sie sich in die Arme fallen und tun, was sie eben tun, ein paar Stunden plaudern oder beten oder was auch immer. Das Ganze würde jedes Jahr wiederholt und so zur Routine erklärt werden. Wie Weihnachten oder Ostern.

Das ist sein Plan.

In welchem Sarah nicht vorkommt. Er weiß, dass sie ihn nur provozieren, irgendetwas im Schilde führen und das ganze Projekt gefährden würde. Deswegen steht er ja auch hier, am anderen Ende des Waldes, wo er den Kleinen damals rausgeholt hat.

Wie er die zwei Schreckschrauben dazu bringen wird, weiß er noch nicht. Er weiß nicht, ob sie jemals zuvor den Wald verlassen haben. Aber versuchen muss er es, sonst dreht ihm der Bub noch durch und macht irgendeinen Blödsinn auf eigene Faust. Er weiß, wie stur junge Männer sind. Sie glauben, alles zu können und keine Grenzen respektieren zu müssen. Glauben, die Welt, ja die Natur, austricksen zu können. Das ist bestenfalls romantisch, selbstverständlich aber blöd. Den Jungen in den Wald zu lassen, kommt nicht infrage, auf gar keinen Fall. Sensibel wie der ist, würde ihn das bestimmt restimulieren und zu dummen Ideen verführen. Der Felsenreiter muss unter allen Umständen die Kontrolle behalten, und den Wald kontrollieren nun einmal die Schwestern. Das muss er respektieren, da muss er geschickt vorgehen.

Er fährt das Fenster nach oben, öffnet die Tür und steigt aus. Dann nimmt er seine *Mauser M03 Alpine* vom Rücksitz, hängt sich den *Steiner Nighthunter Extreme* um den Hals, setzt seinen Hut auf und geht los.

Er stellt sich auf einen bestimmt zweistündigen Fußmarsch ein, erst dann wird er in die Nähe der Hütte gelangen – dorthin, wo er schon einmal war und die Holzapfelsippe durchs Fernglas beobachtet hat. Er würde das natürlich nie vor einem anderen Mann zugeben, nie im Leben würde er darüber sprechen, aber er ist nervös, er hat Angst. Nicht unbedingt vor den Frauen selbst, aber vor ihrer Unberechenbarkeit. Er befindet sich auf ihrem Territorium, er ist der Eindringling, und selbst er ist nicht so abgebrüht und hart, dass ihm die fantastischen Gerüchte über die Frauen, und mögen sie noch so absurd sein, egal wären. Wer weiß, wozu die fähig sind, vielleicht sprechen sie ja mit dem Vieh im Wald, hetzen ihm die Wildschweine auf den Hals, sind mit Geistern im Bunde oder was auch immer. Das ist natürlich verrückt, aber der Felsenreiter kriegt diese Gedanken nicht aus seinem Kopf, auch wenn er immer wieder Halt macht, um zur Schnapsflasche zu greifen. Zumindest für einen kurzen Moment spült der Schnaps ihm dann das Gehirn frei, die vorübergehende Klarheit macht ihn wieder zuversichtlich und stark.

Nach etwa einer Stunde hört er das Rauschen des Bachs, oder ist das nur der Wind in den Baumkronen? Egal, die Richtung stimmt ungefähr. Er weiß, er darf sich nicht an die Wege halten, die führen alle nach draußen – er muss hinein ins Dickicht, tief ins Innere des Waldes vordringen. Irgendwann hört er es wieder. Ja, das ist eindeutig Wasser. Jetzt ist er sich sicher, in welche Richtung er weiter muss.

Am Bach macht er Pause, legt Tasche, Gewehr und Fernglas ab, blickt um sich. Stolz denkt er daran, wie er einst dem Buben hier gegenübergetreten war. Damals hat er alles richtig gemacht, und auch heute wird er sich auf seinen Instinkt verlassen. Er kniet sich auf die nassen Steine und beugt sich nach vorn, streckt seine Hände ins Wasser, es ist kalt und erfrischend. Er benetzt sein Gesicht, trinkt. Nimmt den Hut ab, legt ihn zur Seite und taucht kopfüber ein ins wohltuende Nass.

Kaum ist er untergetaucht, packt ihn etwas im Nacken und drückt ihn nach unten. Der Schock fährt ihm in die Glieder, er will hochfahren, schafft es aber nicht, atmet tief ein, das Wasser schießt in seine Nase, in seine Kehle und Atemwege, er hustet und prustet und mit brutaler Kraft schafft er es schließlich, in die Höhe zu schnellen. Er schüttelt sich das Wasser aus Gesicht und Haaren, spuckt in die Luft und lässt einen wilden Schrei los. Erst dann öffnet er die Augen.

Vor ihm steht tatsächlich das alte Holzapfelweib mit kaltem Blick und hält ihm den Lauf ihres Gewehrs unter die Nase.

»Hey«, sagt er schwer keuchend und beschwichtigend, »ganz ruhig.« Und damit beruhigt er vor allem sich selbst, denn sein Instinkt befiehlt ihm eindringlich, der Alten augenblicklich die Zähne einzuschlagen. »Ganz ruhig. Mein Name ist Felsenreiter. Ich will Ihnen keine Probleme machen.«

Maria starrt ihn mit großen Augen an, sie ist die Ruhe selbst, ihre Bewegungslosigkeit fasziniert ihn. Die könnte die ganze Zeit über hier gestanden sein, und er hätte sie gar nicht wahrgenommen, so eins mit der Natur ist sie.

»Ich –«, setzt der Felsenreiter an, aber sobald er einen Laut von sich gibt, geht ein Ruck durch ihren Gewehrlauf, der ihn gleich wieder verstummen lässt. Er streckt seine Arme aus, Maria registriert seine rechte, vierfingrige Hand. Dieser Vorgang wiederholt sich mehrere Male, der Mann schüttelt den Kopf und grinst das typische Felsenreitergrinsen, das die Welt verabscheut. Dann räuspert er sich, er will sie nicht unnötig provozieren.

»Hören Sie«, versucht er es ganz leise, beinahe flüsternd. »Ich will nur mit Ihnen reden.«

»Adam –«, stößt Maria schnell und unverständlich hervor.

»Was?«

»Adam.«

»Genau«, sagt der Felsenreiter, und dieses *Genau*, diese Bestätigung, lässt sie die Beherrschung verlieren. Sie rammt ihm den Gewehrlauf in die Gurgel, er bellt, kann nicht atmen, würgt und spuckt.

»Wo ist der Adam?«

»Deswegen bin ich ja hier!«, fährt der Felsenreiter sie an. »Und jetzt lassen Sie mich reden.«

Er hustet, reißt seinen Mund immer wieder auf, dehnt seinen Hals, um durchzuatmen, versucht ihr Starren zu entziffern, aber es ist so regungslos, dass er noch eine Weile wartet, bevor er es wieder versucht.

»Dem Adam geht es gut. Es ist alles in bester Ordnung.«

Maria beginnt zu schnaufen. *Heiligemariamuttergottes*, ihre Gebete wurden erhört! Der Bub ist nicht gestorben! Sie hat es gewusst. Sie hat vielleicht nicht mehr daran geglaubt, ihn jemals wiederzusehen, aber sein Tod hätte keinen Sinn gemacht. Sie hat nie aufgehört, ihn zu suchen, nie die Hoffnung aufgegeben, all die Jahre über. Ihr Herz pumpt, ihr Kopf füllt sich mit … was auch immer es ist, die Entladung wird Wut heißen.

»Hören Sie mir genau zu. Ich will nichts Böses, ich will Sie und Ihre Schwester zu ihm bringen.«

Marias Schnaufen wird hastiger.

»Bitte. Bleiben Sie ruhig. Ich will nichts von Ihnen. Scheiße, ich will Sie nur zum Adam bringen.«

Aber Maria kann sich nicht zurückhalten. Was der Mann ausspricht, ist zu viel für sie. Ihr Schnaufen wird tonal, und die Töne verheißen nichts Gutes. Jetzt fühlt der Felsenreiter sich mehr als provoziert, aber die Waffe ist immer noch auf ihn gerichtet, und er will hier ja schließlich nicht verrecken.

»Verstehen Sie überhaupt, was ich sage?«

Da richtet Maria das Gewehr blitzschnell auf sein linkes Bein und drückt ab. Der Felsenreiter knickt ein, brüllt auf, beißt die Zähne zusammen und versucht den fast unerträglichen Schmerz in seinem Knie wegzuatmen. Der Schuss war so laut, dass er immer noch meint, taub zu sein. Die Knarre muss hundert Jahre auf dem Buckel haben. Hasserfüllt blickt er auf das Weib und dann, in einem Augenblick höchster Konzentration, einem Augenblick, den womöglich nur dieser Schmerz zulässt, nimmt er etwas wahr, das er umgehend und ganz automatisch ausnutzt – den Hauch einer Schwäche. Da ist er, sein Instinkt. Er bemerkt ihre Gerührtheit, einen sentimentalen Anflug oder was auch immer es ist, das in dem unkontrollierten Zwinkern ihrer Augen oder in der Sekunde, da sie ihre Lippen öffnet, zutage tritt. Und tatsächlich, in dem einen Moment, in dem er auf sie losgeht, reagiert sie nicht, und so reißt er sie zu Boden, und sie verliert ihre Waffe. Er drückt sein gesundes Knie in ihre Wirbelsäule, reißt ihren Kopf nach oben und hält ihr sein *BlackField*-Kampfmesser an den Hals, dabei röchelt und schnaubt er. Er weiß, er darf sie nicht töten. Wenn er diesem Drang nachgibt, ist alles umsonst, alles verloren.

»So, und jetzt hör mir gut zu, du alte Hexe. Wir sind hier nicht im Krieg. Ich will dir etwas vorschlagen. Ich will euch beide in die Stadt zu Adam bringen. Verstehst du mich? Einmal im Jahr. Ihr dürft schön Familie spielen, euch anfassen, tun und lassen, was ihr wollt. Für ein paar Stunden. Dann bring ich euch wieder zurück. Das ist mein Angebot. Hast du das verstanden?«

Maria schweigt und denkt nach. Dann keucht sie ein ganz kurzes »Nein« in den Dreck.

»Was? Bist du bescheuert? Was daran kapierst du nicht?«

»Ich kapier es«, sagt Maria klar und deutlich. »Aber ich sag: nein.«

Der Felsenreiter drückt die Klinge gegen ihre Kehle. Was soll das? Er ist verwirrt, damit hat er nicht gerechnet. Sein Knie muss regelrecht zerfetzt sein, beim geringsten Druck könnte er losbrüllen. Er dachte tatsächlich, sein Plan würde alle glücklich machen und froh. Ist er wirklich so naiv? Wie blöd ist diese Fotze eigentlich, denkt er, reißt sich aber wieder zusammen. »Warum? Wieso nein? Ich verlange doch nichts von euch. Nichts. Ich tu euch einen verdammten Gefallen!«

»Wir leben hier. Im Wald. Wo ist der Adam?«

»Nein, du verstehst nicht –«, will der Felsenreiter ihr den Plan noch einmal erläutern, aber er kommt nicht dazu – mehr als ein lang gezogenes, ewiges Einatmen verlässt sein schäumendes Maul nicht. Er ist hier nicht der Einzige mit Instinkt, irgendetwas ist in sein linkes Bein gefahren. Sein Oberkörper bäumt sich auf, noch im selben Augenblick schaltet sich sein Gehirn aus und er reißt das Messer von links nach rechts in einem Zug durch das Fleisch des Feindes. Maria wirft ihn ab, er schaut nach hinten, in seinem Oberschenkel steckt eine kleine Axt, die muss sie sich vom Gürtel gezogen haben – jetzt ist sein Gehirn zurück in der Gegenwart, der Fluss der Gedanken setzt wieder ein. Mein Gott, was passiert hier, was hat er getan! Aber nein, sie ist nicht tot, sie lebt, er kann sehen, wie sie zur Seite rollt und nach dem Gewehr greift, er kann ihr nicht die Kehle aufgeschlitzt haben, Gott sei Dank. »Wo ist der Adam!«, hört er sie laut röcheln.

»Wenn du mich tötest, wirst du es nie erfahren«, sagt er. Dann erst sieht er sie. Nein, er hat ihr nicht die Kehle aufgeschlitzt, er hat sie entstellt; ihr Gesicht ist blutüberströmt, eine dunkle Furche führt von ihrer linken Wange bis über ihr rechtes Auge. Ist da überhaupt noch ein Auge? Wie ein Monster sieht sie aus, wie eine blöde Faschingsfratze.

»Scheiße«, jammert er. Es ist ihm nicht entgangen, dass die Alte weder geschrien noch geheult hat. Jeder normale Mensch wäre in Ohnmacht gefallen, aber die macht einfach weiter, als ob sie sich nur eine Perchtenmaske übergestreift hätte. »Du blödes Mistvieh, das ist allein deine Schuld! Das wäre alles nicht nötig gewesen! Du hast echt Glück, dass du überhaupt noch –« Er versucht, das Beil aus seinem Bein zu ziehen, schafft es aber nicht, und als er noch einmal danach greift, schnappt Maria sich sein Messer und läuft in den Wald hinein. Auf leisen Sohlen, wie ein verfluchter Indianer, denkt er. Er schaut ihr nach, aber da ist keine Spur von ihr, kein Rascheln, Knacksen, kein Geräusch, nur der gleichgültige Bach mit seinem fröhlichen Geplätscher.

Da liegt er nun wie ein verwundeter Soldat. Noch einmal umfasst er das Holz der Axt, hält die Luft an und zieht sie nach oben. Es ist nicht der Akt an sich, es ist das Geräusch, das ihn das Frühstück von heute Morgen hochwürgen lässt, nicht der Schmerz, nicht das Blut, nur das Geräusch. Nie hat er einen unangenehmeren Laut vernommen, auch wenn er so gewöhnlich scheint wie Ohrenschmalz, das gegen die Ohrmuschel drückt. Sein Knie spürt er nicht mehr. Er zieht sein Hemd aus, reißt es entzwei und bindet einen Teil so fest er kann um seinen Schenkel, den anderen um sein Knie. Nimmt die Axt und schleudert sie unter wildem Gebrüll in die Richtung, in die Maria losgelaufen ist. Dann spuckt er aus, sammelt seine Sachen ein, das Fernglas, die Tasche, das Gewehr, seinen Hut. Auf seinem rechten Bein hüpfend, schleppt er sich davon, bricht noch zwei dicke Äste auf dieselbe Länge ab und verwendet sie als Krücken.

Scheißplan, denkt er. Zehnmal, zwanzigmal, hundertmal: Scheißplan.

29. Regen

Unter einer großen Buche kauert Maria. Es ist dunkel geworden. Es fällt ihr schwer, mit der eigenen Schwäche, den Grenzen des Erträglichen konfrontiert zu werden, aber sie muss sich fügen. Schon dreimal ist sie zusammengebrochen. Wie Jesus. Jedes Mal hat sie sich wieder aufgerafft und weitergeschleppt, jetzt ist erst mal Schluss, sie kann nicht mehr; sie weiß auch gar nicht, wo sie sich befindet. Sie lehnt mit angezogenen Beinen am Baumstamm und legt ihren Kopf nach hinten, das verschafft ihr ein wenig Erleichterung, denn die Schwerkraft zieht an ihrem Auge – an dem, was von ihrem Auge übrig ist. Sie weiß gar nicht, ob da überhaupt noch ein Auge ist, sie kann damit nichts sehen, nur mit dem linken. Immer wieder tastet sie die Wunde ab, aber jede Berührung wirkt sich sofort auf ihren Kreislauf aus, dann werden ihre Knie weich, der Wald beginnt vor ihrem Auge zu verschwimmen und es ist ihr unmöglich, sich aufrecht zu halten. Sie weiß, wie sie aussieht. Weiß, dass ihre Nase gebrochen, wahrscheinlich gespalten ist, dass über ihr ganzes Gesicht eine offene Wunde klafft, ihr Kopf mehr oder weniger geteilt wurde, und das, was von ihrem Auge übrig ist, nur noch an dünnen Fäden hängt und mittlerweile an ihrer Wange klebt. Ihre Hand war die letzten Stunden damit beschäftigt, die Fliegen und Mücken zu verscheuchen, die von dem Blut angezogen wurden. Nun versucht sie, in einen regelmäßigen Atemrhythmus zu fallen. Denkt an ihre Mutter Evelina, die ihr erklärt hat, dass man länger ausatmen als einatmen muss, dass so der Schmerz im Zaum gehalten werden kann. Also konzentriert sie sich auf ihren Atem.

Über dem Wald braut sich etwas zusammen. Das Sausen in den Baumkronen wird stärker, entwickelt sich zu einem Rauschen. Ein nunmehr kräftiger Wind schlägt ihr entgegen, die Luft auf ihrer Haut tut gut. Die Tiere sind unruhig. Dann fallen die ersten Tropfen. Sie zieht sich die Weste über den Kopf und verharrt ruhig. Schön ausatmen. Durch die Nase kurz ein, durch den Mund lange aus. Und wieder und noch einmal und noch einmal. Ein Donner schlägt Alarm am Himmel, dann kommt der Regen. Anfangs ist er warm und erlösend, die Tropfen fallen auf Marias Gesicht, schwer wie Tannenzapfen. Sie zuckt zusammen, schließt ihr Auge und lässt den Himmel seine Arbeit tun. Vielleicht schickt Gott ihr den Regen, um die Wunde zu reinigen. Sie ist zu schwach, um zu beten. Der Schmerz steigert sich bis zu einem Punkt, an dem alles gleich ist, alle Sinneswahrnehmungen ineinanderfließen und ihr Bewusstsein außer Kraft setzen. Ihr Kopf kippt nach hinten, ihr Unterkiefer nach unten, ihre Hände rutschen zu Boden. So sitzt sie da, mitten im Wald, und der Regen hört nicht auf. Sie atmet kurz und heftig, wahrscheinlich fiebert sie. Beinahe hätte sie es selbst geschafft, sie ist noch ungefähr einen Kilometer vom Haus entfernt.

Weil der Regen immer stärker wird und Maria sich nicht blicken lässt, zieht Regina los. Als sie die hockende Gestalt im Lichtkegel ihrer Taschenlampe ausmacht, ruft sie laut: »Jessas!«, und: »Maria!«

Beim Anblick des monströsen Gesichts der Schwester erstarrt sie und reagiert wie so viele Menschen im Schock: richtig. Sie entledigt sich ihrer Kleider und deckt Maria zu, hüllt sie ein in nasse Fetzen, in alles, was sie hat, zwei Westen und ein Kleid. Sie legt sich auf sie, hält sie fest und sagt ihr, sie solle sich keine Sorgen machen, sie müsse nur schnell zurück und sei gleich wieder hier. Dann stürmt sie zur Hütte, wirft sich einen Mantel über, ein paar Decken in die Scheibtruhe und läuft zurück die Schwester holen. Hebt ihren zittrigen Körper hoch, legt ihn vorsichtig in die Scheibtruhe, deckt sie zu, bringt sie nach Hause, hinein in die Stube, hinein ins Bett, kocht Wasser auf, füllt die Sitzwanne, und wartet. Hellwach kniet sie neben ihr, streichelt den verwundeten Kopf und betet zur heiligen

Veronika, die mit dem Schweißtuch Jesu dem Kaiser Tiberius ein Wespennest aus seinem Kopf weggemacht hat.

Ein paar Stunden später erwacht Maria, lässt sich baden und verbinden und legt sich wieder schlafen. Das Fieber hält sie fest umklammert und gibt sie erst am nächsten Morgen wieder frei.

Als Maria endlich richtig wach und bei Sinnen ist, beginnt Regina sie mit Fragen zu löchern, aber Maria bleibt stumm. Nach und nach entsteht da, wo ihr Gesicht war, ein dezentes Lächeln, und ihr linkes Auge wird von einem weichen Strahlen erfüllt. Regina muss an einen Kackhaufen denken, den sie vor langer Zeit mitten im Wald unter einer Tanne sah und aus dem eine Blume wuchs. Erschrocken schlägt sie ein paar Kreuzzeichen. Nach ihrem hundertsten »Was, um Gottes willen, ist passiert?«, sagt die Schwester ganz ruhig mit starrem Mund: »Der Adam … er lebt.«

»*Was*?« Wieder bekreuzigt Regina sich dreimal.

»Er lebt. In der Stadt. Der Mann … Felsenreiter. Die Tasche …« Das Sprechen fällt ihr schwer und verursacht große Schmerzen.

Regina holt ihre Tasche. Maria greift hinein und nimmt das *Black-Field-Kampfmesser Desert Storm* heraus.

»Das ist sein Messer.«

Regina nimmt es an sich, an seiner Klinge klebt das trockene Blut ihrer Schwester. Sie schaut auf die Verletzte, ihr Kopf ist in weiße Stoffwindeln gewickelt, nur die Unterlippe und ihr linkes Auge sind frei. Dass sie überhaupt noch lebt, ist ein Wunder, ob sie überlebt, eine offene Frage.

»Wir müssen –«, sagt sie, spricht den Satz aber nicht zu Ende.

»Was!«, sagt Maria streng. »Was müssen wir. Wir brauchen niemanden. Du darfst nicht mehr ohne Gewehr losgehen. Mit mir oder mit dem Gewehr ab jetzt, verstehst du?«

»Jaja. Beten, wollte ich sagen. Wir müssen beten.«

Und dann beten sie einen Rosenkranz. Das heißt, Regina betet einen Rosenkranz, Maria fällt schon beim ersten Gesätzchen wieder in einen tiefen Schlaf.

Danach schreibt Regina folgende Nachricht auf einen Zettel, den sie in den Korb legt und in der Hoffnung, dass Maria nicht aufwacht und irgendetwas Dummes macht, schnell zum Waldrand bringen will.

Sarah! Die Maria ist krank und verletzt. Ein Mann hat ihr das Gesicht zerschnitten. Er heißt Felsenreiter, wir haben sein Messer. Der Adam lebt. Sagt Maria. Bei dem Mann in der Stadt. Komm und bring Medikamente. Sie schaut schrecklich aus. Wie ein Stück Fleisch. Hat nur mehr ein Aug. Komm schnell!

Regina

Der Regen hat ausgesetzt, der Wind ist geblieben, alles ist nass und dreckig. Ein leichter Nebel hängt über den Feldern. Regina steht am Waldrand, schabt mit einem spitzen Stück Holz den Matsch von ihren Schuhen, rammt es blitzschnell in den aufgeweichten Boden, fasst mit der anderen Hand nach einer kleinen, braunen Blindschleiche und schleudert diese aus dem Wald hinaus auf das Feld in die fremde, böse Welt, die so heimtückisch wie friedlich in der Abenddämmerung vor ihr liegt. Sie meint Figuren im Nebel zu erkennen, aber kaum schärft sie ihren Blick, sind sie wieder weg. »Hau ab!«, ruft sie unsinnig hinaus. Sie zieht die Fackel aus ihrer Tasche, zündet sie an und gibt das Zeichen. Zweimal macht sie die drei Bewegungen, kann aber keine Reaktion aus dem Haus erkennen. Vielleicht ist Sarah gar nicht da, wahrscheinlich ist es zu hell und zu diesig. Sie denkt nach, löscht das Feuer, zögert. Und dann geht sie einfach los, so schnell sie kann, auf den Nebel zu.

Im Haus brennt kein Licht. Sie klopft dreimal an die Tür. Keine Reaktion. Sie drückt die Türschnalle nach unten. Es ist offen, also tritt sie ein.

»Sarah.«

Nichts. Auch die anderen Zimmer sind leer. Wahrscheinlich arbeitet sie, das hat sie doch gesagt. Regina nimmt den Zettel, legt ihn mitten auf den Tisch und macht ihn mit der Schnapsflasche, die da steht, fest, damit der Wind ihn nicht verwehen kann. Dann will sie gehen, aber etwas hält sie zurück. An der Wand hängen ein paar Zeichnungen, die früher nicht da waren, dazwischen ein Bild, das wie ein Magnet auf sie wirkt, also geht sie näher ran. Es ist eine Fotografie. Ein paar Tische und Sessel, dahinter steht jemand, ein Kind mit freundlichem Gesicht. Regina geht noch näher ran. Auf seiner Brust steht etwas geschrieben, sie kann es nicht entziffern. »Jessas«, sagt sie laut, »der Adam!«

Dann stürzt sie zur Tür und läuft zurück in den Wald. Die Gedanken in ihrem Kopf überschlagen sich. Es hat wieder angefangen zu regnen.

30. Veronika reicht Jesus das Schweißtuch

»Zehntausend Euro?!« Der Felsenreiter kann es nicht glauben. Aufgebracht humpelt er in Veronikas Zimmer auf und ab. Seine Verletzungen sind ganz gut verheilt, aber sein Knie wird nie mehr das alte sein, also musste er sich wohl oder übel einen Gehbehelf zulegen und hat sich für einen schwarzen Gehstock mit weißer Spitze und silbernem Tigerkopf entschieden – so ist er unfreiwillig zur Karikatur des bösen Mannes geworden. Freilich gefällt er sich gut in der Rolle. Seinen Hut nimmt er auch nicht mehr ab, gut, den hat er getragen, seit sein immer dünner werdendes Haar sich nach und nach verabschiedet hat und einer bierdeckelgroßen Glatze gewichen ist. Immerhin ist er nicht zum Anzugträger geworden, der Rest seines Aufzugs ist immer noch schlicht und bodenständig: schwarze Schuhe, blaue Jeans, weißes Hemd, schwarzes Ledersakko. »Zehntausend. Und die hat er dir einfach so gegeben?«

»Ja«, sagt Veronika. »Das ist die Wahrheit.«

»Und das erzählst du mir *jetzt*? Nach all den Jahren?«

»Ich hatte Angst, es dir zu sagen. Aber der Adam muss sich bald für einen Schulweg entscheiden. Ich hab das Geld für ihn zur Seite gelegt und keinen Cent davon ausgegeben.«

»Dem Buben fehlt es an nichts.«

»Nein, aber –«

»Du hättest es *mir* geben sollen. *Müssen*. So sind die Regeln: Alle Einnahmen gehen an mich. Der Typ hat nicht mal seine Rechnung beglichen!«

»Ich weiß.«

»Ich entscheide hier.«

»Ja.«

»Auch über den verdammten Schulweg.«

»Ja.«

»Das war ein Vertrauensbruch.«

»Nein, ich –«

»Gib's mir.«

»Aber der Adam … Bitte.«

»Was ist mit dem Adam? Der macht seine Schule und dann arbeitet er. Der braucht keine Almosen.«

»Aber er könnte doch studieren!«

»Was soll er denn studieren?«

»Keine Ahnung. Er wird sich schon für irgendwas interessieren.«

»Gib mir das Geld.«

»Er hat es aber ausdrücklich mir geschenkt. *Mir!*«

Die Ohrfeige ist erst der Anfang, das weiß Veronika. Wenn sie jetzt stur bleibt, wird er sie richtig verprügeln, grün und blau schlagen. Sie weiß das. Tausendmal hat sie sich diese Szene vorgestellt, und selbstverständlich entspricht die Realität exakt ihrer Vorstellung. Aber sie wird nicht nachgeben. Sie wird ihm das Geld nicht geben. Umbringen wird er sie schon nicht, das würde ihm nur Scherereien machen, die er ganz sicher nicht brauchen kann. Die Zeiten, wo die Polizei ihm den Dreck vom Stecken gewischt hat, sind vorbei. Er hat keine Verbündeten mehr. Freunde hat er noch nie gehabt. Und den Buben würde er so erst recht gegen sich aufbringen.

»Wo ist das Geld?«, fährt er sie an.

Veronika schüttelt den Kopf, worauf seine Rechte ihn nur noch stärker durchschüttelt. Sie schmeckt Blut, ihre Zunge ertastet mindestens zwei Zähne, die gebrochen oder verschwunden sind.

Er wird mich schon nicht umbringen, sagt sie sich. Nein, das wird er nicht. Und alles, was nicht tot ist, lebt. Und im Leben geht es immer weiter, auch wenn der Mensch sich das nicht vorstellen kann, oder nicht daran glaubt. Es ist egal, woran einer glaubt, um sich zu beruhigen. Solange man lebt, geht es voran, das ist das Gute. Das und der Adam. Solange sie lebt und es dem Adam gut geht, wird sie sich nicht beschweren, nicht jammern, zufrieden sein. Ja, sie will zufrieden sein mit dem, was sie hat, auch wenn es nicht viel ist. Das mag simpel sein, dumm und anspruchslos, sie hätte bestimmt mehr aus sich machen können. Nein, hätte sie nicht, sie hat das Beste aus sich gemacht, mehr war eben nicht drin, was soll's. Deswegen ist sie noch lange nicht wertlos, wie der Alte früher immer gesagt hat. Jetzt steht er da und ist selber nicht mehr viel wert. Ist schon gut, denkt sie angestrengt und auf eine seltsame Weise befreit, kurz bevor das rechte Knie ihres Chefs auf ihrem Kiefer aufprallt. Ist schon gut. Ich hab den Adam lieb und er mich. Das ist es, was zählt. Die Liebe, die Liebe, die Liebe! Sonst nichts.

Dass er sie dann doch umgebracht hat, dass die Mischung dieser guten Gedanken von innen und der Brutalität von außen tödlich war, ist natürlich dem sogenannten Zufall zuzuschreiben, der nur auf den sogenannten Unfall reagiert hat. Denn als der Felsenreiter ihr sein gesundes Knie ins Gesicht rammte, gab sein kaputtes nach und er knickte ein, dabei suchte seine Hand Halt und fand diesen auf Veronikas Kopf, der selbstverständlich kein Halt war. Er krallte sich in ihren Haaren fest und – er weiß auch nicht, wie das passiert ist – im nächsten Moment lag er selbst auf dem Boden, die Veronika aber kauerte vornübergebeugt auf ihrem Stuhl, in ihrem Hals steckte der Tigerkopf, die weiße Spitze des feinen Gehstocks war fest im Boden verankert.

Minutenlang saß der Felsenreiter vor ihr.

»Alles geht schief«, keuchte er leise. Er überlegte hastig, was er tun sollte, dazwischen drängten sich ungesunde, paranoide Gedanken, die ihn davon überzeugten, dass ein Fluch auf ihm lastete, alles gegen ihn gerichtet war, das Schicksal, die Welt, der Herrgott. In diesem Moment war ihm klar, dass kein Weg zurückführte, dass nichts so konsequent war wie die Zeit, nichts so todbringend wie das Leben.

Er musste wieder einmal die Polizei verständigen. Und die anderen Mädchen.

Und den Adam.

Als Rumena von der Polizei verhört wurde, erzählte sie brav die Geschichte, die der Felsenreiter ihr aufgetischt hatte. Er hatte seine Panik, seine ganze Schwäche an ihr ausgelassen, sich bei ihr entschuldigt, sie angefleht, beschimpft, ihr gedroht, sie würde sofort abgeschoben werden, sollte sie nicht mitspielen. Ihren trotzigen Einwand, dass Bulgarien immer noch ein Mitglied der EU sei, hätte sie wohl besser für sich behalten, beinahe wäre er auch auf sie losgegangen. Die EU sei tot, brüllte er. Jedenfalls war der Hauptdarsteller seiner Geschichte ein namenloser Fremder, der zum ersten Mal hier Gast war und im Voraus bezahlt hatte. Zwei Stunden lang wollte er bleiben, und als er nicht wiederkam und die Kollegin, die zweiundvierzigjährige Prostituierte Kaiser Veronika, auf ihre SMS nicht reagierte, sah die Bulgarin Rumena in ihrer Funktion als Empfangsdame und Managerin des Taggeschäfts nach dem Rechten und fand das Opfer tot auf dem Boden liegend vor. Sie bestätigte zwar die These einer Beamtin, die den privaten Tatort mit einem wahrscheinlichen Naheverhältnis zwischen Opfer und Täter in Zusammenhang brachte, aber das, so die tapfere Rumena, könne sie sich beim besten Willen auch nicht erklären.

Als die Polizei weg war, konnte sie sich endlich dem Schock ergeben. Ihr erster Gedanke war: Ich muss hier weg, kann nicht länger bleiben, will ein neues Leben anfangen, das hier ist kein Leben. Ihr zweiter Gedanke galt bereits Adam. Der dritte ihrer Tochter. Ja, sie hatte eine Tochter in Bulgarien zurückgelassen, die jedoch stets den Kontakt zu ihr verweigert hatte, wahrscheinlich waren ihre damaligen Schwiegereltern dafür verantwortlich, es kümmerte sie nicht mehr. Aber dem Adam durfte sie nicht den Rücken kehren. Natürlich würde sie nicht abhauen, das konnte sie ihm nicht antun, immerhin war sie jetzt seine letzte Vertrauensperson, seine vierte Mutter. Ihn im Stich zu lassen, kam gar nicht infrage. Also blieb ihr wieder einmal nur das Jammern, sie vergoss Tränen der Trauer und der Wut über den Felsenreiter und die große Ungerechtigkeit des Lebens, in die man achtlos geworfen wurde und dann schonungslos sich selbst überlassen blieb. Sie schluchzte bulgarische Flüche in ihren Polster, wollte alles rauslassen, bevor der Bub nach Hause kam. Für ihn wollte sie stark und gefasst sein.

Als Adam durch die offen stehende Haustür schlendert, hinein in die Totenstille, weiß er sofort, dass irgendetwas nicht stimmt. Werden wohl alle in der Bar sein, sagt er sich, also schreibt er eine SMS an Veronika. Keine Antwort. Diese Ruhe ist ungewöhnlich, als würde das ganze Haus die Luft anhalten; nicht einmal die Waldruhe war so bedrückend leer, hier will er nicht bleiben, am liebsten würde er Pizza holen – ja, das will er tun, nur noch schnell seine Schultasche aufs Zimmer bringen. Schon von Weitem fällt ihm ein Klebestreifen auf, der über Tür und Türstock angebracht ist. Er tritt langsam näher – *Amtlich versiegelt* steht da, das versteht er nicht. Unsicher klopft er an die Tür.

»Adam!«

Er dreht sich um. Rumena stürzt auf ihn zu und nimmt ihn in die Arme. Jetzt fängt sie doch an zu heulen, dabei wollte sie sich nichts anmerken lassen.

»Was ist los?«, fragt Adam. »Was ist passiert?«

»Sie ist … nicht mehr hier. Wir dürfen das Zimmer nicht aufmachen, alles muss so bleiben, wie es ist.«

»Aber warum … wo ist sie? Wo ist Veronika?«

»Sie ist … weg.«

»Weg?«

»Ja.«

»Wie die Zwillinge?«

»Ja, genau. Wie die Zwillinge.«

»Das glaub ich nicht. Veronika würde nie gehen, ohne sich von mir zu verabschieden. Und was heißt *amtlich versiegelt*? Wo ist sie, Rumena?«

Rumena bringt es nicht über die Lippen, sie drückt ihn fest an sich, er will das aber nicht und wehrt sich. Da kommt der Felsenreiter.

»Adam, ich muss mit dir reden. Komm, lass uns rübergehen in die Pizzeria.«

Dass der Vater mit ihm in die Pizzeria gehen will – nur sie beide, das ist noch nie passiert. Adam ist verwirrt, das alles passt nicht zusammen.

»Aber die Veronika, was ist mit ihr? Ist sie krank? Warum darf ich nicht in unser Zimmer?« Sein nächster Gedanke schlägt ein wie eine Bombe, macht ihm Angst und seine Hoffnungen zunichte, er reißt sich los, läuft zur Tür und zieht das Klebeband ab. Der Alte hält Rumena zurück. »Lass ihn«, sagt er. »Er muss es ja erfahren. Übrigens – hast du das von der stummen Käthe gehört?«

»O Gott, nein, was?«

»Die dumme Kuh hat sich aufgehängt.«

Rumena nickt nur, als hätte sie es gewusst, als gehorchte diese kleine Nebeninformation der logischsten Dramaturgie.

Wie der Felsenreiter diese Dramen verabscheut! Der kleine Scheißer führt sich auf wie die reinste Italienerin. Er schreit und schluchzt, reißt die Arme in die Höhe wie diese islamistischen Weiber aus dem Fernsehen, die stolz auf ihre Kriegersöhne sind und dann trotzdem ausflippen, wenn sie sich endlich in die Luft gesprengt haben. Oder die Amerikaner, die in Papphäusern am Strand wohnen, und dann vor den Augen der Welt hysterisch zusammenbrechen, wenn alljährlich Hurricanes, denen sie blöde Hundenamen geben, über sie hinwegfegen. Das alles ist so schwach und lächerlich, der Felsenreiter weiß gar nicht, warum ihm diese blöden Fernsehgestalten jetzt in den Sinn kommen. Wahrscheinlich schweift sein Geist in die Ferne und lenkt ihn ab, weil er sich schämt, wenn er den Adam so leiden sieht. Oder ist es gar die Schuld, die auf ihm lastet und die er abwerfen will? Egal, er weiß jedenfalls nicht, was er sagen oder wie er sich verhalten soll, also sagt er: »Ich hab einen scheiß Hunger, ich geh schon einmal vor, bring ihn dann runter.«

Rumena schließt die Augen, sie verabscheut den Mann und seine dämliche Ausdrucksweise. *Scheiß Hunger*. Das macht überhaupt keinen Sinn, denkt sie. So redet der immer vor dem Buben – wahrscheinlich bildet er sich ein, dass der ihn cool findet, wenn er Möchtegerngangster aus Filmen imitiert. So redet doch kein normaler Mensch! Sie geht zu Adam, lässt ihn schluchzen und schreien.

»Sie ist tot, oder?«, sabbert er und zeigt auf die Blutspuren und den ebenfalls abgeklebten Bereich vor dem umgeschmissenen Sessel.

»Ja, mein Schatz. Ja.«

Nach ein paar Minuten wird er ruhiger, auch wenn das sicher dem Schock zuzuschreiben ist. »Na komm«, sagt Rumena, »ich bring dich rüber in die Pizzeria. Heute Nacht schläfst du bei mir und morgen bleibst du zuhause und wir verbringen den ganzen Tag zusammen, in Ordnung?« Adam nickt unbeteiligt. »Jetzt komm, dein Vater erzählt dir alles, und wir reden dann am Abend.«

Der Felsenreiter sitzt vor seiner Pizza Capricciosa, die er mit den Fingern isst. In seinem Schnauzer klebt Käse, seine Finger glänzen von dem in Olivenöl getränkten Knoblauch, der viel zu großzügig über den leicht verbrannten Rand der Pizza verteilt ist. Adam setzt sich mit roten Wangen und leerem Blick zu ihm. Als er nichts bestellen will, bestellt sein Vater ihm ebenfalls eine Pizza und ein kleines Bier. Adam schaut ihn befremdet an. »Ist schon okay«, sagt der Felsenreiter, »heut kriegst du ein Bier, bist ja kein Hosenscheißer mehr.« An jedem anderen Tag hätte der Junge das aufregend und toll gefunden, jetzt kümmert es ihn nicht. Dann, zwischen angestrengten

Kau- und Trinkpausen, spricht der Felsenreiter: »Pass auf, Adam. Die Vroni war meine Dienstälteste. Ich hab sie geliebt wie eine … ich weiß auch nicht … Frau. Sie war eine treue Gefährtin. Und ich verspreche dir, wenn ich den Typen erwische, der sie auf dem Gewissen hat, dann … dann werde ich gnadenlos sein. Den nehme ich mir vor wie sonst noch keinen, das garantiere ich dir. Ich meine … er wird selbstverständlich im Gefängnis landen und für seine Sünden büßen.«

Adam schaut ihm ernst und skeptisch in die Augen. Der Kellner serviert die Bestellung und schenkt dem verstörten Jungen ein verständnisvolles Lächeln. Der Felsenreiter winkt ihn weg. Adam nimmt einen Bissen und trinkt einen Schluck, aber das Bier schmeckt bitter und schal, also verzieht er das Gesicht, was den Alten amüsiert.

»Weißt du«, fährt er aufgeblasen fort, »das Leben ist eigenartig. Mein eigener Vater hat immer gesagt, es scheißt dir genau dann rein, wenn du es am wenigsten brauchen kannst. Und meine Mutter, die hat immer gesagt …« Herrje, was redet er da! Das ergibt doch überhaupt keinen Sinn. Er will den Jungen auf seiner Seite wissen, also muss er ihm irgendetwas bieten, eine emotionale Seite seiner väterlichen Qualitäten offenlegen. Wenn nur sein Plan mit den Frauen aufgegangen wäre! Ist er aber nicht, und noch ist ihm keine Alternative eingefallen, also muss er improvisieren. »Ja, meine Mutter. Die hat immer gesagt, das Wichtigste ist die Gesundheit. Natürlich, das sagen alle alten Weiber, wenn sie nicht wissen, was sie sonst sagen sollen, was?« Der Felsenreiter lächelt verlegen. Mein Gott, er redet selbst wie ein altes Weib. Er schwitzt, das Essen ermüdet ihn.

»Du hast sie also geliebt?«, fragt der Adam ganz trocken.

»Meine Mutter? Nein –«

Adam schüttelt den Kopf.

»Ach so, die Vroni. Natürlich. Und wie! Und Spaß haben wir g ehabt, was glaubst du! Keine war so lustig wie sie. Ich weiß noch, wie –«

»Du hast ihr aber wehgetan.«

»Was? Ach das meinst du, das … das verstehst du nicht, das war ein Unfall, ein blöder Unfall. Es war nicht meine Absicht. Weißt du, die Frauen … manchmal machen sie dich wahnsinnig, kosten dich den letzten Nerv, bringen dich um deinen Verstand … Aber was erzähle ich dir über Frauen!« Wieder versucht er einen betont männlichen Lacher und stößt Adam mit seinem Ellbogen freundschaftlich an. Als auch das den Jungen nicht erweicht, fährt er weiter fort.

»Was ich dir eigentlich sagen will: Manchmal gibt es im Leben Dinge, die sich nicht erklären lassen. Magische Dinge, oder spirituelle, religiöse. Weißt du noch, wie wir auf dem Fußballplatz waren?«

Adam nickt. Religiös ist gut, denkt der Felsenreiter, darauf steht der Kleine.

»Und weißt du noch, wie du da innerhalb von zehn Minuten drei Tore geschossen hast? Du hattest einen Lauf, das ist etwas Besonderes. So etwas kann man weder planen noch bestellen – das ist wie ein Geschenk. Und danach hast du gesagt, dass du es regelrecht gespürt hast. Du hattest eine Vorahnung oder so was.«

»Ja«, sagt Adam. Er weiß nicht, worauf der Mann hinauswill. Der bestätigt sich selbst – das war auch gut, denkt er, die Fußballanekdote war super, das war einer dieser besonderen Vater-Sohn-Momente, vielleicht sogar der einzige. Nein, der Schießstand war noch besser. Egal, er darf jetzt den Faden nicht verlieren, jetzt hat er ihn am Haken. Und so setzt er nach: »Eins kann ich dir sagen, mein Sohn: So sicher wie eins und eins zwei oder der Osterhase eine beschissene Lüge ist – auch das Gegenteil wird dich irgendwann ereilen, da fährt die Eisenbahn drüber.«

Adam versteht immer noch nicht, der Felsenreiter räuspert sich.

»Jedenfalls glaube ich jetzt, dass die Vroni geahnt hat, dass ihr nicht mehr viel Zeit bleibt auf dieser herrlichen Welt.« Er blickt zur Seite, jetzt hat er die volle Aufmerksamkeit des Buben. »Du wirst es nicht glauben, aber erst heute morgen hat sie mir erzählt, dass sie –«

Er steckt sich das nächste Pizzastück in den Rachen und macht so die nächste sinnlose Kunstpause.

»Sie hat mir erzählt, dass sie sage und schreibe fünftausend Euro zusammengespart hat, und zwar für dich.« Nach einer weiteren Unterbrechung wiederholt er: »Fünftausend!« Dabei nickt er bedeutungsschwer.

Adam ist verwirrt. Das Kuvert des Herrn Paul, ja. Da waren aber zehntausend drin – das ist doch völlig egal jetzt. »Wieso erzählst du mir nicht einfach, was passiert ist?«

Der Felsenreiter registriert, dass der Junge ihm entgleitet und reagiert mit einer Mischung aus Ohnmacht und Wut. Er schafft es einfach nicht, so zu sein, wie er sich das vorstellt – der Mann seiner Vorstellung war immer schon ein anderer als der Mann in seinem Spiegel –, und das erzeugt einen ungesunden Selbsthass, den er natürlich von sich weisen muss. Er packt Adam am Kragen, zieht ihn nah an sich heran und flüstert: »Immer schön mit der Ruhe, ja? Es kommt nicht nur darauf an, *was* ein Mann sagt, das *Wie* ist noch viel wichtiger. Also pass schön auf, was du sagst, sonst zwingst du mich –«

Der Felsenreiter blickt um sich, nur um sicherzugehen, dass kein Mensch Zeuge seiner Blamage wird. Das ist ja nicht zu glauben, wie mühsam und peinlich das ist, wie sehr er sich vor dem kleinen Würstchen hier windet und zum Kasperl macht. Er will nur noch aufstehen und gehen, sich ins Auto setzen und wegfahren, einfach ziellos durch die Gegend mit einer Flasche Tequila zwischen den Beinen, sich laute Musik um die Ohren blasen, irgendwas Primitives von früher, Gras rauchen und alles hinter sich lassen. Jetzt reicht's ihm, jetzt ist Schluss mit dem empfindsamen Gewäsch.

»Ich wollte dir die Grauslichkeiten ersparen, aber bitte: Wir wissen nicht genau, was passiert ist. Ein Typ war bei ihr, nichts Besonderes, ein Fremder, irgendein Arsch. Und zwei Stunden später war er weg und sie tot. Wie's aussieht, hat er sie erwürgt. So. Das ist passiert.«

Adam denkt nach. Warum sollte ein Fremder sie erwürgen? Sie kam immer gut zurecht mit fremden Männern, selbst wenn sie so verrückt wie Herr Paul waren. Natürlich, Herr Paul hätte sie damals auch töten können, trotzdem versteht Adam das nicht und kontert ebenso schlau wie die Polizistin: »Aber es war noch nie einer bei ihr auf dem Zimmer. Noch nie. Das ist nämlich auch mein Zimmer.«

»Hmm, dann muss sie ihn wohl gekannt haben, was weiß denn ich. Kann ja ihr Bruder, ihr Ex oder ein lieber Freund von früher gewesen sein, irgendein Vollidiot, der noch eine Rechnung mit ihr offen hatte. Mittlerweile gehe ich davon aus, dass sie gewusst hat, dass der kommen wird – warum hätte sie mir sonst von dem Geld erzählt?«

Adam denkt nach.

»Aber sie kann doch nicht einfach sterben, während ich in der Schule sitze …«, sagt er stimmlos, jetzt wieder schluchzend. Die Tränen fallen auf seine Pizza, der Felsenreiter zieht den Teller weg, nickt, klopft dem Buben auf die Schulter. Dann steht er auf und geht. »Ich hab vergessen, der Polizei das mit dem Geld zu erzählen«, sagt er noch. »Ach ja, und die stumme Käthe … die haben sie auch gefunden, die hat sich aufgehängt … also … ja, was soll man machen, so ist das jetzt.«

Er muss hier raus, er weiß, dass das alles falsch ist, aber er ist einfach nicht gebaut für derartige Situationen, ihm fehlen die richtigen Worte, die Gefühle, die Gesten, die Geduld. Er wird sich jetzt nicht mehr umdrehen, das war alles schlimm genug. Der Kleine wird schon damit klarkommen, irgendwie.

Adam sitzt da und weint. Der Kellner bringt ihm ein Glas Fanta und setzt sich zu ihm. Adam leert es in einem Zug. »Die Veronika ist tot«, sagt er leise.

»Schhh, ich weiß, Adam. Ich weiß.«

»Und Ekaterina … sie hat ein Gedicht für mich geschrieben.«

»Ja.« Er legt seinen Arm um Adams Schulter und streichelt ihn, Adam lässt seinen Kopf zur Seite fallen, auf die Schulter des Mannes, und flennt.

Das Begräbnis gestaltet sich für den Felsenreiter als das noch viel schlimmere Ereignis. Die gesamte *Sunshine*-Belegschaft ist da, der Pizzeriakellner und ein paar ungeladene Gäste in einigen Metern Entfernung, vielleicht Freier oder Nachbarn, die alte Frau aus dem Wollladen, der früher neben der Bar war, da wo jetzt das hundertste Handyreparaturgeschäft der Stadt aufgemacht hat – der engste Kreis, wie es so schön heißt. Dennoch oder gerade deshalb ist der Felsenreiter nervös, fühlt sich ausgestellt und beobachtet. Als Adam sich vor den Sarg stellt und *Love me tender* auf seiner Flöte spielt, das große Greinen einsetzt und selbst die Herren der Bestattungsfirma ihre Brillen abnehmen, muss auch der Felsenreiter schlucken und kräftig durchatmen. Als der Junge endlich fertig ist und der Alte die ganze Trauergesellschaft in die Pizzeria einladen will, unterbricht ihn Adam und setzt zu einer kleinen Rede an: »Liebe Veronika, ich weiß, du bist jetzt im Himmel. Du bist bei Herrn Paul und bei der Evelina, bei Ekaterina und allen andern, die gestorben sind. Ich hätte mich so gern von dir verabschiedet. Ich wollte dir sagen …« Hier stockt er, das Weiterreden fällt ihm schwer. »Ich hätte dir so gern noch gesagt, dass …« Er schafft es nicht.

Der Felsenreiter geht auf ihn zu. »Ist schon gut«, sagt er mit der ihm größtmöglichen Anteilnahme. »Wir gehen jetzt alle in die Pizzeria.« Dabei knetet seine vierfingrige rechte Hand unsicher Adams Schulter. Der reißt sich mürrisch los, und dieser kurze Moment, dieses für alle sichtbare Zeichen der Emanzipation durchschneidet die Luft in der kleinen Aufbahrungshalle des Friedhofs. Die Blicke der beiden treffen sich, liefern sich einen wortlosen Kampf, der, so ungleich die beiden Kontrahenten auch sein mögen, in einem eindeutigen Unentschieden endet. Dieser Bruch, die öffentliche Herausforderung, wird Folgen haben und von nun an zwischen ihnen stehen, das ist jedem der Anwesenden bewusst. Adam wird, wissend, dass er jetzt mehr oder weniger auf sich selbst gestellt ist, skeptisch und vorsichtig bleiben, ihm kein Lächeln mehr schenken, der Felsenreiter wird alles daransetzen, jeden seiner Schritte zu kontrollieren und dem kleinen pubertären Wichser die Waden nach vorne zu richten, wie er sagt.

Rumena nimmt Adam an der Hand und spaziert mit ihm noch durchs Friedhofsgelände. Ganz am Rand hinter einer Mauer liegt ein wilder, ungepflegter Garten, ein kleiner Acker, auf dem kleine Steine und Holzschilder verteilt sind. Vor einer Tafel, auf der »Unbekannte Frau, 29« steht, bleiben sie stehen. Adam schaut sich um, auf keinem dieser Schilder oder Steine steht ein Name, immer nur »Frau« oder »Mädchen« oder »Mann« und eine Zahl. »Was ist das?«, fragt Adam.

»Das ist der Friedhof der Namenlosen, da liegen Flüchtlinge und Fremde, oder Arme … und unsere stumme Käthe«, sagt Rumena kopfschüttelnd. »Sie war erst neunundzwanzig.«

»Warte hier«, ruft Adam und läuft nach Hause, holt einen dicken, wasserfesten Filzschreiber und schreibt in schiefen Großbuchstaben EKATERINA auf das Schild, dabei sagt er sein Gedicht auf.

Die Reise hat kein Ende
Ich weiß nicht mehr, wo du bist
Hab ich dich längst verpasst?
Schaust du mir zu?
Oder bist du mein Segelmast?

Seine Abschiedsrede für Veronika beendet er dann eine Woche später, als Rumena endlich die Urne nach Hause bringt, mit zwei

Flaschen Sekt und einer Flasche Kindersekt, einem picksüßen Schaumgetränk mit Pfirsichgeschmack, das Adam in sich hineinleert wie einer, der aus der Wüste heimgekehrt und am Verdursten ist.

Dass ihre Überreste in dieser Dose verschlossen sein sollen, mag ihm nicht einleuchten, das alles ist zu absurd. Ein staubiges Gemisch aus ihrer Asche und ihren zermahlenen Knochen und Zähnen (und Titten, wie Jenny leise kichernd hinzufügt) – ein pulverisierter Mensch, nachdem er bei tausend Grad in einen Ofen gesteckt wurde. Das ist, was ein Mensch letztendlich ist, ob er nun Frau oder Mann, Hure, Zuhälter oder Papst war – wir wollen nicht übertreiben, so weit denkt hier keiner.

Adam nimmt eines ihrer Kleider aus dem Schrank, drückt es an seine Brust und dreht ein paar Runden zur Musik – in den nächsten Wochen wird es auch an seiner Seite im Bett liegen, in *seinem* Zimmer. Rumena und Jenny spielen Veronikas Lieblingsschlager, sie singen, tanzen, erzählen sich Geschichten, die sie mit Veronika erlebt haben, und weinen sich aus. Zwischendurch trinkt Adam ein Glas Sekt. Er prustet durch die Nase, erhebt das Glas und seine feuchten Augen zur Decke und prostet seiner Freundin, seiner dritten Mutter, ein letztes Mal zu. »Im Himmel sehen wir uns wieder, Veronika!«, ruft er und wirft einen fragenden Blick zu den Mädchen.

»Auf jeden Fall«, bestätigt Rumena seinen Trinkspruch.

Nach dieser Feier liegt Adam bei ihr im Bett und sagt leise in die Dunkelheit hinein, was er schon beim Begräbnis sagen wollte. Rumena drückt still heulend seine Hand, und so schlafen sie ein.

31. Der erste Schritt

Sarah fand den Brief, packte alles, was sie an Medikamenten und Verbandszeug im Haus hatte, ein und fuhr sofort los. Am Ende des Weges ließ sie das Fahrrad liegen und lief weiter. Ihr schlechtes Gewissen verlieh ihr Flügel, sie stürmte durchs Dickicht und schaffte es, wenn auch zerkratzt und verschwitzt, in weniger als einer Stunde zur Holzapfelhütte. Regina stand heraußen und ließ das Gewehr sinken, als sie Sarah erkannte. Beinah fiel sie ihr um den Hals. »Komm«, sagte sie und öffnete die Tür.

Maria lag auf ihrem Bett und atmete heftig, hustete und schwitzte. Ihr Kopf war immer noch mit Stoffwindeln umwickelt, ein halbschlafartiger Dämmerzustand hielt sie ans Bett gefesselt.

»Wie Lazarus!«, sagte Regina. »Wie Lazarus liegt sie da. Ich bete die ganze Zeit, Sarah. Du musst sie zurückholen.«

»Ich bin nicht Jesus«, sagte Sarah, während sie langsam Marias Gesicht freilegte. »Aber sie ist ja auch nicht tot.«

Regina schlug drei Kreuzzeichen.

Sarah schossen Tränen aus den Augen, als sie das Werk ihres Exmannes, dieses irrsinnigen, unkontrollierten Teufels, erblickte. Die Möglichkeit einer professionellen ärztlichen Behandlung stand für Regina außer Frage. »Du musst das tun«, sagte sie streng und zuversichtlich. Und was sollte Sarah ihr dagegenhalten? Ja, es war allein ihre Schuld, sie musste dafür gradestehen, außerdem würden Stunden vergehen, bis ein Arzt hierherkäme, wenn überhaupt einer dazu bereit wäre; die Frauen waren weder versichert noch hatten sie Geld, wie sollte sie ihm den Weg erklären – es war sinnlos, also machte sie sich ans Werk. Mit Wattestäbchen und Desinfektionsmittel tupfte sie Millimeter um Millimeter der schon etwas verwachsenen Wunde ab, wusch die Schwester, wischte ihr immer wieder den Schweiß von der Stirn, gab ihr zu trinken und verabreichte ihr Schmerzmittel und ein Antibiotikum. Das Auge oder was davon übrig war, hing wirklich nur noch an ein paar Fäden. Was sollte sie tun? Sie dachte nicht lange nach, ließ Regina Wasser aufkochen, übergoss eine Schere damit, durchtrennte die Fäden, was Marias Kopf hochfahren und einen dumpfen Laut ausstoßen ließ, und legte die fleischigen Klumpen zur Seite. Danach bedeckte sie die enorme Furche mit Wundpuder. Sie hatte damals eine große Packung mit in den Wald gebracht, aber nicht viel für den Adam gebraucht, da Maria stattdessen ein selbst fabriziertes Naturheilmittel nach Evelinas Rezeptur – war es Schlangenmoos? – verwenden wollte. Dann verband sie das dick angezuckerte, maskenhafte Antlitz vorsichtig und befahl auch Regina, sich hinzulegen und zu schlafen, was diese widerwillig tat. Bevor sie einschlief, sagte sie noch leise: »Ich war in deinem Haus. Ich weiß es.« Sarah nickte, das hatte sie schon befürchtet, aber Regina würde sie schon nicht verraten. War sie nicht froh, dass der Adam weg war?

Marias Atem beruhigte sich, auch sie fiel in einen tiefen Schlaf, und so wachte Sarah über ihre Schwestern eine Nacht und den ganzen darauffolgenden Tag. Sie putzte den Holzherd und das Geschirr mit Essigwasser, dabei überlegte sie, was das alles bedeuten konnte und was jetzt zu tun war. Sie musste darauf reagieren. Dafür musste er büßen, diese Bestie gehörte ins Gefängnis. Warum hatte er das getan? Er hatte doch den Buben! Was zum Teufel wollte er damit bezwecken? Es war sinnlos wie alles, was dieser Mann jemals angegangen war. Er war immer noch der Alte, der Zuhälter, der alles, was schwächer und kleiner war, noch weiter erniedrigen musste, um sich selbst seine Macht zu beweisen, für den Frauen nicht ernst zu nehmende, billige Arbeitskräfte waren, rechtlose Sklaven, zur Verfügung stehendes Fleisch. Er hatte sich nicht verändert. Natürlich nicht. Ihre Hoffnung, dass er seinem Sohn zuliebe ein neues Leben angefangen haben könnte, war wie jede Hoffnung eine Lüge, bestenfalls ein

Traum, sie hatte sich etwas vorgemacht. Und auch wenn sie den Adam gern aus diesem Spiel lassen würde, das hier musste er erfahren. Er sollte, *musste* wissen, mit wem er es zu tun hatte. Das war sie ihm schuldig. Und die arme Maria? Mein Gott, sie wollte sich gar nicht ausmalen, mit welcher Fratze sie den Rest ihres Lebens zubringen würde müssen. Gottlob sind die beiden zurück in den Wald gegangen.

Als Regina erwachte, erklärte Sarah ihr die weitere Vorgehensweise die medizinische Versorgung betreffend und legte sich erst einmal selber hin, sie hatte am Vortag schon neun Stunden Arbeit im Supermarkt des nächsten Dorfes hinter sich gehabt und war todmüde. Sie war noch in ihrem Probemonat, der Filialleiter hatte sich bereit erklärt, ihr eine Chance zu geben, er meinte, er kenne die Legenden um ihre Familie, trotzdem würde jede Heimische eine Chance verdienen, denn heimische Arbeitskräfte seien mittlerweile etwas Besonderes, weil alles voll mit Menschen aus dem Osten sei – dass sie heute nicht zur Arbeit erschienen war, würde sie aber sicher dennoch den Job kosten.

Der Morgen dämmert. Die Fensterläden sind geöffnet, kühle, frische Luft macht sich breit, Regina steht am Herd, legt Holz nach und kocht Milch auf, Maria sitzt in ihrem Bett, in ihrer Hand liegt ein Messer, das Felsenreitermesser.

»Maria, wie geht es dir?«, fragt Sarah besorgt. Sie erhält keine Antwort, also geht sie zu ihr und macht sich vorsichtig daran, den Verband von ihrem Gesicht zu schälen. Maria keucht durch den offen stehenden Mund, ihr Atem riecht abgestanden und faul. Sarah benetzt ihre Unterlippe mit kaltem Tee.

»Sein Messer«, keucht Maria, ohne ihre Lippen bewegen zu können. »Das ist sein Messer. Er ist in der Stadt.«

Sarah nickt.

»Der Adam ist in der Stadt. Der Adam.«

»Aber ich war in der Stadt«, beteuert Sarah und zuckt zusammen, weil vom Herd ein lautes, metallenes Geräusch zum Bett dröhnt, das in der Morgenluft des Waldes nachhallt. Reginas Hand umfasst den großen Aluminiumlöffel wie eine Kralle und löst sich erst wieder, als Sarah sagt: »Gut. Ich werde in die Stadt gehen, Maria. Ich werde noch einmal in die Stadt fahren und mich umschauen. Ich werde zu dem Mann gehen und ihn zur Rede stellen, er muss das hier verantworten.«

»Den Adam musst du holen, hörst du? Den Adam!«

»Ja, Maria. Ich weiß.«

Regina nimmt einen Striezel aus dem Ofen und stellt ihn auf den Tisch, dazu den Topf mit der warmen Milch und ein Glas Honig, dann greift sie nach unten, zieht ein Stück Holz aus der Tischlade und platziert es neben die anderen Dinge.

»Das hat der Adam gemacht, das hab ich im Schuppen gefunden«, sagt sie. Es ist eine geschnitzte Figur, an der er sich versucht hat – der Mann vom Bach. Maria beginnt zu keuchen und mit der Faust gegen die Bettkante zu schlagen, Sarah nickt nur. Regina schneidet den Striezel auf. Mit jedem Schnitt dampft es aus dem heißen, goldbraunen Zopf. Nie hat Sarah einen wohligeren Duft wahrgenommen, zumindest kommt es ihr so vor. Auf einmal überkommt sie die unsinnigste Sentimentalität, und so will sie dieses trockene Mahl genießen, als wäre es das letzte ihres Lebens. Sarah verschlingt den halben Striezel, bricht immer wieder ein Stück ab, tunkt es in die Milch und füttert die Schwester. Sie geht regelrecht auf in diesem Schweigen, diesem perfekten Augenblick, und obwohl sie nichts lieber tun würde als bleiben, einfach nur hierbleiben, die Welt ausblenden und leben, bis sie stirbt, steht sie irgendwann auf, umarmt Regina, schaut Maria tief ins Auge, nickt verheißungsvoll und geht.

Am frühen Abend des darauffolgenden Tages, sie ist ohne Zwischenhalt, ohne Übernachtung durchgefahren, passiert sie endlich den alten Heuschober am Rand der kleinen Stadt.

Hundertmal hat sie sich überlegt, wie sie dem Mann entgegentreten, was sie ihm sagen will, hundertmal hat sie die Worte verdreht, verworfen und wieder vergessen. Hundertmal wollte sie umdrehen, abhauen, die Lenkstange spontan herumreißen und sich in ein entgegenkommendes Auto stürzen – ins Licht, ins ewige Licht, in die friedliche Stille. Hundertmal ist sie weitergefahren. Nichts scheint ihr richtig zu sein. Ihr ist übel, in ihrem Unterleib rumort etwas, eine Krankheit oder ein Dämon, sie weiß es nicht – eine Vorahnung wahrscheinlich. In ihrem Rucksack liegt das Messer, es verheißt nichts Gutes. Zur Polizei, das wäre das Vernünftigste, aber das steht außer Frage. Die würden ohne Umschweife die Frauen aus dem Wald holen und vor Gericht zerren, der Felsenreiter würde die Behörden bestechen, die finstersten Register seiner Macht ziehen und sie alle vernichten. Also fragt sie sich: Was ist für den Adam das Beste? Soll sie den Alten kaltblütig überfallen und töten? Oder dem Adam auflauern, mit ihm ins Gespräch kommen, ihm alles erzählen? Aber würde er überhaupt mit ihr reden? Ihr zuhören und glauben? Jeder Lösungsansatz, der den Holzapfelschwestern Frieden und dem Adam Freiheit verspricht, inkludiert ihr eigenes Unglück, bedeutet zwangsläufig ihr Verderben oder gar ihren Tod. Muss sie sich tatsächlich opfern? Bestraft werden für ein ganzes Leben als Opfer? Ist es das, was Gott von ihr verlangt oder für sie vorgesehen hat? Das ist nicht fair, Gott!

Mit diesen Gedanken im Kopf erreicht sie den Stadtplatz, stellt das Fahrrad ab und geht erst einmal in das McDonald's-Restaurant, um etwas zu essen. Der Geschmack des Cheeseburgers lässt ihre Gedanken das Leben umarmen, seine Konsistenz eröffnet ihrem Geist den Ausblick auf ein einfaches, unkompliziertes Sein. Es ist die Verlängerung des Gefühls, das ihr Reginas Striezel bescherte, die Möglichkeit vom Glück der kleinen Dinge, vom Sieg des kleinen Lebens über die große, verrückte Welt, die Sarah noch einen Cheeseburger bestellen lässt und dann noch einen. Die kulinarische Euphorie gibt ihr für einen kurzen Augenblick sogar den Glauben an ein Weiterleben nach dem Tod zurück, der ihr mit den Jahren abhanden gekommen ist. Sie weiß natürlich, wie verrückt das alles ist, genießt den Moment aber trotzdem. Was auch immer sie in diese wohltuende, wohl eher unnatürliche Weichheit reinpressen, mit welchen todbringenden Geschmacksverstärkern und genialen künstlichen Stoffen sie dieses Teil strecken – es schmeckt einfach nur fantastisch, nach Erfüllung, nach Heimkommen. Sie denkt an die letzten Jahre, die sie allein im Haus ihrer Mutter verlebt hat. Ja, verlebt, gelebt wäre übertrieben, ein richtiges Leben war das nicht, nur der Versuch, täglich ein neuer Versuch zu leben. Ein nicht enden wollendes Echo des Scheiterns, dabei hat immer noch nichts und niemand es geschafft, sie wirklich trübsinnig zu machen, sie zu brechen. Immer wieder hat sie sich aufgerafft und, wenn auch nicht immer hoffnungsvoll, den nächsten Versuch gestartet.

Sie hat in den umliegenden Dörfern nach Arbeit gesucht, viermal wurde sie angestellt. In einem Gasthaus als Kellnerin, in der Volksschule als Schulwartin, in einer Greißlerei und schließlich im Supermarkt. Nichts war von Dauer, niemand wollte sie vollbeschäftigen, alle redeten von der Unleistbarkeit von Arbeitskräften, horrenden Lohnnebenkosten und den sie selbst in die Knie zwingenden Gesetzmäßigkeiten des Marktes, dabei war sie eine Mittfünfzigerin ohne Ausbildung und Dienstjahre, was konnte sie schon kosten? Die paar hundert Euro im Monat hätten jeden auch nur halbwegs ordentlichen Betriebsrat auf die Barrikaden bringen müssen, aber Sarah stand außerhalb des Systems, beschwerte sich nicht, nahm, was sie bekam, und war zufrieden damit. Existierte so was wie ein Markt überhaupt noch? Oder Betriebsräte? Was war das System? Hatte es nicht Monate oder ganze Jahre gedauert, bis selbst die blöde Müllabfuhr wieder funktionierte? Das hatte ihr Klara erzählt, sie selbst wusste nicht viel vom großen Kollaps, keiner auf dem Land beschäftigte sich mit theoretischen Ursachen oder Folgen – wie immer war das einfache Volk mit dem praktischen Leben konfrontiert, die Menschen selbst waren die Folgen, das Leben zwang ihnen den Neubeginn auf. Alles von vorne, alles neu – so stand es damals in den Zeitungen, das hörte sich für viele womöglich romantisch, logisch oder reinigend an, für die meisten jedoch bedeutete es ein Zurück in die Steinzeit.

Einmal war sie bei einem Arzt als Ordinationshilfe vorstellig, der hat sie gebeten, nach Ordinationsschluss noch einmal zu kommen, nur um ihr dann ein Glas Prosecco anzubieten und ihr tief in die Augen zu schauen. Sein albernes Hollywood-Lächeln sollte ihr wohl die Wäsche vom Leib zaubern. »Sie müssen aber ganz schön verzweifelt sein«, sagte Sarah selbstironisch, worauf er ihr erklärte, wie beeindruckt er von ihrer Familie und ihrer Geschichte sei. Jeder hier kenne sie, er müsse sich aber noch klar werden, ob sie das für den Job auszeichne oder doch eher ausschließe – jedenfalls sei er ziemlich angetan von der Tatsache, dass sie sowohl Nonne als auch Hure gewesen sei. Ja, *Hure* hat er gesagt – ihr ins Gesicht. Sarah verstand, nickte, verabschiedete sich höflich und fuhr wieder nach Hause. Das war vor drei Jahren. Oder vier, sie weiß es nicht mehr.

Davor hatte sie sich tatsächlich einmal verliebt. Sie hatte weder damit gerechnet noch es in irgendeiner Weise geplant, es passierte einfach, überkam sie wie ein Sommergewitter. Der Mann hieß Martin und war Kellner in dem Gasthaus, in dem auch sie arbeitete. Er erinnerte sie an den Mann in der Pizzeria *Al Pacino*, auch er war freundlich und zuvorkommend, sie sah ein Licht am Horizont aufflackern, dem sie entgegenlaufen wollte, und so projizierte sie all ihre Hoffnungen gleich auf die ganze Kellnerzunft, der dieser Mann, dieser Herr Martin, zweifelsohne vorstand, und fixierte ihn bald mit verklärten Augen und schüchternem Lächeln. Sie hatte so viel an Niedertracht und Abweisung erlebt, dass jede Freundlichkeit in ihre Richtung die Dimension einer Liebeserklärung erreichen konnte. Der Mann registrierte ihre schwärmerische Offenheit, und freilich gefiel ihm das. Ein paar mehr oder weniger zufällige Berührungen und träumerische Blicke später standen die beiden in der Speisekammer des Gasthauses, keuchten einander in die Ohren, rochen an ihren Hälsen, schmeckten ihre Münder und begrapschten mit von der Arbeit weichgespülten Händen ihre Körper. Von nun an passierte das immer öfter, es wurde ihnen zur Gewohnheit, zum erhofften Höhepunkt des Arbeitstages. Dabei redeten sie nicht. Kein Wort.

Die langen Stunden vor der Annäherung waren Anhäufungen romantischer Aufmerksamkeiten. An manchen Tagen, wenn viel zu tun war, kam es zu keiner körperlichen Annäherung, und wären sie aufmerksam und nicht so hitzköpfig gewesen, hätten sie bemerkt, dass dies die schönsten waren. Die Liebe katapultierte den Sinn des Lebens mitten in Sarahs Gesicht, machte sie besonders, gab ihr ihr früheres Strahlen zurück. Plötzlich war die Person in ihrem Spiegel ansehnlich, ja regelrecht attraktiv und liebenswert. Jeder dumme Schlager erschien ihr als Manifest der Wahrheit und rührte sie zu Tränen. Die verbleibende gemeinsame Dienstzeit nach diesen intimen Momenten wurde jedoch immer verkrampfter. Dann blieb die Luft geschwängert von Gefühlen, sexueller Spannung und Erwartungen, und dem einen war es unmöglich, jene des anderen zu erraten. Der Krieg der Welten war eröffnet, der ewige Kampf der Sehnsüchte und Träume gegen die Wirklichkeit. Sie spürten beide, dass das Schweigen ihre Verliebtheit unterstützte, dass das Aussparen von Information, das Ignorieren der Realität dem Glücksgefühl ausschließlich förderlich war. Dennoch wussten sie, dass das nicht ewig so weitergehen konnte, dass der Drang nach Erfüllung ihrer Sehnsüchte immer größer, die Gedanken immer mächtiger wurden und ihnen bald auf der Zunge lagen.

Und das war's dann auch, denn als Sarah begann, über ihre Gefühle zu sprechen, ihm zögernd eröffnete, dass die Zeit mit ihm die wertvollste, schönste und einfachste in ihrem ganzen Leben wäre, zog Martin sich instinktiv zurück. Als sie dann noch über die Zukunft reden wollte, sprach schließlich auch er. Sprach von seiner Frau und seinen Kindern, seinem Leben, von dem sie nichts wusste, sprach von der Unmöglichkeit einer weiteren Liebe. Er sah sich gezwungen, seine Gefühle zu bagatellisieren und die gemeinsamen Momente mit Sarah herunterzuspielen und nach kurzer Zeit für immer zu beenden, trotzdem er sie liebte, wie er ihr anfangs noch versichert hatte und später verschwieg. Sarah litt fürchterlich, wollte seine konsequente Verweigerung nicht verstehen, schrieb ihm Briefe, die von der Seltenheit des kleinen bisschen Glücks schwärmten und davon, wie geradezu verbrecherisch es wäre, die Liebe nicht zuzulassen, sie zu verschmähen. War er denn blind? Oder blöd? Empfand er nicht, was sie empfand? Hatte er ihr nur etwas vorgespielt? Nein, bestimmt nicht – die Liebe, diese eine, die ihr gehörte, war wahrhaftig! Sie fühlte sich zurückgewiesen, wieder normal und wertlos, war verletzt, glaubte, die letzte Abzweigung Richtung Glück versäumt zu haben, vernachlässigte ihre Arbeit, wurde grundlos wütend, gab ihm die Schuld an allem, begann seine Frau, die sie gar nicht kannte, ja noch nicht einmal gesehen hatte, zu hassen, verfluchte seine so mächtigen, stumpfsinnigen Kinder, sein anständiges Leben, seine Existenz, an der sie nicht teilhaben durfte. Schließlich kündigte Martin, und ein halbes Jahr später kündigte auch Sarah. Sie ertrug den Ort nicht mehr, seine Menschen, ihre Gesichter, die Erinnerungen.

Es war natürlich, das wurde ihr aber erst viel später klar, keine große Geschichte, es geschah nur, was immer geschieht und noch in tausend Jahren geschehen wird – die Welt mag dann zerstört oder neu aufgeblüht sein, die Liebe wird ihre Bewohner immer noch erhöhen und erniedrigen, wie es ihr gefällt. Die Zeit machte ihren Routinejob, die Jahre vergingen.

Jetzt schaut Sarah auf die jungen Leute in dem McDonald's, die alle nicht glücklich aussehen, von denen keiner strahlt oder zufrieden scheint, obwohl sie jeden Tag diese Cheeseburger essen dürfen. Sie erinnert sich an ihre Zeit in der großen Stadt, als die Jugend darauf bestanden hatte, sich selbst als stumpf, depressiv und zukunftslos zu bezeichnen – Sarah hatte das als eitlen, elitären Luxus, als faule, aufgeblasene Todessehnsucht abgetan, sie hatte einfach keine Zeit für so was, war mit dem Leben, dem Überleben, bestenfalls mit der Suche nach kleinen schönen Momenten beschäftigt. Was ist mit denen?, denkt sie jetzt und schaut sich um. Kreischendes Lachen dringt an ihr Ohr – drüben am Fenster sitzt sie dann doch, die strahlende Jugend. Ein paar Mädchen hocken über ein Handy gebeugt und kichern arglos, ihre Gesichter sind hübsch geschminkt, ihre Körper unter Strom. Sie sind laut, nicht etwa weil sie ignorant oder egoistisch sind, sondern weil das blühende Leben in ihnen explodiert und durch jede ihrer Poren nach außen gesprengt werden muss; es zu horten oder runterzuschlucken wäre unerträglich und ungesund, im Grunde unmöglich. Sie gackern in nervigen Tonfrequenzen, ihre Stimmen überschlagen sich, sie reden durcheinander, ihre Körperhaltungen sind unkontrolliert kindlich, auch wenn ihre Garderobe sie doppelt so alt aussehen lässt. Die fleischgewordene Unbekümmertheit sitzt hier, und wo so mancher sie hyperaktiv oder aufmerksamkeitsdefizitär nennen und ihnen am liebsten Medikamente verabreichen würde, ist Sarah nur gerührt, beneidet die Mädchen um – ja, um was? Um alles. Um ihre Naivität, ihr Nichtwissen, ihren Glauben, ihre Hoffnungen, ihre Zuversicht, die Zukunft, die sie erwartet, egal ob sie daran glauben oder nicht. Wahrscheinlich schauen sie sich ein Musikvideo an, fette Bässe tönen aus dem Handy, beinahe, so kommt es ihr vor, wie aus dem röhrenförmigen Lautsprecher, den der Felsenreiter damals vor zwanzig Jahren in sein Auto hat einbauen lassen.

Der Felsenreiter! Jetzt ist sie wieder da, in der Gegenwart, im Moment. Sie fühlt sich alt, dreiundfünfzig ist sie. Das ist gar nicht alt –

ihre Mutter ist fünfundsiebzig geworden, Magdalena muss weit über achtzig sein. Sarah kann sich nicht vorstellen, solch ein biblisches Alter zu erreichen. Was sollte sie denn tun die restlichen dreißig Jahre? Wovon sollte sie leben, und wie? Was macht eigentlich Magdalena allein in ihrem Haus – und wie hat Klara gelebt? Schlafen, anziehen, warten, kochen, essen, warten, fernsehen, warten, ausziehen, schlafen? Ach.

Jetzt steht sie mitten auf dem Platz, blickt auf die *Sunshine Bar*, dann auf die Konditorei *Bruckbauer*, und weil es ihr an einem richtigen Plan mangelt, entscheidet sie sich für die Konditorei in der Hoffnung, dass der Plan sie finden, der nächste Schritt sich irgendwie von selbst ergeben möge. Sie setzt sich an den Tisch am Fenster, an dem sie schon einmal gesessen ist, und bestellt einen Kaffee. Die Kellnerin ist immer noch dieselbe, scheint sie aber nicht zu erkennen, obwohl sie sie kurz anstarrt, wie man einen alten Bekannten anstarrt, der einen grüßt und bei dem man nicht weiß, wo man ihn hingeben soll – in die Schule? Ins Kloster? Nein, sie erkennt sie bestimmt nicht, das war vor vielen Jahren, auch wenn es ihr selbst wie gestern vorkommt. Die Kellnerin widmet sich routiniert der Kaffeemaschine, tippt irgendwas in ihr Handy.

Für den Adam bedeutet diese Zeit freilich ein halbes Leben. Wie er wohl aussieht, was für Erfahrungen er in der Schule macht? Bestimmt ist er wissbegierig und intelligent. Ob er schon einmal verliebt war – glücklich oder unglücklich? Oder beides? Wieder verliert sie sich in Gedanken, als diese jäh unterbrochen werden, denn auf der anderen Straßenseite erkennt sie eine Figur, die ihr den Atem raubt. Mein Gott, ist der hochgeschossen!

Aber er ist es, er ist es zweifellos.

Sarah zittert am ganzen Körper, in ihrem Bauch wütet ein Tornado. Was für ein Glück! Das kann kein Zufall sein. Sie stürzt hoch, stößt dabei den Stuhl um, eilt an der Kellnerin, die ihr gerade den Kaffee servieren will, vorbei und zur Tür hinaus.

»Adam?!«, schreit sie unbedacht und hält sich sogleich die Hand vor den Mund.

Der junge Mann dreht sich um, blickt in ihre Richtung und erstarrt. Lange bewegt sich keiner von beiden, dann versucht Sarah ein Lächeln und hebt die Hand. Hat er sie erkannt? Sein Blick ist nicht zu deuten, schockgleich eingefroren.

»Entschuldigung?«, ruft die Kellnerin hinter ihr, aber Sarah hört sie gar nicht, da vor ihr, auf der anderen Straßenseite, steht er, steht ihr Sohn, der Adam, der eben den ersten Schritt macht und mit offenem Mund, seine Winkel leicht hochgezogen – ist das ein Lächeln? Freut er sich? Ja! –, auf sie zugeht. Dieser Schritt ist ihr genug, bedeutet ihr alles. Ihre größte Angst war, dass Adam sich gegen sie stellen, ihr ausweichen, ihre Existenz verneinen könnte, er hätte allen Grund dazu, aber er hat ihn gemacht, den ersten Schritt, und so seiner Mutter ihr Strahlen, ihren Sinn zurückgegeben. Da ist es, das Glück! Schau her, Klara, auch deine nichtsnutzige Tochter hat es gefunden! Tränen schießen aus ihren Augen, sie hält mit beiden Händen ihren bibbernden Mund fest, als würde der sonst abfallen. Sie hat es tatsächlich geschafft, hat ihn gefunden – und er hasst sie nicht, er steht zu ihr und geht zu ihr.

Jetzt ist Zukunft, jetzt.

Er hat ihn gemacht, den ersten Schritt, also macht sie den zweiten.

Der Tornado in ihrem Bauch wird größer und lauter, wächst sich aus zu einem unmenschlichen Motorengeheul, einem gierigen Stahlblechmonster, drauf und dran, die Welt zu schlucken.

32. Walter

Er weiß nicht mehr, was er sich von der Vaterschaft erwartet hat. Nicht das. Er wollte nichts Böses. Alles richtig machen wollte er, aber die Wirklichkeit hat seinen Traum ignoriert, die Normalität des einfachen Lebens hat ihn eingeholt. Das einfache Leben, das einen mit den Jahren immer verführerischer anlächelt und aufdringlicher umwirbt, ist auch nur unverständlich und kompliziert. Der Felsenreiter ist kein Mann mehr, nicht der, der er sein wollte. Vielleicht hat dieser Mann nie existiert, vielleicht nur in seiner Vorstellung.

Dieser Mann, dieser Traummann, war das Ziel. Es zu erreichen, war sein Lebensplan. Und einen Lebensplan zu haben, war der höchste Gedanke, zu dem einer wie er fähig war. Und einer wie er ist auch nur ein Mensch. Dieser höchste Gedanke hat ihn selbst erhoben, auch wenn er selbstgefällig, brachial und asozial war. Na und? Wer ist das denn nicht – in Wahrheit! Die einzige halbwegs ehrliche Frage, die sich stellt, ist die nach dem persönlichen Glück. Was darüber hinausgeht, ist pure Eitelkeit. Jeder, der etwas anderes behauptet, lügt. Und jeder Lügner ist ein Feigling. Man ist entweder feige und schluckt alles, wird brav und fett, ergibt sich dem Diktat anderer und stirbt, oder man stellt sich auf seine zwei Beine und spuckt der Welt ins Gesicht. Und stirbt auch. Diese aussichtslose Wahl muss man treffen, alles andere ist Logik, Konsequenz, Zufall, Glück und Pech. Er ist nicht dumm, der Felsenreiter. Alles, was er denkt, macht Sinn. Aber das Sinnvolle, die Anhäufung von Sinnvollem ergibt am Ende auch keinen Sinn. Wer soll das begreifen? Und warum sollte man dieses dumme Spiel mitspielen, wenn man keinen Einfluss auf die Regeln hat? Er wollte die Regeln beeinflussen – macht dieser Drang nicht den Menschen aus? Unterscheidet den Menschen vom Vieh, von den Hexen im Wald? Er hat sich, weiß Gott, bemüht, hat sich jahrzehntelang abgemüht, den Männern dieser Stadt zu ein wenig Spaß und Erleichterung verholfen, wahrscheinlich hat er damit Ehen gerettet, Familien zusammengehalten – mein Gott, er hat den Buben regelrecht auf Händen getragen, er hat doch alles richtig gemacht!

So sitzt er in der Pizzeria *Al Pacino* bei seinem achten Bier und geht die Liste noch einmal durch:

Er hat ihn nicht geboren, aber er hat ihn gezeugt und ihm ein Leben gegeben, eine Armada von ihn umsorgenden Müttern zur Seite gestellt.

Er hat ihn gerettet.

Ihm eine Schulbildung verschafft.

Eine Zukunft gesichert.

Hat ihn ins gemachte Nest gesetzt. Ihm einen roten Teppich mit vorgezeichnetem Malen-nach-Zahlen-Plan ausgerollt. Der Bub musste um nichts kämpfen, nur einen Schritt vor den anderen tun.

Wegen ihm hat er sich selbst infrage gestellt, verändert, seinen Lebensstil umgekrempelt, ist leiser getreten, ruhiger geworden, hat weniger gesoffen, weniger geraucht, war gut zu den Frauen – der hat ja keine Ahnung, wie das Geschäft früher gelaufen ist, absolut keine Ahnung von der Welt hat der.

Er hat ihm seine Freiheiten gelassen. Der Adam durfte immer tun und lassen, was er wollte, weil der Felsenreiter der Meinung war, dass ein junger Mann einfach dazu berechtigt war.

Er hat ihn zum Schießstand mitgenommen. Hat sich Zeit genommen, sich schützend hinter ihn gestellt, ihm geholfen, ein richtiger Mann zu werden.

Er hat die Fehler seines eigenen Vaters nicht wiederholt. Hat sich nicht an ihm vergangen! Hat ihn in Ruhe gelassen. Die paar Ohrfeigen zählen nicht, die waren notwendig, haben ihm nicht geschadet. Nein, er ist nicht wie sein eigener Vater!

Er kann sich gar nicht genau erinnern an seinen Alten, aber gehasst hat er ihn, so viel ist sicher. Der hat ausschließlich in sich selbst gewohnt, wie in einem Schnellkochtopf, hat weder gesprochen noch gelacht; von gespenstischer Zärtlichkeit konnte er sein, und wenn er dann sein Ventil geöffnet hat, weil er sich selbst nicht mehr ertragen konnte, verwandelte er sich in einen ausbrechenden Vulkan. Was für ein Arschloch.

Er aber ist kein Arschloch, er ist ein guter Vater.

Er wollte den Jungen wirklich glücklich machen, seine blöden Tanten aus dem Wald holen. Er hat sein Leben riskiert für ihn.

Alles, wirklich alles, sein ganzes Leben hat er von einem Tag auf den anderen seinem undankbaren Sprössling gewidmet – und was hat es ihm eingebracht?

Ein kaputtes Knie.

Einen verfickten Gehstock.

Ein marodes Geschäft.

Sein bestes Mädchen hat er auf dem Gewissen.

Die Aussicht auf ein paar Jahre Gefängnis.

Und einen Totalschaden. Wahrscheinlich kann er die Karre gleich verschrotten, eine weitere Reparatur zahlt sich nicht aus – nicht bei dem Auto, nicht bei seiner momentanen finanziellen Lage, die sich, wie's scheint, auch nicht mehr erholen wird. Alles geht den Bach runter, einfach alles. Wegen eines falschen Gedankens, einer fatalen Kurzschlussreaktion, eines Tritts ins Pedal. Und wer hat ihn dazu gebracht, wer hat ihn fehlgeleitet? Wer, verflucht noch mal, ist da mitten auf der Straße rumgehüpft, um sich seinen Sohn zu angeln, um alles kaputt zu machen, was er in all den Jahren aufgebaut hat? Na wer?

Und das Schlimmste: Er hat ihn verloren, den Adam, seinen Sohn. Der Kampf um seinen Nachfolger hat ihn den Nachfolger selbst gekostet – wie verrückt ist das denn!

»Noch ein Bier«, bellt er zur Seite.

»Wie du meinst, Felsenreiter«, antwortet der Kellner stoisch und schenkt ein.

»Ich bin nicht der Felsenreiter.«

»Ach nein?«

Der Felsenreiter schüttelt den Kopf. »Nein«, sagt er. »Der Felsenreiter ist tot. Hat nie gelebt.«

»Aha«, meint der Kellner teilnahmslos, vielleicht ein bisschen schadenfroh, beinahe zufrieden. »Und wer bist du, wenn ich fragen darf?«

Der Felsenreiter starrt in den frischen Bierschaum wie ein Schamane aufs Knochenorakel. Er mag ja besoffen sein, aber er war auch nie nüchterner. Streift die Ringe von seiner vierfingrigen Hand und massiert seine dicken, behaarten Fingerknochen, dabei sagt er trocken: »Walter.«

»Walter?«

»Walter.«

»Ok, ich bin der Daniel.«

»Daniel? Und wieso redest du mit so einem saublöden Spaghettiakzent?« Daniel, der Sohn eines Serben und einer Albanerin, lächelt und zieht sich zurück.

»Scheiß drauf«, lallt der Felsenreiter. »Ich bin der Walter. Das ist mein Name. Walter. Nicht mehr und nicht weniger.«

33. Der letzte Weg

Der Himmel öffnet sich in fast periodischen Abständen, die Wolken fahren wild von Osten nach Westen und wieder zurück wie ein mechanisches Bühnenbild aus dem achtzehnten Jahrhundert, lassen die Sonne immer wieder aufblitzen und erfüllen so die kleine Dorfkapelle mit ihrem himmlischen Lichtspiel. Gott zwinkert wie ein verrückt gewordener Alter, der die Kontrolle verloren, dessen Zwinkern sich zu einem nervösen Tick entwickelt hat.

Vor dem Altar ist der Sarg auf einem metallenen Gestell aufgebahrt. Adam kauert in der ersten Bank und starrt auf ihn. Neben ihm sitzt die Bulgarin Rumena und schluchzt. Nicht etwa weil die Begräbnisfeier so rührend ist, sie ist ebenso unpersönlich und taktlos wie die für die Mutter der Verstorbenen vor acht Jahren. Nein, Rumena weint, weil dies ihr wahrscheinlich letzter Moment mit Adam ist. Zumindest für eine Zeit lang. Immer wieder wirft sie kurze Blicke auf ihn, immer wieder ist sie erstaunt, wie tapfer der Bub ist, fragt sich, wo er diese außerordentliche Kraft nur hernimmt, die ihn dieses kranke Leben ertragen lässt. Wenn sie ihn ansieht, meint sie einen Erwachsenen vor sich zu haben, seine extremen Erfahrungen haben ihn gezeichnet, geformt und gebildet. Es ist eine Bildung, die kein Lehrer vermitteln kann. Diese Lebensbildung, gepaart mit seiner doch noch kindlichen Offenheit und Freundlichkeit macht ihn unwiderstehlich. Er darf sich nicht ganz dem Leben entziehen, denkt Rumena. Das muss sie ihm noch sagen – so viel muss sie ihm noch sagen, bevor sie ihn loslassen muss.

Adam nimmt das monotone Blabla des Priesters wahr, hört den Namen seiner toten Mutter: Sarah Holzapfel, denkt aber nur an ihren Körper, der da vorne in dem Holz steckt; seine Knochen wahrscheinlich gebrochen, seine Haut zerschunden. So ist sie auf der

Straße gelegen, wie eine Puppe, so hat er sie jetzt in Erinnerung. Als einen Haufen verdrehter Körperteile, als ausgeknipstes Leben, als Dreck, der umgehend zugedeckt und entsorgt werden musste.

Dies ist das letzte Bild, das er von ihr hat, nachdem das Gefährt seines Vaters sie meterweit durch die Luft katapultierte. Der Aufprall war dumpf und hart, eingebettet in das Quietschen der Reifen. Neben dem Krachen des Autos – es hat sich durch die Bremsung fast überschlagen, ist zur Seite gekippt, gegen die Mauer der Konditorei geprallt, die Kellnerin blieb Gott sei Dank verschont, dennoch zerbarsten Fensterscheiben, eine der Autotüren wurde eingedrückt und ausgehebelt – wirkte der Tod wie ein Flüstern. Es ging so schnell, war so unspektakulär, geradezu natürlich, eine physikalische Kettenreaktion, ein Augenzwinkern, ein Zwischenfall, eine Nebensächlichkeit, wenn man bedenkt, dass die Welt ewig währt. Der Felsenreiter zeigte sich natürlich schockiert, hat sich entschuldigt, er sei zu schnell gewesen, habe den Sohn erblickt, sonst nichts, sonst niemanden, nur seinen Sohn. Die Musik sei zu laut gewesen, da sei nur Musik im Inneren des Vehikels gewesen – ja, vom *Fahrzeuginneren* hat er unaufhörlich gesprochen, von Bassfrequenzen und kaputten Membranen. Und vom Losgehen des Jungen auf die Straße, was ihn schließlich dazu zwang, das Lenkrad herumzureißen.

Dem Adam ist augenblicklich schlecht geworden, weinen konnte er nicht, alles war viel zu viel. Er kapierte ja noch nicht einmal, warum da plötzlich die Sarah stand und nach ihm rief; ihm war, als träumte er, als erschiene ihm ein Engel, ein Engel der Vergangenheit. Es kostete ihn ein paar Sekunden, um sie überhaupt zu erkennen, dann schwoll etwas in ihm an, etwas wie Freude – und dann das, dieser Gewaltakt, der sein Gehirn für einen Moment anhielt, der die Welt anhielt. Mitten auf die Straße hat er diese anschwellende Freude gekotzt, der Adam, sich auf die Welt entleert, auf der es bald nur noch wimmelte vor lauter hysterischen Menschen. Die Erkenntnis, dass sein Vater das getan hatte, war eine beinah logische. Als der aus dem endlich zur Ruhe gekommenen Wagen stieg, ging ein Licht über der ganzen Szenerie an, und dem Adam war alles klar, nicht was Vergangenheit und Gegenwart anging, aber die Zukunft, die erstrahlte plötzlich vor ihm, ohne Wenn und Aber. In jenem Moment machte er einen Punkt – der Felsenreiter selbst hat ihn gemacht, hat den Strich gezogen, die Grenze, die der Adam nicht mehr übertreten würde. Diese Linie würde sein Leben aufs Neue spalten, das war ihm schnell bewusst. Und als ihm später der Rucksack seiner Mutter, den sie in der Konditorei hatte liegen lassen, mit nichts als ihrem alten Handy, einem Schlüsselbund und einem gewaltigen Messer, auf dessen Klinge trockenes Blut haftete, übergeben wurde, war das für ihn die Besiegelung eines neuen Paktes.

In jener Nacht lag Adam wach, und doch träumte er. Seine Vorstellungskraft war von solch bestechender Klarheit, dass er zu träumen meinte. Der Traum war kein Eindringling oder Schlafprodukt, kein biologischer Nebeneffekt, er war ein simpler Wunsch, ein Drang von höchster Dringlichkeit, die konzentrierte Bündelung von Sehnsüchten – er war *die letzte Versuchung Adams:*

Er stellte sich vor, mit dem Felsenreiter zum Schießstand zu fahren, er wollte ihm zeigen, wie gut er mit der Waffe umgehen konnte, wie groß die Fortschritte waren, die er gemacht hatte. Ganz der Sohn seines stolzen Vaters, setzte er den Gehörschutz auf, den uralten *MSA Sordin Supreme Pro X*, der dem Felsenreiter seit jeher am liebsten war, und legte die Waffe an. Der Vater wollte ihm helfen, ihn korrigieren, so wie er es immer getan hatte, aber der Sohn winkte ab. Eine finale Ruhe ging von ihm aus, eine Strenge, die den Alten beeindruckte, also ließ er von seiner ihm lieb gewordenen Routine ab und den Jungen gewähren. Der Sohn wusste, was zu tun war, und lächelte dem Vater kurz zu, worauf dieser nickte und grinste. Stolz umwickelte sein Herz wie eine warme Decke, er wollte den Moment nicht zerstören. Da, plötzlich, hielt der Sohn die Waffe auf ihn, den erbleichenden Vater, dessen Augen sich weiteten. Der Sohn konnte es nicht genau erkennen, aber er meinte im Schritt des Vaters einen nassen Fleck zu erkennen, der größer und größer wurde. Der Alte schien das gar nicht zu bemerken, aber die Tatsache, dass er sich seinetwegen in die Hosen machte, er, der große, starke und mächtige Mann, der über seine Familie, ja, über die Welt herrschte, erfüllte den Buben mit der größten Genugtuung. Und dann, ohne weiterzudenken, er hatte lange genug nachgedacht, seit Veronikas Tod an nichts anderes gedacht und war sich sicher, dass dies der einzig logische und notwendige Schritt war, die konsequente Fortführung einer endlosen Kette von Ereignissen, Leben und Haltungen, die nicht weniger als der Natur des Menschen entsprang und somit unauslöschlich, von Gott gegeben war, drückte er ab und schloss die Augen. Im Schließen der Augen erkannte er noch den brachialen Erfolg seiner Tat, der sich durch die Augenschlitze in sein Gehirn manövrierte und ihn besänftigte. So stand er da, allein in der Welt, die plötzlich wieder Paradies war, und genoss die nachfolgende Stille, in der der Widerhall des Schusses langsam versickerte und die der Waldstille in der Nacht gleichkam, nach einem Regentag im Frühling.

Ja, er wollte es. Wie er es wollte! Aber natürlich hat er es nicht getan, nicht gewagt. Außerdem hat Rumena ihn davon abgehalten. Der Mann sei es nicht wert, wegen ihm ins Gefängnis oder in ein freudloses Heim für Schwererziehbare oder jugendliche Rechtsbrecher zu gehen. Und wieder sprach sie von der Zukunft. Die Zukunft sei das Allerwichtigste.

Die alte Leier der kleinen, dummen Huren von der guten Zukunft, vom Paradies, das nach diesem Leben wartet, jener Zeit, die alles gutmachen wird, was jetzt ist, und die kommen wird, ganz bestimmt.

Jetzt zum Beispiel. Jetzt ist Zukunft, schon wieder.

Und schon wieder steht da ein Sarg. Am liebsten würde er ihn öffnen, der Sarah ins Gesicht schauen, sie anfassen, mit ihr reden. Was sie ihm wohl alles erzählen würde? Das war kein Zufall, sie wollte ihn besuchen, ihm etwas sagen, etwas ganz Bestimmtes. Womöglich hatte es mit dem Messer zu tun. War den Tanten etwas zugestoßen? Er wird es selbst herausfinden müssen.

Jetzt ziehen die Männer den Sarg auf ein Fahrgestell und schieben ihn achtlos aus der Kapelle. Sarah tritt ihre letzte Reise an.

In der letzten Bank sitzt eine alte Frau, ihr Gesicht ist verwittert und ernst, sie atmet schwer. Der Hut auf ihrem Kopf passt ihr nicht. Sie wirkt müde, aber freundlich. Sieht aus wie alle alten Frauen in Kirchen, denkt Adam. In der Franziskanerkirche der kleinen Stadt waren fast ausschließlich diese eingeknickten, todgeweihten Frauen mit ihren wackelnden Köpfen und zitternden Lippen versammelt, versunken in unverständlichem, ewigem Gebet, ihren eigenwilligen Geruch nach Lavendel oder Vitaminpräparaten ausstrahlend. Hatten sie ihre Männer überlebt? Oder waren die Männer nur zuhause geblieben, im Alter gebetsmüde geworden, hatten gar ihren Glauben verloren – gerade jetzt, am Schluss, wo sie ihn am nötigsten hatten?

Warum lebt diese Alte, fragt sich Adam, wenn meine Mutter tot ist? Sie war doch erst dreiundfünfzig. Warum kommt ein Felsenreiter mit allem durch, mit Mord und Totschlag, Lüge und Betrug, während die harmlosesten Menschen einfach ausgeblasen werden wie Kerzen im Wind?

Und mittendrin in diesen Fragen endet er schon wieder, der letzte Weg. Adam und Rumena stehen vor dem schmutzigen Holzapfelstein, starren auf ihn wie auf eine blöde Sehenswürdigkeit. Adam weiß nicht warum, aber er nimmt sein iPhone und fotografiert das offene Grab. Die vier Männer lassen den Sarg über dicke Gurte in die Grube rutschen, dann geht einer auf Adam zu und hält die Hand auf.

Rumena nimmt ein weißes Kuvert aus ihrer Tasche, zieht einen

Fünfzig-Euro-Schein heraus und reicht ihn dem Mann. Der lässt ihn auf seiner ausgestreckten Hand liegen und wartet. Sein Gesicht ist versteinert, selten hat Adam ein unfreundlicheres gesehen. In seinen Furchen steckt viel Arbeit und Schweiß, ein hartes, wahrscheinlich ehrliches Leben, wie man sagt, aber das kann den Buben nicht beeindrucken. Der Mann ist ihm unangenehm, so starr und kalt, wie er da steht und gierig Geld einfordert. Adam schaut zu Rumena, die schüttelt den Kopf. Der Mann steckt den Fünfziger ein und hält erneut die Hand auf.

»Leck mich am Arsch und hau ab«, zischt Rumena.

Der Mann schnauft wie ein Hund, dann macht er kehrt und deutet seinen Kollegen, spuckt auf den Boden und geht. Die anderen Männer folgen ihm wortlos.

Adam wendet sich dem verunsicherten Priester zu und sagt: »Dankeschön. Wir möchten noch ein bisschen hierbleiben. Allein.« Der Mann Gottes nickt und verschwindet. Er sitzt schon auf seinem Fahrrad, als der Wind ihm eine Melodie vom Friedhof nachwirft. Er kennt die Melodie, aber das Lied mag ihm nicht einfallen, muss irgendwas Uraltes aus dem letzten Jahrhundert sein, aus der amerikanischen Ära, als Schlager um die Welt gingen und Film- oder Rockstars noch Götter waren. Er dreht sich um und sieht den Holzapfeladam, wie er vor dem Grab seiner Mutter steht und Flöte spielt. Die stattliche Frau neben ihm bebt.

Die Wolken haben sich verzogen, die Sonne breitet ihr Licht großzügig über die Landschaft aus. Die Bulgarin Rumena hakt sich bei Adam unter und spricht: »Hör zu, Adam. Ich mag keine Abschiede, und ich weiß, du magst sie auch nicht. Du hattest in deinem kurzen Leben genug davon. Ich werde dir jetzt ein paar Worte sagen, dann bring ich dich zum Haus deiner Mutter, und dann hau ich ab. Also pass auf. Ich verstehe, dass du zurückgehen musst. Ich freue mich sogar für dich und wäre gern dabei, wenn deine Tanten dich endlich wieder in die Arme nehmen dürfen. Aber: Du musst mir versprechen, dass du ein richtiges Leben haben wirst. Du darfst dich nicht im Wald verstecken. Du musst auch rauskommen und dein Handy aufladen, musst mir schreiben, mir alles erzählen. Ich hab mit dem Jugendamt und mit dem Stadtschulrat gesprochen – du musst dich vorerst um nichts kümmern. Jetzt sind einmal Ferien, und für später finden wir schon eine Lösung. Aber du darfst den Kontakt zu mir nicht verlieren, hörst du? Du musst mich irgendwann besuchen kommen, eine Ausbildung machen. Du bist kein gewöhnlicher Mensch, Adam, wer weiß, was du alles noch erreichen und vollbringen wirst! Und du musst dich einmal verlieben und Sex haben. Und wenn du dich auch nicht verliebst, werde ich dafür sorgen, dass du Sex hast.« Adam lacht und verdreht die Augen.

»Keine Angst, nicht mit mir alter Schachtel«, grinst Rumena und knufft ihn in den Arm. »Du weißt schon, was ich meine. Du musst auf dich schauen und gut essen, hörst du?«

»Wirst du auch weggehen? Nach Bulgarien?«

»Nein. Bulgarien war nie gut zu mir.«

»Gut.«

Rumena lacht und heult gleichzeitig. »Ich bin immer für dich da, okay? Du musst lernen und arbeiten. Fürs Erste solltest du aber damit auskommen.« Sie reicht ihm das weiße Kuvert. Adam nimmt es entgegen, liest seinen Namen.

»Das ist für dich, von Veronika. Sie hat deinen Namen draufgeschrieben.«

»Die fünftausend Euro …«, staunt Adam.

»Fünf? Nein, zehn. Es sind zehntausend. Genau genommen zehntausendeinhundertfünfzig.«

»Der Felsenreiter hat gesagt, es sind fünf.«

»Er hat das ganze Haus dreimal umgedreht, geflucht und gespuckt, aber er konnte es nicht finden. Der Daniel von der Pizzeria hat es für die Vroni bei sich zuhause aufbewahrt.«

Adam schüttelt seinen Kopf. »Das ist das Geld, das der Herr Paul ihr gegeben hat. Das hat er als Waffenhändler verdient. Das ist schmutziges Geld.«

»Na und«, sagt Rumena. »Es ist dein Geld. Sie werden dir für das Begräbnis und für den Sarg etwas verrechnen, aber es wird genug übrig bleiben.«

Adam streicht mit der Hand über das Kuvert, dann steckt er es ein. Er deutet auf den Erdhaufen und meint lakonisch: »Das hier wird wohl keiner für uns machen, oder?« Schnappt sich die Schaufel und legt los. Das Geräusch, das die Erde beim Aufprall auf den Sarg macht, ängstigt ihn, es ist hart und endgültig, aber wieder einmal reißt er sich zusammen. Rumena findet eine zweite Schaufel und hilft ihm. Schließlich nimmt Adam den Gartenschlauch, der an einer kleinen Mauer in der Mitte des Friedhofs, gleich neben den Mistkübeln für Pflanzen und Kerzen, angeschlossen ist, und bespritzt Erde und Grabstein. Dabei entdeckt er unter der Holzapfel-Gravur den Namen *Klara*; unprofessionell, wahrscheinlich mit einem Stein eingeritzt. Also sucht er sich einen spitzen Stein, kniet sich auf die feuchte Erde und setzt den Namen seiner Mutter darunter. »Sie ist keine Namenlose, ihr Name ist SARAH.«

Er wäscht seine Hände, dann gehen die beiden los. Auf der Bank bei der Kapelle sitzt die alte Frau.

»Sitzen Sie die ganze Zeit schon da?«, fragt Rumena.

Die Alte nickt. »Entschuldigung. Ich bin deine Nachbarin, die Magdalena.«

»Echt? Ich weiß noch, wie meine Großmutter von Ihnen geschrieben hat. Sie haben uns Sachen zum Waldrand gebracht.«

»Ja ja, so war das. Würdet ihr mich bitte mitnehmen? Ich glaube, ich schaffe es nicht alleine.«

»Aber sicher«, sagt Rumena. »Das trifft sich gut, wir wissen ohnehin nicht genau, wie wir fahren müssen.«

Adam hilft Magdalena hoch und geleitet sie zum Auto. Auf dem langen Weg fragt er sie immer wieder ungläubig, ob sie diesen wirklich zu Fuß zurückgelegt hat. Sie lächelt, und Adam wird immer ruhiger. Sie erscheint ihm wie eine Tante, wie ein Familienmitglied.

Bei Magdalenas Haus angekommen, lädt sie ihn noch zu einer Jause ein. Adam nimmt mit Freude an, aber für Rumena ist das der richtige Moment, um sich zu verabschieden. »Sie hat der Himmel geschickt«, sagt sie zu der Alten, umarmt sie und gibt ihr einen Kuss auf die eingefallene, ausgetrocknete Wange. Dann krallt sie sich den Adam und drückt ihn so fest sie kann. Als er zum Sprechen ansetzt, hält sie ihm ihre Hand vor den Mund und schüttelt den Kopf, drückt ihm einen Kuss drauf, macht kehrt und fährt los.

Adam schaut dem Auto lange nach, das immer kleiner wird und schließlich hinter dem nächsten Hügel verschwindet. Dann fragt er Magdalena, wo denn das Haus seiner Mutter liege, sie deutet in die Richtung. »Da, hinter dem Hügel. Jetzt ist es dein Haus.«

»Und der Wald?«

Sie deutet in dieselbe Richtung. »Gleich dahinter führt ein Feldweg zum Waldrand. Ich hab ein paar Dinge vorbereitet, die du mitnehmen kannst. Milchpulver, Zucker, Mehl, ich weiß nimmer, was noch. Und den Kanister da kannst du auch mitnehmen, da ist Schnaps drin. Schaffst du das?«

»Wird schon gehen. Die Rumena und ich haben auch den ganzen Rucksack angefüllt.«

Magdalena macht ihm einen heißen Kakao, und während er den halben Eierlikörkuchen in sich hineinstopft, erzählt sie ihm alles, was sie weiß. Sie erzählt von früher, von der Evelina, vom Joseph, von der Klara, vom Dorf, von der Sarah, von Maria und Regina. Sie redet und redet, der Adam saugt alles auf wie ein gieriger Schwamm. Irgendwann wird sie müde.

»Jetzt ist es bald Abend, ich sollte losgehen«, sagt der Adam, hängt sich den Rucksack um und die Tasche mit seinen Sachen über die Schulter.

»Wie alt bist du jetzt, Adam?«

»Dreizehn, bald vierzehn.«

»Hast du keine Angst?«

»Nein. Na ja, ein bisschen schon. Vor dem Haus. Vor dem, was ich nicht kenne. Aber ich glaube, im Wald wird sie dann weg sein, die Angst. Der Wald macht mich ruhig. Und Ihre Geschichten haben mich auch beruhigt. Sie haben ihre Namen ausgesprochen, und jetzt freue ich mich – die Freude ist größer als die Angst.«

»Geh schon«, sagt Magdalena. »Aber komm wieder, versprichst du mir das?«

»Versprochen«, sagt Adam und umarmt die alte Frau. Dann nimmt er die Tasche, die sie für ihn bereitgestellt hat, in die eine, den Kanister in die andere Hand, und zieht los.

Er blickt auf das Haus. Auf sein Haus. Es ist kleiner als erwartet, die Fensterläden sind zu, neben dem Eingang stehen ein paar Rosenstöcke, der Garten wirkt ziemlich verwildert – wie aus einem Buch oder einem Film erscheint ihm alles, unwirklich und idyllisch. Aber reingehen will er nicht. Nicht heute. Er schaut sich um. Da vorne ist der Wald.

34. Mitten im Wald

Die Stube ist geputzt. Adams Bett ist wieder aufgebaut, das Bettzeug frisch gewaschen. Auf dem Polster liegt ein kleines Kreuz aus Holz, Maria hat es aus einem vom Sturm abgebrochenen Ast geschnitten, es als gutes Omen gedeutet. Adams geschnitzte Figuren stehen auf dem Tisch aufgereiht wie ein unsinniges Komitee, dazwischen liegen Evelinas kleine Püppchen. Ein bisschen gespenstisch, wie Voodoofetische sehen sie aus.

Regina steht im Hof über die Scheibtruhe gebeugt, sie hat sie umgekippt, sodass der Reifen nach oben ragt, damit sie ihn vom Dreck der letzten Monate befreien kann. Hat die eingetrocknete Erde mit einem Stemmeisen gelöst und ist jetzt dabei, sowohl den mit nur noch wenig Luft gefüllten Gummireifen als auch die Stahlblechfläche mit einer groben Bürste, die sie immer wieder in heißes Wasser taucht, zu waschen. Mit aufgekrempelten Ärmeln steht sie da, voll auf ihre Arbeit konzentriert, die sie andächtig ausführt, als wäre die Zeit nur eine Schnapsidee aus dem Dorf. Ihre Schürze ist nass, die Bürste kratzt Risse in die Stille, ein paar Vögel flattern hysterisch hoch.

Maria sitzt ein paar Meter weiter vorne auf dem Hackstock und schaut auf den Wald, als würde sie für einen Maler Modell sitzen – ganz klassisch in Haushaltsschürze und Wollweste. Auf ihrem Oberschenkel ruht der Kopf des Zacharias, den sie festhält und streichelt. An den Hackstock angelehnt ist ihr Gewehr. In regelmäßigem Rhythmus wandert ihr Auge von rechts nach links und wieder zurück. Die Wunde in ihrem Gesicht ist krass, aber ganz gut verheilt. Regina hat ihr eine schwarze Augenbinde genäht, die das fehlende Auge bedeckt. Das Bürsten der Schwester stört Marias Konzentration, sie will alles wahrnehmen, muss alles wahrnehmen, jeden Laut, jedes Geräusch. Alles ist von Bedeutung.

Als Regina kurz innehält, um sich den Schweiß von der Stirn zu wischen, ertönt aus der Ferne ein eigenwilliger Vogelruf, eine Melodie. Regina will etwas sagen, aber Marias Hand gebietet ihr Einhalt. Das ist kein Vogel. Sie springt auf und wird ganz kurzatmig. Regina läuft zu ihr und beginnt mit der flachen Hand stete Kreise in ihren Rücken zu massieren, dabei verfallen sie in ihre Litanei: »Mutter der göttlichen Gnade! Bitt' für uns.« Die Frauen starren einander minutenlang an, ihr Starren brennt ein Loch in die Zeit.

Ein Knacken, das Brechen eines Astes drüben am Weg bei den Haselnussstauden, die zwischen den nadellosen, von pelzigen Läusen befallenen Tannen emporragen, holt sie zurück. Die Holzapfelschwestern drehen sich zur Seite.

Was nun, nach einem kurzen, ungläubigen, ängstlichen und hektischen Austausch von Blicken und wortlosen Unsicherheiten an Körperlichkeit folgt, ist für die Frauen neu und unbekannt. Adam ist ein anderer geworden, ein neuer Mensch, ein Riese ohne Berührungsängste, wenn auch voller Tränen. Von nun an wird Maria ihm täglich an den Kopf oder die Schulter fassen, nur um sicherzugehen, dass er da ist, nur um sich zu vergewissern, dass das jahrelange Zittern und Suchen und Kämpfen nicht sinnlos war. Manchmal umarmt sie ihn ohne offensichtlichen Grund, unbeholfen und grob. Wenn er ihr Schlagerlieder vorsingt und sie zum Tanzen überreden will, bekreuzigt sie sich und dreht sich weg, gleichzeitig hasst sie es, wenn er damit aufhört. Alles ist so verwirrend. Ihr Gesicht wiederum – das, was von ihm übrig ist – erfüllt ihn mit Hass und Rachegelüsten gegen den Vater, aber auch mit Zuneigung und Liebe für Maria. Schnell passt er sich dem Wald, den er so vermisst hat, wieder an.

Die Zeit und das Leben haben den Schwestern eine Art Rollentausch aufgezwungen. Regina nimmt alles ein bisschen distanziert und widerwillig zur Kenntnis, ihre einstige wache Angespanntheit ist einer verlangsamten Passivität gewichen. Sie hilft routiniert bei der Arbeit, verliert sich aber immer mehr im monotonen Takt des Waldes, sucht ihren Frieden im Schnaps, versteckt sich in Büchern und Gebeten. Maria widmet ihre ganze Aufmerksamkeit dem Buben, beobachtet und überwacht jede seiner Bewegungen, staunt über seine Sprache, seine unruhigen Träume und seine Geschicklichkeit. Fast nebenher trägt sie die Schwester durch die Tage, ist ihre Beine und Arme, wie sie das immer war – immer noch ergänzen sie einander. Als sie selbst schwach war, konnte sie sich auf Regina verlassen, jetzt ist eben sie die Starke. Wie Evelina früher, tut sie, was zu tun ist, ohne es zu hinterfragen, auch wenn sie den Verfall der jüngeren Schwester bemerkt und ihre Gebete intensiviert. Genießen kann sie die große Genugtuung, den Mann aus der Stadt besiegt zu haben, nicht, lieber würde sie ihn tot wissen, dennoch strahlt sie neuerdings von innen, trägt so etwas wie Freude oder Glück, eine Art Heimatgefühl in sich, das sie beschützen und verteidigen will gegen alle Teufel des Waldes.

35. Mutter Natur

Und so vergeht die Zeit. Vogelrufe hängen im Hall, Tau tropft von Blättern, Schnecken gleiten über Wurzeln, Harz glänzt golden. Mutter Natur ist depressiv geworden, langsam, schwerfällig. Vielleicht schläft sie, oder tut nur so, um ja nicht angesprochen zu werden. Ihr automatisierter Atem scheint zu genügen. Sie hat aufgehört, sich selbst zu streicheln, die Lust ist ihr abhanden gekommen, sie selbst ist sich abhanden gekommen. Geduldig wartet sie auf … worauf eigentlich? Die Zeit lastet auf ihr, das Gewicht der Welt. Gleichgültig reagiert sie auf die Impulse des Ewigen, ohne die Jahreszeiten zu bemerken, die womöglich gar nicht mehr existieren? Alles ist irgendwie eins geworden, kommt ihr vor, alles verschwimmt zunehmend zu einem gigantischen Nebeneinander von Organischem und Leblosem. Oder ist da noch etwas? Mittendrin in den Rindenritzen und Erdlöchern, zwischen den Gesteinsschichten, oder drunter oder drüber? Es kümmert sie nicht, weil sie nichts kümmert, aber irgendetwas, das spürt sie, ist passiert.

Der Wald ist immer noch der Wald, nur die Luft scheint schwerer zu sein, etwas Fremdes hat sie ergriffen, eine fremde Macht. So kommt es Mutter Natur jedenfalls vor. Oder ganz anders: Irgendetwas fehlt, als ob diese Macht etwas aus ihrem Mark gesaugt hätte, etwas vielleicht nicht gerade Existenzielles, aber dennoch Wesentliches, Heiliges? Die Grenze zwischen Organischem und Leblosem hat sich schleppend verschoben; etwas, das immer da war, ist weg.

Wo ist eigentlich Vater Natur? Sollte der nicht längst zuhause sein? Ein witziger Gedanke.

Sie fragt sich, ob sie ihrer Seele beraubt wurde. Bei dem Wort *Seele* muss sie lachen. Das Lachen tut gut. Es ist besser als atmen, besser als Nahrungsaufnahme oder Fortpflanzung. Das Lachen ist das Beste, sagt sie sich. Die Königin der Instinkte.

Mutter Natur denkt über sich selbst nach. Und jetzt hat sie eine Erkenntnis: Sie ist gar keine Mutter. Die Mutter wurde ihr angedichtet, umgehängt wie eine bleischwere Kette, ein verlogener Friedenspreis oder ein lächerliches Verdienstkreuz. Spürt sie da Steine in ihrer Manteltasche? Und ist das warmes Wasser zwischen ihren Zehen? Das Moos wird nass und nässer, jetzt umspielt schwarze Schmiere ihre Knöchel. Wurde sie ins Moor geschickt, in den Sumpf gestoßen, verbannt? Nein, sie hat doch gar keine Füße, sie ist die Natur selbst. Sie ist alles, sie ist Gott.

Herrje, sie muss sich zusammenreißen! Die verhassten Panikattacken lassen sich nicht kontrollieren, die dunklen, quälenden Träume machen, was sie wollen. Zwar erkennt sie, wenn sie um sich blickt, ihre eigene Schönheit und die der Welt – nie war sie verschwenderischer, üppiger oder wilder –, aber etwas in ihr verweigert das Gute, tendiert zum Drama.

Der Magnetismus des Endes, des großen Untergangs.

Das Alleinsein hat seinen Preis, die Ewigkeit ist auch keine Lösung. Ein paar hundert Jahre noch, sagt sie sich, vielleicht tausend oder hunderttausend? Wer weiß das schon.

Der Wald verweigert immer noch jeglichen Kommentar zur Zeit – deswegen die anhaltende Analogie zum Paradies, aber wir wissen: Der Garten Eden hat auch seine Leichen im Keller.

Der Felsenreiter beobachtet die Hütte aus der Ferne durch feuchte Augen und seinen *Steiner Nighthunter Xtreme*. Wenn er ehrlich ist, und im Wald vor sich selbst ist ihm das möglich, ist er mit dem Lauf der Dinge gar nicht unzufrieden. Es rührt ihn, den Buben zu sehen, wie er archaische Arbeiten verrichtet, in Büchern liest oder selbstbewusst durch den Wald läuft. Die Stadt ist ein Höllenort, denkt er. Ein Haufen nutzloser Idioten. Ja, er ist beinahe stolz auf den

Kleinen. Jeden Freitag humpelt er hierher, um eine Zeit lang *fernzuschauen*, wie er es nennt. Das Fernschauen macht ihn ruhig. Nur wenn die Wilden nicht zuhause sind – und ist das nicht mehr oder weniger seine Familie, zum Teufel noch mal? –, wird er nervös, fühlt sich schutzlos, dann meint er die Alte hinter sich zu spüren, ihren Schweiß und ihre Angst und ihre Kaltblütigkeit zu riechen, dann verflucht er seine Behinderung, seine ramponierte Existenz, wie ein nutzloser, morscher Ast fühlt er sich dann. Wenn er im Baum sitzt, ganz allein an so einem Freitag, und der Wind durch die Büsche fährt, läuft es ihm kalt über den Rücken, und wenn es im Unterholz kracht oder eine Gelse ihm ins Ohr pfeift, zuckt er zusammen.

Er weiß das nicht, er hat ja nur seine Totale, aber die alten Holzapfelschwestern sind sehr wohl zuhause. Sitzen in der Hütte – das heißt, Regina sitzt, während Maria nervös auf und ab geht und unsinnig putzt, um ihren Drang, Adam entgegenzugehen, zu unterdrücken. Hoch und heilig musste sie ihm versprechen, ihn allein ins Dorf gehen zu lassen. Sie solle ihm bitte vertrauen, hat er gesagt, er sei groß genug. Außerdem habe er das alte Gewehr aus Klaras Haus dabei und sei bald wieder zurück. Er ließ sie sogar auf die Bibel schwören. Jetzt lässt sie eine Litanei nach der anderen ab und bekreuzigt sich ohne Unterlass. Das hätte sie nicht zulassen dürfen, nie wieder wird sie das zulassen. »Meine Schuld, meine Schuld, meine große Schuld …«

Regina hält die Schnapsflasche fest wie einen Vogel, der ihr nicht entkommen darf, brabbelt hin und wieder ein »Bitt' für uns« in die Tischplatte oder bellt ihre Schwester an, endlich ruhig zu sein. Maria ignoriert sie, streicht zum hundertsten Mal Adams Bettwäsche auf der Pritsche, die ihm langsam zu klein wird, glatt.

»Wir müssen seine Stange wegmachen«, lallt Regina plötzlich monoton. Maria wird stocksteif und verdreht ihr Auge.

»Du sollst das nicht sagen.«

»Nur die Stange.«

»Es ist der Adam.«

»Ja, aber die Stange!«

»Hör auf.«

»Er ist ein Mann.«

»Hör auf, sag ich!«

»Er wird es aushalten. Du hast dein Aug verloren, und es auch ausgehalten. Es ist nicht einmal ein Aug, nur seine Stange, ein Würstchen.«

»Wenn du ihn angreifst, bist du … ein Wildschwein!«

Da ertönt von draußen die ersehnte Flötenmelodie. Maria atmet aus und verliert dabei ihre angespannte Angst. Regina lacht dreckig und hustet. »Pass auf, Schwester: Die heilige Gemma hat jeden Donnerstag die Wundmale Christi auf ihrem Körper gespürt. Und die Dornen auf dem Kopf. Und ihre Rippen haben sich nach vorn gedreht, um ihr Herz freizulegen. Das mit der Stange ist gar nichts.« Sie spuckt verächtlich auf den Boden, ehe sie mit tiefer Stimme, weiß der Teufel warum, flüstert: »Eine Mauer bin ich, und meine Brüste Türme …« Ein heftiger Schluckauf unterbricht sie, der Schnaps drängt ihn wieder nach unten.

Der Blick, den Maria auf ihre Schwester wirft, ist finster und ernst. Sie nimmt ein Tuch und wischt Reginas Auswurf wieder weg.

Adam öffnet die knarzende Tür, stellt seinen schweren Rucksack ab und einen frischen Kanister auf den Tisch, den Regina gleich zustimmend willkommen heißt. Mit der Routine eines Kindersoldaten hängt er sein Gewehr an den großen Nagel, den Maria extra dafür in den Türstock geschlagen hat, umarmt seine Tante Maria und grüßt seine Tante Regina. Dann geht er nach draußen, um die zwei Fasane zu rupfen, die er mitgebracht hat.

Er legt den ersten auf den Boden, öffnet seine Schwingen, breitet sie aus und steigt mit jedem Fuß auf einen Flügel. Dann umfasst er mit beiden Händen die nackten Fasanenbeine, zieht sie kräftig nach oben und trennt mit einem Ruck, von einem leichten Knacken begleitet, das ihm immer noch einen Schrecken einjagt, den Körper des Vogels vom Federkleid. Mit einer kleinen Axt schlägt er Beine und die restlichen Federn ab und legt das freigelegte Bruststück in eine Holzsteige. Maria stellt sich neben ihn, begutachtet das Fleisch und sagt: »Gut.« Dann macht sie sich daran, es weiter zu säubern und wirft dem Jungen einen schiefen Blick zu. Adam lacht. Es ist ein fixes Ritual. Als sie ihn die Grundregeln des Waldlebens lehrte, beschwor sie ihn, beim Zerlegen des Wildes um Gottes willen seine Stange in seiner Hose zu belassen – am besten immer seine Stange in seiner Hose zu belassen. Ganz eindringlich war ihre Warnung. Er hat sie nicht verstanden, aber akzeptiert, so wie er alles akzeptiert. Manchmal, früh am Morgen, stürzt sie sich auf ihn und deckt ihn hektisch zu, er weiß, dass das auch mit seiner Stange zu tun hat; er hat's kapiert: Die Stange ist aus irgendeinem Grund tabu im Wald. Dann fallen ihm die Mädchen aus der *Sunshine Bar* ein, deren Erziehungsmethoden … etwas offener waren. Da wurde über Stangen, Schwänze, Beidln, Dutteln und Dinger vor allem gewitzelt. Ja, lustig geht's im Wald nicht gerade zu, das hat er schnell festgestellt. Wenn er nicht lachen würde, gäbe es gar kein Lachen. »Gott lacht auch nicht«, sagt Regina streng. Ein Satz, der Adam nachdenklich stimmt.

Mittlerweile muss Maria gar nichts mehr sagen, ein Blick genügt, und wenn sie ihn so schief anschaut wie jetzt, dann ist das der Stangenblick, dann muss er schon lachen, da kann er gar nichts dagegen tun. Jetzt geht sie in die Hütte, um das scharfe Messer zu holen, aber selbst wenn sie nicht neben ihm steht, fährt ein Schütteln durch seinen Bauch – das Denken ist genug, all die Wörter im Kopf, die augenblicklich zu Bildern werden.

Und so, mit einem breiten Grinsen im Gesicht und wirren Gedanken im Kopf, greift er nach dem zweiten Fasan, legt ihn auf den Boden und öffnet seine Schwingen.

Er weiß nicht, dass er hier nicht bleiben kann. Er weiß nicht, dass Regina keine Ruhe geben wird. Er weiß nicht, dass Maria jetzt schon die Nächte durchwacht, um ihr Auge auf ihre unberechenbare, wahnsinnige Schwester zu haben. Dass sie, von der doch unmöglichen Vorstellung eines Lebens ohne ihre Schwester erfüllt, auch die kommenden Tage, Wochen und Monate hellwach zubringen wird, immer das Messer unter ihrer Schürze tragend, immer zu allem bereit, von einer monströsen Furcht vor der Macht ihres Wissens um die ewige Verdammnis begleitet. Er weiß nicht, dass die tapfere Maria eine finale Entscheidung treffen, seine Sachen packen und bald schon mit ihm zum Waldrand gehen wird, um ihn wieder fortzuschicken. Ihn beschwören wird, ganz weit weg zu gehen, weg von Regina, weg von ihr, weg vom Dorf und der Stadt, um Gottes willen weg vom Felsenreiter! Er weiß nicht, dass sie ihn steinschweren Herzens von sich stoßen wird, um einen ganzen Tag und eine Nacht am Waldrand stehen zu bleiben und durchzuheulen, ehe sie ein Kreuz in ihren Unterarm ritzen und zu ihrer Schwester zurückkehren wird. Er weiß nicht, dass er aufgebracht losziehen wird, zusammen mit der Bulgarin Rumena, seiner letzten Mutter. Er weiß nichts von der Zukunft, nichts von der Welt da draußen mit ihren Tücken und Fallen, Lügen und Kriegen, Schönheiten und Wundern. Nichts von dem Licht weiß er, das in ihm brennt wie die Geburtstagskerze auf der großen, bunten Cremetorte, die die Veronika einmal für ihn gebacken hat, und die er nicht und nicht ausblasen konnte, sosehr er sich auch anstrengte.

Nichts weiß er, und doch so viel.

Quellen

»Die Welt ist eine Räuberhöhle«: Ingmar Bergman / Fanny & Alexander

»O das Geheimnis wunderbar«:
Hlg. Aurelius Ambrosius / Hymnus am Ostertag / Lyra des Orpheus S. 233

»Diese Richtung ist gewiss«:
Johann Wolfgang Goethe / Neugriechische Liebe-Skolien / Lyra des Orpheus S. 907

»Ich wanderte am Waldessaum«:
William Butler Yeats / Lyra des Orpheus S. 718

»Sehr alt sind wir Menschen«:
Walter De la Mare / Lyra des Orpheus S. 722

»Der Himmel war aschgrau darober«:
Edgar Allen Poe / Ulalume / Lyra des Orpheus S. 747

»Der Turm stürzt ein«:
Rio Reiser / Ton Steine Scherben, 1981

»Deinen falschen Tränen«:
George Gordon Lord Byron / Manfred / Lyra des Orpheus S. 633

»Eine Mauer bin ich«
König Salomon / Aus dem Hohen Lied / Lyra des Orpheus S. 94

www.bernhardmoshammer.at

Gedruckt mit freundlicher Unterstützung durch

WIEN KULTUR

KULTUR NIEDERÖSTERREICH

Umschlag: Boutique Brutal, www.boutiquebrutal.com
Druck und Bindung: Finidr s.r.o.
© Milena Verlag 2022
ALLE RECHTE VORBEHALTEN
ISBN 978-3-903184-96-1

Weitere Titel und unser Gesamtverzeichnis
finden Sie auf www.milena-verlag.at